LUCY MAUD MONTGOMERY

Anne
de Ingleside

Título original: Anne of Ingleside
Copyright © Editora Lafonte Ltda., 2021

Todos os direitos reservados.
Nenhuma parte deste livro pode ser reproduzida sob quaisquer meios existentes sem autorização por escrito dos editores.

Edição Brasileira

Direção Editorial Ethel Santaella
Tradução Débora Ginza
Revisão Rita del Monaco
Capa Cibele Queiroz
Diagramação Demetrios Cardozo

Dados Internacionais de Catalogação na Publicação (CIP)
(Câmara Brasileira do Livro, SP, Brasil)

Montgomery, Lucy Maud
  Anne de ingleside / Lucy Maud Montgomery ; tradução Débora Ginza. -- 1. ed. -- São Paulo : Lafonte, 2021.

  Título original: Anne of ingleside
  ISBN 978-65-5870-064-7

  1. Ficção inglesa I. Título.

21-57173   CDD-823

Índices para catálogo sistemático:

1. Ficção : Literatura inglesa   823

Maria Alice Ferreira - Bibliotecária - CRB-8/7964

Editora Lafonte
Av. Profª Ida Kolb, 551, Casa Verde, CEP 02518-000
São Paulo - SP, Brasil – Tel.: (+55) 11 3855-2100
Atendimento ao leitor (+55) 11 3855-2216 / 11 3855-2213 – atendimento@editoralafonte.com.br
Venda de livros avulsos (+55) 11 3855-2216 – vendas@editoralafonte.com.br
Venda de livros no atacado (+55) 11 3855-2275 – atacado@escala.com.br

LUCY MAUD MONTGOMERY
Anne de Ingleside

tradução
DÉBORA GINZA

Lafonte

Brasil – 2021

Capítulo 1

—Como está claro o luar esta noite! — disse Anne Blythe para si mesma, enquanto subia a alameda do jardim dos Wright até a porta da frente de Diana Wright, onde pequenas pétalas de flores de cerejeira caíam e eram levadas pela brisa salgada.

Ela parou por um momento para olhar ao redor, nas colinas e bosques que amara nos velhos tempos e ainda amava. Querida Avonlea! O Glen St. Mary era a casa dela agora e já era há muitos anos, mas Avonlea tinha algo que Glen St. Mary nunca poderia ter. Os fantasmas dela própria a encontravam a cada passo... os campos que percorrera a saudavam... ecos imutáveis da antiga doce vida estavam ao seu redor... cada lugar que ela olhava tinha uma memória querida. Havia jardins assombrados aqui e ali, onde floresciam todas as rosas do passado. Anne sempre gostava de voltar para casa em Avonlea, mesmo quando, como agora, o motivo de sua visita era triste. Anne e Gilbert tinham vindo para o funeral do pai dele e ela ficou por uma semana. Marilla e a sra. Lynde não suportariam se ela fosse embora antes disso.

Seu antigo quartinho com varanda continuava ali reservado para ela, e quando Anne entrou lá na noite de sua chegada, descobriu que a sra. Lynde colocara um grande ramalhete de flores da primavera para ela... um buquê tão lindo que, quando Anne aproximou seu rosto dele, sentiu toda a fragrância de anos inesquecíveis. A Anne de antigamente estava ali, esperando por ela. Profundas, antigas e queridas alegrias agitavam seu coração. O quarto do sótão a envolvia... abraçava... acariciava. Olhou com amor para sua velha cama com a colcha de folhas de macieira, que a sra. Lynde havia tricotado, e as almofadas impecáveis com acabamento de crochê que a sra. Lynde havia feito... os tapetes trançados de Marilla no chão... o espelho que refletia o rosto da pequena órfã, com sua testa infantil sem marcas, que havia chorado até adormecer ali, naquela primeira noite, muito tempo atrás. Anne esqueceu-se que era a feliz mãe de cinco filhos... com Susan Baker novamente tricotando sapatinhos misteriosos em Ingleside. Ela era Anne de Green Gables mais uma vez.

A sra. Lynde entrou trazendo toalhas limpas e encontrou-a ainda olhando sonhadora para o espelho.

— É muito bom ter você em casa de novo, Anne, isto é que é. Faz nove anos que você foi embora, mas Marilla e eu não conseguimos deixar de sentir saudades. Não é tão solitário agora desde que Davy se casou... Millie é realmente um doce de pessoa... e que tortas ela faz!... embora seja curiosa como um ratinho a respeito de tudo. Mas eu sempre disse e sempre direi que não há ninguém como você.

— Ah, mas este espelho não pode ser enganado, sra. Lynde. Ele já está me dizendo claramente: "*Você não é tão jovem quanto era antes*" — disse Anne caprichosamente.

— Sua pele está muito bem conservada — disse a sra. Lynde em tom consolador. — É claro que você nunca teve muita cor para perder.

— De qualquer maneira, ainda não tive o menor sinal de queixo duplo — disse Anne alegremente. — E meu antigo quarto se lembra de mim, sra. Lynde. Estou feliz... ficaria muito magoada se eu voltasse e descobrisse que ele tinha me esquecido. E é maravilhoso ver a lua surgindo sobre a Floresta Assombrada novamente.

— Parece um grande pedaço de ouro no céu, não é? — disse a sra. Lynde, sentindo-se em um voo louco e poético e agradecida por Marilla não estar ali para ouvir.

— Olhe aqueles abetos pontiagudos projetando-se contra o céu... e as bétulas no vale erguendo seus braços para o céu prateado. São árvores grandes agora... e eram apenas bebês quando cheguei aqui... isso me faz sentir um pouco velha.

— As árvores são como crianças — disse a sra. Lynde. — É assustador como elas crescem no minuto em que você dá as costas para elas. Olhe para Fred Wright... ele tem apenas 13 anos, mas está quase tão alto quanto o pai. Tem uma torta de frango quente para o jantar, e fiz meus biscoitos de limão para você. Não precisa ter medo de dormir naquela cama. Coloquei os lençóis para tomar ar hoje... e Marilla não sabia que eu já tinha feito e fez de novo... e Millie também não sabia de nós duas e arejou tudo uma terceira vez. Espero que Mary Maria Blythe saia amanhã... ela sempre gosta de um funeral, então.

— Tia Mary Maria... Gilbert sempre a chama assim, embora ela seja apenas uma prima do pai dele... sempre me chama de "Annie" — estremeceu Anne. — E a primeira vez que ela me viu depois que eu me casei, ela disse: "É tão estranho Gilbert ter escolhido você. Ele poderia ter tido tantas moças boas". Talvez seja por isso que nunca gostei dela... e sei que Gilbert também não, embora o espírito familiar o impeça de admitir.

— Gilbert vai ficar por muito tempo?

— Não. Ele tem de voltar amanhã à noite. Deixou um paciente em estado muito crítico.

— Oh, bem, suponho que não haja muito para mantê-lo em Avonlea agora, depois que sua mãe faleceu no ano passado. O velho sr. Blythe nunca se recuperou depois da morte da esposa... não tinha mais nada pelo que viver. Os Blythes sempre foram assim... sempre colocaram seus afetos demais em coisas terrenas. É muito triste pensar que não restou nenhum deles em Avonlea. Eles formavam uma bela família. Por outro lado... há muitos Sloanes. Os Sloanes ainda são Sloanes, Anne, e serão para sempre, para todo o sempre, amém.

— Que haja quantos Sloanes houver, vou sair depois do jantar para caminhar por todo o antigo pomar sob a luz da lua. Acho que finalmente terei de ir para a cama... embora continue achando que dormir em noites de luar é uma perda de tempo... mas vou acordar cedo para ver a primeira luz pálida do amanhecer se espalhar sobre a Floresta Assombrada. O céu terá o tom coral e os tordos estarão se exibindo... talvez um pequeno pardal cinza pouse no parapeito da janela... e haverá amores-perfeitos dourados e púrpuras para contemplar...

— Mas os coelhos destruíram todo o canteiro dos lírios — disse a sra. Lynde com tristeza, enquanto descia as escadas, sentindo-se secretamente aliviada por não haver mais necessidade de falar sobre a lua. Anne sempre havia sido um pouco estranha daquele modo. E não havia mais muito sentido em esperar que ela superasse isso.

Diana veio pela estrada para encontrar Anne. Mesmo ao luar era possível perceber que seu cabelo ainda era preto, suas bochechas rosadas e seus olhos brilhantes.

Mas o luar não conseguia esconder que ela estava um tanto mais robusta do que anos atrás... e Diana nunca havia sido o que o povo da Avonlea chamava de "magricela".

— Não se preocupe, querida... Não vim para ficar...

— Como se eu fosse me preocupar com *isso* — disse Diana em tom de censura. — Sabe que prefiro muito mais passar a noite com você a ir à recepção. Sinto que não a vi nem metade do que queria e agora você vai embora depois de amanhã. Mas o irmão de Fred, sabe... temos de ir.

— É claro que sim. Apenas vim por um momento. Vim pelo caminho antigo, Di... passei pela Bolha da Dríade... passei pela Floresta Assombrada... passei por seu antigo jardim cheio de caramanchões... e continuei pela Lagoa dos Salgueiros. Até parei para observar os salgueiros de cabeça para baixo na água, como sempre costumávamos fazer. Eles cresceram muito.

— Tudo cresceu — disse Diana com um suspiro. — Quando olho para o jovem Fred! Todos nós mudamos tanto... exceto você. Você nunca muda, Anne. Como você se mantém tão magra? Olhe para mim!

— Um pouco matrona, é claro — riu Anne. — Mas você escapou da gordura da meia-idade até agora, Di. Quanto a eu não mudar... bem, a sra. HB Donnell concorda com você. Ela me disse no funeral que eu não envelheci nenhum dia. Mas a sra. Harmon Andrews não. Ela disse: "*Meu Deus, Anne, como você definhou!*" Tudo depende do olho do observador... ou da consciência. A única vez que sinto que estou envelhecendo um pouco é quando olho as revistas. Os heróis e as heroínas das fotos estão começando a parecer *jovens demais* para mim. Mas não se preocupe, Di... vamos voltar a ser meninas amanhã. É isso que vim lhe dizer. Vamos tirar uma tarde e uma noite de folga para visitar todos os nossos antigos esconderijos... cada um deles. Andaremos pelos campos de primavera e por aqueles bosques antigos e cheios de samambaias. Veremos todas as coisas antigas e familiares que amamos e as colinas onde encontraremos nossa juventude novamente. Você sabe que nada parece impossível na primavera. Vamos parar de nos sentir maternais e responsáveis e ficar tão alegres quanto a sra. Lynde realmente pensa que ainda sou, no fundo de seu coração. Realmente não há graça em ser sensata o tempo todo, Diana.

— Meu Deus, como isso parece apropriado para você! E eu adoraria. Mas...

— Não há nenhum "*mas*". Eu sei que você está pensando, "*Quem vai preparar o jantar dos homens?*"

— Não exatamente. Anne Cordélia pode preparar o jantar dos homens tão bem quanto eu, mesmo que só tenha 11 anos — disse Diana com orgulho. — Ela iria prepará-lo, de qualquer maneira. Eu ia à Sociedade Assistencial de Senhoras. Mas não vou. Vou com você. Será como realizar um sonho. Sabe, Anne, muitas noites me sento e apenas finjo que somos meninas de novo. Vou levar nosso jantar...

— E comeremos no jardim de Hester Gray... Suponho que o jardim de Hester Gray ainda esteja lá!

— Suponho que sim — disse Diana em dúvida. — Nunca mais estive lá desde que me casei. Anne Cordélia explora tudo... mas sempre digo a ela para não ir muito longe de casa. Ela adora andar pela floresta... e um dia quando a repreendi por falar sozinha no jardim, ela disse que não estava falando sozinha... estava falando com o espírito das flores. Sabe aquele jogo de chá de boneca com pequenos botões de rosa que você mandou para ela no seu aniversário de 9 anos? Não há uma peça quebrada ... ela é tão cuidadosa. Ela só usa quando as Três Pessoas Verdes vêm para o chá. Não consigo saber quem ela pensa que são. Eu afirmo que, de várias maneiras, Anne, ela é muito mais parecida com você do que comigo.

— Talvez haja mais em um nome do que Shakespeare permitiu. Não crie ressentimento pelas fantasias de Anne Cordélia, Diana. Sempre sinto muito pelas crianças que não passam alguns anos no mundo da fantasia.

— Olivia Sloane é nossa professora agora — disse Diana com certa suspeita. — Ela é bacharel em artes, você sabe, e assumiu a escola por um ano para ficar perto da mãe. *Ela* diz que as crianças devem ser criadas para enfrentar a realidade.

— Vivi para ouvir *você* aceitando a presunção dos Sloane, Diana Wright?

— Não... não... *n*ão! Não gosto dela nem um pouco... Ela tem olhos azuis redondos e fixos como todos daquele clã. E não me importo com as fantasias de Anne Cordélia. São engraçadinhas... exatamente como as suas costumavam ser. Acho que ela vai ter "realidade" suficiente com o passar da vida.

— Bem, está combinado então. Vá a Green Gables por volta das 2 e tomaremos um gole do vinho tinto de groselhas de Marilla... ela faz isso de vez em quando, apesar do ministro e da sra. Lynde... só para nos sentirmos realmente diabólicas.

— Você se lembra do dia em que me embebedou com isso? — riu Diana, que não se importou com a palavra "diabólica" como faria se não fosse Anne a usá-la. Todo mundo sabia que Anne falava sem pensar. Era apenas o jeito dela.

— Amanhã teremos um verdadeiro dia de você-se-lembra, Diana. Não vou prendê-la mais... Fred está vindo com o cabriolé. Seu vestido é lindo.

— Fred me fez comprar um novo para o casamento. Não achei que poderíamos gastar depois que construímos o novo celeiro, mas ele disse que a esposa *dele* não iria parecer alguém que foi convidada e não podia ir quando todas as outras estariam bem vestidas. Isso não é típico de um homem?

— Ah, você está falando como a sra. Elliott, de Glen — disse Anne em tom severo. — Preste atenção a essa tendência. Gostaria de viver em um mundo onde não houvesse homens?

— Seria horrível — admitiu Diana. — Sim, sim, Fred, estou indo! Oh, tudo bem! Até amanhã, então, Anne.

No caminho de volta, Anne parou perto da Bolha da Dríade. Ela amava tanto aquele velho riacho. Cada som das risadas de sua infância que já havia captado e guardado agora parecia voltar a seus ouvidos atentos. Seus antigos sonhos... podia vê-los refletidos na bolha transparente... antigos votos... velhos sussurros... o riacho havia guardado todos eles e os murmurava... mas não havia ninguém para ouvir, exceto os velhos e sábios abetos da Floresta Assombrada, que os ouviram por tanto tempo.

Capítulo 2

—Um dia tão lindo... feito para nós — disse Diana. — No entanto, receio que teremos um único dia... amanhã vai chover.

— Não importa. Beberemos à beleza do hoje, mesmo que o sol acabe amanhã. Vamos desfrutar da nossa amizade hoje, mesmo que amanhã tenhamos de nos separar. Olhe para aquelas colinas verdes douradas... aqueles vales de névoa azul. São *nossos*, Diana... Não me importo se aquela colina mais distante está registrada no nome de Abner Sloane... É *nossa* hoje. Há um vento oeste soprando... Sempre me sinto aventureira quando sopra o vento oeste... e teremos um passeio perfeito hoje.

E elas realmente tiveram. Todos os antigos e queridos lugares foram visitados: a Travessa dos Amantes, a Floresta Assombrada, a Mata Selvagem, o Vale das Violetas, a Trilha das Bétulas, o Lago das Águas Brilhantes. Houve algumas mudanças. O pequeno círculo de mudas de bétulas na Mata Selvagem, onde elas tinham uma casa de boneca há muito tempo, agora era formado por grandes árvores; a Trilha das Bétulas que não era usada havia muito tempo, estava coberta de samambaias; o Lago das Águas Brilhantes havia desaparecido totalmente, deixando apenas uma depressão úmida cheia de musgos. Mas o Vale das Violetas estava púrpura de tantas flores, e a muda de macieira que Gilbert uma vez encontrou no fundo da floresta, agora era uma enorme árvore, repleta de pequenos botões de flores com pontas vermelhas.

Elas caminharam com a cabeça descoberta. O cabelo de Anne ainda brilhava como mogno polido ao sol, e o de Diana ainda era preto brilhante. Trocaram olhares de alegria e compreensão, calorosos e amigáveis. Às vezes, elas caminhavam em silêncio... Anne sempre afirmava que duas pessoas tão compreensivas quanto ela e Diana podiam sentir os pensamentos uma da outra. Às vezes, elas temperavam a conversa com perguntas *"você se lembra?"*. *"Você se lembra do dia em que caiu no telhado do galinheiro dos Cobbs na Estrada Tory"*... *"Lembra-se de quando pulamos em cima da tia Josephine?"*... *"Lembra-se do nosso Clube de Contos?"*... *"Lembra-se da visita da sra. Morgan quando você manchou seu nariz de vermelho?"*... *"Lembra-se de como nós fazíamos sinais com vela na janela uma para a outra?"*... *"Lembra-se como nos divertimos no casamento da srta. Lavender e dos laços azuis de Charlotta?"*... *"Lembra-se da Associação A.V.I.S.?"* Parecia que quase podiam ouvir suas antigas gargalhadas ecoando ao longo dos anos.

A A.V.I.S. estava, aparentemente, morta. Havia definhado logo depois do casamento de Anne.

— Simplesmente não conseguiam continuar, Anne. Os jovens em Avonlea agora não são mais como eram em *nosso* tempo.

— Não fale como se *"nosso tempo"* tivesse acabado, Diana. Somos apenas quinze anos mais velhas e temos espíritos semelhantes. O ar não é apenas cheio de luz... É luz. Não tenho certeza se não criei asas.

— Eu também me sinto assim — disse Diana, esquecendo-se de que havia elevado o ponteiro da balança para 70 quilos naquela manhã. — Frequentemente sinto que adoraria me transformar em um pássaro por um tempo. Deve ser maravilhoso voar.

A beleza estava por toda parte. Cores inesperadas brilhavam nas terras escuras da floresta e cintilavam em seus belos caminhos. O sol da primavera penetrava em suas jovens folhas verdes. Alegres sons de música estavam em todo lugar. Havia pequenas depressões onde você parecia estar tomando um banho de ouro líquido. A cada passo, um cheiro fresco de primavera as alcançava... samambaias com especiarias... bálsamo de abeto... o cheiro saudável dos campos arados recentemente. Havia uma alameda acortinada com flores de cerejeira silvestres... um velho campo gramado cheio de pequeninos abetos começando a crescer, lembrando pequenos elfos agachados na relva... riachos ainda não "muito largos para atravessar com um pulo"... flores-estrelas embaixo dos abetos... lençóis de samambaias enroladas... e uma bétula de onde algum vândalo havia arrancado o invólucro branco em vários lugares, expondo as tonalidades da casca abaixo. Anne olhou para ele por tanto tempo que Diana achou estranho. Ela não via o que Anne enxergava... cores saindo do mais puro branco cremoso, passando por requintados tons de dourado, ficando cada vez mais profundos até que a camada mais interna revelasse o marrom mais rico e profundo, como se para dizer que todas as bétulas, tão frias e solitárias por fora, tinham sentimentos em tons quentes.

— O fogo primitivo da terra em seus corações — murmurou Anne.

E finalmente, depois de atravessar um pequeno vale no bosque cheio de cogumelos, elas encontraram o jardim de Hester Gray. Não havia mudado muito. Ainda era um lugar doce com flores queridas. Ainda havia muitos lírios de junho, como Diana chamava os narcisos. A fileira de cerejeiras tinha envelhecido, mas era um mar de flores nevadas. Ainda era possível encontrar o caminho central das rosas, e a velha trilha era branca de flores de morango, azul de violetas e verde de brotos de samambaias. Elas fizeram o piquenique em um canto do caminho, sentadas sobre algumas pedras cobertas de musgo, com uma árvore lilás atrás delas balançando folhas roxas contra um sol baixo. As duas estavam com fome e ambas fizeram justiça à sua boa culinária.

— Como as coisas são saborosas ao ar livre! — suspirou Diana confortavelmente. — Esse seu bolo de chocolate, Anne... bem, não tenho palavras, mas preciso pegar a receita. Fred vai adorar. *Ele* pode comer qualquer coisa e continua magro. Estou sempre dizendo que *não* vou mais comer bolo... porque estou engordando a cada ano. Tenho tanto horror de ficar como a tia-avó Sarah... ela era tão gorda que sempre tinha de ser puxada para cima quando se sentava. Mas quando vejo um bolo assim... e ontem à noite na recepção... bem, todos teriam ficado ofendidos se eu não comesse.

— Você se divertiu?

— Oh, sim, de certa forma. Mas eu caí nas garras da prima do Fred, Henrietta... e ela adora contar tudo sobre suas cirurgias e as sensações ao passar por elas e como seu apêndice teria supurado logo se ela não o tivesse retirado. *"Tive de levar quinze pontos. Oh, Diana, a agonia que passei!"* Bem, se eu não me diverti, ela sim. E se ela sofreu, então por que deveria se divertir falando sobre isso agora? Jim estava tão engraçado... não sei se Mary Alice gostou muito disso... Bem, só mais um pedacinho... suponho que tanto faz ser enforcada por uma ovelha ou por um cordeirinho... uma lasquinha não pode fazer muita diferença... Ele disse uma coisa estranha... que na noite anterior ao casamento ele estava com tanto medo que achou que teria de pegar o trem para o porto. Ele disse que se todos os noivos fossem honestos diriam que sentiram a mesma coisa. Você acha que Gilbert e Fred sentiram-se assim, Anne?

— Tenho certeza que não.

— Isso é o que Fred disse quando perguntei a ele. Ele disse que só teve medo que eu mudasse de ideia no último momento, como Rose Spencer. Mas nunca se sabe o que um homem está realmente pensando. Bem, é inútil se preocupar com isso agora. Que tarde adorável tivemos hoje! Parece que revivemos muito da nossa velha felicidade. Gostaria que você não tivesse de ir amanhã, Anne.

— Não pode fazer uma visita a Ingleside em algum momento do verão, Diana? Antes... bem, antes de eu não querer receber visitas por um tempo.

— Eu adoraria. Mas parece impossível sair de casa no verão. Sempre há muito o que fazer.

— Rebecca Dew vai nos visitar finalmente e estou feliz por isso... e receio que tia Mary Maria também vá. Ela deu a entender que iria, na conversa com Gilbert. Ele não quer recebê-la, não mais do que eu..., mas ela é "parente" e, portanto, a porta da casa dele deve estar sempre aberta para ela.

— Talvez eu vá no inverno. Adoraria ver Ingleside de novo. Você tem uma casa linda, Anne... e uma família adorável.

— Ingleside é maravilhosa... e agora amo aquele lugar. Mas já houve um tempo em que eu achava que jamais o amaria. Odiei quando chegamos lá pela primeira vez... odiei justamente por suas virtudes. Elas eram um insulto à minha querida Casa dos Sonhos. Lembro-me de ter dito a Gilbert, com tristeza, quando a deixamos: *"Fomos tão felizes aqui. Nunca seremos tão felizes em outro lugar"*. Passei um tempo convivendo com o luxo da saudade de casa. Depois... encontrei pequenas sementes de afeto por Ingleside começando a brotar. Lutei contra isso... lutei de verdade... mas finalmente tive de ceder e admitir que amava aquele lugar. E, desde então, amo mais a cada ano. Não é uma casa muito velha... casas muito velhas são tristes. E não é muito jovem... casas muito jovens são brutas. Ela é apenas suave. Amo cada cômodo dela. Cada um tem algum defeito, mas também alguma virtude... algo que o distingue dos outros... confere personalidade. Adoro todas aquelas árvores magníficas no jardim. Não sei quem as plantou, mas toda vez que subo as escadas paro no patamar... você conhece aquela janela pitoresca no patamar com o assento largo e profundo... e fico sentada lá olhando por um momento e digo: *"Deus abençoe o homem que plantou aquelas árvores, seja ele quem for"*. Na verdade, temos muitas árvores em volta da casa, mas não abriríamos mão de nenhuma delas.

— É igualzinho ao Fred. Ele adora aquele grande salgueiro no lado sul da casa. Atrapalha a vista das janelas da sala, como já falei várias vezes, mas ele apenas diz: *"Você cortaria uma coisa tão linda assim, mesmo que bloqueasse a vista?"* Então o salgueiro fica... e é adorável. É por isso que chamamos nossa casa de Fazenda do Salgueiro Solitário. Adoro o nome Ingleside. É um nome tão lindo e acolhedor.

— Foi o que Gilbert disse. Demoramos para escolher o nome. Tentamos vários, mas eles não *pertenciam* ao lugar. Mas quando pensamos em Ingleside, sabíamos que era a escolha certa. Fico feliz por termos uma bela casa grande, com muitos cômodos... precisamos disso com nossa família. As crianças também a amam, por mais que ainda sejam pequenas.

— Elas são uns amores — Diana sorrateiramente cortou outra "lasquinha" do bolo de chocolate. — Acho que as minhas são ótimas... mas realmente tem algo especial em suas crianças... e os gêmeos! *Disso* eu realmente tenho inveja. Sempre quis ter gêmeos.

— Oh, eu não poderia fugir de gêmeos... eles são o meu destino. Mas fiquei um pouco desapontada porque os meus não são parecidos... nem um pouco parecidos. Contudo, Nan é bonita com seus cabelos e olhos castanhos e sua pele adorável. Di é a favorita do pai, porque tem olhos verdes e cabelos ruivos... cabelos ruivos encaracolados. Shirley é a menina dos olhos de Susan... Eu fiquei doente por muito tempo depois que ele nasceu, e ela cuidou dele até eu realmente acreditar que ela pensava que ele era filho dela. Ela o chama de "meu menininho marrom" e o mima desavergonhadamente.

— E ele ainda é tão pequeno que você pode entrar em silêncio para ver se ele se descobriu e cobri-lo de novo — disse Diana com inveja. — Jack tem 9 anos, você sabe, e ele não quer mais que eu faça isso. Diz que está muito grande. E eu gostava tanto disso! Ah, queria tanto que os filhos não crescessem tão depressa.

— Nenhum dos meus chegou a esse estágio ainda... embora eu tenha percebido que desde que Jem começou a ir para a escola, ele não quer mais segurar minha mão quando caminhamos pelo vilarejo — disse Anne com um suspiro. — Mas ele, Walter e Shirley querem que eu os coloque na cama ainda. Walter às vezes transforma isso em um ritual e tanto.

— E você ainda não precisa se preocupar com o que eles serão. Agora, Jack é louco para ser um soldado quando crescer... um soldado! Imagine só!

— Não me preocuparia com isso. Ele vai esquecer disso quando outro interesse aparecer. A guerra é coisa do passado. Jem imagina que será um marinheiro... como o capitão Jim... e Walter quer ser poeta. Ele não é como os outros. Mas todos amam árvores e adoram brincar no "Buraco", como eles chamam um pequeno vale logo abaixo de Ingleside, com caminhos encantados e um riacho. Um lugar muito comum... apenas um "Buraco" para os outros, mas para eles é um lugar encantado. Todos têm seus defeitos..., mas não são uma turminha tão ruim... e felizmente sempre há amor suficiente para distribuir. Oh, fico feliz em pensar que amanhã à noite estarei de volta a Ingleside, contando histórias para meus bebês na hora de dormir e elogiando as calceolárias e samambaias de Susan. Susan tem "sorte" com samambaias. Ninguém as cultiva como ela. Posso elogiar suas samambaias com honestidade..., mas as calceolárias, Diana! Eles não parecem flores para mim. Mas nunca magoei o coração de Susan, dizendo isso a ela. Sempre consigo contornar a situação de alguma forma. A Providência nunca falhou. Susan é um anjo... não consigo imaginar o que faria sem ela. E lembro-me de uma vez chamá-la de "forasteira". Sim, é adorável pensar em voltar para casa, mas estou triste por deixar Green Gables também. É tão lindo aqui... com Marilla... e *você*. Nossa amizade sempre foi uma coisa muito linda, Diana.

— Sim... e nós sempre... quero dizer... eu nunca poderia dizer coisas como você, Anne... mas mantivemos nosso antigo "voto e promessa solenes", não foi?

— Sempre... e sempre será assim.

Anne segurou a mão de Diana e elas ficaram sentadas por um longo tempo em um silêncio doce demais para palavras. As sombras longas e imóveis da noite caíram sobre a grama, as flores e os campos verdes além delas. O sol se pôs... os tons de rosa acinzentado do céu se aprofundaram e empalideceram atrás das árvores melancólicas... o crepúsculo da primavera tomou conta do jardim de Hester Gray onde ninguém mais caminhava agora. Tordos borrifavam o ar da noite com trinidos que pareciam flautas. Uma grande estrela surgiu sobre as cerejeiras brancas.

— A primeira estrela é sempre um milagre — disse Anne com ar sonhador.

— Eu poderia ficar aqui sentada para sempre — disse Diana. — Odeio a ideia de sair deste lugar.

— Eu também... mas, afinal, só estamos fingindo ter 15 anos. Precisamos lembrar que nossa família está nos esperando. Como são perfumadas essas lilases! Já lhe ocorreu, Diana, que há algo que não é completamente... casto... no perfume das lilases? Gilbert ri de tal ideia... ele adora... mas para mim elas sempre parecem lembrar alguma coisa secreta, *muito* doce.

— Eles são muito intensos para ter em casa, eu sempre achei — disse Diana. Ela pegou o prato com o restante do bolo de chocolate... olhou para ele com desejo... balançou a cabeça e colocou-o na cesta com uma expressão de grande nobreza e abnegação no rosto.

— Não seria divertido, Diana, se agora, ao voltarmos para casa, encontrássemos nossas antigas versões correndo na Travessa dos Amantes?

Diana sentiu um leve arrepio.

— Não, não... não acho que seria engraçado, Anne. Não tinha percebido que estava ficando tão escuro. Tudo bem imaginar coisas à luz do dia, mas...

Foram para casa juntas, em silêncio, amorosas, com a glória do pôr do sol queimando nas velhas colinas atrás delas e seu antigo e inesquecível amor ardendo em seus corações.

Capítulo 3

Anne encerrou a semana, que tinha sido cheia de dias agradáveis, levando flores para o túmulo de Matthew na manhã seguinte e, à tarde, pegou o trem em Carmody. Por um tempo, ela pensou em todas as coisas queridas que deixaria para trás e então seus pensamentos correram para as coisas amadas que estavam esperando por ela. Seu coração cantou todo o caminho porque ela estava indo para uma casa alegre... uma casa onde todos que entravam sabiam que era um *lar*... uma casa que estava cheia de risos e canecas de prata e fotos e bebês... coisas preciosas com cachinhos e joelhos gordinhos... e cômodos que a acolheriam... onde as cadeiras esperavam pacientemente e os vestidos do guarda-roupa a espreitavam... onde sempre se festejavam pequenos aniversários e pequenos segredos eram sussurrados.

— É delicioso sentir que estou indo para casa — pensou Anne, tirando da bolsa uma carta de um de seus filhinhos, com a qual ela havia rido muito na noite anterior, lendo-a com orgulho para as pessoas de Green Gables... a primeira carta que ela havia recebido de um filho. Era uma cartinha muito boa para uma criança de 7 anos que estava indo à escola apenas há um ano, embora a grafia de Jem fosse um pouco incerta e houvesse um grande borrão de tinta em um canto.

"Di chorou e chorou a noite toda porque Tommy Drew disse a ela que ia queimar a boneca dela no espeto. Susan nos conta boas histórias à noite, mas ela não é você, mamãe. Ela me deixou ajudar a plantar algumas sementes ontem."

— *Como* pude ficar feliz por uma semana inteira longe de todos eles? — pensou a castelã de Ingleside se reprovando.

— Que bom ter alguém esperando por mim ao fim de uma jornada! — gritou ela ao descer do trem em Glen St. Mary em direção aos braços de Gilbert, que a estava esperando. Nunca sabia ao certo se Gilbert iria encontrá-la... alguém estava sempre morrendo ou nascendo..., mas nenhuma volta ao lar era perfeita para Anne, a menos que ele a esperasse. E ele estava usando um novo terno cinza-claro! (*Como estou feliz por ter vestido essa blusa de babados com meu conjunto marrom, mesmo que a sra. Lynde achasse que era loucura usá-lo para viajar. Se eu não tivesse colocado esta roupa, não estaria tão bem-arrumada para Gilbert.*)

Ingleside estava toda iluminada, com lanternas japonesas alegres penduradas na varanda. Anne correu alegremente pela alameda ladeada por narcisos.

— Ingleside, cheguei! — ela chamou.

Eles se juntaram ao seu redor... rindo, exclamando, brincando... com Susan Baker sorrindo recatada ao fundo. Todas as crianças tinham um buquê escolhido especialmente para ela, até mesmo Shirley, de 2 anos.

— Oh, *essa* é uma bela recepção! Tudo em Ingleside parece tão feliz. É esplêndido pensar que minha família está tão feliz em me ver.

— Se você sair de casa de novo, mamãe — disse Jem solenemente, — vou ter uma apendicite.

— Como você vai fazer isso? — perguntou Walter.

— S-s-sh! — Jem cutucou Walter secretamente e sussurrou: — Ter uma dor em algum lugar... mas eu só quero assustar a mamãe para ela *não* ir embora.

Anne queria fazer uma centena de coisas primeiro... abraçar todo mundo... sair correndo no crepúsculo e colher alguns de seus amores-perfeitos... era possível encontrar amores-perfeitos por toda parte em Ingleside... pegar a bonequinha velha caída no tapete... ouvir todas as fofocas e notícias interessantes, todos contribuindo com alguma coisa. Notícias como a de que Susan se distraiu e Nan conseguiu enfiar a tampa de um tubo de vaselina em seu nariz enquanto o doutor estava fora atendendo um caso... "Garanto que foi um momento de ansiedade, querida senhora."... que a vaca da sra. Jud Palmer comeu cinquenta e sete pregos de arame e tiveram de mandar buscar um veterinário em Charlottetown... como a distraída sra. Fenner Douglas foi à igreja *sem véu na cabeça*... que o papai arrancou todos os dentes-de-leão do gramado... "quanto a bebês, querida senhora... foram oito enquanto a senhora esteve fora"... que o sr. Tom Flagg tingiu o bigode... "e sua esposa morreu há apenas dois anos..." que Rose Maxwell, de Harbor Head, abandonou Jim Hudson, de Upper Glen, e ele mandou uma conta de tudo que havia gastado com ela... que esplêndido acontecimento havia ocorrido no funeral da sra. Amasa Warren... que o gato de Carter Flagg teve um pedaço da cauda arrancado por uma mordida... que Shirley foi encontrado em um estábulo bem embaixo de um dos cavalos... "querida senhora, nunca mais serei a mesma mulher..." que havia muitas razões para temer que as ameixeiras azuis estivessem desenvolvendo um tipo de fungo... que Di havia passado o dia inteiro cantando, "Mamãe está voltando para casa hoje, casa hoje, casa hoje", no ritmo de *Merrily We Roll Along*... que a gatinha de Joe Reeses era vesga porque nasceu com os olhos abertos... que Jem, sem querer, sentou-se em um papel pega-moscas antes de colocar suas calças... e que o Camarão havia caído em um barril de água.

— Ele quase se afogou, querida senhora, mas felizmente o doutor ouviu seus gritos no momento exato e puxou-o pelas patas traseiras. (O que é momento exato, mamãe?)

— Ele parece ter se recuperado bem do susto — disse Anne, acariciando o dorso preto e branco de um gato satisfeito, com bochechas enormes, ronronando em uma cadeira à luz da lareira. Nunca era muito seguro sentar em uma cadeira em Ingleside sem antes ter certeza de que não havia um gato nela. Susan, que não gostava muito de gatos no começo e, jurou que teve de aprender a gostar deles para legítima defesa. Quanto ao Camarão, Gilbert lhe deu esse nome um ano atrás, quando Nan trouxera para casa o gatinho miserável e esquelético do vilarejo onde alguns meninos o torturavam, e o nome pegou, embora fosse muito inapropriado.

— Mas... Susan! O que aconteceu com Gog e Magog? Oh... não me diga que quebraram?

— Não, não, querida senhora — exclamou Susan, saindo da sala com o rosto vermelho de vergonha. Ela voltou logo com os dois cachorros de porcelana que sempre enfeitavam a casa de Ingleside. — Não sei como pude esquecer de colocá-los de volta antes de sua chegada. Veja, querida senhora, a sra. Charles Day, de Charlottetown, esteve aqui um dia depois que a senhora partiu... e sabe como ela é muito séria e apropriada. E Walter achou que devia entretê-la e começou mostrando os cachorros para ela. "Este aqui é God e este é My God", disse ele, pobre criança inocente, dizendo que os nomes dos cachorros eram Deus e Meu Deus, usando seu bom inglês. Fiquei horrorizada... embora tenha achado que iria morrer quando vi a expressão da sra. Day. Expliquei o melhor que pude, pois não queria que ela nos considerasse uma família profana, mas decidi que simplesmente guardaria os cachorros no armário de porcelana, fora de vista, até a senhora voltar.

— Mamãe, não podemos jantar cedo? — disse Jem em tom patético. — Estou com uma sensação horrível no estômago. E, ah, mamãe, fizemos o prato favorito de todos!

— Nós, como a pulga disse ao elefante, fizemos exatamente isso — disse Susan com um sorriso. — Achamos que seu retorno deveria ser devidamente comemorado, querida senhora. E agora, onde está Walter? É a semana de ele tocar o gongo para as refeições, bendito seja seu coração.

O jantar foi uma refeição de gala... e colocar todos as crianças na cama depois foi uma delícia. Susan até permitiu que ela colocasse Shirley na cama, vendo que a ocasião era muito especial.

— Este não é um dia comum, querida senhora — disse ela solenemente.

— Ah, Susan, não existe dia comum. *Todo* dia tem alguma coisa que os outros dias não têm. Você não percebeu isso?

— Isso é verdade, querida senhora. Mesmo na última sexta-feira, quando choveu o dia todo e foi muito tedioso, meu grande gerânio rosa finalmente deu botões, depois de se recusar a florescer por três longos anos. E a senhora notou as calceolárias?

— Reparei neles! Nunca vi calceolárias iguais na minha vida, Susan. Como você consegue? — (*Pronto, deixei Susan feliz e não disse nenhuma mentira. Nunca vi tais calceolárias iguais... graças a Deus!*)

— É o resultado de constante cuidado e atenção, querida senhora. Mas há algo que acho que devo falar. Creio que Walter *suspeita de alguma coisa*. Sem dúvida, alguma criança de Glen disse algo a ele. Hoje em dia, as crianças sabem muito mais do que convém. Walter me perguntou outro dia, muito pensativo: — Susan, os bebês são *muito* caros? — Fiquei um pouco chocada, querida senhora, mas mantive a calma. — Algumas pessoas acham que eles são luxos — eu disse, — mas em Ingleside achamos que são necessidades. — E me censurei por ter reclamado em voz alta do preço vergonhoso das coisas em todas as lojas de Glen. Receio que tenha preocupado a criança. Mas se ele disser alguma coisa, a senhora estará preparada.

— Tenho certeza de que você lidou muito bem com a situação, Susan — disse Anne com seriedade. — E acho que é hora de todos saberem o que estamos esperando que aconteça.

Mas o melhor de tudo foi quando Gilbert se aproximou dela, enquanto estava sentada em sua janela, observando um nevoeiro que subia do mar, por cima das dunas iluminadas pela lua e que vinha do porto, direto para o longo e estreito vale sobre o qual Ingleside se debruçava e onde ficava aninhado o vilarejo de Glen St. Mary.

— Como é bom voltar para casa no fim de um dia difícil e encontrar você! Você está feliz, melhor de todas as Annes?

— Feliz! — Anne se abaixou para cheirar um vaso de flores de maçã que Jem colocara em sua penteadeira. Ela se sentiu rodeada e envolvida pelo amor. — Gilbert, querido, foi lindo ser Anne de Green Gables novamente por uma semana, mas é cem vezes mais adorável voltar e ser Anne de Ingleside.

Capítulo 4

—Absolutamente não — disse o Dr. Blythe, em um tom que Jem entendia. Jem sabia que não havia esperança de que o pai mudasse de ideia ou de que a mãe tentasse convencê-lo a mudar. Era óbvio que, a essa altura, mãe e pai eram um só. Os olhos castanhos de Jem escureceram de raiva e decepção quando ele olhou para os pais cruéis... *ficou encarando os pais*... ainda mais carrancudo, porque eles ficaram irritantemente indiferentes a seus olhares e continuaram jantando como se nada estivesse errado e fora do comum. Claro que tia Mary Maria percebeu seus olhares... nada jamais escapava aos olhos azuis e pesarosos de tia Mary Maria..., mas ela apenas parecia se divertir com a situação.

Bertie Shakespeare Drew tinha passado a tarde toda brincando com Jem... Walter tinha ido à velha Casa dos Sonhos para brincar com Kenneth e Persis Ford... e Bertie Shakespeare contara a Jem que todos os meninos de Glen iriam até o Porto naquela noite para ver o capitão Bill Taylor tatuar uma cobra no braço de seu primo Joe Drew. Ele, Bertie Shakespeare, iria e Jem não iria também? Seria muito divertido. Jem ficou louco para ir; e agora havia sido informado de que estava totalmente fora de questão.

— Por uma razão entre muitas — disse o pai, — é longe demais para você ir até o Porto com aqueles meninos. Eles só voltam tarde e sua hora de dormir deve ser às 8, filho.

— Eu tinha de ir para a cama às 7 todas as noites da minha vida quando era criança — disse tia Mary Maria.

— Você terá de esperar até ficar mais velho, Jem, antes de ir para tão longe à noite — disse a mãe.

25

— A senhora disse isso semana passada — resmungou Jem indignado, — e *estou* mais velho agora. Parece que sou um bebê! Bertie vai e tenho a mesma idade que ele.

— Tem casos de sarampo por aí — disse tia Mary Maria bem séria. — Você pode pegar sarampo, James.

Jem odiava ser chamado de James. E ela sempre o chamava assim.

— *Eu quero* pegar sarampo — ele murmurou rebelde. Então, notando a expressão do pai, acalmou-se. O pai nunca deixaria que alguém "retrucasse" à tia Mary Maria. Jem odiava a tia Mary Maria. Tia Diana e tia Marilla eram maravilhosas, mas uma tia como a tia Mary Maria era algo totalmente novo na experiência de Jem.

— Tudo bem — disse ele desafiadoramente, olhando para a mãe de modo que ninguém pudesse supor que ele estava falando com a tia Mary Maria, — se você *não quer* me amar, *não precisa*. Mas vai gostar se eu for embora para atirar em tigres na África?

— Não tem tigres na África, querido — disse a mãe gentilmente.

— Leões, então! — gritou Jem. Estavam determinados a decretá-lo o errado, não estavam? Estavam prontos para rir dele, não estavam? Ele mostraria a eles! — Não pode dizer que não há leões na África. Existem *milhões* de leões na África. A África está *cheia* de leões!

Mãe e pai apenas sorriram de novo, para a desaprovação de tia Mary Maria. A impaciência em crianças era algo que não deveria ser tolerado.

— Enquanto isso — disse Susan, dividida entre seu amor e simpatia pelo pequeno Jem e sua convicção de que o doutor e a senhora do doutor estavam perfeitamente certos em se recusar a deixá-lo ir até o Porto com aquela gangue do vilarejo até a casa daquele bêbado, vergonhoso e velho capitão Bill Taylor — aqui está o seu biscoito de gengibre com creme batido, querido Jem.

Biscoito de gengibre com creme batido era a sobremesa favorita de Jem. Mas esta noite não havia encantamento que acalmasse sua alma atormentada.

— Não quero nada! — disse amuado. Levantou-se e saiu da mesa, virando-se ao chegar à porta para lançar um último desafio.

— Nem vou dormir até às 9 horas, de qualquer maneira. E quando eu crescer, *nunca* vou para a cama. Vou ficar acordado a noite toda... todas as noites... e vou me tatuar inteiro. Vou ser o pior possível. Vocês vão ver.

— "Não vou" seria muito melhor do que "nem vou", querido — disse a mãe.

Nada conseguia mexer com os sentimentos deles?

— Suponho que ninguém queira a *minha* opinião, Annie, mas se eu tivesse falado com meus pais assim quando era criança, teria apanhado até desfalecer — disse tia Mary Maria. — Acho uma grande pena que a vara de bétula seja tão negligenciada agora em algumas casas.

— O pequeno Jem não tem culpa — respondeu Susan, vendo que o doutor e sua senhora não iriam dizer nada. Mas se Mary Maria Blythe não seria censurada por ter falado assim, ela, Susan sabia o motivo. — Bertie Shakespeare Drew o induziu a isso, falando em como seria divertido ver Joe Drew tatuado. Ele ficou aqui a tarde toda, entrou escondido na cozinha e pegou a melhor panela de alumínio para usar como capacete. Disse que estavam brincando de soldados. Depois, eles fizeram barcos com telhas e ficaram encharcados navegando no riacho do vale. E, depois disso, ficaram pulando no quintal por uma hora inteira, fazendo os barulhos mais estranhos, fingindo que eram sapos. Sapos! Não admira que o pequeno Jem esteja cansado e fora de si. Ele é a criança mais bem-comportada que já se viu quando não está exausto, você pode até amarrá-lo.

Tia Mary Maria não disse nada, o que era irritante. Ela nunca falava com Susan Baker na hora das refeições, expressando assim sua desaprovação por Susan poder "sentar-se com a família".

Anne e Susan haviam discutido sobre isso antes de tia Mary Maria chegar. Susan, que "conhecia seu lugar", nunca se sentava nem esperava sentar-se com a família quando havia visitas em Ingleside.

— Mas a tia Mary Maria não é visita — disse Anne. — Ela é apenas uma pessoas da família... e você também é, Susan.

No fim, Susan cedeu, não sem uma secreta satisfação de que Mary Maria Blythe notaria que ela não era uma serviçal comum. Susan não conhecia a tia Mary Maria, mas uma sobrinha de Susan, filha de sua irmã Matilda, havia trabalhado para a mulher em Charlottetown e contou a Susan tudo sobre ela.

— Não vou fingir para você, Susan, e dizer que estou muito feliz com a perspectiva de uma visita de tia Mary Maria, especialmente agora — disse Anne com franqueza. — Mas ela escreveu para Gilbert perguntando se poderia vir por algumas semanas... e você sabe como o doutor é com essas coisas...

— Ele tem todo o direito de ser — disse Susan com firmeza. — O que um homem pode fazer a não ser suportar sua própria carne e sangue? Mas, quanto a algumas semanas... bem, querida senhora, não quero olhar para o lado ruim das coisas..., mas a cunhada da irmã Matilda veio *visitá-la* por algumas semanas e ficou por vinte anos.

— Não creio que devemos temer algo assim, Susan — sorriu Anne. — Tia Mary Maria tem uma casa muito bonita em Charlottetown. Mas ela acha que é muito grande e solitária. A mãe dela morreu há dois anos, você sabe... ela tinha 85 anos, e a tia Mary Maria era muito boa para ela e sentiu muito sua falta. Vamos tornar sua visita o mais agradável possível, Susan.

— Farei o meu melhor, querida senhora. Claro que devemos colocar outra tábua na mesa, mas, depois de tudo dito e feito, é melhor aumentar a mesa do que diminuir.

— Não devemos ter flores na mesa, Susan, porque sei que a deixam com asma. E pimenta a faz espirrar, então é melhor não usarmos. Ela também sofre com fortes dores de cabeça frequentemente, então devemos nos esforçar para não fazer barulho.

— Meu Deus! Bem, nunca notei a senhora e o doutor fazendo muito barulho. E se eu quiser gritar posso ir para o meio do mato; mas se nossas pobres crianças tiverem de ficar caladas o tempo todo por causa das dores de cabeça de Mary Maria Blythe... perdoe-me por dizer, mas acho que isso é um pouco de exagero, minha querida senhora.

— É só por algumas semanas, Susan.

— Esperemos que sim. Oh, bem, querida senhora, neste mundo, temos de aceitar o toucinho com a gordura — foi a declaração final de Susan.

Então a tia Mary Maria veio, perguntando imediatamente após sua chegada se eles haviam limpado a chaminé há pouco tempo. Aparentemente, ela tinha um grande pavor de fogo. — E eu sempre disse que as chaminés desta casa não têm altura suficiente. E espero que minha cama esteja bem arejada, Annie. Roupa de cama úmida é terrível.

Ela tomou posse do quarto de hóspedes de Ingleside... e, aliás, de todos os outros cômodos da casa, exceto o de Susan. Ninguém comemorou sua chegada com alegria demasiada. Jem, depois de olhar para ela, saiu para a cozinha e sussurrou para Susan:

— Podemos rir enquanto ela está aqui, Susan?

Os olhos de Walter se encheram de lágrimas ao vê-la, e ele teve de ser vergonhosamente retirado da sala. As gêmeas não esperaram para ser retiradas, correram por conta própria. Até o Camarão, Susan presenciou, saiu e teve um ataque no quintal. Apenas Shirley se manteve firme, olhando para ela sem medo, com seus olhos castanhos redondos, protegido no colo e nos braços de Susan. Tia Mary Maria achava que as crianças de Ingleside eram muito mal-educadas. Mas o que se podia esperar quando eles tinham uma mãe que "escrevia para jornais", um pai que pensava que eles eram perfeitos só porque eram filhos *dele*, e uma criada chamada Susan Baker que não sabia se colocar em seu lugar? Mas ela, Mary Maria Blythe, faria o melhor pelos netos do pobre primo John enquanto estivesse em Ingleside.

— Sua oração de graças é muito curta, Gilbert — disse ela com desaprovação em sua primeira refeição. — Quer que eu agradeça por você enquanto estiver aqui? Será um exemplo melhor para sua família.

Para horror de Susan, Gilbert respondeu que sim e tia Mary Maria deu graças no jantar. — É mais como um sermão do que uma oração de graças — Susan resmungou sobre os pratos. Susan concordou em particular com a descrição que sua sobrinha fez de Mary Maria Blythe. "*Parece que ela sempre está sentindo um cheiro ruim, tia Susan. Não é um odor desagradável... apenas um cheiro ruim.*" Gladys tinha um jeito especial de colocar as coisas, Susan refletiu. E, no entanto, para qualquer pessoa menos preconceituosa que Susan, a srta. Mary Maria Blythe não era feia para uma senhora de 55 anos. Tinha o que se acreditava ser "traços aristocráticos", emoldurados por cabelos grisalhos sempre lisos, que pareciam insultar diariamente o pequeno emaranhado de cabelos grisalhos de Susan. Ela se vestia muito bem, usava longos brincos e elegantes golas de renda no pescoço esguio.

— Pelo menos, não precisamos sentir vergonha de sua aparência — refletiu Susan. Mas o que tia Mary Maria teria pensado se soubesse que Susan estava se consolando por tais motivos, era algo a ser deixado por conta da imaginação.

Capítulo 5

Anne estava arrumando um vaso de lírios de junho para seu quarto e outro de peônias de Susan para a escrivaninha de Gilbert na biblioteca... as peônias brancas leitosas com manchas vermelhas cor de sangue no centro, como o beijo de um deus. O ar estava ganhando vida depois do dia excepcionalmente quente de junho e mal se podia dizer se o porto era prateado ou dourado.

— O pôr do sol vai ser maravilhoso hoje, Susan — disse ela, olhando para a janela da cozinha ao passar.

— Não posso admirar o pôr do sol antes de lavar a louça, querida senhora — protestou Susan.

— Até então já terá terminado, Susan. Olhe para aquela enorme nuvem branca elevando-se sobre o vale com o topo rosado. Você não gostaria de voar até lá em cima e pousar nela?

Susan teve uma visão de si mesma voando sobre o vale, com o pano de prato na mão, até aquela nuvem. Isso não a atraiu muito. Mas, agora, precisava fazer concessões à querida senhora.

— Tem um novo tipo de inseto perverso que está comendo roseiras — continuou Anne. — Preciso borrifar o remédio amanhã. Gostaria de fazer isso esta noite... é o tipo de noite que adoro trabalhar no jardim. As coisas estão crescendo esta noite. Espero que haja jardins no céu, Susan... jardins onde possamos trabalhar, quero dizer, ajudar a cultivar coisas.

— Mas, sem insetos, certamente — protestou Susan.

— Nãooo, suponho que sem insetos. Mas um jardim *completo* não teria graça alguma, Susan. Você tem de trabalhar em um jardim ou ele perderá seu significado. Quero capinar, cavar, transplantar, mudar, planejar e podar. Quero as flores que amo no céu... prefiro meus amores-perfeitos ao asfódelo, Susan.

— Por que a senhora não pode cuidar do jardim à noite como quer? — interrompeu Susan, que achava que a querida senhora estava realmente ficando um pouco agitada.

— Porque o doutor quer que eu vá com ele fazer uma visita. Ele vai ver a pobre sra. John Paxton. Ela está morrendo... ele não pode fazer mais nada por ela... fez tudo o que era possível..., mas ela gosta que ele a visite.

— Oh, bem, querida senhora, todos nós sabemos que ninguém pode morrer ou nascer sem ele por aqui, e está uma boa noite para um passeio de carruagem. Acho que vou caminhar até o vilarejo e reabastecer nossa despensa depois de colocar as gêmeas e Shirley na cama e adubar a sra. Aaron Ward. Ela não está florescendo como deveria. A srta. Blythe acabou de subir, suspirando a cada passo, dizendo que uma de suas dores de cabeça está chegando, então haverá um pouco de paz e sossego esta noite, pelo menos.

— Providencie para que Jem vá para a cama na hora certa, sim, Susan? — disse Anne enquanto se afastava pela noite que era como um copo que transbordava perfume. — Ele está realmente muito mais cansado do que pensa estar. E ele nunca quer ir para a cama. Walter não vem para casa esta noite, Leslie perguntou se ele poderia ficar lá.

Jem estava sentado nos degraus da porta lateral com um pé descalço repousando sobre o joelho, olhando feio para as coisas em geral e para uma lua enorme atrás da torre da igreja de Glen em particular. Jem não gostava de luas tão grandes.

— Tome cuidado para que seu rosto não congele assim — tia Mary Maria havia dito ao passar por ele a caminho de casa.

Jem fez uma careta mais horrível do que nunca. Ele não se importava se seu rosto congelasse daquele modo. Esperava que isso realmente acontecesse.

— Vá embora e não fique me perseguindo o tempo todo,— disse ele a Nan, que se arrastou para perto dele depois que o pai e a mãe saíram na carruagem.

— Resmungão! — disse Nan. Mas antes de se afastar, colocou no degrau ao lado dele o doce vermelho em forma de leão que trouxera para ele.

Jem ignorou o doce. Sentia-se mais abusado do que nunca. Ele não era tratado adequadamente. Todo mundo o atormentava. Naquela mesma manhã, Nan havia dito: — *Você* não nasceu em Ingleside como todos nós. Di tinha comido seu coelho de chocolate naquela manhã, embora *soubesse* que o coelho era dele. Até mesmo Walter o abandonara, tinha ido embora para cavar buracos de areia com Ken e Persis Ford. Muito divertido isso! E ele queria muito ir com Bertie para ver a tatuagem. Jem tinha certeza de que nunca havia desejado tanto algo em sua vida antes. Ele queria ver o navio maravilhoso com equipamento completo que Bertie disse que ficava sempre na cornija da lareira do capitão Bill. Foi uma pena, foi isso que aconteceu.

Susan levou para ele uma grande fatia de bolo coberto com calda de bordo e nozes, mas, "Não, obrigado", disse Jem friamente. Por que ela não guardou um pouco de biscoito de gengibre com creme batido para ele? Provavelmente os outros tinham comido tudo. Porcos! Ele mergulhou em um poço mais profundo de tristeza. Os meninos já deviam estar a caminho do porto. Ele simplesmente não suportava pensar nisso. Tinha de fazer algo para se vingar. E se cortasse a girafa de serragem de Di no tapete da sala? Isso deixaria a velha Susan furiosa... Susan com suas nozes, quando ela sabia que ele odiava nozes na cobertura. E se ele desenhasse um bigode na imagem do anjo no calendário do quarto dela? Ele sempre odiou aquele querubim gordo, rosado e sorridente porque se parecia com Sissy Flagg, que havia contado na escola que Jem Blythe era seu namorado. Dela! Sissy Flagg! Mas Susan achava aquele querubim adorável.

E se escalpelasse a boneca da Nan? E se quebrasse o nariz de Gog ou de Magog... ou de ambos? Talvez isso servisse para a mãe perceber que ele não era mais um bebê. Ela que esperasse até a próxima primavera! Ele sempre trouxe flores de maio para ela por anos, anos e anos... desde os 4 anos... mas ele não faria isso na próxima primavera. Não senhor!

E se comesse um monte de massinhas verdes da árvore e ficasse bem doente? Talvez *isso* os assustasse. E se nunca mais lavasse atrás das orelhas? E se fizesse caretas para todo mundo na igreja no próximo domingo? E se colocasse uma lagarta na tia Mary Maria... uma lagarta grande, listrada e peluda? E se fugisse para o porto, se escondesse no navio do capitão David Reese e saísse pela manhã a caminho da

América do Sul? Eles se arrependeriam *então*? E se ele nunca mais voltasse? E se fosse caçar onças no Brasil? Ficariam arrependidos *nesse caso*? Não, ele apostava que não. Ninguém o amava. Havia um furo no bolso de sua calça. Ninguém o havia consertado. Bem, *ele* não se importava. Simplesmente mostraria aquele buraco para todo mundo em Glen e deixaria as pessoas verem o quanto negligenciado ele era. Seus erros apareceram e o dominaram.

Tique-taque... tique-taque... tique-taque... era o velho relógio de pêndulo no corredor que fora trazido para Ingleside após a morte do avô Blythe... um velho relógio datado da época em que existia uma coisa chamada tempo. Normalmente, Jem o amava... agora o odiava. Parecia estar rindo dele. "Ha, ha, está chegando a hora de dormir. Os outros meninos podem ir para o porto, mas você vai para a cama. Ha, ha... ha, ha... ha, ha!"

Por que ele tinha de ir para a cama todas as noites? Sim, por quê?

Susan saiu a caminho de Glen e olhou com ternura para a pequena criatura rebelde.

— Você não precisa ir para a cama até eu voltar, pequeno Jem — disse ela indulgente.

— Não vou para a cama esta noite! — disse Jem com agressividade. — Vou fugir, é isso que vou fazer, velha Susan Baker. Vou me jogar no lago, velha Susan Baker.

Susan não gostava de ser chamada de velha, nem mesmo pelo pequeno Jem. Ela se afastou silenciosa e séria. Ele precisava de um pouco de disciplina. O Camarão, que a seguiu até sair, sentindo falta de companhia, agachou-se diante de Jem, mas não recebeu mais do que um olhar cheio de mágoa. — Saia daqui! Sentado aí em cima dos joelhos, me encarando como a tia Mary Maria! Vá embora! Ah, não vai sair, não é! Então pegue isso! — Jem arremessou o carrinho de mão de lata de Shirley que estava bem perto, e Camarão fugiu com um miado de lamento para o santuário da cerca viva de roseira brava. Olhe só! Até o gato da família o odiava! Para que continuar vivendo?

Ele pegou o doce em forma de leão. Nan tinha comido o rabo e boa parte das patas de trás, mas ainda era um leão e tanto. Podia muito bem comê-lo. Podia ser o último leão que ele comeria. Quando Jem terminou de comer o leão e lambeu os dedos, ele havia decidido o que iria fazer. Era a única coisa que alguém *poderia* fazer quando não tinha permissão para fazer *nada*.

Capítulo 6

—Por que será que a casa está iluminada assim? — exclamou Anne, quando ela e Gilbert entraram no portão às 11 horas. — Recebemos visitas, provavelmente.

Mas não havia nenhum visitante visível quando Anne entrou apressada na casa. Nem ninguém mais estava visível. Havia luz na cozinha... na sala de estar... na biblioteca... na sala de jantar... no quarto de Susan e no corredor do andar de cima... mas nenhum sinal de ocupantes.

— O que você acha que... — Anne começou a dizer, mas foi interrompida pelo toque do telefone. Gilbert atendeu... ouviu por um momento... proferiu uma exclamação de horror... e saiu correndo sem sequer olhar para Anne. Evidentemente, algo terrível havia acontecido e não havia tempo para explicações.

Anne estava acostumada com isso... como esposa de um homem que atendia chamados para a vida e para a morte. Com um encolher de ombros filosófico, ela tirou o chapéu e o casaco. Sentiu-se um pouco irritada com Susan, que realmente não deveria ter saído e deixado todas as luzes acesas e todas as portas abertas.

— Querida senhora — chamou uma voz que não poderia ser a de Susan... mas era.

Anne olhou para Susan. Ela estava sem chapéu... seu cabelo grisalho estava cheio de pedaços de feno... seu vestido estampado totalmente sujo e manchado. E seu rosto!

— Susan! O que aconteceu? Susan!

— O pequeno Jem desapareceu.

— Desapareceu! — Anne olhou sem acreditar. — O que você quer dizer? Ele não pode ter desaparecido!

— É verdade — suspirou Susan, torcendo as mãos. — Ele estava na escada lateral quando fui para Glen. Voltei antes de escurecer... e ele não estava lá. De início... não fiquei assustada..., mas não consegui encontrá-lo em lugar nenhum. Procurei em todos os cômodos da casa... ele disse que ia fugir...

— Bobagem! Ele não faria isso, Susan. Você se preocupou desnecessariamente. Ele deve estar em algum lugar... ele adormeceu... ele *tem de* estar em algum lugar por aqui.

— Procurei em todos os lugares... em todos os lugares. Vasculhei o terreno e as dependências externas. Olhe meu vestido... Lembrei que ele sempre dizia que seria muito divertido dormir no palheiro. Então fui até lá... e caí por aquele buraco no canto em uma das manjedouras no estábulo... bem em cima de um ninho com ovos. Foi sorte não ter quebrado uma perna... se algo pode ser considerado sorte quando o pequeno Jem está desaparecido.

Annie ainda se recusava a ceder ao nervosismo.

— Acha que ele poderia ter ido até o porto com os meninos, afinal, Susan? Ele nunca desobedeceu a uma ordem antes, mas...

— Não, ele não foi, querida senhora. O cordeirinho abençoado não desobedeceu. Corri para a casa dos Drews depois de procurar em todos os lugares e Bertie Shakespeare tinha acabado de chegar em casa. Ele disse que Jem não tinha ido com eles. Senti o fundo do meu estômago cair. Vocês confiaram o menino a mim e... Telefonei para a casa dos Paxton e eles disseram que vocês tinham estado lá e saído, não sabiam para onde.

— Fomos até Lowbridge para visitar os Parker...

— Telefonei para todos os lugares onde pensei que vocês pudessem estar. Depois voltei para o vilarejo... os homens começaram a fazer uma busca...

— Oh, Susan, isso era necessário?

— Querida senhora, eu já havia procurado em todos os lugares... em todos os lugares que aquela criança poderia estar. Oh, o que eu passei esta noite! E ele *disse* que ia se jogar no lago...

Apesar do autocontrole, um pequeno arrepio estranho percorreu o corpo de Anne. É claro que Jem não se atiraria no lago... isso era um absurdo... mas havia lá um velho barquinho que Carter Flagg usava para pescar trutas e Jem poderia, em seu humor desafiador da noite anterior, ter tentado remar dentro do lago... ele sempre quis fazê-lo... poderia até ter caído no lago tentando desamarrar o barquinho. De repente, seu medo tomou forma terrível.

— E eu não tenho a menor ideia de onde foi Gilbert — pensou, transtornada.

— O que é toda essa confusão? — perguntou tia Mary Maria, aparecendo de repente na escada, com a cabeça rodeada por um halo de frisadores e o corpo envolto em um roupão com bordados de dragão. — Será que uma pessoa *nunca* consegue ter uma noite de sono tranquila nesta casa?

— O pequeno Jem desapareceu — disse Susan novamente, muito dominada pelo terror para se ressentir do tom da srta. Blythe. — A mãe dele confiou em mim...

Anne foi procurar o menino pela casa sozinha. Jem deve estar em algum lugar! Ele não estava em seu quarto... a cama estava intacta. Não estava no quarto das gêmeas... nem no quarto dela. Ele não... não estava em parte alguma da casa. Anne, depois de uma peregrinação do sótão ao porão, voltou para a sala em um estado que lembrava pânico.

— Não quero deixá-la nervosa, Annie — disse tia Mary Marie, baixando a voz assustadoramente — mas você olhou no barril de água da chuva? O pequeno Jack MacGregor se afogou em um barril de água da chuva na cidade no ano passado.

— Eu... olhei lá — disse Susan, torcendo as mãos novamente. — Peguei uma vara... e mergulhei e mexi na água...

O coração de Anne, que havia quase parado com a pergunta de tia Mary Maria, voltou a bater normalmente. Susan se recompôs e parou de torcer as mãos. Ela lembrou-se, tarde demais, que a querida senhora não deveria ficar abalada.

— Vamos nos acalmar e ficar juntas — disse ela com a voz trêmula. — Como a querida senhora diz, ele *tem de* estar em algum lugar. Ele não pode ter se dissolvido no ar.

— Você olhou no depósito de carvão? E no relógio? — perguntou a tia Mary Maria. Susan *tinha* olhado no depósito de carvão, mas ninguém tinha pensado no relógio. *Era* grande o suficiente para um menino pequeno se esconder. Sem considerar o absurdo de supor que Jem ficaria agachado ali por quatro horas, Anne correu para lá. Mas Jem não estava no relógio.

— Tive o *pressentimento* de que algo iria acontecer quando fui para a cama esta noite — disse tia Mary Maria, pressionando as têmporas com as duas mãos.

— Quando li meu capítulo diário na Bíblia, as palavras "Não sabeis o que o dia pode vos trazer" pareciam se destacar da página. Era um sinal. É melhor se preparar para o pior, Annie. Ele pode ter ido para o pântano. É uma pena que não tenhamos alguns cães de caça.

Com um esforço terrível, Anne conseguiu rir.

— Receio que não haja nenhum na Ilha, tia. Se tivéssemos o velho setter de Gilbert, Rex, que foi envenenado, ele logo encontraria Jem. Tenho certeza de que estamos todos nos alarmando por nada.

— Tommy Spencer em Carmody desapareceu misteriosamente quarenta anos atrás e nunca foi encontrado... ou foi? Bem, se foi, era apenas seu esqueleto. Isso não é para rir, Annie. Não sei como você pode ficar tão calma.

O telefone tocou. Anne e Susan se entreolharam.

— Não posso ... *não posso* atender o telefone, Susan — disse Anne sussurrando.

— Eu também não posso — disse Susan categoricamente. Ela iria se odiar pelo resto de seus dias por mostrar tal fraqueza diante de Mary Maria Blythe, mas ela não podia evitar. Duas horas de busca aterrorizada e imaginações distorcidas deixaram Susan em frangalhos.

Tia Mary Maria caminhou até o telefone e atendeu à ligação, seus frisadores formaram uma silhueta com chifres na parede que fizeram com que Susan pensasse, apesar de sua angústia, que parecia o próprio diabo.

— Carter Flagg diz que eles procuraram em todos os lugares, mas ainda não encontraram nenhum sinal dele — relatou tia Mary Maria friamente. — Mas ele disse que o barquinho está no meio do lago, sem ninguém dentro, até onde eles podem ver. Eles vão drenar o lago.

Susan segurou Anne bem a tempo.

— Não... não... não vou desmaiar, Susan — disse Anne com os lábios pálidos. — Ajude-me a sentar... obrigada. Precisamos encontrar Gilbert.

— Se James se afogou, Annie, você deve se lembrar que ele foi poupado de muitos problemas neste mundo miserável — disse tia Mary Marie como meio de oferecer algum consolo.

— Vou pegar a lanterna e vasculhar lá fora de novo — disse Anne, assim que conseguiu se levantar. — Sim, eu sei que já fez isso, Susan... mas deixe-me... deixe-me. *Não posso* sentar aqui quieta e ficar esperando.

— Melhor colocar um suéter, então, querida senhora. Tem uma neblina pesada lá fora e o ar está úmido. Vou buscar o seu vermelho... está pendurado em uma cadeira no quarto dos meninos. Espere aqui até eu trazê-lo.

Susan subiu a escada correndo. Alguns momentos depois, algo que só poderia ser descrito como um berro ecoou por Ingleside. Anne e tia Mary Maria subiram correndo e encontraram Susan rindo e chorando no corredor, mais próxima da histeria do que Susan Baker já estivera em sua vida toda ou estaria novamente.

— Querida senhora... ele está aqui! O pequeno Jem está aqui... dormindo no assento da janela atrás da porta. Não procurei ali... a porta o escondeu... e quando não o vi na cama...

Anne, sentindo-se fraca de alívio e alegria, entrou na sala e ajoelhou-se junto à janela. Em pouco tempo, ela e Susan estariam rindo de suas tolices, mas agora só poderia haver lágrimas de gratidão. O pequeno Jem estava dormindo profundamente no parapeito da janela, coberto com uma manta, com o urso felpudo em suas mãozinhas queimadas de sol e o misericordioso Camarão estendido sobre suas pernas. Seus cachos ruivos caíram sobre a almofada. Ele parecia estar tendo um sonho agradável, e Anne não queria acordá-lo. Mas de repente ele abriu os olhos que eram como estrelas castanhas e olhou para ela.

— Jem, querido, por que você não está na sua cama? Ficamos... ficamos um pouco assustadas... não conseguimos encontrar você... e não pensamos em procurar aqui...

— Quis deitar aqui para ver a senhora e o papai passando pelo portão quando chegassem em casa. Estava me sentindo tão solitário que eu só podia dormir.

A mãe o estava segurando nos braços... carregando-o para sua cama. Era tão bom ser beijado... senti-la ajeitando as cobertas ao seu redor com aquelas mãos carinhosas que lhe davam a sensação de ser amado. Quem se importava em ver uma cobra velha tatuada, afinal? Sua mãe era tão boa. A melhor mãe que alguém já teve. Todos em Glen chamavam a mãe de Bertie Shakespeare de "Senhora Maldade" porque ela era muito cruel e ele sabia... porque tinha a visto dar tapas no rosto de Bertie por qualquer coisinha.

— Mamãe — disse ele sonolento, — é claro que vou trazer flores para você na próxima primavera... em todas as primaveras. Pode contar comigo.

— Claro que posso, querido — respondeu a mãe.

— Bem, agora que todo mundo já superou seu ataque de nervos, suponho que possamos respirar em paz e voltar para nossas camas — disse tia Mary Maria. Mas havia uma espécie de alívio rabugento em sua voz.

— Foi tolice da minha parte não lembrar do assento da janela — disse Anne. — Fizemos papel de tolas, e o doutor não vai deixar que esqueçamos isso, pode ter certeza. Susan, por favor, telefone para o sr. Flagg dizendo que encontramos Jem.

— E ele vai rir de mim — disse Susan, feliz. — Não que eu me importe... ele pode rir o quanto quiser, já que o pequeno Jem está seguro.

— Gostaria de uma xícara de chá — suspirou tia Mary Maria chorosa, ajeitando seu roupão de dragão.

— Vou preparar em um instante — disse Susan rapidamente. — Todas nós vamos nos sentir melhor depois do chá. Querida senhora, quando Carter Flagg soube que o pequeno Jem estava bem, disse: *Graças a Deus*. Nunca mais direi uma palavra contra aquele homem, não importa quais sejam seus preços. E poderíamos ter frango para o jantar amanhã, querida senhora? Apenas para uma pequena celebração, por assim dizer. E o Pequeno Jem terá seus muffins favoritos no café da manhã.

Houve outro telefonema, desta vez de Gilbert para dizer que estava levando um bebê gravemente queimado do porto para o hospital na cidade e que não o esperassem até a manhã seguinte.

Anne se debruçou na janela para dar um olhar agradecido de boa-noite ao mundo antes de ir para a cama. Um vento frio soprava do mar. Uma espécie de êxtase iluminado pelo luar percorria entre as árvores do vale. Anne conseguiu até rir... com certo tremor por trás da risada... pelo pânico de uma hora atrás e as sugestões absurdas e memórias macabras de tia Mary Maria. O filho dela estava a salvo... Gilbert estava em algum lugar lutando para salvar a vida de outra criança... Querido Deus, ajude-o e ajude a mãe dele... ajude todas as mães em todos os lugares. Precisamos de muita ajuda, com esses pequenos corações e mentes sensíveis e amorosos que buscam em nós orientação, amor e compreensão.

A noite envolvente e amistosa tomou conta de Ingleside e de todos, até mesmo de Susan, que tinha desejado entrar em algum buraco tranquilo e agradável e ficar lá dentro, caiu no sono sob seu teto protetor.

Capítulo 7

—Ele terá muita companhia... não se sentirá sozinho... nossos quatro... e meus sobrinhos de Montreal vêm nos visitar. O que um não pensa, os outros pensam.

A grande, bonita, saudável e alegre senhora do Dr. Parker sorriu expansivamente para Walter... que retribuiu o sorriso com certa indiferença. Ele não tinha certeza se gostava da sra. Parker, apesar de seus sorrisos e alegria. Tudo nela era exagerado, de alguma forma. Dr. Parker gostava dele mesmo. Quanto aos "nossos quatro" e aos sobrinhos de Montreal, Walter nunca tinha visto nenhum deles. Lowbridge, onde os Parker moravam, ficava a dez quilômetros de Glen, e Walter nunca tinha estado lá, embora o doutor e a sra. Parker e o doutor e a sra. Blythe se visitassem com frequência. O dr. Parker e o pai eram grandes amigos, embora Walter às vezes tivesse a sensação de que mamãe poderia ter ficado muito bem sem a sra. Parker. Mesmo aos 6 anos, Walter, como Anne já havia percebido, podia observar coisas que outras crianças não viam.

Walter também não tinha certeza se realmente queria ir a Lowbridge. Algumas visitas eram esplêndidas. Uma viagem para Avonlea agora... ah, isso era divertido! E uma noite com Kenneth Ford na velha Casa dos Sonhos era ainda mais divertida... embora *isso* não pudesse realmente ser chamado de visita, pois a Casa dos Sonhos sempre seria um segundo lar para os pequeninos de Ingleside. Mas ir a Lowbridge por duas semanas inteiras, entre estranhos, era uma questão muito diferente. No entanto, parecia um assunto resolvido. Por algum motivo, que Walter não era capaz de entender, seu pai e sua mãe ficaram satisfeitos com os planos. Walter, um pouco triste e inquieto, chegou a pensar que eles queriam se livrar de *todos* os seus filhos. Jem estava fora, tinha sido levado para Avonlea havia dois dias, e ele tinha ouvido

Susan fazer comentários misteriosos sobre "enviar as gêmeas para a sra. Marshall Elliott quando chegasse a hora". Que hora? Tia Mary Maria parecia muito preocupada com alguma coisa e costumava dizer que "gostaria que tudo acabasse bem". O que ela desejava? Walter não fazia ideia. Mas havia algo estranho no ar em Ingleside.

— Vou levá-lo amanhã — disse Gilbert.

— Os meninos vão esperar ansiosos — disse a sra. Parker.

— É muito gentil de sua parte, com certeza — disse Anne.

— É melhor assim, sem dúvida — disse Susan ao gato na cozinha, em tom de seriedade.

— É muito amável da parte da sra. Parker tirar Walter de nossas mãos, Annie — disse tia Mary Maria, quando os Parker partiram. — Ela me disse que gostou muito dele. As pessoas *realmente* desenvolvem sentimentos tão estranhos, não é? Bem, talvez agora por pelo menos duas semanas eu consiga ir ao banheiro sem pisar em um peixe morto.

— Um peixe morto, tia! Você não quer dizer...

— Quero dizer exatamente o que digo, Annie. Sempre. Um peixe morto! *Você* alguma vez pisou em um peixe morto com os pés descalços?

— Não... mas como...

— Walter pegou uma truta ontem à noite e a colocou na banheira para mantê-la viva, querida senhora — disse Susan alegremente. — Se tivesse ficado lá, estaria tudo bem, mas de alguma forma ela saiu e morreu durante a noite. É claro, se as pessoas andam descalças...

— Tenho como regra nunca brigar com ninguém — disse tia Mary Maria, levantando-se e saindo da sala.

— Estou determinada a não me aborrecer, querida senhora — disse Susan.

— Oh, Susan, ela *está* me irritando... mas é claro que não vou me incomodar tanto quando tudo isso acabar... e deve ser *realmente* desagradável pisar em um peixe morto...

— Um peixe morto não é melhor do que um vivo, mamãe? Um peixe morto não se contorce — disse Di.

Uma vez que a verdade deve ser dita a todo custo, é justo admitir que a senhora e a serviçal de Ingleside riram.

E foi isso. Mas, naquela noite, Anne perguntou a Gilbert se Walter ficaria feliz em Lowbridge.

— Ele é muito sensível e imaginativo — disse ela com ar melancólico.

— Demais — concordou Gilbert, que estava cansado depois de ter tido, como dizia Susan, três bebês naquele dia. — Ora, Anne, essa criança tem medo de ir lá em cima no escuro. Será muito bom para ele relacionar-se com os filhos dos Parker por alguns dias. Ele voltará para casa diferente.

Anne não disse mais nada. Sem dúvida Gilbert estava certo. Walter estava sozinho sem Jem; e, em vista do que acontecera quando Shirley nasceu, seria bom que Susan tivesse o mínimo possível em suas mãos além de cuidar da casa e suportar a tia Mary Maria... cujas duas semanas já haviam chegado a quatro.

Walter estava acordado em sua cama, tentando escapar do pensamento assustador de que ele iria embora no dia seguinte, dando asas à imaginação. A dele era muito vívida. Imaginar, para ele, era como um grande corcel branco, como o do quadro na parede, sobre o qual podia galopar para trás ou para frente no tempo e no espaço. A noite estava chegando... noite, como um anjo alto e sombrio, com asas de morcego que vivia nos bosques do Sr. Andrew Taylor, na colina ao sul. Às vezes, Walter a acolhia bem... às vezes, ele a imaginava tão vividamente que ficava com medo dela. Walter dramatizava e personificava tudo em seu pequeno mundo... o vento que lhe contava histórias à noite... a geada que beliscava as flores do jardim... o orvalho que caía tão prateado e silencioso... a Lua que ele tinha certeza que poderia pegar se ao menos pudesse subir ao topo daquela colina púrpura distante... a névoa que vinha do mar... o próprio mar grandioso que estava sempre mudando e nunca mudava... a escura e misteriosa maré. Todos eram entidades para Walter. Ingleside, o vale, o bosque de bordos e o pântano, a margem do porto, todos estavam cheios de elfos, kelpies, dríades, sereias e goblins. O gato preto de gesso na lareira da biblioteca era uma bruxa encantada. Ele ganhava vida à noite e rondava pela casa, tornando-se enorme. Walter enfiou a cabeça debaixo dos cobertores e estremeceu. Sempre tinha medo das coisas que imaginava.

Talvez tia Mary Maria estivesse certa quando dizia que ele era "muito nervoso e tenso", embora Susan nunca a perdoasse por isso. Talvez a tia Kitty MacGregor de Upper Glen, que supostamente tinha uma "segunda visão", estivesse certa quando, depois de dar uma olhada profunda nos olhos acinzentados e de cílios longos de Walter, ela disse que "era uma velha alma em um corpo jovem". Pode ser que a velha alma soubesse demais para o jovem cérebro entender sempre.

De manhã, Walter foi informado que seu pai o levaria a Lowbridge depois do jantar. Ele não disse nada, mas durante o jantar foi tomado por uma sensação de sufocamento e baixou os olhos rapidamente para esconder uma súbita névoa de lágrimas. Mas, não foi rápido o suficiente.

— Você não vai *chorar*, vai, Walter? — disse tia Mary Maria, como se um menino de 6 anos fosse desgraçado para sempre se chorasse. — Se há uma coisa que desprezo é um bebê chorão. E você não comeu sua carne.

— Comi tudo menos a gordura — disse Walter, piscando corajosamente, mas ainda evitando erguer os olhos. — Não gosto de gordura.

— Quando eu era criança — disse tia Mary Maria, — não me era permitido ter gostos e desgostos. Bem, a senhora do dr. Parker provavelmente irá curá-lo de algumas de suas ideias. Ela foi uma Winter, acho... ou foi uma Clark?... não, ela deve ter sido uma Campbell. Mas os Winters e os Campbells foram todos pintados com o mesmo pincel e não toleram nenhum absurdo.

— Por favor, tia Mary Maria, não assuste Walter com essa visita a Lowbridge — disse Anne, e uma pequena fagulha cintilou em seus olhos.

— Sinto muito, Annie — disse tia Mary Maria com grande humildade. — Não deveria, é claro, ter esquecido que não tenho o direito de tentar ensinar *nada* a seus filhos.

— Que droga — murmurou Susan enquanto saía para buscar a sobremesa... o pudim favorito de Walter.

Anne sentiu-se terrivelmente culpada. Gilbert havia lançado um ligeiro olhar de reprovação em sua direção, como se sugerisse que ela poderia ter sido mais paciente com uma pobre velha solitária. O próprio Gilbert estava se sentindo um pouco abatido. A verdade, como todos sabiam, era que ele estivera terrivelmente sobrecarregado de trabalho durante todo o verão; e talvez tia Mary Maria fosse mais cansativa do que ele admitia. Anne decidiu que, no outono, se tudo estivesse bem, ela o levaria para um mês de tiro ao alvo na Nova Escócia.

— Como está o seu chá? — ela perguntou a tia Mary Maria com arrependimento.

Tia Mary Maria comprimiu os lábios.

— Muito fraco. Mas não tem importância. Quem se importa com o chá de uma pobre e velha senhora, se está ou não do seu gosto? Algumas pessoas, porém, acham que sou uma boa companhia.

Qualquer que fosse a conexão entre as duas frases de tia Mary Maria, Anne sentiu que estavam além de sua compreensão naquele momento. Ela ficou muito pálida.

— Acho que vou subir e me deitar — disse ela, um pouco fraca, enquanto se levantava da mesa. — E acho, Gilbert... talvez seja melhor você não ficar muito tempo em Lowbridge... e é melhor telefonar para a srta. Carson.

Ela se despediu de Walter com um beijo bastante casual e apressado... como se não estivesse pensando nele. Walter *não iria* chorar. Tia Mary Maria beijou-o na testa... Walter odiava beijado molhado na testa... e disse:

— Cuide de seus modos à mesa em Lowbridge, Walter. Não seja esganado. Se for, um grande homem preto vai aparecer com um grande saco preto para pegar crianças malcriadas.

Talvez tenha sido bom que Gilbert tivesse saído para colocar a sela em Grey Tom e não tivesse ouvido isso. Ele e Anne sempre fizeram questão de não assustar seus filhos com tais ideias ou permitir que alguém o fizesse. Susan ouviu enquanto limpava a mesa, e tia Mary Maria nunca soube que escapou por pouco de ter a cabeça atingida por uma molheira e seu conteúdo.

Capítulo 8

Geralmente, Walter gostava de passear de carruagem com o pai. Ele adorava a beleza, e as estradas ao redor de Glen St. Mary eram lindas. A estrada para Lowbridge era uma faixa dupla de ranúnculos dançantes, com a borda de folhas verde de samambaia de um bosque convidativo aqui e ali. Mas hoje o pai parecia não querer falar muito e conduzia Grey Tom como Walter nunca se lembrava de tê-lo visto fazer antes. Quando chegaram a Lowbridge, ele disse algumas palavras apressadas à sra. Parker e saiu correndo sem se despedir de Walter. Walter novamente fez um grande esforço para não chorar. Era evidente que ninguém o amava. Sua mãe e seu pai o amavam antes, mas já não era mais a mesma coisa.

A grande e desarrumada casa dos Parker em Lowbridge não parecia amigável para Walter. Mas talvez nenhuma casa teria parecido assim naquele momento. A sra. Parker o levou até o quintal, onde gritos de alegria barulhenta ecoavam, e o apresentou às crianças que estavam lá. Em seguida, ela prontamente voltou a costurar, deixando que eles "se conhecessem"... um processo que funcionava muito bem em nove de cada dez casos. Talvez ela não pudesse ser culpada por não ver que o pequeno Walter Blythe era o décimo caso. Ela gostava dele... seus outros filhos eram meninos alegres... Fred e Opal eram propensos a assumir ares de Montreal, mas ela tinha certeza de que não seriam indelicados com ninguém. Tudo sairia bem. Estava tão feliz por poder ajudar a "pobre Anne Blythe", mesmo que fosse tirando apenas um dos filhos das mãos dela. A sra. Parker esperava que "tudo corresse bem". As amigas de Anne estavam muito mais preocupadas com ela do que ela mesma, todas se lembrando do nascimento de Shirley.

Um silêncio repentino invadiu o quintal... um quintal que conduzia a um grande pomar de maçãs. Walter ficou olhando sério e tímido para as crianças Parker e seus primos Johnson, de Montreal. Bill Parker tinha 10 anos... um menino de rosto corado e redondo "parecido" com a mãe e muito velho e grande aos olhos de Walter. Andy Parker tinha 9 anos, e as crianças de Lowbridge poderiam dizer que ele era "o Parker asqueroso" e que foi apelidado de "Porco" por boas razões. Walter não gostou da aparência dele desde o início... seus cabelos claros e bem curtos, seu rosto sardento de menino travesso e seus olhos azuis esbugalhados. Fred Johnson tinha a idade de Bill, e Walter também não gostou dele, embora fosse um garoto bonito com cabelos castanhos encaracolados e olhos negros. Sua irmã de 9 anos, Opal, também tinha cachos e olhos negros... bem negros. Ela ficou parada com o braço em volta de Cora Parker, de 8 anos, cabelos bem loiros, e as duas olharam para Walter com condescendência. Se não fosse por Alice Parker, Walter poderia perfeitamente ter se virado e fugido.

Alice tinha 7 anos; Alice tinha os mais lindos cachos dourados em toda sua cabecinha; Alice tinha olhos tão azuis e suaves como as violetas do vale; Alice tinha bochechas rosadas com covinhas; Alice usava um pequeno vestido amarelo com babados que a fazia parecer um ranúnculo dançante; Alice sorriu para ele como se o conhecesse desde sempre; Alice era uma amiga.

Fred começou a conversa.

— Olá, filhinho — disse ele de modo condescendente.

Walter sentiu o tom de condescendência e retraiu-se imediatamente.

— Meu nome é Walter — disse ele bem sério.

Fred se virou para os outros com um ar de deboche. Ele *iria* ensinar uma lição para o garoto do campo!

— Ele diz que seu nome é *Walter* — disse para Bill entortando a boca com deboche.

— Ele diz que seu nome é *Walter* — disse Bill a Opal, por sua vez.

— Ele diz que seu nome é *Walter* — Opal disse ao entusiasmado Andy.

— Ele diz que seu nome é *Walter* — Andy disse a Cora.

— Ele diz que seu nome é *Walter* — Cora falou sorrindo para Alice.

Alice não disse nada. Ela apenas olhou com admiração para Walter e seu olhar permitiu que ele suportasse quando todos os outros repetiram juntos, "Ele diz que o nome dele é *Walter*" e então explodiram em gritos e gargalhadas debochadas.

— Como os pequenos estão se divertindo! — pensou a sra. Parker complacente e radiante.

— Ouvi mamãe dizer que você acredita em fadas — Andy disse, com olhar malicioso.

Walter olhou fixamente para ele. Ele não seria humilhado perante Alice.

— As fadas existem — respondeu ele com firmeza.

— Não existem — disse Andy.

— *Existem* — retornou Walter.

— Ele diz que existem *fadas* — Andy disse a Fred.

— Ele diz que existem *fadas* — disse Fred a Bill... e começaram a repetir o que Walter disse com deboche.

Isso era uma tortura para Walter, de quem nunca haviam zombado antes e que não suportava esse tratamento. Ele mordeu os lábios para conter as lágrimas. Não devia chorar diante de Alice.

— Gostaria de levar uns beliscões e ficar roxo? — perguntou Andy, que já havia decidido que Walter era um covarde e que seria divertido provocá-lo.

— Porco, fique quieto! — ordenou Alice de modo assustador... muito assustador, embora falasse com calma, doçura e suavidade. Havia algo em seu tom que nem mesmo Andy ousava ignorar.

— É claro que eu não estava falando sério — ele murmurou envergonhado.

O vento mudou um pouco a favor de Walter e eles foram brincar de pega-pega no pomar. Mas, quando eles entraram fazendo barulho para jantar, Walter voltou a sentir saudades de casa. Foi tão terrível que por um momento horroroso teve medo de chorar diante de todos eles... até mesmo de Alice, que, no entanto, deu uma cutucada amigável em seu braço quando eles se sentaram, e aquilo o ajudou. Mas ele não conseguiu comer nada... simplesmente não conseguiu. A sra. Parker, cujos métodos certamente mereciam reconhecimento, não o perturbou, concluindo confortavelmente que seu apetite estaria melhor pela manhã e que os outros estavam muito ocupados comendo e conversando para darem muita atenção a ele.

Walter se perguntou por que toda a família gritava tanto quando conversavam, sem saber que ainda não tinham tido tempo de abandonar o hábito desde a morte recente de uma velha avó muito surda e sensível. O barulho fez sua cabeça doer. Oh, em casa eles também estariam jantando agora. Sua mãe estaria sorrindo da cabeceira da mesa, o pai estaria brincando com as gêmeas, Susan estaria derramando creme na caneca de leite de Shirley, Nan estaria dando as migalhas para o Camarão. Até mesmo a tia Mary Maria, como parte do círculo familiar, parecia repentinamente revestida de um brilho suave e terno. Quem teria batido no gongo chinês para o jantar? Era a semana de ele fazer isso, e Jem estava fora. Se ele pudesse encontrar um lugar para chorar! Mas parecia não haver nenhum lugar onde você pudesse se entregar às lágrimas em Lowbridge. Além disso... lá estava Alice. Walter engoliu um copo inteiro de água gelada e descobriu que isso o ajudava.

— Nosso gato tem ataques — Andy disse de repente, chutando o gato por baixo da mesa.

— O nosso também — disse Walter. O Camarão teve dois ataques. E ele não iria permitir que os gatos de Lowbridge tivessem uma classificação melhor do que os gatos de Ingleside.

— Aposto que nosso gato tem ataques mais fortes do que o seu — zombou Andy.

— Aposto que não — retrucou Walter.

— Ora, ora, não vamos brigar por causa dos seus gatos — disse a sra. Parker, que queria uma noite tranquila para escrever seu artigo sobre "Crianças mal compreendidas" para o Instituto. "Vão correr e brincar lá fora. Não vai demorar muito para chegar a hora de dormir.

Hora de dormir! Walter de repente percebeu que teria de passar a noite toda ali... muitas noites... duas semanas de noites. Era assustador. Ele foi até o pomar com os punhos cerrados e lá encontrou Bill e Andy em uma briga furiosa na grama, chutando, arranhando, gritando.

— Você me deu uma maçã com bicho, Bill Parker! — berrava Andy.

— Vou te ensinar a me dar maçã com bicho! Vou arrancar suas orelhas com uma mordida!

Lutas desse tipo eram uma ocorrência diária com os Parker. A sra. Parker afirmava que não havia mal algum em meninos brigarem. Dizia que dessa forma eles extravasavam toda a maldade e ficavam bons amigos depois. Mas Walter nunca tinha visto ninguém lutando antes e ficou horrorizado.

Fred estava torcendo, Opal e Cora estavam rindo, mas havia lágrimas nos olhos de Alice. Walter não suportou ver aquilo. Ele se jogou entre os briguentos, que se separaram por um momento para respirar antes de começar a brigar novamente.

— Parem de brigar — disse Walter. — Estão assustando Alice.

Bill e Andy olharam para ele com espanto por um momento, até que pensaram como era engraçado ver aquele bebê interferindo na luta deles.

Ambos caíram na gargalhada, e Bill deu um tapinha nas costas de Walter.

— Ele tem coragem, crianças — disse Bill. — Vai ser um menino de verdade algum dia, se o deixarem crescer. Aqui está uma maçã como recompensa... e sem bicho.

Alice enxugou as lágrimas de seu rosto rosado e olhou com tanta adoração para Walter que Fred não gostou. É claro que Alice era apenas uma bebê, mas mesmo os bebês não deveriam estar olhando com adoração para outros meninos quando ele, Fred Johnson, de Montreal, estava por perto. Tinha de dar um jeito nisso. Fred tinha entrado na casa e ouvido tia Jen, que estava falando ao telefone, dizer algo ao tio Dick.

— Sua mãe está *muito* doente — disse a Walter.

— Ela... ela não está! — gritou Walter.

— Está sim. Ouvi tia Jen contando ao tio Dick. — Fred tinha ouvido sua tia dizer: "Anne Blythe está doente". E foi divertido acrescentar o "muito". — Ela provavelmente estará morta antes de você chegar em casa.

Walter olhou em volta atormentado. Novamente Alice se colocou ao lado dele... e novamente os outros se juntaram a Fred, seguindo o comportamento-padrão. Sentiam que havia algo estranho naquela criança bonita e morena... precisavam provocá-lo.

— Se ela estiver doente, meu pai vai curá-la. — retrucou Walter.

Ele iria... ele precisava!

— Receio que isso seja impossível — disse Fred, fazendo uma cara triste, mas piscando para Andy.

— Nada é impossível para o papai — insistiu Walter com lealdade.

— Ora, Russ Carter foi para Charlottetown apenas por um dia no verão passado e, quando voltou para casa, a mãe dele estava morta — disse Bill.

— E enterrada — disse Andy, pensando em adicionar um toque dramático, sem se importar com a verdade dos fatos. — Russ ficou furioso por ter perdido o funeral... funerais são tão alegres.

— E eu nunca fui a um funeral — disse Opal com tristeza.

— Bem, ainda haverá muitas chances para você — disse Andy. — Mas, como pode ver, nem mesmo meu pai conseguiu manter a sra. Carter viva, e ele é um médico muito melhor do que o *seu* pai.

— Ele não é...

— Sim, ele é, e muito mais bonito também...

— Não é.

— Algo *sempre* acontece quando você sai de casa — disse Opal. — O que vai sentir se encontrar Ingleside queimada quando voltar para casa?

— Se sua mãe morrer, você e seus irmãos serão todos separados — disse Cora animada. — Talvez você venha morar aqui.

— Sim... venha — disse Alice com doçura.

— Ah, o pai dele iria querer ficar com eles — disse Bill. — Ele logo se casaria de novo. Mas talvez o pai dele morra também. Ouvi papai dizer que o doutor Blythe estava se matando de trabalhar. Olhe só para ele. Você tem olhos de menina, filhinho... olhos de menina... olhos de menina.

— Ah, cala a boca — disse Opal, que de repente ficou cansada da brincadeira. — Você não está enganando ele. Ele sabe que você está apenas brincando. Vamos até o parque para assistir ao jogo de beisebol. Walter e Alice podem ficar aqui. Não podemos ter crianças nos seguindo para todos os lugares.

Walter não lamentou vê-los partir. Nem Alice aparentemente. Eles se sentaram em um tronco de macieira e se entreolharam acanhados, mas contentes.

— Vou mostrar a você como brincar de pedrinhas — disse Alice, — e vou te emprestar meu canguru felpudo.

Quando chegou a hora de dormir, Walter foi colocado sozinho no pequeno quarto do corredor. A sra. Parker atenciosamente deixou uma vela e um cobertor bem quentinho, porque a noite de julho estava excessivamente fria, como até uma noite de verão podia ser no litoral, às vezes. Parecia até que ia haver geada.

Mas Walter não conseguia dormir, nem mesmo com o canguru felpudo de Alice aninhado em sua bochecha. Ah, se ele estivesse em casa, em seu quarto, onde a grande janela tinha vista para Glen e a pequena janela, com um telhado minúsculo só para ela, dava para o pinheiro escocês! Sua mãe entraria e leria poesia para ele com sua voz adorável...

— Sou um menino crescido... não vou chorar... não vouuu... — as lágrimas desceram apesar de sua determinação. De que adiantava o canguru felpudo? Parecia que ele tinha saído de casa havia anos.

Logo as outras crianças voltaram do parque e se amontoaram amigavelmente no quarto para se sentar na cama e comer maçãs.

— Estava chorando, bebê — desdenhou Andy. — Você não passa de uma menininha doce. Queridinho da mamãe!

— Dê uma mordida, garoto — disse Bill, oferecendo uma maçã meio mordida. — E anime-se. Não ficarei surpreso se sua mãe melhorar... se ela for resistente, é claro. Meu pai diz que a sra. Stephen Flagg teria morrido anos atrás se ela não fosse resistente. Sua mãe é?

— Claro que sim — disse Walter. Ele não tinha ideia do que significava ser resistente, mas se a sra. Stephen Flagg era, sua mãe devia ser.

— A sra. Ab Sawyer morreu na semana passada, e a mãe de Sam Clark morreu na semana anterior — disse Andy.

— Elas morreram durante a noite — disse Cora. — Mamãe diz que a maioria das pessoas morre à noite. Espero que isso não aconteça comigo. Imagine ir para o céu de camisola!

— Crianças! Crianças! Todos para suas camas — disse a sra. Parker.

Os meninos foram, depois de fingirem sufocar Walter com uma toalha. Afinal, eles até que gostavam do garoto. Walter segurou a mão de Opal quando ela se virou.

— Opal, não é verdade que minha mãe está doente, é? — ele sussurrou em tom de súplica. Ele não conseguia enfrentar a ideia de ser deixado sozinho com seu medo.

Opal "não era uma criança de mau coração", como dizia a sra. Parker, mas não conseguia resistir à emoção de contar más notícias.

— Ela *está* doente. Tia Jen disse que está... e disse que eu não devia contar nada a você. Mas acho que você devia saber. Talvez ela deva ter câncer.

— *Todo mundo* tem de morrer, Opal? — Essa era uma ideia nova e terrível para Walter, que nunca havia pensado na morte antes.

— É claro, bobo. Só que elas não morrem de verdade... elas vão para o céu — disse Opal com alegria.

— Nem todas elas — disse Andy... que estava ouvindo do lado de fora da porta... com o sussurro de um porco.

— O... o paraíso é mais longe do que Charlottetown? — perguntou Walter.

Opal deu uma gargalhada aguda.

— Bem, você *realmente* é esquisito! O céu está a milhões de quilômetros de distância. Mas vou lhe dizer o que fazer. Reze. Rezar é bom. Uma vez perdi 25 centavos, orei e encontrei uma moeda de 50 centavos. É assim que funciona.

— Opal Johnson, você ouviu o que eu disse? Apague essa vela no quarto de Walter. Tenho medo de fogo — disse a sra. Parker de seu quarto. — Ele já devia estar dormindo há muito tempo.

Opal apagou a vela e saiu. Tia Jen era muito boa, mas quando ela ficava irritada! Andy enfiou a cabeça pela porta para uma bênção de boa-noite.

— Provavelmente aqueles pássaros no papel de parede vão ganhar vida e arrancar seus olhos — ele sussurrou.

Depois disso, todos realmente foram para a cama, sentindo que era o fim de um dia perfeito e que Walt Blythe não era um garotinho ruim e eles se divertiriam mais brincando com ele no dia seguinte.

— Queridos pequenos — pensou a sra. Parker emocionada.

Um silêncio incomum desceu sobre a casa dos Parker e a dez quilômetros de distância, em Ingleside, a pequena Bertha Marilla Blythe piscava os olhinhos redondos e castanhos para os rostos felizes ao seu redor e para o mundo, ao qual ela havia chegado na noite mais fria de julho dos últimos oitenta e sete anos no litoral!

Capítulo 9

Sozinho na escuridão, Walter ainda não conseguia dormir. Ele nunca havia dormido sozinho antes em sua curta vida. Jem ou Ken sempre estiveram perto dele, aquecendo e confortando. Ele mal podia ver o pequeno quarto quando o luar pálido penetrava, mas era quase pior do que a escuridão. Um quadro na parede ao pé de sua cama parecia olhar maliciosamente para ele... os quadros sempre ficavam tão *diferentes* à luz do luar. Você vê coisas neles de que nunca suspeitou à luz do dia. As longas cortinas de renda pareciam mulheres altas e magras, uma de cada lado da janela, chorando. Havia ruídos na casa... estalos, suspiros, sussurros. E se os pássaros no papel de parede *estivessem* ganhando vida e se preparando para bicar e arrancar seus olhos? De repente, um medo assustador tomou conta de Walter... e então um medo maior engoliu todos os outros. *Sua mãe estava doente.* Ele tinha de acreditar, já que Opal havia dito que era verdade. Talvez sua mãe estivesse morrendo! *Talvez sua mãe estivesse morta!* Não haveria nenhuma mãe quando ele voltasse para casa. Walter via Ingleside sem sua mãe!

De repente, Walter percebeu que não conseguiria suportar. Precisava ir para casa. Imediatamente... agora. Ele tinha de ver a mãe antes que ela... antes que ela... morresse. *Isso* foi o que tia Mary Maria quis dizer. *Ela* sabia que a mãe dele ia morrer. Não adiantava pensar em acordar ninguém e pedir para ser levado para casa. Eles não o levariam... apenas iriam rir dele. Era uma jornada terrivelmente longa até sua casa, mas ele caminharia a noite toda.

Muito silenciosamente, ele saiu da cama e vestiu as roupas. Pegou os sapatos. Ele não sabia onde a sra. Parker havia colocado seu boné, mas isso não importava. Não podia fazer barulho... precisava apenas escapar e chegar até sua mãe. Ele lamentava não poder dizer adeus a Alice... ela entenderia. Pelo corredor escuro... desceu as escadas... degrau por degrau... segurando a respiração... a escada não tinha fim?... será que a mobília estava ouvindo... oh, oh!

Walter deixou cair um de seus sapatos! Ele rolou pela escada, pulando de degrau em degrau, disparou pelo corredor e bateu contra a porta da frente, fazendo um barulho que para Walter parecia ser um estrondo ensurdecedor.

Walter se encolheu em desespero junto ao corrimão. *Todo mundo* deve ter ouvido aquele barulho... eles viriam correndo... não deixariam que ele fosse para casa... um soluço de desespero deixou sua garganta apertada.

Foi como se horas tivessem passado antes que ele ousasse acreditar que ninguém havia acordado... antes que ele ousasse retomar sua descida cuidadosa pela escada.

Mas ele finalmente conseguiu; encontrou seu sapato e cuidadosamente girou a maçaneta da porta da frente... as portas nunca eram trancadas na casa dos Parker. A sra. Parker disse que eles não tinham nada que valesse a pena roubar, exceto crianças, e ninguém as queria.

Walter saiu... a porta se fechou atrás dele. Calçou os sapatos e saiu furtivamente pela rua; a casa ficava na periferia do vilarejo e ele logo alcançou a estrada. Um momento de pânico o dominou. O medo de ser pego e impedido havia passado e todos os seus antigos medos da escuridão e da solidão voltaram. Ele nunca havia saído *sozinho* à noite. Sentia medo do *mundo*. Era um mundo tão grande e ele era tão terrivelmente pequeno nele. Até mesmo o vento frio que vinha do leste parecia soprar em seu rosto como se o empurrasse de volta.

A mãe dele iria morrer! Walter engoliu em seco e virou o rosto em direção à casa dele. Ele continuou, lutando corajosamente contra o medo. Era a luz do luar, mas o luar permitia *ver* as coisas... e nada parecia familiar. Uma vez, quando ele tinha saído com o pai, pensou que nunca tinha visto nada tão bonito quanto uma estrada iluminada pela lua atravessada pelas sombras das árvores. Mas agora as sombras eram tão negras e nítidas que podiam voar até você. Os campos se tornaram estranhos. As árvores não eram mais amigáveis. Parecia que estavam olhando para ele... aglomerando-se atrás e na frente dele. Dois olhos vibrantes olhavam para ele de uma vala e um gato preto de tamanho inacreditável correu pela estrada. *Aquilo era um gato? Ou...?* A noite estava fria: ele tremia dentro de sua blusa fina, mas ele não se importaria com o frio se ao menos pudesse parar de ter medo de tudo... das sombras, dos sons furtivos e das coisas sem nome que poderiam estar rondando nas faixas de bosque por onde ele tinha de passar. Ele se perguntava como seria não ter medo de nada... como Jem.

— Vou... vou apenas fingir que não estou com medo — disse ele em voz alta, e então estremeceu de terror com o som *perdido* da própria voz na grandiosa noite.

Mas continuou... era preciso continuar porque sua mãe ia morrer. Em certo momento ele caiu, bateu e esfolou o joelho em uma pedra. Outra vez, ouviu uma charrete vindo detrás dele e se escondeu detrás de uma árvore até que ela passasse, apavorado com a ideia de o dr. Parker descobrir que ele havia partido e estar vindo atrás dele. Uma vez, parou aterrorizado com algo preto e peludo sentado na beira da estrada. Não podia passar... não podia... mas passou. Era um cachorro preto grande... *Era* um cachorro? ...mas tinha passado por ele. Não arriscou correr para que não o perseguisse. Ele lançou um olhar desesperado por cima do ombro... o cachorro havia se levantado e disparado na direção oposta. Walter levou a mãozinha morena ao rosto e descobriu que estava molhado de suor.

Uma estrela caiu no céu diante dele, espalhando faíscas de fogo. Walter se lembrou de ter ouvido a velha tia Kitty dizer que, quando uma estrela caía, alguém morria. *Teria sido a mãe dele?* Ele tinha acabado de sentir que suas pernas não o levariam mais um passo, mas com o pensamento ele caminhou novamente. Estava com tanto frio agora que quase parou de sentir medo. Ele nunca chegaria em casa? Horas e horas deviam ter passado desde que ele deixara Lowbridge.

Foram três horas. Ele havia fugido da casa dos Parker às 11 e agora eram 2. Quando Walter se viu na estrada que descia para Glen, soltou um soluço de alívio. Mas enquanto ele atravessava o vilarejo, as casas adormecidas pareciam remotas e tão distantes. Eles o haviam esquecido. De repente, uma vaca berrou para ele por cima de uma cerca e Walter lembrou-se de que o sr. Joe Reese mantinha um touro selvagem. Ele entrou em pânico absoluto e isso o levou a correr colina acima até o portão de Ingleside. Estava em casa... oh, estava em casa!

Então ele parou, tremendo, tomado por uma terrível sensação de desolação. Ele esperava ver as luzes acolhedoras e amigáveis de casa. E não havia luz em Ingleside!

Na verdade, havia uma luz, se ele pudesse ter visto, em um quarto na parte de trás, onde uma ama dormia com o cesto do bebê ao lado da cama. Mas para todos os efeitos, Ingleside estava tão escura quanto uma casa deserta, e isso deixou Walter arrasado. Ele nunca tinha visto nem imaginado, Ingleside escura à noite.

Isso significava que sua mãe estava morta!

Walter cambaleou pelo caminho, através da sombra negra e assustadora da casa no gramado, até a porta da frente. Estava trancada. Ele deu uma batida fraca... ele não conseguia alcançar a argola de ferro..., mas não houve resposta, e ele nem esperava ser atendido. Ele ficou ouvindo... não havia nenhum som de *vida* na casa. Sabia que a mãe estava morta e todos tinham ido embora.

Estava agora com muito frio e exausto para chorar, mas se esgueirou até o celeiro e subiu a escada para o palheiro. Ele estava além do medo, só queria sair daquele vento e deitar-se até de manhã. Talvez alguém voltasse, então, depois de enterrarem sua mãe.

Um gatinho malhado e magro, que alguém havia dado ao médico, ronronou para ele. O gatinho tinha um cheiro bom de trevo, e Walter o agarrou com alegria... estava quente e *vivo*. Mas ele ouviu ratinhos correndo pelo chão e não quis ficar. A lua olhou para Walter através da janela cheia de teias de aranha, mas não havia conforto naquela lua distante, fria e antipática. Uma luz acesa em uma casa em Glen era mais amiga. Enquanto aquela luz brilhasse, ele poderia suportar.

Não conseguia dormir. Seu joelho doía muito e ele estava com frio... sentindo uma sensação estranha no estômago. Talvez ele também estivesse morrendo. Esperava que sim, já que todos os outros estavam mortos ou tinham ido embora. As noites nunca tinham fim? Outras noites sempre acabavam, mas esta talvez não acabasse. Lembrou-se de uma história terrível que havia escutado sobre o fato de que o capitão Jack Flagg, que morava no porto, dissera, que não deixaria o sol nascer algum dia se ficasse muito bravo. Talvez o capitão Jack finalmente tivesse ficado muito bravo.

Então a luz em Glen se apagou... e ele não aguentou. Mas quando o gritinho de desespero saiu de sua boca, ele percebeu que era dia.

Capítulo 10

Walter desceu a escada e saiu. Ingleside estava sob a luz estranha e atemporal do amanhecer. O céu sobre as bétulas no vale exibia um brilho pálido e rosa prateado. Talvez ele pudesse entrar pela porta lateral. Susan às vezes deixava aberta para o pai dele.

A porta lateral estava destrancada. Com um soluço de agradecimento, Walter entrou no corredor. Ainda estava escuro na casa, e ele começou a subir suavemente as escadas. Iria para a cama... a cama dele... e se ninguém voltasse, ele poderia morrer lá, ir para o céu e encontrar sua mãe. Porém, Walter se lembrou do que Opal havia dito... O céu ficava a milhões de quilômetros de distância. Na nova onda de desolação que se abateu sobre ele, Walter esqueceu de andar com cuidado e pisou com força no rabo do Camarão, que dormia na curva da escada. O uivo de angústia do Camarão ressoou pela casa.

Susan, que estava quase acordando, foi despertada do sono pelo som horrível. Ela tinha ido para a cama à meia-noite, um tanto exausta depois de sua tarde e noite extenuantes, como as quais a tia Mary Maria Blythe contribuíra com "uma dor aguda no lado" exatamente quando a tensão era maior. Ela precisou de uma bolsa de água quente e uma massagem com unguento, e finalizou com uma toalha úmida sobre os olhos, porque "uma de suas dores de cabeça" havia chegado.

Susan acordou às 3 com uma sensação muito estranha de que alguém precisava muito dela. Ela se levantou e caminhou na ponta dos pés pelo corredor até a porta do quarto da sra. Blythe. Tudo estava em silêncio ali. Ela podia ouvir a respiração regular e suave de Anne. Susan deu uma volta pela casa e voltou para a cama, convencida de que aquela sensação estranha era apenas a ressaca de um pesadelo. Mas para o resto de sua vida, Susan acreditaria ter tido aquilo de que sempre refutava e que Abby Flagg, que "tinha entrado" para o espiritualismo, chamava de "uma experiência física".

— Walter estava me chamando e eu o ouvi — afirmava ela.

Susan se levantou e saiu de novo, pensando que Ingleside estava realmente possuída naquela noite. Ela estava vestida apenas com uma camisola de flanela, que havia encolhido com a lavagem repetida até ficar bem acima de seus tornozelos ossudos. Mas ela parecia a coisa mais linda do mundo para a criaturinha trêmula e de rosto pálido, cujos olhos cinzentos e aflitos a fitavam do patamar.

— Walter Blythe!

Em dois passos, Susan o teve em seus braços... braços fortes e ternos.

— Susan... a mamãe está morta? — perguntou Walter.

Em muito pouco tempo, tudo mudou. Walter estava na cama, aquecido, alimentado, confortado. Susan acendeu o fogo, preparou para ele um copo de leite quente, uma fatia de torrada bem douradinha e um grande prato de seus biscoitos favoritos "cara de macaco" e, em seguida, colocou-o na cama com uma bolsa de água quente em seus pés. Ela beijou e passou um bálsamo em seu pequeno joelho machucado. Era um sentimento tão bom saber que alguém estava cuidando de você... que alguém gostava de você... que você era importante para alguém.

— E você tem *certeza*, Susan, de que minha mãe não está morta?

— Sua mãe está dormindo, bem e feliz, meu carneirinho.

— E ela não estava nem um pouco doente? Opal disse...

— Bem, carneirinho, ela não se sentiu muito bem por um tempo, ontem, mas tudo passou e ela não correu nenhum perigo de morte desta vez. Espere até você dormir e depois irá vê-la... e verá algo mais também. Se eu pudesse colocar as mãos naqueles diabinhos de Lowbridge! Simplesmente não posso acreditar que você veio a pé de Lowbridge até aqui. Dez quilômetros! Em uma noite como esta!

— Foi uma agonia terrível, Susan — disse Walter bem sério. Mas estava tudo acabado; estava seguro e feliz; estava... em casa... estava...

Estava dormindo.

Era quase meio-dia quando ele acordou para ver o sol brilhando através das janelas e foi mancando ver mamãe. Ele começava a achar que tinha sido muito tolo e que talvez sua mãe não ficasse satisfeita com ele por ter fugido de Lowbridge. Mas sua mãe apenas o abraçou e puxou-o para perto dela. Ela tinha ouvido a história toda de Susan e pensado em algumas coisas que pretendia dizer a Jen Parker.

— Oh, mamãe, a senhora não vai morrer... e ainda me ama, não é?

— Querido, não tenho a menor intenção de morrer... e te amo tanto que até dói. Quando penso que você andou todo o caminho de Lowbridge até aqui, durante a noite!

— E com o estômago vazio — estremeceu Susan. — Graças a Deus que ele está vivo para contar isso. Os dias dos milagres ainda não acabaram, e você é a prova disso.

— Um jovenzinho corajoso — disse o pai sorrindo, ao entrar com Shirley no ombro. Deu um tapinha na cabeça de Walter, e Walter pegou sua mão e a abraçou.

Não havia ninguém no mundo como seu pai. Mas ninguém deveria saber o quanto ele realmente ficou assustado.

— Não preciso nunca mais sair de casa de novo, preciso, mamãe?

— Não. Só quando você quiser — prometeu a mãe.

— Não vou querer nunca — começou Walter... e, então, parou. Afinal, ele não se importaria de ver Alice novamente.

— Olhe você aqui, carneirinho — disse Susan, trazendo uma jovem corada, vestida em um avental e boné brancos, dentro de um cesto.

Walter olhou. Um bebê! Um bebê rechonchudo, com cachinhos sedosos e úmido por toda a cabeça e mãos muito pequenas.

— Ela não é uma beleza? — disse Susan com orgulho. — Olhe para os cílios dela... nunca vi cílios tão longos em um bebê. E suas orelhinhas lindas. Sempre olho para as orelhas primeiro.

Walter hesitou.

— Ela é linda, Susan... oh, olhe esses dedinhos do pé! Mas... ela não é um pouco pequena?

Susan riu.

— Três quilos e seiscentos gramas não é pouco, carneirinho. E ela já começou a olhar para as coisas. Essa criança não tinha uma hora de idade quando levantou a cabeça e *olhou* para o médico. Nunca vi algo assim em toda a minha vida.

— Ela vai ter cabelo ruivo — disse o médico com satisfação. — Lindo cabelo ruivo dourado como o de sua mãe.

— E olhos castanhos como os do pai — disse a esposa do médico, cheia de felicidade.

— Não sei por que um de nós não pode ter cabelo amarelo — disse Walter com ar sonhador, pensando em Alice.

— Cabelo amarelo! Como os Drews! — disse Susan com desprezo incomensurável.

— Ela é tão linda quando está dormindo — sussurrou a ama. — Nunca vi um bebê franzir os olhos desse jeito ao dormir.

— Ela é um milagre. Todos os nossos bebês foram lindos, Gilbert, mas ela é a mais linda de todos.

— Pelo amor de Deus — disse tia Mary Maria, bufando, — já nasceram alguns bebês no mundo antes, sabe, Annie.

— *Nosso* bebê nunca existiu no mundo antes, tia Mary Maria — disse Walter com orgulho. — Susan, posso beijá-la... apenas uma vez... por favor?

— Pode sim — disse Susan, olhando feio para as costas de tia Mary Maria, que estava saindo. — E agora vou descer para fazer uma torta de cereja para o jantar. Mary Maria Blythe fez uma ontem à tarde... gostaria que a senhora pudesse ver, querida senhora. Parece algo que o gato arrastou para dentro de casa. Vou tentar comer o máximo que puder para não jogá-la fora, mas uma torta como aquela nunca será colocada na frente do doutor enquanto eu tiver saúde e força, podem acreditar nisso.

— Não é todo mundo que tem seu dom para fazer massas, sabe disso — disse Anne.

— Mamãe — disse Walter, assim que a porta se fechou depois que Susan saiu satisfeita, — acho que somos uma *família* muito boa, não é?

"*Uma família muito boa*", Anne refletiu feliz, deitada em sua cama, com a bebê ao lado dela. Logo ela estaria com eles novamente, com os pés leves como antes, amando, ensinando e confortando a todos. Eles iriam até ela com suas pequenas alegrias e tristezas, suas esperanças desabrochando, seus novos medos, seus pequenos problemas que pareciam tão grandes para eles e suas pequenas mágoas que pareciam tão amargas. Seguraria em suas mãos todos os fios da vida de Ingleside novamente para tecer em uma bela tapeçaria. E a tia Mary Maria não teria motivo para dizer, como Anne a ouvira dizer dois dias atrás: "Você parece terrivelmente cansado, Gilbert. *Ninguém* cuida de você?"

Lá embaixo, tia Mary Maria balançava a cabeça desanimada e dizia: — Todas as pernas de bebês recém-nascidos são tortas, eu sei, mas, Susan, as pernas daquela criança são *muito* tortas. Claro que não devemos dizer isso à pobre Annie. Tome cuidado para não dizer isso a Annie, Susan.

Susan, pela primeira vez, estava além da fala.

Capítulo 11

No fim de agosto, Anne tinha voltado a ser ela mesma, ansiosa por um outono feliz. A pequena Bertha Marilla crescia em beleza dia a dia e era um centro de adoração para irmãos e irmãs encantados.

— Eu pensei que um bebê gritasse o tempo todo — disse Jem, extasiado, deixando os minúsculos dedos se agarrarem aos seus. — Bertie Shakespeare Drew me disse isso.

— Não estou duvidando de que os bebês Drew gritam o tempo todo, querido Jem — disse Susan. — Gritam porque fazem parte da família Drew, eu presumo. Mas Bertha Marilla é uma bebê de *Ingleside*, Jem querido.

— Gostaria de ter nascido em Ingleside, Susan — disse Jem com melancolia. Ele sempre lamentava não ter nascido lá. Di debochava dele por causa disso, às vezes.

— Você não acha a vida aqui um tanto monótona? — uma antiga colega da Queen's de Charlottetown perguntou a Anne de forma bastante condescendente um dia.

Monótona! Anne quase riu na cara dela. Ingleside monótona! Com um bebê encantador trazendo novas alegrias todos os dias... com visitas de Diana e a pequena Elizabeth e de Rebecca Dew a serem planejadas... com a sra. Sam Ellison, de Upper Glen, nas mãos de Gilbert, com uma doença que apenas três pessoas no mundo tinham conhecido antes... com Walter começando a estudar... com Nan bebendo um frasco inteiro de perfume da penteadeira de mamãe... eles pensaram que isso iria matá-la, mas ela não ficou mal... com um estranho gato preto tendo um número inédito de dez gatinhos na varanda dos fundos... com Shirley se trancando no banheiro e se esquecendo de como destrancá-lo... com o Camarão enrolado em uma folha de papel pega-mosca... com tia Mary Maria colocando fogo nas cortinas de seu quarto na calada da noite enquanto andava com uma vela, e acordando a casa com seus gritos terríveis. Vida monótona!

A tia Mary Maria ainda estava em Ingleside. Ocasionalmente, ela dizia em tom patético: — Quando vocês se cansarem de mim, deixem-me saber... Estou acostumada a cuidar de mim mesma. — Havia apenas uma coisa a dizer sobre isso, e é claro que Gilbert sempre dizia. Embora ele não tivesse a mesma sinceridade do início. Até o "clã" de Gilbert estava começando a se desgastar; ele estava sentindo-se bastante impotente... "como homem", como a sra. Cornélia resmungava... porque a tia Mary Maria estava se tornando um problema em sua casa. Certo dia, ele *tinha* se aventurado a dar uma pequena dica de como as casas sofriam se deixadas por muito tempo sem habitantes; e tia Mary Maria concordou com ele, comentando calmamente que estava pensando em vender sua casa em Charlottetown.

— Não é uma má ideia — encorajou Gilbert. — E conheço uma casinha muito bonita aqui na cidade que está à venda... um amigo meu vai se mudar para a Califórnia... é muito parecida com aquela que a senhora tanto gostou, onde mora a sra. Sarah Newman...

— Sim, ela vive *sozinha* — suspirou tia Mary Maria.

— Mas ela gosta — disse Anne esperançosa.

— Há alguma coisa de errado com quem gosta de viver sozinha, Anne — disse tia Mary Maria.

Susan reprimiu seu lamento com dificuldade.

Diana veio passar uma semana com eles em setembro. Então a pequena Elizabeth veio também... já não era mais criança... agora estava alta, elegante e bela. Mas ainda com o cabelo dourado e o sorriso melancólico. Seu pai estava voltando para o escritório em Paris e Elizabeth iria com ele para cuidar da casa. Ela e Anne davam longas caminhadas pelas margens do antigo porto, voltando para casa sob as estrelas silenciosas e vigilantes de outono. Reviveram a vida da velha Windy Poplars e refizeram seus passos no mapa do país das fadas que Elizabeth ainda tinha e pretendia manter para sempre.

— Pendurado na parede do meu quarto onde quer que eu vá — disse ela.

Um dia, um vento soprou no jardim de Ingleside... o primeiro vento do outono. Naquela noite, o rosa do pôr do sol foi um tanto austero. De repente, o verão envelheceu. Havia chegado a virada da estação.

— É muito cedo para o outono — disse tia Mary Maria em um tom que dava a entender que o outono a insultara.

Mas o outono também era maravilhoso. Havia a alegria dos ventos soprando de um golfo azul-escuro e o esplendor da lua na época da colheita. Havia ásteres líricas no vale e crianças rindo em um pomar repleto de maçãs, noites claras e serenas nas altas pastagens das colinas de Upper Glen e um céu prateado com pássaros voando nele; e, à medida que os dias ficavam mais curtos, pequenas névoas cinzentas invadiam as dunas e subiam até o porto.

Com a queda das folhas, Rebecca Dew veio a Ingleside para fazer uma visita prometida havia anos. Veio para ficar uma semana, mas ficou duas... convencida por Susan. Susan e Rebecca Dew pareceram descobrir à primeira vista que eram almas gêmeas... talvez porque ambas amassem Anne... talvez porque ambas odiavam a tia Mary Maria.

Certa noite, na cozinha, enquanto a chuva caía sobre as folhas mortas do lado de fora e o vento soprava pelos cantos de Ingleside, Susan desabafou todas as suas queixas com a compreensiva Rebecca Dew. O doutor e sua esposa tinham saído para fazer uma visita, os pequeninos estavam todos aconchegados em suas camas, e a tia Mary Maria felizmente fora do caminho com uma dor de cabeça... "exatamente como uma faixa de ferro em volta da minha cabeça" — ela lamentou.

— Qualquer pessoa — observou Rebecca Dew, abrindo a porta do forno e colocando os pés confortavelmente no forno, — que comer a quantidade de peixe frito que aquela mulher comeu no jantar, *merece* ter dor de cabeça.

— Não nego que comi minha parte... porque tenho de dizer, srta. Baker, nunca conheci ninguém que pudesse fritar peixe como você..., mas *não* comi quatro pedaços.

— Querida srta. Dew — disse Susan seriamente, largando o tricô e fitando com ar suplicante os pequenos olhos negros de Rebecca, — você viu um pouco do que é Mary Maria Blythe desde que está aqui. Mas você não sabe a metade... nem mesmo um quarto da história. Querida srta. Dew, sinto que posso confiar em você. Posso abrir meu coração com total sigilo?

— Você pode, srta. Baker.

— Aquela mulher veio para cá em junho e, na minha opinião, ela pretende ficar aqui o resto da vida. Todos nesta casa a detestam... nem o doutor precisa dela agora, mas ele esconde como pode. Mas ele é muito ligado à família e diz que a prima de seu pai não deve sentir-se indesejada na casa dele. Eu implorei — disse Susan, em um tom que parecia indicar que ela o fizera de joelhos, — à querida senhora... para bater o pé no chão e dizer a Mary Maria Blythe que fosse embora. Mas a querida senhora é muito compassiva... e por isso estamos indefesos, srta. Dew... completamente indefesos.

— Gostaria de saber como lidar com ela — disse Rebecca Dew, que havia sofrido consideravelmente com algumas das observações de tia Mary Maria. — Sei tão bem como qualquer pessoa, srta. Baker, que não devemos violar as sagradas propriedades da hospitalidade, mas garanto-lhe, srta. Baker, que colocaria tudo em pratos limpos.

— Eu saberia como lidar com ela se não conhecesse meu lugar, srta. Dew. Nunca me esqueço de que não sou a senhora aqui. Às vezes, srta. Dew, digo solenemente para mim mesmo: — *Susan Baker, você é ou não um capacho?* Mas você sabe como minhas mãos estão atadas. *Não posso* abandonar a querida senhora *e não devo* aumentar seus problemas brigando com Mary Maria Blythe. Vou continuar a me esforçar para cumprir meu dever. Porque, querida srta. Dew — disse Susan solenemente, — poderia morrer alegremente pelo doutor ou por sua esposa. Éramos uma família muito feliz antes de ela vir para cá, srta. Dew. Mas ela está tornando nossas vidas miseráveis. E qual será o resultado, não posso dizer, pois não sou nenhuma profetisa, srta. Dew. Ou melhor, *posso* dizer. Seremos todos internados em asilos de loucos. É que não é só uma coisa, srta. Dew... são dezenas delas, srta. Dew... centenas delas, srta. Dew. É possível suportar um mosquito, srta. Dew... mas pense em milhões deles!

Rebecca Dew pensou neles com um triste aceno de sua cabeça.

— Ela está sempre dizendo à querida senhora como administrar sua casa e que roupas deve usar. Está sempre me observando... e diz que nunca viu crianças tão briguentas. Querida srta. Dew, você viu por si mesma que nossas crianças nunca brigam... bem, quase nunca...

— Eles estão entre as crianças mais admiráveis que já vi, srta. Baker.

— Ela gosta de bisbilhotar e se intrometer...

— Eu mesma já a vi fazendo isso, srta. Baker.

— Ela está sempre magoada e ofendida, com o coração partido por alguma coisa, mas nunca se ofendeu o suficiente para se levantar e ir embora. Fica apenas sentada olhando, solitária e negligenciada, até que a pobre senhora fique perturbada. Nada lhe agrada. Se uma janela está aberta, ela reclama das correntes de ar. Se elas estão todas fechadas, ela diz que *gosta* de um pouco de ar fresco de vez em quando. Não suporta cebolas... não pode nem sentir o cheiro delas. Diz que sente mal-estar. Então, a querida senhora diz que não podemos usá-las. Bem, — disse Susan em tom imponente — pode ser muito vulgar gostar de cebolas, querida srta. Dew, mas todos nós aqui em Ingleside confessamos nossa culpa por essa vulgaridade.

— Eu também gosto muito de cebolas — admitiu Rebecca Dew.

— Ela não suporta gatos. Diz que os gatos lhe dão arrepios. Não faz diferença se ela os vê ou não. Só de saber que tem um aqui dentro já é o suficiente para ela. De modo que o pobre Camarão nem se atreve a mostrar a cara aqui em casa. Nunca gostei de gatos, srta. Dew, mas acho que eles têm o direito de andar por aí. E ela vive dizendo: "*Susan, nunca se esqueça de que não posso comer ovos, por favor*" ou "*Susan, quantas vezes devo dizer que não posso comer torrada fria?*" ou "*Susan, algumas pessoas podem beber chá fervido, mas eu não faço parte desse grupo afortunado*". Chá fervido, srta. Dew! Como se eu oferecesse chá fervido a alguém!

— Ninguém poderia imaginar que você fizesse isso, srta. Baker.

— Se houver uma pergunta que não deveria ser feita, ela a fará. Ela tem ciúme porque o doutor conta as coisas primeiro à esposa antes de contar a ela... e ela está sempre tentando obter notícias sobre os pacientes dele. Nada o irrita tanto, srta. Dew. Um médico tem de saber como controlar-se, como você bem sabe. E seus acessos de raiva por causa do fogo! "*Susan Baker*", ela diz, "*Espero que você nunca acenda o fogo com óleo de carvão. Nem deixe trapos oleosos espalhados por aí, Susan. Eles são conhecidos por causar combustão espontânea em menos de uma hora. Você gostaria de ver esta casa pegando fogo, Susan, sabendo que foi sua culpa?*" Bem, querida srta. Dew, eu caí na gargalhada quando dela disse isso. Foi naquela mesma noite em que ela pôs fogo nas cortinas e os gritos dela ainda estão soando em meus ouvidos. E justo quando o pobre doutor tinha adormecido, depois de duas noites acordado! O que mais me enfurece, srta. Dew, é que antes de ir a qualquer lugar, ela entra na minha despensa e *conta os ovos*. Preciso de toda a minha filosofia para evitar dizer: *"Por que não contar as colheres também?"* Claro que as crianças a odeiam. A querida senhora está exausta de tentar impedir que eles demonstrem isso. Na verdade, ela deu uma bofetada em Nan outro dia, quando o doutor e a senhora estavam fora... *uma bofetada...* só porque Nan a chamou de "Sra. Matusalém"... deve ter ouvido aquele diabinho de Ken Ford dizendo isso.

— Eu teria dado uma bofetada nela também — disse Rebecca Dew furiosa.

— Eu disse a ela que se fizesse isso novamente, eu daria uma bofetada *nela*. *"Umas palmadas ocasionais são permitidas em Ingleside"*, disse a ela, *"mas nunca bofetadas, e pode escrever o que eu digo"*. Ela ficou mal-humorada e ofendida por uma semana, mas pelo menos nunca mais se atreveu a encostar um dedo em uma das crianças desde então. Mas ela *adora* quando os pais as castigam. *"Se eu fosse sua mãe"*, ela disse ao pequeno Jem outro dia. *"Oh, oh, a senhora nunca vai ser a mãe de ninguém"*, disse a pobre criança... que viu-se obrigada a responder assim, srta. Dew, absolutamente obrigada a isso. O doutor o mandou para a cama sem o jantar, mas quem a srta. Dew acha que foi fazer-lhe uma visitinha mais tarde?

— Ah, *quem foi?* — perguntou Rebecca Dew sorrindo e entrando no espírito da história.

— Teria partido o seu coração, srta. Dew, ouvir a oração que ele fez depois... com as próprias palavras, "Ó Deus, por favor, perdoe-me por ser impertinente com a tia Mary Maria. E, ó Deus, por favor, me ajude a ser sempre muito educado com a tia Mary Maria". Isso trouxe lágrimas aos meus olhos, pobre carneirinho. *Não* concordo com irreverência ou impertinência seja qual for a idade, querida srta. Dew, mas tenho de admitir que quando Bertie Shakespeare Drew jogou uma bola de cuspe nela um dia e por pouco não acertou-lhe o nariz, srta. Dew... eu o chamei de volta no portão a caminho de casa e dei a ele uma sacola cheia de rosquinhas. É claro que não disse a ele o porquê. Ele ficou feliz com isso... porque... rosquinhas não crescem em árvores, srta. Dew, e a sra. Second Skimmings nunca as faz. A Nan e a Di... não diria isso a ninguém, a não ser a você, srta. Dew... o doutor e sua esposa nem sonham com isso ou eles colocariam um fim imediatamente... A Nan e a Di colocaram o nome de tia Mary Maria em sua velha boneca de porcelana com a cabeça rachada, e sempre que ela as repreende, as duas saem e a afogam... a boneca, quero dizer... no barril de água da chuva. Posso lhe dizer que muitos são os afogamentos alegres que já tivemos. Mas a senhorita não acreditaria no que aquela mulher fez uma outra noite.

— Eu acreditaria em qualquer coisa que ela fizesse, srta. Baker.

— Ela não quis comer nada porque estava magoada por alguma coisa, mas ela foi até a despensa antes de ir para a cama e *comeu todo o lanche que eu havia separado para o doutor...* cada migalha, querida senhorita. Espero que não pense que sou uma infiel, srta. Dew, mas não consigo entender por que o bom Deus não se cansa de algumas pessoas.

— Srta. Baker, você não pode perder o senso de humor — disse Rebecca Dew com firmeza.

— Oh, estou bem ciente de que há um lado cômico em toda situação dramática, srta. Dew. Mas a questão é: será que a pessoa que causa a situação vê isso? Lamento ter incomodado com tudo isso, srta. Dew querida, mas foi um grande alívio. Não posso dizer essas coisas à querida senhora e tenho sentido ultimamente que, se não encontrar uma válvula de escape, eu acabarei explodindo.

— Conheço bem esse sentimento, srta. Baker.

— E agora, querida srta. Dew — disse Susan, levantando-se rapidamente, — o que acha de uma xícara de chá antes de dormir? E uma coxa de frango, srta. Dew?

— Nunca neguei — disse Rebecca Dew, tirando os pés bem quentinhos do forno, —, que embora não devamos esquecer as coisas mais elevadas da vida, a boa comida é algo agradável com moderação.

Capítulo 12

Gilbert teve suas duas semanas de caça na Nova Escócia... nem mesmo Anne conseguiu persuadi-lo a tirar um mês... e novembro chegou a Ingleside. As colinas escuras, com os abetos mais escuros caindo sobre elas, pareciam sombrias nas primeiras noites que chegavam, mas Ingleside florescia com risos à luz da lareira, apesar dos ventos que vinham do Atlântico trazerem canções tristes.

— Por que o vento não é feliz, mamãe? — perguntou Walter uma noite.

— Porque se lembra de todas as tristezas do mundo desde o início dos tempos — respondeu Anne.

— Está gemendo só porque há muita umidade no ar — fungou tia Mary Maria, — e minhas costas estão me matando.

Em alguns dias, até o vento soprava alegremente através da madeira de bordo cinza prateada e, em outros, não havia vento algum, apenas a suave luz do "sol do verão indiano", as sombras tranquilas das árvores por todo o gramado e a tranquilidade gelada ao pôr do sol.

— Olhe para aquela estrela da tarde branca sobre os álamos no canto — disse Anne. — Sempre que vejo algo assim, fico feliz por estar viva.

— Você diz coisas tão engraçadas, Annie. Estrelas são muito comuns na Ilha do Príncipe Eduardo — disse Tia Mary Maria... e pensou: *"Estrelas! Como se ninguém nunca tivesse visto uma estrela antes! Será que Annie não sabe do terrível desperdício que acontece na cozinha todos os dias? Será que ela não tem conhecimento da maneira imprudente com que Susan Baker desperdiça os ovos e usa banha onde óleo seria suficiente? Ou ela não se importa? Pobre Gilbert! Não admiro que ele tenha de trabalhar dia e noite!"*

Novembro passou em tons de cinza e marrom; mas, pela manhã, a neve tinha tecido seu antigo feitiço branco, e Jem gritou de alegria enquanto descia correndo para o café da manhã.

— Oh, mamãe, em breve será Natal, e o Papai Noel vai chegar!

— Você ainda acredita em Papai Noel? — disse a tia Mary Maria.

Anne lançou um olhar de alarme para Gilbert, que disse gravemente: — Queremos que as crianças acreditem no país das fadas enquanto puderem, tia.

Felizmente, Jem não deu atenção à tia Mary Maria. Ele e Walter estavam ansiosos demais para entrar no novo mundo maravilhoso, para o qual o inverno havia trazido sua beleza. Anne sempre detestou ver a beleza da neve inexplorada marcada por pegadas; mas isso não podia ser evitado, e ainda havia beleza de sobra ao entardecer, quando o oeste se inflamava sobre todos os vales esbranquiçados nas colinas violetas, e Anne ficava sentada na sala de estar diante de uma lareira com madeira de bordo. "A luz da lareira, ela pensava, sempre foi tão adorável." Havia coisas inesperadas e complexas. Partes da sala surgiam e desapareciam novamente. Imagens se formavam e sumiam. As sombras escondiam-se e apareciam depois. Do lado de fora, através da grande janela sem sombras, toda a cena era refletida de forma élfica no gramado, com tia Mary Maria aparentemente sentada totalmente ereta... tia Mary Maria nunca se permitia "relaxar"... sob o pinheiro escocês.

Gilbert estava "relaxando" no sofá, tentando esquecer que havia perdido um paciente de pneumonia naquele dia. A pequena Rilla estava tentando comer seus punhos cor-de-rosa em seu cesto; até o Camarão, com as patas brancas enroladas sob o peito, ousava ronronar no tapete da lareira, apesar da desaprovação de tia Mary Maria.

— Falando em gatos — disse tia Mary Maria pateticamente... embora ninguém tivesse falado deles... — *Todos* os gatos de Glen nos visitam à noite? Como alguém poderia ter dormido com o barulho que fizeram na noite passada. Realmente, não consigo entender. Claro, meu quarto fica virado para os fundos, e suponho que recebo todos os benefícios do concerto grátis.

Antes que alguém tivesse de responder, Susan entrou, dizendo que tinha visto a sra. Marshall Elliott na loja de Carter Flagg e que ela faria uma visita quando terminasse de fazer as compras. Susan não acrescentou que a sra. Elliott havia dito ansiosamente: — O que há com a sra. Blythe, Susan? Achei que ela parecia tão cansada e preocupada no domingo passado na igreja. Nunca a vi assim antes.

— Posso lhe dizer o que está acontecendo com a sra. Blythe — Susan respondeu com tristeza. — Ela não suporta mais a convivência com tia Mary Maria. E o doutor não é capaz de ver isso, embora venere o chão em que ela pisa.

— Essa não é uma atitude normal de um homem? — disse a sra. Elliott.

— Fico feliz — disse Anne, levantando-se para acender uma lâmpada. — Faz muito tempo que não vejo a sra. Cornélia. Agora vamos ficar sabendo de todas as novidades.

— Com certeza iremos saber de todas! — disse Gilbert, secamente.

— Essa mulher é uma fofoqueira perversa — disse tia Mary Maria, com todo rigor.

Pela primeira vez em sua vida, talvez, Susan se irritou em defesa da sra. Cornélia.

— Isso ela não é, srta. Blythe, e Susan Baker nunca vai ficar calada ao ouvir uma calúnia dessas. Perversa! A senhora já ouviu o ditado que diz *"o roto falando do rasgado?"*

— Susan... Susan — disse Anne, implorando.

— Peço desculpas, querida senhora. Admito que esqueci meu lugar. Mas há *algumas* coisas que são impossíveis de suportar.

Em seguida, alguém bateu à porta como raramente se batia em Ingleside.

— Você vê, Annie? — disse tia Mary Maria expressivamente. — Mas suponho que, enquanto vocês estiverem dispostos a ignorar esse tipo de coisa vindo de uma criada, não há nada que alguém possa fazer.

Gilbert se levantou e foi à biblioteca, onde um homem cansado pode obter um pouco de paz. E tia Mary Maria, que não gostava da sra. Cornélia, foi para seu quarto. De modo que, quando a sra. Cornélia entrou, encontrou Anne sozinha, curvada um tanto flácida sobre o cesto da bebê. A srta. Cornélia não começou, como de costume, a descarregar sua coleção de mexericos. Em vez disso, quando terminou de tirar seus agasalhos, sentou-se ao lado de Anne e pegou sua mão.

— Anne, querida, qual é o problema? Sei que há alguma coisa. Aquela velha alma caridosa da Mary Maria está atormentando você até a morte?

Anne tentou sorrir.

— Oh, sra. Cornélia... Sei que sou tola por me importar tanto com isso... Mas este tem sido um dos dias em que eu simplesmente *não consigo* suportá-la. Ela... ela está simplesmente envenenando nossa vida aqui...

— Por que vocês simplesmente não dizem a ela para ir embora?

— Oh, não podemos fazer isso, sra. Cornélia. Eu não posso, e Gilbert não irá fazer. Ele diz que nunca poderia se olhar no espelho novamente se colocasse alguém da família dele na rua.

— Macacos me mordam! — disse a sra. Cornélia com eloquência. — Ela tem muito dinheiro e uma boa casa própria. Como ele a deixaria na rua se ela tem uma excelente casa para morar?

— Eu sei... mas o Gilbert... não acho que ele perceba tudo o que está acontecendo. Ele fica longe o dia todo... e realmente... são pequenas coisas... fico até envergonhada...

— Eu sei, querida. São essas pequenas coisas que formam uma coisa terrivelmente grande. Claro que um *homem* não entenderia. Eu conheço uma mulher em Charlottetown que a conhece bem. Ela diz que Mary Maria Blythe nunca teve um amigo na vida. Também disse que o nome dela deveria ser Mary Maligna. O que você precisa, querida, é apenas um pouco de coragem para dizer a ela que não vai aguentar essa situação por mais tempo.

— Eu me sinto como nos sonhos, quando você está tentando correr e só consegue arrastar os pés — disse Anne com tristeza. — Se fosse apenas de vez em quando... mas é todo dia. As horas das refeições são terríveis agora. Gilbert diz que não consegue mais cortar a carne.

— *Nisso* ele repara — resmungou a sra. Cornélia.

— Nunca podemos ter uma conversa séria durante as refeições, porque ela sempre diz algo desagradável cada vez que alguém fala. Ela corrige as crianças continuamente e sempre chama atenção para os defeitos delas na frente das visitas. Costumávamos ter refeições tão agradáveis... e agora! Ela não gosta de risadas... e você sabe que gostamos de rir. Estamos sempre fazendo piadas... ou costumávamos fazer. Ela não deixa passar nada. Hoje ela disse: *"Gilbert, não fique amuado. Você e Annie brigaram?"* Só porque estávamos quietos. Você sabe que Gilbert fica sempre um pouco deprimido quando perde um paciente que acha que deveria ter sobrevivido. E então ela nos deu um sermão sobre nossas tolices e nos aconselhou a não deixar o sol se pôr sobre nossa ira. Oh, nós rimos disso depois..., mas apenas naquele momento! Ela e Susan não se suportam. E não podemos impedir Susan de murmurar comentários nada educados. Ela mais do que murmurou quando a tia Mary Maria disse que nunca tinha visto um mentiroso como Walter... porque ela o ouviu contando a Di uma longa história sobre o encontro com o homem na lua, e o que eles disseram um ao outro. Ela queria lavar a boca dele com água e sabão. Ela e Susan tiveram uma discussão feia daquela vez. E ela está sempre enchendo a cabeça das crianças com todos os tipos de ideias horríveis. Ela contou a Nan sobre uma criança que era má e morreu dormindo, e Nan está com medo de dormir agora. Ela disse a Di que, se ela fosse sempre uma boa menina, seus pais a amariam tanto quanto amavam Nan, mesmo que ela tivesse cabelos ruivos. Gilbert ficou realmente bravo quando ouviu isso e chamou-lhe a atenção. Não pude deixar de torcer para que ela se ofendesse e fosse embora... apesar de odiar a ideia de alguém sair da minha casa porque se ofendeu. Mas ela apenas deixou aqueles grandes olhos azuis se encherem de lágrimas e disse que não queria fazer mal. Ela tinha ouvido dizer que as gêmeas nunca foram amadas da mesma forma e pensava que gostávamos mais de Nan, e que a pobre Di sentia isso! Ela chorou a noite toda por causa disso, e Gilbert sentiu que tinha sido bruto... e pediu-lhe desculpas.

— Ele pediria de qualquer forma! — disse a sra. Cornélia.

— Oh, eu não deveria estar falando essas coisas, sra. Cornélia. Quando eu "conto as minhas bênçãos", sinto que é muito mesquinho da minha parte me preocupar com essas coisas... mesmo que elas tirem um pouco o gosto da vida. E ela nem sempre é terrível... ela é simpática, às vezes...

— Não me diga! — respondeu a sra. Cornélia com sarcasmo.

— Sim... e gentil. Ela me ouviu dizer que queria um jogo de xícaras de chá da tarde e foi até Toronto e comprou um para mim... mandou entregar pelo correio! E, oh, sra. Cornélia, é tão feio!

Anne deu uma risada que terminou em um soluço. E depois riu novamente.

— Agora não vamos mais falar dela... não parece tão ruim agora que desabafei, falando tudo que sentia... como um bebê. Olhe a pequena Rilla, sra. Cornélia. Os cílios dela não são lindos quando ela está dormindo? Agora conte-me as novidades.

Anne era ela mesma novamente, quando a sra. Cornélia se foi. Mesmo assim, ela ficou sentada, pensativa, diante da lareira por algum tempo. Ela não tinha contado tudo a sra. Cornélia. Ela nunca disse nada a Gilbert. Havia tantas pequenas coisas...

— Tão pequenas que não posso nem reclamar delas — pensou Anne. — E, no entanto... são as pequenas coisas que dão sentindo à vida ou... como as traças... estragam tudo.

Tia Mary Maria com sua mania de ser anfitriã... Tia Mary Maria convidando pessoas e nunca dizendo uma palavra até elas chegarem... *"Ela me faz sentir como se eu não pertencesse à minha própria casa."* Tia Mary Maria mudando o lugar da mobília quando Anne estava fora de casa. *"Espero que não se importe, Annie; pensei que precisávamos da mesa, muito mais aqui do que na biblioteca."* A insaciável curiosidade infantil de tia Mary Maria sobre tudo... suas perguntas repentinas sobre assuntos íntimos... *"sempre entrando no meu quarto sem bater... sempre cheirando a fumaça... sempre batendo as almofadas que arrumei... sempre implicando que eu converso demais sobre mexericos com Susan... sempre cutucando as crianças... nós temos de vigiá-los o tempo todo para fazê-los se comportar, e nem sempre conseguimos fazer isso."*

"A velha e feia tia Marimaía", Shirley disse distintamente outro dia. Gilbert ia dar-lhe uma palmada por isso, mas Susan se levantou imponente e indignada o impediu de fazê-lo.

"Estamos intimidados", pensou Anne. *"Esta casa está começando a girar em torno da questão: 'Será que a tia Mary Maria vai gostar?' Não queremos admitir, mas é verdade. Fazemos qualquer coisa para que ela não fique derramando lágrimas silenciosamente. Isso não pode continuar assim".*

Então Anne se lembrou do que a sra. Cornélia dissera... que Mary Maria Blythe nunca teve um amigo. Que terrível! Devido à sua riqueza de amizades, Anne sentiu uma onda repentina de compaixão por essa mulher que nunca tivera uma amiga... que não tinha nada diante dela, a não ser uma velhice solitária e inquieta, sem ninguém que a procurasse para abrigo ou alívio, esperança e ajuda, aconchego e amor. Certamente eles poderiam ter paciência com ela. Afinal, esses aborrecimentos eram apenas superficiais. Eles não conseguiriam envenenar as fontes profundas da vida.

— Acabei de ter um ataque terrível de pena de mim mesma, foi só isso — disse Anne, tirando Rilla de seu cesto e encostando a bochechinha redonda acetinada contra a dela. — Acabou agora e estou realmente envergonhada com isso.

Capítulo 13

— Parece que não temos mais invernos como antigamente, não é, mamãe? — disse Walter com tristeza.

Ele disse isso porque a neve de novembro havia desaparecido havia muito tempo, e durante todo o mês de dezembro Glen St. Mary foi uma terra escura e sombria, rodeada por um golfo cinza pontilhado por cristas onduladas de espuma branca como o gelo. Houve apenas alguns dias de sol, quando o porto brilhava nos braços dourados das colinas; os outros dias tinham sido sombrios e duros. Em vão os habitantes de Ingleside esperavam neve para o Natal, mas os preparativos continuaram firmes e, à medida que a última semana se aproximava, Ingleside ficava cheia de mistérios, segredos, sussurros e cheiros deliciosos. Agora, um dia antes do Natal, estava tudo pronto. O pinheiro que Walter e Jem trouxeram do vale estava no canto da sala de estar, as portas e janelas estavam enfeitadas com grandes quirlandas verdes amarradas com enormes laços de fita vermelha. Os corrimões estavam entrelaçados com ramos de abetos, e a despensa de Susan estava lotada. Então, no fim da tarde, quando todos se resignaram a um Natal "verde" desbotado, alguém olhou pela janela e viu flocos brancos do tamanho de penas caindo densamente.

— Neve! Neve!! Neve!!! — gritou Jem. — Teremos um Natal branco, afinal, mamãe!

As crianças de Ingleside foram dormir felizes. Era tão bom deitar na cama aquecida e aconchegante e ouvir a tempestade uivando lá fora, na noite cinzenta de neve. Anne e Susan foram trabalhar para enfeitar a árvore de Natal... "parecem duas crianças", pensou tia Mary Maria com desdém. Ela não aprovava velas em uma árvore... "*Imaginem só se a casa pegasse fogo por causa elas.*" Ela não aprovava bolas coloridas... "*imagine se as gêmeas as comerem.*" Mas ninguém prestava atenção nela. Eles haviam aprendido que essa era a única forma de se conseguir conviver com a tia Mary Maria.

— Acabamos! — gritou Anne, enquanto prendia a grande estrela de prata no topo do orgulhoso pinheiro. — Oh, Susan, como está linda nossa árvore! Não é bom podermos todos ser crianças de novo no Natal, sem ter vergonha disso! Estou tão feliz que a neve chegou... mas espero que a tempestade não dure até amanhã.

— Vai ter tempestade o dia todo, amanhã — disse tia Mary Maria positivamente. — Eu posso dizer pela dor que sinto em minhas pobres costas.

Anne atravessou o corredor, abriu a grande porta da frente e olhou para fora. O mundo estava perdido em uma paixão branca de tempestade de neve. As vidraças estavam cinzentas por causa da neve acumulada. O pinheiro escocês era um enorme fantasma coberto por um lençol.

— Não parece muito promissor — admitiu Anne com tristeza.

— Deus ainda controla o clima, querida senhora, e não a sra. Mary Maria Blythe — disse Susan por cima do ombro.

— Espero que pelo menos não haja nenhum doente chamando o doutor esta noite — disse Anne enquanto se virava. Susan deu uma olhada de despedida na escuridão antes que a porta se fechasse diante da noite tempestuosa.

— *Você* não irá ter um bebê esta noite — ela disse com seriedade, olhando na direção de Upper Glen, onde a sra. George Drew estava esperando seu quarto filho.

Apesar das dores nas costas de tia Mary Maria, a tempestade dissipou-se na noite, e a manhã encheu o vale secreto de neve entre as colinas com a cor de vinho tinto do nascer do sol de inverno. Todos os pequeninos acordaram cedo, parecendo contentes e cheios de expectativas.

— O Papai Noel conseguiu passar pela tempestade, mamãe?

— Não. Ele estava doente e nem se atreveu a tentar — disse tia Mary Maria, que estava de bom humor... na opinião dela... e se sentia engraçada.

— Papai Noel veio sim — disse Susan antes que os olhinhos das crianças tivessem tempo de ficar cheios de lágrimas —, e depois que vocês tomarem o café da manhã, irão ver o que ele deixou na árvore.

Depois do café da manhã, papai desapareceu misteriosamente, mas ninguém sentiu falta dele porque estavam muito ocupados com a árvore... a árvore viva, toda cheia de bolas douradas e prateadas e velas acesas na sala ainda escura, com pacotes de todas as cores amarrados com as mais lindas fitas. Então o Papai Noel apareceu, um lindo Papai Noel, todo vestido de vermelho e branco, com uma longa barba branca e uma barriga grande... Susan tinha enfiado três almofadas no casacão de veludo vermelho que Anne fizera para Gilbert. Shirley gritou de terror no início, mas se recusou a sair da sala. O Papai Noel distribuiu todos os presentes com um pequeno discurso engraçado para todos em uma voz que parecia estranhamente familiar, mesmo através da máscara; e então, bem no final, sua barba pegou fogo ao encostar em uma vela, e tia Mary Maria teve uma leve satisfação com o incidente, embora não o suficiente para impedi-la de suspirar com tristeza.

— Ah, o Natal não é o mesmo, desde o tempo de criança. — Ela olhou com desaprovação para o presente que a pequena Elizabeth enviara para Anne, de Paris... uma bela reprodução em bronze de Ártemis do Arco Prateado.

— Que coisa sem vergonha é essa? — ela perguntou severamente.

— A deusa Diana — disse Anne, trocando um sorriso com Gilbert.

— Oh, uma ateia! Bem, essa é diferente, eu suponho. Mas se eu fosse você, Annie, não a deixaria onde as crianças podem ver. Às vezes eu começo a pensar que não há decência no mundo. Minha avó — concluiu tia Mary Maria, com a maravilhosa inconsequência que caracterizava todos os seus comentários — nunca usou menos de três anáguas, fosse inverno ou verão.

Tia Mary Maria havia tricotado luvas para todas as crianças com um tom terrível de fio magenta, também uma camisola para Anne; Gilbert recebeu uma gravata muito interessante, e Susan uma anágua de flanela vermelha. Até Susan considerou as anáguas de flanela vermelha fora de moda, mas agradeceu à tia Mary Maria galantemente.

"Alguma missionária pobre pode aproveitá-lo melhor", ela pensou. *"Três anáguas, na realidade! Eu me gabo de ser uma mulher decente, mas até que gostei daquela mulher do arco. Ela realmente não está usando muitas roupas, mas se eu tivesse um corpo assim não sei se iria querer escondê-lo. Mas agora tenho de ir ver o recheio do peru... se bem que não irá ficar perfeito porque não tem cebolas."* Ingleside estava cheia de felicidade naquele dia,

felicidade simples e à moda antiga, apesar da tia Mary Maria, que certamente não gostava de ver as pessoas muito felizes.

— Só carne branca, por favor. (James, coma sua sopa calmamente.) Ah, você não corta as carnes como seu pai, Gilbert. Ele conseguia dar a todos o pedaço que mais gostavam. (Gêmeas, as pessoas mais velhas também gostam de dizer umas palavras de vez em quando. Fui educada pelo princípio de que as crianças devem ser vistas, não ouvidas). Não, obrigada, Gilbert, nada de salada para mim. Não como nada cru. Sim, Annie, vou aceitar um pedaço *pequeno* de pudim. Tortas de carne moída são totalmente indigestas.

— As tortas de carne de Susan são poemas, e as tortas de maçã são canções — disse o médico. — Dê-me um pedaço de cada uma, menina Anne.

— Você realmente gosta de ser chamada de "menina" na sua idade, Annie? Walter, você não comeu todo o seu pão com manteiga. Muitas crianças pobres ficariam felizes em tê-lo. James, querido, assoe o nariz e acabe com isso, não suporto ouvir crianças fungando.

Mas foi um Natal alegre e adorável. Até a tia Mary Maria amansou um pouco depois do jantar, dizendo graciosamente que os presentes que lhe foram dados eram muito bonitos, e até suportou o Camarão com um ar de martírio paciente, que fez todos sentirem um pouco de vergonha por gostarem tanto dele.

— Acho que nossas crianças se divertiram — disse Anne feliz naquela noite, enquanto olhava para o padrão das árvores desenhado contra as colinas brancas e o céu do pôr do sol, e as crianças no gramado ocupadas espalhando migalhas para os pássaros sobre o neve. O vento soprava suavemente nos ramos, enviando rajadas sobre o gramado e prometendo mais tempestade pela manhã, mas Ingleside tinha tido um dia bom.

— Suponho que sim — concordou tia Mary Maria. — Tenho certeza de que eles gritaram demais, de qualquer maneira. Quanto ao que comeram... bem, somos jovens uma vez só e suponho que deva ter bastante óleo de rícino em casa.

Capítulo 14

Foi o que Susan chamou de inverno salteado... todos os degelos e geadas que mantinham Ingleside decorada com fantásticas orlas de pingentes de gelo. As crianças alimentaram sete gaios-azuis que vinham regularmente ao pomar buscar suas rações e deixavam Jem segurá-los, embora eles fugissem voando de todos os outros. Anne ficava acordada à noite para ler catálogos de sementes em janeiro e fevereiro. Em seguida, os ventos de março sopravam sobre as dunas, os portos e as colinas. Os coelhos, disse Susan, estavam começando a botar ovos de Páscoa.

— Março não é um mês *divertido*, mamãe? — gritou Jem, que era o irmãozinho mais novo de todos os ventos que sopravam.

Eles poderiam ter passado bem sem a *"diversão"* de Jem arranhando a mão em um prego enferrujado e passando maus bocados por alguns dias, enquanto tia Mary Maria contava todas as histórias de tétano que já ouvira. Mas isso, Anne refletiu quando o perigo passou, era o que se podia esperar de um filho pequeno que está sempre fazendo experiências.

E então veio abril! Com o riso da chuva de abril... o sussurro da chuva de abril... o gotejar, deslizar, correr, dançar, respingar da chuva de abril. — Oh, mamãe, o mundo não ficou bem lavado e limpo? — exclamou Di, no amanhecer em que o sol voltou.

Havia pálidas estrelas primaveris brilhando sobre campos de névoa, havia salgueiros no pântano. Até os pequenos ramos das árvores pareciam ter perdido de repente sua qualidade límpida e fria e se tornado macios e lânguidos. O primeiro brilho foi um evento; o vale era mais uma vez um lugar cheio de delícias selvagens e livres; Jem trouxe para sua mãe as primeiras flores de maio... para ofensa da tia Mary Maria, que achava que as flores deveriam ter sido oferecidas a ela; Susan começou a arrumar as prateleiras do sótão, e Anne, que mal teve um minuto para si durante todo o inverno, vestiu a alegria da primavera como uma roupa e literalmente viveu em seu jardim, enquanto o Camarão exibia seu êxtase primaveril se contorcendo por todos os caminhos.

— Você se preocupa mais com aquele jardim do que com seu marido, Annie — disse tia Mary Maria.

— Meu jardim é tão maravilhoso para mim — respondeu Anne, sonhadora... percebendo depois as implicações que poderiam ser extraídas de seu comentário, começou a rir.

— Você diz as coisas mais extraordinárias, Annie. Claro que sei que você não quis dizer que Gilbert não seja gentil..., mas e se um estranho ouvir você dizer uma coisa dessas?

— Querida tia Mary Maria — disse Anne alegremente, — realmente não sou responsável pelas coisas que digo nesta época do ano. Todos por aqui sabem disso. Sempre fico um pouquinho louca na primavera. Mas é uma loucura divina. Você percebe aquelas névoas sobre as dunas como bruxas dançando? E os narcisos? Nunca tivemos tantos narcisos em Ingleside antes.

— Eu não ligo muito para narcisos. Eles são muito ostentosos — disse tia Mary Maria, enrolando-se no xale e indo para dentro para proteger as costas.

— Sabe, minha querida senhora — disse Susan em tom de queixa —, o que aconteceu com aquelas novas íris que a senhora queria plantar naquele canto sombrio? Ela as plantou esta tarde na parte mais ensolarada do jardim quando a senhora não estava aqui.

— Oh, Susan! E não podemos mudá-los de lugar porque ela ficaria muito magoada!

— Se a querida senhora me autorizar...

— Não, não, Susan, vamos deixá-los lá por enquanto. Ela chorou, você se lembra, quando eu dei a entender que ela não deveria ter podado as aleluias *antes* de florescerem.

— Mas desdenhar de nossos narcisos, senhora querida ... quando são tão famosos em todo o porto...

— E merecem ser. Olhe para eles rindo de você por cuidar da tia Mary Maria. Susan, as capuchinhas estão aparecendo neste canto, afinal. É tão divertido quando você perdeu a esperança de encontrar uma coisa e ela aparece de repente. Vou fazer um pequeno jardim de rosas no canto sudoeste. O próprio nome de "jardim de rosas" me dá arrepios. Você já viu um céu tão azul quanto este antes, Susan? E se você escutar com atenção, à noite, poderá ouvir todos os riachos murmurando uns com os outros. Eu gostaria de dormir hoje à noite no vale com um travesseiro de violetas selvagens.

— A senhora iria achar que é muito úmido — disse Susan pacientemente. A querida senhora era sempre assim na primavera. Isso iria passar.

— Susan — disse Anne persuasiva —, quero fazer uma festa de aniversário na próxima semana.

— Bem, e por que não? — perguntou Susan. Era verdade que nenhum membro da família fazia aniversário na última semana de maio, mas se a querida senhora queria uma festa de aniversário, por que se preocupar com isso?

— Para a tia Mary Maria — continuou Anne, determinada a superar o pior. — O aniversário dela é na próxima semana. Gilbert disse que ela vai fazer 55 anos e eu estive pensando.

— A querida senhora realmente quer fazer uma festa para aquela...

— Conte até cem, Susan... conte até cem, querida Susan. Isso a deixaria muito contente. O que ela tem na vida, afinal?

— Isso é culpa dela...

— Talvez. Mas, Susan, eu realmente gostaria de fazer isso por ela.

— Querida senhora — disse Susan contrariada — a senhora sempre foi gentil o suficiente para me dar uma semana de férias sempre que eu sentia que precisava. Talvez seja melhor eu tirar minhas férias na próxima semana! Vou pedir a minha sobrinha Gladys para vir e lhe ajudar. E então a sra. Mary Maria Blythe pode ter uma dúzia de festas de aniversário que eu não me importo.

— Se você acha isso, Susan, desisto da ideia, é claro — disse Anne lentamente.

— Querida senhora, aquela mulher enfiou-se aqui em casa e pretende ficar para sempre. Ela lhe causa preocupações... domina o doutor... e transforma a vida das crianças em um inferno. Não digo nada sobre mim, porque, afinal, quem sou eu? Ela repreende, resmunga, insinua e choraminga... e agora a senhora quer fazer uma festa de aniversário para ela! Bem, tudo o que posso dizer é que se a senhora quer fazer isso... vamos ter de ir em frente e fazer!

— Susan, minha querida e velha amiga!

Seguiram-se então a conspiração e o planejamento. Susan, tendo se rendido à ideia, decidiu que, para a honra de Ingleside, a festa deveria ser algo que nem mesmo Mary Maria Blythe pudesse encontrar uma falha.

— Acho que faremos um almoço, Susan. Então eles virão cedo o suficiente para eu ir ao concerto em Lowbridge com o doutor. Vamos manter isso em segredo e surpreendê-la. Ela não vai saber de nada até o último minuto. Vou convidar todas as pessoas de Glen de quem ela gosta...

— E quem são *elas*, querida senhora?

— Bem, as que ela tolera, então. E sua prima, Adella Carey, de Lowbridge e algumas pessoas da cidade. Teremos um grande bolo de aniversário com cinquenta e cinco velas...

— Que será feito por mim, é claro...

— Susan, você *sabe* que faz o melhor bolo de frutas da Ilha do Príncipe Eduardo...

— Eu sei que sou como cera em suas mãos, senhora querida.

Seguiu-se uma semana misteriosa. Um ar de silêncio invadiu Ingleside. Todos juraram não revelar o segredo à tia Mary Maria. Mas Anne e Susan haviam calculado que não haveria fofoca. Na noite anterior à festa, a tia Mary Maria voltou para casa de uma visita em Glen para encontrá-las sentadas com ar cansado no solário sem luz.

— Tudo no escuro, Annie? Não sei como alguém pode gostar de ficar no escuro. Isso me deixa deprimida.

— Não está escuro... é crepúsculo... houve um casamento de amor entre a luz e a escuridão, e o belo resultado foi este — disse Anne mais para si mesma do que para qualquer outra pessoa.

— Suponho que você mesma saiba o que quer dizer, Annie. E, então, vão dar uma festa amanhã?

Anne de repente sentou-se ereta. Susan, já sentada assim, não conseguia sentar-se mais ereta.

— Tia... como... como...

— Você sempre deixa que eu saiba as coisas por outras pessoas — disse tia Mary Maria, parecendo mais triste do que irritada.

— Nós... queríamos que fosse uma surpresa, tia...

— Não sei porque você quer dar uma festa nesta época do ano quando o tempo não é confiável, Annie.

Anne respirou aliviada. Evidentemente, tia Mary Maria sabia apenas que haveria uma festa, não que tivesse qualquer ligação com ela.

— Eu... eu queria dar a festa antes que as flores da primavera terminassem, tia.

— Vou usar meu vestido de tafetá granada. Suponho, Annie, se não tivesse ouvido falar disso na vila, seria apanhada de surpresa por todos os seus bons amigos amanhã em um vestido de algodão.

— Oh, não, tia. Eu ia dizer-lhe a tempo de mudar de roupa...

— Bem, se *meu* conselho significa alguma coisa para você, Annie... E às vezes sou tentada a pensar que não... eu diria que, no futuro, seria melhor para você *não manter as coisas em segredo*. A propósito, você sabe que eles estão dizendo na vila que foi o Jem quem jogou a pedra na janela da Igreja Metodista?

— Ele não disse — disse Anne calmamente. – Ele me disse que não.

— Tem certeza, Annie querida, de que ele não estava mentindo?

A "Annie querida" ainda assim respondeu calmamente.

— Certeza, tia Mary Maria. Jem nunca me disse uma mentira na vida.

— Bem, eu achei que você deveria saber o que estava sendo dito por aí.

Tia Mary Maria afastou-se com seu jeito cortês de sempre, evitando ostensivamente o Camarão, que estava deitado de costas no chão, suplicando a alguém que fizesse cócegas em seu estômago. Susan e Anne respiraram fundo.

— Acho que vou para a cama, Susan. E espero que esteja tudo bem amanhã. Não gosto da aparência daquela nuvem escura sobre o porto.

— Vai ficar tudo bem, querida senhora — assegurou Susan. — O almanaque diz que sim.

Susan tinha um almanaque que previa o clima do ano inteiro e acertava com frequência para manter o crédito.

— Deixe a porta lateral destrancada para o doutor, Susan. Ele pode estar atrasado para voltar da cidade. Foi buscar as rosas... cinquenta e cinco rosas douradas, Susan... Ouvi tia Mary Maria dizer que as rosas amarelas eram as únicas flores de que ela gostava.

Meia hora depois, Susan, lendo seu capítulo noturno em sua Bíblia, encontrou o versículo: *"Retira o teu pé da casa do teu próximo para que ele não se canse de ti e te odeie"*. Ela colocou um ramo de flor para marcar a página. *"Até mesmo naquela época"*, ela refletiu.

Anne e Susan acordaram cedo, desejando terminar os últimos preparativos antes que a tia Mary Maria acordasse. Anne sempre gostou de acordar cedo e pegar aquela meia hora mística antes do nascer do sol, quando o mundo pertence às fadas e aos deuses antigos. Ela gostava de ver o céu da manhã de rosa pálido e dourado atrás da torre da igreja, o brilho tênue e translúcido do nascer do sol se espalhando sobre as dunas, as primeiras espirais de fumaça violeta flutuando nos telhados da vila.

— É como se tivéssemos encomendado, querida senhora — disse Susan com complacência, enquanto enfeitava um bolo com cobertura de laranja com coco. — Vou experimentar minhas bolas de manteiga novas depois do café da manhã e vou ligar para Carter Flagg a cada meia hora para ter certeza de que ele não vai esquecer o sorvete. E haverá tempo para esfregar os degraus da varanda.

— Isso é necessário, Susan?

— A querida senhora convidou a sra. Marshall Elliott, não é? Ela não verá os *nossos* degraus da varanda em outro estado que não seja impecavelmente limpos.

Mas a querida senhora vai cuidar das decorações, não é? Eu não nasci com o dom de fazer arranjos de flores.

— Quatro bolos! Puxa! — disse Jem.

— Quando nós damos uma festa — disse Susan orgulhosa —, damos uma festa!

Os convidados chegaram na hora certa e foram recebidos por tia Mary Maria de tafetá granada e por Anne de voal creme. Anne pensou em colocar seu vestido de musselina branca, pois o dia estava quente de verão, mas decidiu-se pelo outro.

— Muito sensato de sua parte, Annie — comentou tia Mary Maria. — Branco, eu sempre digo, é só para jovens.

Tudo ocorreu de acordo com o cronograma. A mesa estava linda, com os pratos mais bonitos de Anne e a beleza exótica das íris brancas e roxas. As bolas de manteiga de Susan causaram sensação, nunca antes tinham sido vistas em Glen; sua sopa cremosa estava excelente; a salada de frango havia sido feita com frangos "de verdade" de Ingleside; o martirizado Carter Flagg mandou o sorvete na hora certa. Finalmente, Susan, segurando o bolo de aniversário com suas 55 velas acesas como se fosse a cabeça de São João Batista em um carregador, marchou e colocou-o diante de tia Mary Maria. Anne, aparentemente a anfitriã sorridente e serena, já se sentia muito desconfortável havia algum tempo. Apesar de toda suavidade externa, ela tinha uma convicção cada vez mais profunda de que algo estava terrivelmente errado. Na chegada dos convidados, ela estava muito ocupada para notar a mudança que ocorreu no rosto de tia Mary Maria quando a sra. Marshall Elliott cordialmente lhe desejou muitas felicidades. Mas, quando finalmente todos se sentaram em volta da mesa, Anne percebeu que tia Mary Maria parecia tudo menos satisfeita. Ela estava realmente branca... *não poderia* ser de fúria!... e não disse uma palavra durante a refeição, exceto as respostas curtas a comentários dirigidos a ela. Ela comeu apenas duas colheradas de sopa e três garfadas de salada; quanto ao sorvete, ela se comportou como se ele não estivesse ali.

Quando Susan colocou o bolo de aniversário, com suas velas tremeluzentes, à sua frente, tia Mary Maria engoliu em seco como se estivesse engolindo um soluço e, consequentemente, saiu como um grito estrangulado.

— Tia, a senhora não está se sentindo bem? — gritou Anne.

Tia Mary Maria olhou para ela com frieza.

— *Muito* bem, Annie. Bastante bem, de fato, para *uma pessoa idosa* como eu.

Nesse momento auspicioso, as gêmeas apareceram, carregando entre elas o cesto cheio de cinquenta e cinco rosas amarelas e, em meio a um silêncio repentinamente gélido, entregaram-no à tia Mary Maria, com parabéns e bons votos. Um coro de admiração ergueu-se da mesa, mas tia Mary Maria não se juntou a ele.

— As... as gêmeas vão soprar as velas para a senhora, tia — hesitou Anne, nervosa, — e depois... a senhora pode cortar o bolo de aniversário.

— Como ainda não estou tão velha... Annie, posso soprar as velas eu mesma.

Tia Mary Maria começou a apagá-las, meticulosa e deliberadamente. Com igual esforço e deliberação, ela cortou o bolo. Então ela soltou a faca sobre a mesa.

— E agora, talvez, me deem licença, Annie. *Uma senhora idosa* como eu precisa descansar depois de tanta agitação.

E marchando se foi a saia de tafetá da tia Mary Maria. O cesto de rosas caiu quando ela passou por ele. Ouviu-se o barulho do salto alto de tia Mary Maria ao subir as escadas. Então, ouviu-se o bater da porta do quarto de tia Mary Maria a distância.

Os estupefatos convidados comeram suas fatias de bolo de aniversário com o apetite que puderam reunir, em um silêncio tenso quebrado apenas por uma história que a sra. Amos Martin contou desesperadamente de um médico na Nova Escócia que envenenou vários pacientes injetando germes da difteria neles. Os outros, achando que isso poderia não ser de bom gosto, não apoiaram seu louvável esforço de "animar o ambiente" e foram saindo à medida que puderam.

Uma Anne perplexa correu para o quarto da tia Mary Maria.

— Tia, qual é o problema?...

— Era necessário anunciar minha idade em público, Annie? E pedir a Adella Carey vir até aqui... para descobrir quantos anos eu tenho... ela está morrendo de vontade de saber há anos!

— Tia, nós só queríamos... nós queríamos...

— Não sei qual era o seu propósito, Annie. Que há algo por trás de tudo isso eu sei muito bem... ah, posso ler sua mente, querida Annie... mas não vou tentar descobrir... vou deixar isso entre você e sua consciência.

— Tia Mary Maria, minha única intenção era proporcionar-lhe um aniversário feliz. Lamento terrivelmente...

Tia Mary Maria levou o lenço aos olhos e sorriu com coragem.

— Claro que te perdoo, Annie. Mas você deve perceber que, depois de uma tentativa deliberada de ferir meus sentimentos, não posso mais ficar aqui.

— Tia, não acredite...

Tia Mary Maria ergueu uma mão longa e magra com algumas rugas.

— Não vamos discutir isso, Annie. Quero paz... apenas paz. Quem consegue suportar um espírito ferido?

Anne foi ao concerto com Gilbert naquela noite, mas não se podia dizer que ela tinha gostado. Gilbert encarou todo o assunto "exatamente como um homem", como a sra. Cornélia poderia ter dito.

— Lembro que ela sempre foi um pouco melindrosa com a idade. Papai costumava irritá-la. Eu deveria ter avisado... mas tinha escapado da minha memória. Se ela for, não tente impedi-la. — E tentou a todo custo acrescentar "boa viagem!"

— Ela não vai. Não temos tanta sorte, querida senhora — disse Susan, incrédula.

Mas, pela primeira vez, Susan estava errada. Tia Mary Maria partiu no dia seguinte, perdoando a todos enquanto se despedia.

— Não culpe Annie, Gilbert — disse ela magnânima. — Eu a absolvo de todos os insultos intencionais. Nunca me importei que ela guardasse segredos de mim... embora eu tenha uma mente sensível... mas, apesar de tudo, sempre gostei da pobre Annie... — disse isso com o ar de quem confessa uma fraqueza. — Mas Susan Baker é uma coisa completamente diferente. Minha última palavra para você, Gilbert, é... coloque Susan Baker em seu lugar e a mantenha lá.

Ninguém acreditou na sorte deles no começo. Então, eles acordaram para o fato de que tia Mary Maria tinha realmente ido embora... pois era possível rir de novo sem ferir os sentimentos de ninguém... abrir todas as janelas sem que ninguém se queixasse das correntes de ar... comer uma refeição sem ninguém lhe dizer que algo que você especialmente gostava era capaz de produzir câncer de estômago.

— Nunca dispensei um convidado com tanta vontade — pensou Anne, sentindo-se meio culpada. — É bom nos sentirmos em nossa casa novamente.

O Camarão se arrumou meticulosamente, sentindo que, afinal, era divertido ser gato. A primeira peônia desabrochou no jardim.

— O mundo está cheio de poesia, não é, mamãe? — disse Walter.

— Vai ser um junho muito bom — previu Susan. — O almanaque diz que sim. Haverá algumas noivas e provavelmente alguns funerais. Não parece estranho ser capaz de respirar livremente de novo? Quando penso que fiz tudo o que fiz para impedi-la de dar aquela festa, querida senhora, percebo mais uma vez que *existe* uma Providência Divina. E a querida senhora não acha que hoje o doutor gostaria de saborear algumas cebolas com o bife dele?

Capítulo 15

— Achei que deveria avisar-lhe, querida — disse a sra. Cornélia — e explicar sobre aquele telefonema. Foi tudo um engano... sinto muito... a prima Sarah não está morta, afinal.

Anne, sufocando um sorriso, ofereceu uma cadeira na varanda para que a sra. Cornélia pudesse sentar-se, e Susan, erguendo os olhos da gola de renda de crochê irlandês que estava fazendo para sua sobrinha Gladys, proferiu um escrupulosamente educado: — Boa noite, *senhora* Marshall Elliott.

— A notícia veio do hospital esta manhã de que ela tinha falecido durante a noite, e eu senti que deveria informá-la, já que ela era a paciente do doutor. Mas era outra Sarah Chase, e a prima Sarah está viva, e é provável que sobreviva, ainda bem. É muito bom e gostoso aqui, Anne. Sempre digo que se há brisa em algum lugar é em Ingleside.

— Susan e eu estamos desfrutando do encanto deste anoitecer estrelado — disse Anne, deixando de lado o vestido de musselina rosa que estava fazendo para Nan e colocando as mãos nos joelhos. Uma desculpa para descansar um pouco era bem-vinda. Nem ela nem Susan tinham muitos momentos de descanso.

A lua estava para nascer, e a profecia era ainda mais adorável do que a ocasião. Os lírios bicolores estavam brilhando intensamente ao longo do caminho, e as madressilvas agitavam-se ao vento sonhador.

— Olhe aquela onda de papoulas quebrando contra a parede do jardim, sra. Cornélia. Susan e eu estamos muito orgulhosas de nossas papoulas este ano, embora não tenhamos nada a ver com elas. Walter derramou um pacote de sementes ali por acidente na primavera, e este é o resultado. Todos os anos temos algumas surpresas deliciosas como essa.

— Eu gosto de papoulas — disse a sra. Cornélia, — embora elas não durem muito.

— Elas têm apenas um dia de vida — admitiu Anne —, mas vivem esse dia de modo extraordinário! Não é melhor do que ser uma zínia horrível e rígida que dura praticamente para sempre? Não temos zínias em Ingleside. Elas são as únicas flores das quais não somos amigas. Susan nem mesmo conversa com elas.

— Alguém está sendo assassinado no vale? — perguntou a sra. Cornélia. Na verdade, os sons que vinham de lá pareceriam indicar que alguém estava sendo queimado na fogueira. Mas Anne e Susan estavam acostumadas demais a isso para serem perturbadas.

— Persis e Kenneth estiveram aqui o dia todo e decidiram fazer um banquete no vale. Quanto à sra. Chase, Gilbert foi à cidade esta manhã, para que ele soubesse a verdade sobre ela. Estou feliz pelo bem de todos que ela está indo tão bem... os outros médicos não concordaram com o diagnóstico de Gilbert, e ele ficou um pouco preocupado.

— Sarah nos avisou quando foi ao hospital que não deveríamos enterrá-la a menos que tivéssemos certeza de que ela estava morta — disse a sra. Cornélia, abanando-se majestosamente e se perguntando como a esposa do doutor sempre conseguia parecer tão fresca. — Veja, nós sempre tivemos um pouco de medo de que o marido dela fosse enterrado vivo... ele parecia tão real. Mas ninguém pensou nisso até que fosse tarde demais. Ele era um irmão desse Richard Chase que comprou a velha fazenda em Moorside e mudou-se para lá de Lowbridge na primavera. *Ele é* excêntrico. Disse que veio para o campo para conseguir um pouco de paz... ele tinha de passar todo o tempo em Lowbridge esquivando-se das viúvas... *"e solteironas"* — a sra. Cornélia poderia ter acrescentado, mas não o fez, para não magoar os sentimentos de Susan.

— Conheci a filha dele, Stella... Ela costuma vir para o ensaio do coral. Gostávamos muito uma da outra.

— Stella é uma menina doce... uma das poucas meninas que ainda conseguem ficar coradas. Eu sempre gostei muito dela. A mãe dela e eu éramos grandes amigas. Pobre Lisette!

— Ela morreu jovem?

— Sim, quando Stella tinha apenas 8 anos. O próprio Richard criou Stella. E ele é um incrédulo, se é que ele é alguma coisa! Diz que as mulheres só são importantes do ponto de vista biológico... seja lá o que isso possa significar.

— Ele não parece ter feito um trabalho tão ruim na educação da filha — disse Anne, que considerava Stella Chase uma das jovens mais encantadoras que ela já conhecera.

— Oh, você não poderia estragar Stella. E não estou negando que Richard deva ter feito um bom trabalho ao criá-la. Mas ele é um patife para os jovens... nunca deixou a pobre Stella ter um único namorado durante toda a vida! Todos os jovens que tentam se aproximar dela, ele simplesmente os aterroriza com sarcasmo. Ele é a criatura mais sarcástica da qual você já ouviu falar. Stella não consegue controlá-lo... sua mãe também não conseguia. Elas nunca souberam como fazê-lo. Ele sempre faz tudo ao contrário, mas parece que nenhuma das duas entendeu isso.

— Achei que Stella parecia muito devotada ao pai.

— Oh, ela é. Ela o adora. Ele é um homem muito agradável quando fazem tudo o que ele quer. Mas deveria ter mais juízo sobre o casamento de Stella. Ele tem de saber que não vai viver para sempre... embora se você o ouvir falando, parece que ele pretende viver eternamente. Ele não é um homem velho, é claro... ele era muito jovem quando se casou. Mas é uma família com muitos casos de derrames. E o que Stella fará depois que ele se for? Ela irá definhar, suponho.

Susan ergueu os olhos da intrincada rosa de seu crochê irlandês por tempo suficiente para dizer decididamente:

— Não concordo que as pessoas mais velhas possam estragam as vidas das mais novas dessa forma.

— Talvez se Stella realmente se importasse com alguém, as objeções de seu pai não pesariam muito para ela.

— É aí que você está enganada, Anne querida. Stella nunca se casaria com alguém de quem seu pai não gostasse. E posso dizer a você outra cuja vida vai ser estragada, e esse é o sobrinho de Marshall, Alden Churchill. Mary está determinada a não deixá-lo se casar enquanto ela puder mantê-lo assim. Ela é ainda pior do que Richard... se ela fosse um cata-vento, apontaria para o Norte quando o vento soprasse do Sul.

A propriedade é dela até Alden se casar, e depois vai para ele, sabe. Cada vez que ele se interessa por uma jovem, ela consegue impedir de alguma forma.

— E será *ela* a única a fazer isso, *senhora* Marshall Elliott? — perguntou Susan com sarcasmo. — Algumas pessoas acham que Alden muda de ideia muito fácil. Já ouvi dizer que o chamam de galanteador.

— Alden é bonito, e as meninas o perseguem — retrucou a sra. Cornélia. — Eu não o censuro por se deixar levar um pouco e deixá-las depois que ele lhes dá uma lição. Mas houve uma ou duas jovens adoráveis de quem ele realmente gostou, e Mary apenas bloqueou o caminho todas as vezes. Ela mesma me disse... me disse que consultou a Bíblia... ela está sempre "consultando a Bíblia"... e todas as vezes abriu em um versículo que era contra o casamento de Alden. Não tenho paciência com ela e nem com seus modos esquisitos. Por que ela não pode ir à igreja e ser uma criatura decente como o resto de nós em Four Winds? Mas não, ela estabeleceu uma religião para si mesma, que consiste em "consultar a Bíblia". No outono passado, quando aquele valioso cavalo adoeceu... valia 400 dólares... em vez de mandar chamar o veterinário de Lowbridge, ela "consultou a Bíblia" e encontrou um versículo... "O Senhor dá e o Senhor tira. Bendito seja o nome do Senhor". Portanto, não quis chamar o veterinário, e o cavalo morreu. Imagine aplicar esse versículo dessa maneira, querida Anne. Eu chamo isso de irreverência. Disse isso a ela, mas tudo que recebi foi um olhar furioso. E ela não quer instalar um telefone. *"Você acha que vou falar com uma caixa na parede?"* Ela diz quando alguém aborda o assunto.

A sra. Cornélia fez uma pausa, quase sem fôlego. As excentricidades de sua cunhada sempre a deixavam impaciente.

— Alden não é nada parecido com sua mãe — disse Anne.

— Alden é como o pai dele... nunca houve um homem melhor... no que se refere a como eles são. O motivo pelo qual ele se casou com Mary era algo que os Elliott nunca conseguiram entender. Embora eles estivessem mais do que felizes por tê-lo casado tão bem..., mas ela sempre teve um parafuso solto e era muito magra. Claro que ela tinha muito dinheiro... sua tia Mary deixou tudo para ela... mas não era esse o motivo, George Churchill estava realmente apaixonado por ela. Não sei como Alden aguenta os caprichos da mãe; mas ele sempre foi um bom filho.

— Você sabe o que acabou de me ocorrer, sra. Cornélia? — disse Anne com um sorriso travesso. — Não seria uma coisa boa se Alden e Stella se apaixonassem um pelo outro?

— Não há muita chance de isso acontecer, e eles não chegariam a lugar nenhum se o fizessem. Mary estragaria tudo, e Richard daria com a porta na cara do fazendeiro, apesar de ele próprio ser um. Mas Stella não é o tipo de garota de que Alden gosta... ele gosta de meninas coradas e alegres. E Stella não ligaria para ele. Eu ouvi que o novo ministro em Lowbridge está de olho nela.

— Ele não é um tanto anêmico e míope? — perguntou Anne.

— E tem os olhos esbugalhados — disse Susan. — Eles devem ficar horríveis quando ele tenta parecer sentimental.

— Pelo menos ele é presbiteriano — disse a sra. Cornélia, como se isso pudesse compensar. — Bem, preciso ir. Descobri que se ficar muito tempo no sereno, minha nevralgia começa a me incomodar.

— Vou descer até o portão com você.

— Você sempre pareceu uma rainha com esse vestido, Anne querida — disse a sra. Cornélia, com admiração e irrelevância.

Anne encontrou Owen e Leslie Ford no portão e os trouxe de volta para a varanda. Susan havia desaparecido para buscar limonada para o doutor, que acabara de chegar em casa, e as crianças chegaram sonolentas e felizes do vale.

— Vocês estavam fazendo um barulho horrível quando passei — disse Gilbert. — A região toda deve ter ouvido vocês.

Persis Ford, sacudindo seus enormes cachos cor de mel, mostrou a língua para ele. Persis era uma grande favorita do "Tio Gil".

— Estávamos apenas imitando os gritos dos dervixes, então é claro que tínhamos de uivar — explicou Kenneth.

— Veja só o estado de sua blusa — disse Leslie com severidade.

— Eu caí no bolo de lama da Di — disse Kenneth, com decidida satisfação em seu tom. Ele detestava aquelas blusas engomadas e imaculadas que a mãe o fazia usar quando ele vinha para Glen.

— Mãezinha querida — disse Jem, — posso pegar aquelas penas de avestruz velhas no sótão para costurar na parte de trás das calças e fazer um rabo? Vamos ter um circo amanhã, e eu serei a avestruz. E vamos arranjar um elefante.

— Vocês sabem que custa 600 dólares por ano alimentar um elefante? — disse Gilbert solenemente.

— Um elefante imaginário não custa nada — explicou Jem pacientemente.

Anne sorriu. — Nunca precisamos ser econômicos em nossa imaginação, graças a Deus.

Walter não disse nada. Ele estava um pouco cansado e bastante satisfeito em sentar-se ao lado de mamãe nos degraus e encostar sua cabeça morena no ombro dela. Leslie Ford, olhando para ele, achou que ele tinha cara de gênio... o olhar remoto e desligado de uma alma de outra galáxia. A Terra não era seu habitat.

Todos ficaram muito felizes nessa hora dourada de um dia dourado. O sino de uma igreja do outro lado do porto tocou suave e docemente. A lua estava formando desenhos na água. As dunas brilhavam em tons prateados com muita névoa. Havia um cheiro de menta no ar, e algumas rosas invisíveis eram insuportavelmente doces. E Anne, olhando sonhadora para o gramado, com olhos que, apesar dos seis filhos, ainda eram muito jovens, pensava que não havia nada no mundo tão delgado e élfico quanto um jovem álamo negro à luz do luar.

Então ela começou a pensar em Stella Chase e Alden Churchill, até que Gilbert lhe ofereceu 1 centavo por seus pensamentos.

— Estou pensando seriamente em tentar minha sorte como casamenteira — retrucou Anne.

Gilbert olhou para os outros fingindo desespero.

— Eu estava com medo que isso acontecesse de novo algum dia. Fiz o meu melhor, mas você não pode mudar uma casamenteira nata. Ela tem uma verdadeira paixão pela coisa. O número de casamentos que ela já fez é incrível. Não conseguiria dormir se tivesse tal responsabilidade sobre mim.

— Mas estão todos felizes — protestou Anne. — Sou realmente uma adepta. Pense em todas as combinações que fiz... ou fui acusada de fazer... Theodora Dix e Ludovic Speed... Stephen Clark e Prissie Gardner... Janet Sweet e John Douglas... Professor Carter e Esme Taylor... Nora e Jim... e Dovie e Jarvis...

— Bem, eu admito. Esta minha esposa, Owen, nunca perdeu a esperança. Para ela, qualquer dia as rosas vão nascer sem espinhos. Suponho que ela continuará tentando casar as pessoas até crescer.

— Acho que ela ainda tem algo a ver com outro casamento — disse Owen, sorrindo para a esposa.

— Eu não — disse Anne prontamente. — Culpe Gilbert por esse. Fiz o possível para persuadi-lo a não fazer aquela operação em George Moore. E por falar em não dormir à noite... há noites em que acordo banhada em suor, sonhando que consegui convencê-lo.

— Bem, dizem que só as mulheres felizes conseguem ser boas casamenteiras, então essa é a meu favor — disse Gilbert complacentemente. — Que novas vítimas você tem em mente agora, Anne?

Anne apenas sorriu para ele. O casamento é algo que requer sutileza e discrição, e há coisas que não se conta nem mesmo para o marido.

Capítulo 16

Anne ficou acordada por horas naquela noite, e várias noites depois, pensando em Alden e Stella. Ela tinha a sensação de que Stella sentia falta de um casamento... um lar... bebês. Ela implorou uma noite para dar banho em Rilla... — É tão delicioso banhar esse corpinho rechonchudo e com covinhas — ...e de novo, com bastante timidez ela disse: — É tão lindo, sra. Blythe, ter pequenos bracinhos aveludados estendidos para nós. Bebês são tão *perfeitos*, não são? — Seria uma pena um pai rabugento impedir o desabrochar dessas esperanças secretas.

Seria um casamento ideal. Mas como poderia ser realizado, com todos os interessados teimosos e contrários a ele? Pois a teimosia e a contrariedade não estavam totalmente do lado dos mais velhos. Anne suspeitou que Alden e Stella tinham uma tendência a elas. Isso exigia uma técnica totalmente diferente de qualquer caso anterior. De súbito, Anne lembrou-se do pai de Dovie.

Anne ergueu a cabeça e seguiu com o plano. Ela achava que Alden e Stella estavam praticamente casados a partir daquela hora.

Não havia tempo a perder. Alden, que morava em Harbor Head e frequentava a Igreja Anglicana na região acima do porto, ainda nem conhecia Stella Chase... talvez nunca a tivesse visto. Ele não estava interessado em nenhuma jovem nos últimos meses, mas poderia começar a qualquer momento. A sra. Janet Swift, de Upper Glen, tinha uma sobrinha muito bonita visitando-a, e Alden estava sempre tentando conhecer meninas novas. A primeira coisa a ser feita, então, era arranjar um modo para que Alden e Stella se encontrassem. Como isso poderia acontecer? Tinha de ser provocado de forma absolutamente inocente, pelo menos na aparência. Anne quebrou a cabeça, mas não conseguia pensar em nada mais original do que dar uma festa e convidar os dois. Ela não gostou da ideia. Estava fazendo muito calor para dar uma festa... e os jovens de Four Winds faziam muito barulho. Anne sabia que Susan nunca consentiria em dar uma festa sem limpar a casa toda em Ingleside, do sótão ao porão... e Susan também estava reclamando desse verão. Mas uma boa causa exige sacrifícios. Jen Pringle, B.A., escreveu que viria para fazer uma visita há muito prometida a Ingleside e isso seria a desculpa adequada para uma festa. A sorte parecia estar do lado dela. Jen veio... os convites foram enviados... Susan fez a devida limpeza em Ingleside... ela e Anne cozinharam sozinhas para a festa, em meio de uma onda de calor.

Anne estava extremamente cansada na noite anterior à festa. O calor estava terrível... Jem estava doente na cama com um ataque do que Anne secretamente temia ser apendicite, embora Gilbert atribuísse a crise às maçãs verdes... e o Camarão havia quase morrido escaldado quando Jen Pringle, tentando ajudar Susan, derrubou uma panela de água quente do fogão em cima dele. Cada osso do corpo de Anne doía, sua cabeça doía, seus pés e seus olhos também. Jen tinha ido com um grupo de amigos ver o farol, dizendo a Anne que podia ir direto para a cama; mas em vez de ir para a cama ela sentou-se na varanda, no frescor que se seguiu à tempestade da tarde, e conversou com Alden Churchill, que havia passado lá para buscar um remédio para a bronquite da mãe, mas não quis entrar na casa. Anne achou que era uma oportunidade enviada pelos céus, pois queria muito conversar com ele. Eram bons amigos, já que Alden costumava visitá-la para assuntos semelhantes.

Alden sentou-se no degrau da varanda com a cabeça encostada no pilar. Ele era, como Anne sempre pensara, um homem muito bonito... alto e de ombros largos, com um rosto branco, que nunca se bronzeava, olhos azuis vívidos, e um cabelo preto como tinta, espesso e espetado. Tinha uma voz divertida e um jeito simpático e respeitoso, que mulheres de todas as idades apreciavam. Tinha frequentado a Queens por três anos e pensado em ir para Redmond, mas sua mãe recusou-se a deixá-lo ir, alegando motivos bíblicos, e Alden tinha se acomodado bastante satisfeito na fazenda. Ele gostava de agricultura, dissera a Anne; era um trabalho gratuito, ao ar livre e independente: ele tinha o jeito da mãe para ganhar dinheiro e a personalidade atraente do pai. Não era de admirar que ele fosse considerado um bom partido.

— Alden, quero pedir um favor a você — disse Anne de forma cativante. — Poderia me ajudar?

— Claro, sra. Blythe — ele respondeu com sinceridade. — Basta dizer. Sabe que eu faria qualquer coisa pela senhora.

Alden gostava muito da sra. Blythe e realmente teria feito qualquer coisa por ela.

— Receio que isso possa lhe incomodar — disse Anne ansiosamente. — Mas é simples... Gostaria que você acompanhasse Stella Chase para que ela divirta-se na minha festa amanhã à noite. Tenho receio que ela não aproveite a festa porque ainda não conhece muitos jovens por aqui... a maioria deles é mais jovem do que ela... pelo menos os meninos são. Peça-lhe para dançar e não a deixe sozinha e afastada de todos. Ela é muito tímida com estranhos. Quero muito que ela se divirta.

— Oh, farei o meu melhor — disse Alden prontamente.

— Mas você não deve se apaixonar por ela, sabe — avisou Anne, sorrindo.

— Mas por que não, sra. Blythe.

— Bem — vou lhe contar um segredo, — acho que o sr. Paxton de Lowbridge gostou muito dela.

— Aquele convencido e vaidoso? — explodiu Alden, com uma intensidade inesperada.

Anne pareceu um tanto surpreendida.

— Ora, Alden, disseram-me que ele é um jovem muito bom. Só esse tipo de homem teria alguma chance com o pai de Stella, você sabe.

— É mesmo? — disse Alden, recaindo em sua indiferença.

— Sim... e nem sei se ele conseguiria. Pelo que entendi, o sr. Chase acha que não há ninguém bom o suficiente para Stella. Receio que um simples fazendeiro não teria nenhuma chance. Não quero que você crie problemas para si mesmo se apaixonando por uma jovem que você nunca poderia ter. Estou apenas lhe dando um conselho de amiga. Tenho certeza de que sua mãe pensa como eu.

— Oh, obrigado... Que tipo de menina ela é, de qualquer modo? É bonita?

— Bem, admito que ela não é uma beleza. Gosto muito de Stella..., mas ela é um pouco pálida e reservada. Não muito forte... mas me disseram que o sr. Paxton tem algum dinheiro. Na minha opinião, deve ser um casamento ideal e não quero que ninguém o estrague.

— Por que a senhora não convidou o sr. Paxton para sua festa e pediu a ele para divertir a sua Stella? — perguntou Alden com bastante truculência.

— Você sabe que um pastor não viria ao baile, Alden. Agora, não fique irritado... e faça com que Stella se divirta.

— Pode ficar sossegada, vou providenciar para que ela se divirta muito. Boa noite, sra. Blythe.

Alden retirou-se abruptamente. Ao ficar sozinha, Anne riu. — Agora, se eu conheço alguma coisa da natureza humana, esse rapaz vai mostrar ao mundo que ele pode ter Stella se quiser, independentemente de qualquer um. Ele mordeu minha isca sobre o pastor. Mas acho que terei uma noite terrível com essa dor de cabeça.

Ela teve uma noite terrível, complicada pelo que Susan chamou de um torcicolo, e sentia-se tão brilhante quanto uma flanela cinza pela manhã; mas, à noite, era uma anfitriã alegre e galante. A festa foi um sucesso. Todos pareciam estar se divertindo. Stella certamente estava. Alden cuidou do assunto com zelo quase excessivo, pensou Anne. Estava indo um pouco longe demais para uma primeira reunião quando Alden conduziu Stella para um canto escuro da varanda depois do jantar e a manteve lá por uma hora. Mas, no geral, Anne ficou satisfeita quando refletiu sobre as coisas na manhã seguinte. Para dizer a verdade, o tapete da sala de jantar foi praticamente destruído por dois pires de sorvete derramado e um prato de bolo triturado; os castiçais de vidro de Bristol da avó de Gilbert haviam sido feitos em pedaços; alguém tinha virado um pote de água da chuva no quarto de hóspedes, que ficou encharcado, e o teto da biblioteca ficou descolorido de uma forma trágica; as franjas do sofá foram arrancadas; a grande samambaia de Boston de Susan, o orgulho de seu coração, tinha sido aparentemente usada como assento por uma pessoa grande e pesada. Mas, pelo lado positivo, estava o fato de que, a menos que todos os sinais falhassem, Alden se apaixonara por Stella. Anne achou que o saldo estava a seu favor.

Os mexericos locais nas semanas seguintes confirmaram essa visão. Tornou-se cada vez mais evidente que Alden estava apaixonado. Mas e quanto a Stella? Anne não achava que Stella fosse o tipo de jovem que caísse nas mãos estendidas de qualquer homem. Ela tinha um toque de "contrariedade" do pai, que nela funcionava como uma independência encantadora.

Mais uma vez, a sorte favoreceu uma casamenteira preocupada. Stella veio ver os delfínios de Ingleside uma noite, e depois elas se sentaram na varanda e conversaram. Stella Chase era uma figura pálida e esguia, um tanto tímida, mas intensamente doce. Ela tinha uma nuvem macia de cabelos loiros e olhos castanhos. Anne achava que seus cílios eram seu maior encanto, pois ela não era realmente bonita. Eles eram incrivelmente longos, e quando ela os levantava e os abaixava, isso afetava os corações masculinos. Ela tinha certa distinção de modos que a fazia parecer um pouco mais velha do que seus 24 anos e um nariz que poderia ser decididamente aquilino mais tarde em sua vida.

— Tenho ouvido coisas sobre você, Stella — disse Anne, sacudindo o dedo para ela. — E... não... sei... se... gostei... do que ouvi. Perdoe-me por dizer que não sei se Alden Churchill é o noivo certo para você?

Stella fez uma cara de espanto.

— Ora... pensei que você gostasse de Alden, sra. Blythe.

— Eu gosto dele. Mas... bem, você vê... ele tem a reputação de ser muito inconstante. Disseram-me que nenhuma jovem pode segurá-lo por muito tempo. Muitas tentaram... e falharam. Eu detestaria ver você sozinha se ele mudasse de ideia.

— Acho que a senhora está enganada sobre Alden, sra. Blythe — disse Stella lentamente.

— Espero que sim, Stella. Se você fosse um tipo diferente... cheia de vigor e alegre, como Eileen Swift...

— Oh, bem... preciso ir para casa — disse Stella vagamente. — Meu pai deve estar sozinho.

Quando ela se foi, Anne voltou a rir.

— Prefiro pensar que Stella foi embora jurando secretamente que ela mostrará aos amigos intrometidos que ela pode segurar Alden e que nenhuma Eileen Swift jamais colocará suas garras nele. Aquele pequeno movimento de sua cabeça e aquele repentino rubor em suas bochechas me disseram isso. Tudo resolvido com os mais jovens. Receio que os mais velhos vão ser ossos mais difíceis de roer.

Capítulo 17

A sorte de Anne se manteve. A Sociedade Assistencial de Senhoras perguntou-lhe se ela poderia visitar a sra. George Churchill para receber a contribuição anual que ela dava para a sociedade. A sra. Churchill raramente ia à igreja e não era membro da Sociedade, mas ela "acreditava em missões" e sempre dava uma soma generosa se alguém a visitasse e pedisse. As pessoas gostavam de fazer isso tão pouco, que os membros tinham de fazer um sorteio para cada um ter a sua vez, e este ano era a vez de Anne.

Certa noite, ela desceu a pé por uma trilha repleta de margaridas que cruzava os campos que levavam à beleza doce e fresca do topo de uma colina até a estrada onde ficava a fazenda Churchill, a um quilômetro e meio de Glen. Era uma estrada bastante monótona, com cercas cinzentas subindo pequenas encostas íngremes... ainda assim, havia luzes caseiras... um riacho... o cheiro dos campos de feno que desciam até o mar... jardins. Anne parou para olhar todos os jardins pelos quais passou. Seu interesse por jardins era eterno. Gilbert costumava dizer que Anne *tinha* de comprar um livro se a palavra "jardim" estivesse no título.

Um barco preguiçoso passeava pelo porto e, ao longe, um navio estava parado. Anne sempre observava um navio com destino ao exterior com um pouco de aceleração em seus pulsos. Ela compreendeu o capitão Franklin Drew quando o ouviu dizer uma vez, enquanto subia a bordo de seu navio no cais: "*Deus, como sinto muito pelas pessoas que deixamos em terra!*"

A grande casa dos Churchill, com os ferros forjados trabalhados em volta do telhado plano da mansarda, dava para o porto e as dunas. A sra. Churchill cumprimentou-a educadamente, embora sem muito entusiasmo, e conduziu-a a uma sala sombria e esplêndida, cujas paredes de papel marrom-escuro estavam decoradas com inúmeros desenhos com giz de cera dos Churchills e Elliotts, que já haviam partido. A sra. Churchill sentou-se em um sofá de pelúcia verde, cruzou as mãos compridas e magras e olhou fixamente para sua visita.

Mary Churchill era alta, magra e austera. Tinha um queixo proeminente, olhos azuis profundos como os de Alden e uma boca larga e comprimida. Nunca desperdiçava palavras nem fazia mexericos. Portanto, Anne achou bastante difícil atingir seu objetivo naturalmente, mas o conseguiu por meio do novo pastor do outro lado do porto, de quem a sra. Churchill não gostava.

— Ele não é um homem espiritual — disse a sra. Churchill com frieza.

— Ouvi dizer que seus sermões são notáveis — disse Anne.

— Eu ouvi um e não quero ouvir mais. Minha alma buscava alimento, mas recebeu um sermão. Ele acredita que o Reino dos Céus pode ser dominado por cérebros. Não pode.

— Falando de pastores... Eles têm um muito inteligente em Lowbridge agora. Acho que ele está interessado em minha jovem amiga, Stella Chase. Estão dizendo que irão fazer um belo par.

— Você quer dizer um casamento? — disse a sra. Churchill.

Anne sentiu-se humilhada, mas refletiu que você tinha de engolir coisas assim quando estava interferindo no que não lhe dizia respeito.

— Acho que seria muito adequado, sra. Churchill. Stella é especialmente apropriada para ser a esposa de um pastor. Tenho dito a Alden que ele não deve tentar estragar a união.

— Por quê? — perguntou a sra. Churchill, sem piscar os olhos.

— Bem... realmente... a senhora sabe... receio que Alden não teria chance alguma. O sr. Chase não acha ninguém bom o suficiente para Stella. Todos os amigos de Alden odiariam vê-lo rejeitado de repente como uma luva velha. Ele é um menino muito bom para isso.

— Nenhuma jovem jamais recusou meu filho — disse a sra. Churchill, comprimindo os lábios finos. — Sempre foi o contrário. Era ele quem descobria quem realmente elas eram, por trás de seus cabelos cacheados e risinhos. Meu filho pode se casar com qualquer mulher que ele escolher, sra. Blythe... *qualquer* mulher.

— Oh! — disse Anne. Porém seu tom dizia: *"Claro que sou muito educada para contradizê-la, mas a senhora não mudou minha opinião"*.

Mary Churchill entendeu, e seu rosto branco e enrugado se aqueceu um pouco quando ela saiu da sala para pegar sua contribuição missionária.

— A senhora tem uma vista maravilhosa aqui — disse Anne, quando a sra. Churchill a conduziu até a porta.

A sra. Churchill lançou um olhar de desaprovação para o golfo.

— Se sentisse as rajadas do vento leste no inverno, sra. Blythe, não pensaria assim da vista. Esta noite está bastante fresca. Acho que a senhora teria medo de pegar um resfriado com esse vestido fino. É claro que é muito lindo. A senhora ainda é jovem o suficiente para se interessar por luxos e vaidades. Eu já não sinto qualquer interesse por coisas tão transitórias.

Anne se sentiu bastante satisfeita com a visita ao voltar para casa no crepúsculo verde-escuro.

— É claro que não se pode contar com a sra. Churchill — disse ela a um bando de estorninhos que estavam em uma confraternização em um pequeno campo afastado do bosque — mas acho que a preocupei um pouco. Pude ver que não gostou que as pessoas pensem que Alden *poderia* ser rejeitado. Bem, fiz o que me foi possível com todos, exceto com o sr. Chase, e não vejo o que posso fazer com ele quando nem mesmo o conheço. Nem sei se ele tem a menor noção de que Alden e Stella estão namorando. Não é provável. Stella nunca ousaria levar Alden para casa, é claro. Agora, o que devo fazer sobre o Sr. Chase?

Foi realmente impressionante... a maneira como as coisas a ajudaram. Uma noite, a sra. Cornélia apareceu e pediu a Anne que a acompanhasse à casa dos Chase.

— Vou até lá pedir uma contribuição a Richard Chase para o novo fogão da igreja. Você vem comigo, querida, apenas como apoio moral? Odeio enfrentá-lo sozinha.

Elas encontraram o sr. Chase de pé, nos degraus da frente, parecendo, com suas pernas longas e seu nariz comprido, um poste meditativo. Ele tinha alguns fios de cabelo brilhantes penteados sobre o topo de sua cabeça calva e seus olhinhos cinzentos brilharam para elas. Ele estava pensando que, se aquela era a esposa do médico com a velha Cornélia, ela tinha uma aparência muito boa. Quanto à prima Cornélia, que já tinha sido recusada por dois noivos, ela era um pouco rigorosa demais e tinha o intelecto igual a de um gafanhoto, mas não era má pessoa, se você soubesse tratá-la do jeito certo.

Ele as convidou com cordialidade para entrarem em sua pequena biblioteca, onde a sra. Cornélia acomodou-se em uma cadeira com um pequeno resmungo.

— Está terrivelmente quente esta noite. Receio que teremos uma tempestade. Deus do céu, Richard, aquele gato está maior do que nunca!

Richard Chase tinha um amigo na forma de um gato amarelo de tamanho anormal, que agora subia em seu joelho. Ele o acariciou com ternura.

— Thomas Poeta mostra ao mundo o que é ser um gato — disse ele.

— Não é, Thomas? Olhe para sua tia Cornélia, Poeta. Observe o olhar maligno que ela está lançando para você, com esses olhos que foram criados apenas para expressar bondade e afeto.

— Não diga que sou a tia Cornélia desse animal! — protestou a sra. Elliott com seriedade. — Uma piada é uma piada, mas isso já leva as coisas longe demais.

— A senhorita não prefere ser tia do Poeta a tia de Neddy Churchill? — perguntou Richard Chase com ironia. — Neddy é um glutão e beberrão de vinho, não é? Eu já ouvi a senhorita fazendo a lista dos pecados dele. Não preferiria ser tia de um belo gato como Thomas, com um histórico irrepreensível no que se refere a uísque e gatas?

— O pobre Ned é um ser humano — retrucou a sra. Cornélia. — Não gosto de gatos. Essa é a única falha que encontro em Alden Churchill. Ele tem um gosto estranho por gatos também. Só Deus sabe onde ele adquiriu... o pai e a mãe dele os detestavam.

— Deve ser um jovem sensato!

— Sensato! Bem, ele é bastante sensato... exceto no que diz respeito aos gatos e seu desejo pela evolução... outra coisa que ele não herdou de sua mãe.

— Sabe, sra. Elliott — disse Richard Chase solenemente, — eu mesmo tenho uma inclinação secreta voltada para a evolução.

— Já havia me dito isso antes. Bem, acredite no que você quiser, Dick Chase... apenas como homem. Graças a Deus, ninguém jamais me fará acreditar que descendo de um macaco.

— De fato a senhorita não parece, pois é uma mulher formosa. Não vejo semelhanças símias em sua fisionomia rosada, confortável e eminentemente graciosa. Mesmo assim, sua tetravó, há um milhão de anos, balançava-se de galho em galho usando o rabo. A ciência prova isso, Cornélia... acredite se quiser.

— Não acredito. Não vou discutir com você sobre isso nem sobre nenhum outro ponto. Tenho minha religião e nenhum macaco ancestral aparece nela. A propósito, Richard, Stella não parece tão bem neste verão como eu gostaria de vê-la.

— Ela sempre sofre muito com esse tempo quente. Vai melhorar quando estiver mais frio.

— Espero que sim. Lisette recuperava-se todo verão, menos no último, Richard... não se esqueça disso. Stella tem a constituição da mãe. Ainda bem que ela provavelmente não irá se casar.

— Por que ela não irá se casar? Pergunto por curiosidade, Cornélia... grande curiosidade. Os processos do pensamento feminino são intensamente interessantes para mim. De quais premissas ou dados você tira a conclusão de que Stella provavelmente não irá se casar? Usando sua maneira deliciosa e improvisada de tirar conclusões?

— Bem, Richard, para ser franca, ela não é o tipo de jovem muito popular entre os homens. Ela é uma garota boa e doce, mas não desperta atração nos homens.

— Ela tem admiradores. Já gastei grande parte de minha riqueza na compra e manutenção de espingardas e cães de guarda.

— Eles admiram suas malas cheias de dinheiro, imagino. E também ficam desanimados facilmente, não é? Apenas um ataque de seu sarcasmo e eles vão embora. Se realmente quisessem casar-se com Stella, não teriam desistido com facilidade, nem mesmo por causa de seus cães de guarda imaginários. Não, Richard, você também pode admitir o fato de que Stella não é uma jovem que conquiste rapazes desejáveis. Lisette também não era, você sabe. Ela nunca teve um namorado até você aparecer.

— Mas não valeu a pena esperar por mim? Com certeza Lisette foi uma jovem sábia. Você não queria que eu desse minha filha a nenhum Tom, Dick ou Harry, não é? Minha estrela, apesar de seus comentários depreciativos, é bela o suficiente para brilhar nos palácios dos reis.

— Não temos reis no Canadá — respondeu a sra. Cornélia. — Não estou dizendo que Stella não é uma garota adorável. Só digo que os homens não reparam nisso e, considerando a constituição dela, acho que é melhor assim. Uma coisa boa para você também. Você nunca poderia viver sem ela... ficaria tão indefeso quanto um bebê. Bem, prometa-nos uma contribuição para o fogão da igreja e partiremos. Sei que está morrendo de vontade de pegar aquele seu livro.

— Mulher admirável e perspicaz! Que tesouro você é para uma prima! Eu admito... *estou* morrendo de vontade mesmo. Mas ninguém além de você teria sido perspicaz o suficiente para ver ou amável o suficiente para salvar minha vida tomando uma atitude. E com quanto preciso contribuir?

— Você pode doar 5 dólares.

— Nunca discuto com uma dama. Cinco dólares, então. Ah, já está saindo? Ela nunca perde tempo, é uma mulher única! Uma vez que seu objetivo tenha sido alcançado, ela imediatamente deixa-nos em paz. Não se fazem mais mulheres assim hoje em dia. Boa noite, pérola entre as primas.

Durante toda a visita, Anne não disse uma palavra. Por que deveria, quando a sra. Elliott estava fazendo o trabalho para ela de forma tão inteligente e inconsciente? Mas quando Richard Chase as dispensou, ele de repente se curvou para frente confidencialmente e disse:

— A senhora tem o melhor par de tornozelos que eu já vi, sra. Blythe, e olhe que vi muitos no meu tempo.

— Ele não é horrível? — suspirou a sra. Cornélia enquanto desciam a rua. — Está sempre dizendo coisas ultrajantes como essa para as mulheres. Não se importe com ele, querida Anne.

Anne não se importou. Ela até que gostava de Richard Chase.

— Eu não acho — ela refletiu — que ele deva ter gostado muito da ideia de Stella não ser popular entre os homens, apesar de seus avós serem descendentes de macacos. Também acho que ele gostaria de "exibi-la a todos". Bem, fiz tudo que podia fazer. Interessei Alden e Stella um pelo outro; e, entre nós, a sra. Cornélia e eu, pusemos a sra. Churchill e o sr. Chase mais a favor do que contra o namoro. Agora temos de esperar e ver o que vai dar.

Um mês depois, Stella Chase veio a Ingleside e novamente sentou-se ao lado de Anne nos degraus da varanda... pensando, ao fazer isso, que gostaria um dia de se parecer com a sra. Blythe... com aquele ar *maduro*... a aparência de uma mulher que viveu plena e graciosamente.

O fim de tarde frio e cheio de névoa veio depois de um dia frio e amarelado no início de setembro. Estava entremeado pelo suave murmúrio do mar.

— O mar está infeliz esta noite — dizia Walter ao ouvir aquele som.

Stella parecia distraída e quieta. Logo ela disse abruptamente, olhando para um tapete de estrelas que estava sendo tecido na noite púrpura.

— Sra. Blythe, quero contar-lhe algo.

— Sim, querida?

— Estou noiva de Alden Churchill — disse Stella apreensiva. — Estamos noivos desde o Natal passado. Contamos logo a papai e à sra. Churchill, mas mantivemos isso em segredo de todo mundo porque era tão bom ter esse segredo. Nós detestávamos ter de compartilhá-lo com o mundo. Mas vamos nos casar no mês que vem.

Anne fez uma excelente imitação de uma mulher petrificada de surpresa. Stella ainda estava olhando para as estrelas, então ela não viu a expressão no rosto da sra. Blythe. Ela continuou com um pouco mais de tranquilidade:

— Alden e eu nos conhecemos em uma festa em Lowbridge em novembro passado. Nós... nos amamos desde o primeiro momento. Ele disse que sempre sonhou comigo... sempre esteve procurando por mim. Disse a si mesmo: "*Lá está minha esposa*", quando ele me viu entrar pela porta. E eu... senti exatamente o mesmo. Oh, estamos tão felizes, sra. Blythe!

Ainda assim, Anne não disse nada.

— A única nuvem que impede minha felicidade é sua atitude sobre o assunto, sra. Blythe. Por que a senhora não tenta compreender? Tem sido uma amiga muito querida para mim desde que vim para Glen St. Mary... senti como se a senhora fosse uma irmã mais velha. E eu vou me sentir muito mal se achar que meu casamento vai contra a sua vontade.

Havia um tom de choro na voz de Stella. Anne recuperou sua fala.

— Querida, sua felicidade é tudo que eu quero. Gosto de Alden... ele é um rapaz esplêndido... só que tinha a reputação de ser um namorador...

— Mas ele não é. Estava apenas procurando a pessoa certa, a senhora não vê, sra. Blythe? E não conseguia encontrá-la.

— O que seu pai acha disso?

— Oh, papai está muito satisfeito. Ele gostou de Alden desde o início. Eles costumavam discutir durante horas sobre a evolução. Papai disse que sempre quis me deixar casar quando o homem certo aparecesse. Sinto muito por deixá-lo, mas ele diz que os pássaros jovens têm direito ao próprio ninho. A prima Delia Chase está vindo para cuidar da casa para ele, e meu pai gosta muito dela.

— E a mãe de Alden?

— Ela também concordou. Quando Alden disse a ela no último Natal que estávamos noivos, ela foi à Bíblia, e o primeiro versículo que apareceu foi: "*O homem deve deixar pai e mãe e unir-se a uma esposa*". Ela disse que estava perfeitamente claro o que ela deveria fazer e consentiu imediatamente. Ela vai para aquela casinha deles em Lowbridge.

— Estou feliz que você não terá de viver com aquele sofá de veludo verde — disse Anne.

— O sofá? Oh, sim, a mobília é muito antiquada, não é? Mas ela está levando com ela e Alden vai comprar mobília nova. Então, todos estão satisfeitos, e a senhora não vai nos desejar boa sorte também?

Anne se inclinou e beijou a bochecha acetinada de Stella.

— Estou *muito* feliz por vocês. Deus abençoe os dias que estão por vir, minha querida.

Depois que Stella se foi, Anne voou para o seu quarto para evitar ver alguém por alguns momentos. Uma velha lua cínica e assimétrica estava saindo de trás de algumas nuvens esburacadas ao leste, e os campos além pareciam piscar com olhos maliciosos e irônicos para ela.

Ela fez um balanço de todas as semanas anteriores. Havia arruinado o tapete da sala de jantar, destruído duas valiosas heranças de família e estragado o teto da biblioteca; vinha tentando usar a sra. Churchill, e ela devia estar rindo de sua cara o tempo todo.

— Quem — perguntou Anne para a lua, — foi a maior idiota nesta história? Eu sei qual será a opinião de Gilbert. Todos os problemas que eu tive de enfrentar para armar um casamento entre duas pessoas que já estavam noivas? Estou absolutamente curada de servir de casamenteira... absolutamente curada. Nunca mais levantarei um dedo para promover um casamento, mesmo que ninguém no mundo se case novamente. Bem, resta-me um consolo... a carta de Jen Pringle hoje, dizendo que ela vai se casar com Lewis Stedman, que ela conheceu na minha festa. Os castiçais de Bristol não foram sacrificados inteiramente em vão. Meninos... meninos! Vocês *têm de* fazer esses barulhos sobrenaturais aí embaixo?

— Nós somos corujas... temos de piar — era a voz injuriada de Jem atrás do matagal escuro. Ele sabia que estava fazendo uma ótima imitação. Jem conseguia imitar a voz de qualquer coisa selvagem dos bosques. Walter não era muito bom nisso e logo deixou de ser uma coruja e se tornou um garotinho um tanto desiludido, procurando a mãe em busca de conforto.

— Mamãe, pensei que os grilos *cantassem*... e o sr. Carter Flagg disse hoje que não é verdade... eles apenas fazem aquele barulho raspando as patas traseiras. É verdade, mamãe?

— Algo assim... não tenho certeza do processo. Mas *esse* é o jeito deles de cantar, entendeu?

— Não gosto disso. Nunca mais vou gostar de ouvi-los *cantar*.

— Oh, sim, você vai. Você vai esquecer as patas traseiras com o tempo, e apenas pensar em seu coro de fadas por todos os campos de colheita e as colinas de outono. Não é hora de dormir, pequenino?

— Mamãe, você vai me contar uma história para dormir, daquelas que dão calafrio nas costas? E sentar ao meu lado até eu dormir?

— Para que mais servem as mães, querido?

Capítulo 18

—Chegou a hora de esta família ter um cachorro — disse Gilbert. Eles não tinham cachorro em Ingleside desde que o velho Rex fora envenenado; mas os meninos precisavam ter um cachorro, e o médico decidiu que arranjaria um para eles. Mas estava tão ocupado naquele outono que continuou adiando; e finalmente, em um dia de novembro, Jem chegou em casa, depois de uma tarde passada com um colega de escola, carregando um cachorro... um cachorrinho "amarelo" com duas orelhas pretas pontudas.

— Joe Reese me deu, mãe. O nome dele é Gyp. Ele não tem o rabo mais lindo do mundo? Posso ficar com ele, não é, mãe?

— Que tipo de cachorro é ele, querido? — perguntou Anne em dúvida.

— Acho... acho que ele é uma mistura de raças — disse Jem. — Isso o torna mais interessante, não acha, mãe? Mais emocionante do que se ele tivesse apenas uma raça. *Por favor*, mãe.

— Oh, se seu pai disser que sim...

Gilbert disse "sim", e Jem tomou posse de seu presente. Todos em Ingleside acolheram Gyp na família, exceto Camarão, que expressou sua opinião sem rodeios. Até Susan gostava dele, e enquanto ela fiava no sótão em dias de chuva, Gyp, na ausência de seu dono, que estava na escola, ficava com ela caçando gloriosamente ratos imaginários em cantos escuros e soltando um grito de terror sempre que sua ansiedade o aproximava demais da pequena roda de fiar. Nunca era usada... os Morgan haviam deixado lá quando se mudaram... e ela ficava em um canto escuro como uma velhinha curvada. Ninguém conseguia entender o medo de Gyp tinha dela. Ele não se importava nem um pouco com a roda de fiar grande, até sentava-se bem perto dela enquanto Susan a fazia girar com o pino da roda, e corria para frente e para trás ao lado dela enquanto caminhava por todo o sótão, enrolando o longo fio de lã. Susan admitiu que um cachorro era uma verdadeira companhia, e achava que seu truque de deitar de costas, agitando as patas dianteiras no ar, quando queria um osso, era o mais esperto de todos. Ela ficava tão zangada quanto Jem quando Bertie Shakespeare comentava com sarcasmo: *"Chama isso de cachorro?"*

— Nós o chamamos de cachorro — disse Susan com uma calma sinistra. — Talvez *você* o chama de hipopótamo. — E Bertie teve de ir para casa naquele dia sem comer um pedaço de uma mistura maravilhosa que Susan chamava de "torta de maçã crocante" e regularmente preparava para os dois meninos e seus amigos. Ela não estava por perto quando Mac Reese perguntou: *"Será que isso veio com a maré?"*, mas Jem conseguiu defender o seu cão, e quando Nat Flagg disse que as pernas de Gyp eram muito longas para seu tamanho, Jem respondeu que as pernas do cão tinham de ser compridas o suficiente para chegar ao chão. Natty não era muito brilhante e isso o surpreendeu.

Naquele ano, o sol não foi generoso em novembro: ventos fortes sopraram através do bosque de bordos com ramificações prateadas, e o vale estava quase constantemente cheio de névoa... não uma névoa graciosa e aérea como um nevoeiro, mas o que papai chamava de *"névoa úmida, escura, deprimente, como uma garoa forte"*. Os pequenos de Ingleside passaram a maior parte do tempo brincando no sótão, mas fizeram amizade com duas perdizes encantadoras, que vinham todas as noites até uma enorme e antiga macieira, e cinco de seus lindos gaios ainda eram fiéis, piando com astúcia enquanto comiam as migalhas que as crianças ofereciam a eles. Eles simplesmente eram gananciosos e egoístas e mantinham todos os outros pássaros afastados. O inverno chegou com dezembro e nevou sem parar durante três semanas. Os campos além de Ingleside eram pastos prateados ininterruptos, cercas e postes de portões com altas capas brancas, janelas esbranquiçadas com padrões de fadas e luzes de Ingleside surgiam nos crepúsculos nevados, dando as boas-vindas a todos os visitantes. Susan teve a impressão de que nunca houve tantos bebês de inverno como naquele ano; e quando ela deixava "o lanche do doutor" na despensa, noite após noite, pensava com seriedade que seria um milagre se ele aguentasse até a primavera.

— O nono bebê Drew! Como se já não houvesse Drews suficientes no mundo!

— Acho que a sra. Drew pensa que é uma maravilha, assim como pensamos de Rilla, Susan.

— A querida senhora gosta de fazer uma piada!

Mas, na biblioteca ou na grande cozinha, as crianças planejavam sua casa de brinquedo de verão no vale enquanto as tempestades uivavam lá fora ou nuvens brancas passavam sobre as estrelas geladas. Não importa o que acontecesse, sempre havia lareiras acesas em Ingleside, oferecendo conforto, abrigo contra tempestades, aromas deliciosos e camas para as criaturinhas cansadas.

O Natal chegou e passou sem nenhuma notícia da tia Mary Maria. Havia trilhas de coelhos para seguir na neve e grandes campos cobertos sobre os quais as crianças corriam atrás de suas sombras, além das colinas brilhantes para escorregar e patins novos para experimentar no gelo do lago ao anoitecer rosado do pôr do sol de inverno. E havia sempre um cachorro amarelo com orelhas pretas que corria com eles ou os recebia com latidos de boas-vindas quando chegavam em casa, que dormia aos pés da cama ou deitava aos pés deles enquanto aprendiam a soletrar, se sentava perto deles durante as refeições e dava-lhes pancadinhas com as pequenas patas para lembrá-los que ele estava lá.

— Mãe querida, não sei como vivia antes de Gyp chegar. Ele consegue falar, mãe... verdade... com os olhos, sabe?

Então... que tragédia! Um dia, Gyp parecia um pouco cansado. Ele não queria comer, embora Susan o provocasse com osso de costela que ele tanto amava; no dia seguinte, o veterinário de Lowbridge foi chamado e balançou a cabeça. Difícil dizer... o cachorro poderia ter comido algo venenoso no bosque... poderia se recuperar ou não. O cachorrinho foi ficando muito quieto, sem dar atenção a ninguém, exceto a Jem; quase até o fim, ele tentava abanar a cauda quando Jem o tocava.

— Mãe querida, faz mal se eu orar por Gyp?

— Claro que não, querido. Podemos orar sempre por qualquer coisa que amamos. Mas receio que... o pequeno Gyp esteja muito doente.

— Mãe, a senhora não acha que Gyppy vai morrer!

Gyp morreu na manhã seguinte. Foi a primeira vez que a morte entrou no mundo de Jem. Nenhum de nós jamais esquece a experiência de ver morrer algo que amamos, mesmo que seja "apenas um cachorrinho".

Ninguém em Ingleside, chorando, usou essa expressão, nem mesmo Susan, que enxugou um nariz muito vermelho e murmurou:

— Eu nunca gostei de um cachorro antes... e nunca mais vou gostar. Dói muito.

Susan não conhecia o poema de Kipling sobre a loucura de dar o coração para um cachorro despedaçar; mas se conhecesse, apesar de seu desprezo pela poesia, teria pensado que pela primeira vez que um poeta expressou bom senso.

A noite foi difícil para o pobre Jem. Mamãe e papai tiveram de ausentar-se. Walter chorou até dormir, e ele estava sozinho... sem nem mesmo um cachorro para conversar. Os queridos olhos castanhos que sempre foram erguidos para ele com tanta confiança estavam fechados para sempre.

— Querido Deus — orou Jem, — por favor, cuide do meu cachorrinho que morreu hoje. Você o reconhecerá pelas duas orelhas pretas. Não o deixe sentir saudades de mim...

Jem enterrou o rosto no cobertor para abafar o soluço. Quando apagasse a luz, a noite escura estaria olhando para ele pela janela e não haveria Gyp. A manhã fria de inverno chegaria e não haveria Gyp. Os dias se sucederiam por anos e anos e não haveria Gyp. Ele simplesmente não conseguia suportar.

Em seguida, um braço terno foi colocado em volta dele, e ele foi envolvido por um abraço caloroso. Oh, ainda havia amor no mundo, mesmo que Gyppy tivesse partido.

— Mamãe, será sempre assim?

— Nem sempre. — Anne não disse que ele esqueceria logo... que em pouco tempo Gyppy seria apenas uma lembrança querida. — Nem sempre, pequeno Jem. Essa dor vai sarar algum dia... como sua mão queimada sarou, embora doesse muito no início.

— Papai disse que iria me dar outro cachorro. Eu não preciso ter outro, não é? Eu não quero outro cachorro, mamãe... nunca mais.

— Eu sei querido.

Mãe sabia de tudo. Ninguém teve uma mãe como a dele. Ele queria fazer algo por ela... e de repente veio a ele o que ele faria. Ele compraria para ela um daqueles colares de pérolas na loja do sr. Flagg. Ele a ouviu dizer uma vez que gostaria de ter um colar de pérolas, e papai disse: *"Quando nosso navio chegar, vou pegar um para você, menina Anne".*

Ele precisava pensar nos meios para arrumar o dinheiro. Ele tinha uma mesada, mas era só para as coisas que precisava, e os colares de pérolas não estavam entre os itens orçados. Além do mais, ele queria ganhar dinheiro para isso. Dessa forma, seria realmente um presente dele. O aniversário da mãe era em março... apenas seis semanas à frente. E o colar custava 50 centavos!

Capítulo 19

Não era fácil ganhar dinheiro em Glen, mas Jem o fez com determinação. Ele fez arcos com rodas velhas para os meninos da escola por 2 centavos cada. Ele vendeu três preciosos dentes de leite por 3 centavos. Ele vendia sua fatia de torta de maçã todos os sábados à tarde para Bertie Shakespeare Drew. Todas as noites, ele colocava o que ganhava no porquinho de bronze que Nan lhe dera no Natal. Um porco de cobre tão bonito e brilhante com uma fenda nas costas para jogar moedas. Quando 50 centavos fossem colocados nele, o porco se abriria perfeitamente se você torcesse o rabo dele e devolveria sua riqueza. Finalmente, para arrecadar os últimos 8 centavos, ele vendeu seu colar de ovinhos de pássaros para Mac Reese. Era o melhor colar de Glen, e doeu um pouco deixá-lo ir. Mas o aniversário se aproximava, e ele precisava ter o dinheiro. Jem jogou os 8 centavos no porco assim que Mac pagou e se regozijou com isso.

— Torça o rabo dele e veja se ele realmente se abre — disse Mac, que não acreditou que ele o faria. Mas Jem recusou fazê-lo; ele não iria abri-lo até que estivesse pronto para pegar o colar.

A Sociedade Assistencial de Senhoras se reuniu em Ingleside na tarde seguinte e nunca se esqueceu disso. Bem no meio da oração da sra. Norman Taylor... e a sra. Norman Taylor era conhecida por ter muito orgulho de suas orações... um menino em pânico entrou na sala de estar.

— Meu porco de bronze sumiu, mãe... meu porco de bronze se foi!

Anne o empurrou para fora, mas a sra. Norman sempre considerou que sua oração havia sido estragada e, como ela queria especialmente impressionar a esposa de um pastor visitante, demorou muitos anos antes que ela perdoasse Jem ou tivesse seu pai como médico novamente. Depois que as senhoras foram para casa, Ingleside foi revistada de cima a baixo em busca do porco, sem resultado. Jem, entre a repreensão que recebeu por seu comportamento e sua angústia por sua perda, conseguia se lembrar da última vez que vira ou onde. Mac Reese, por telefone, respondeu que a última vez que viu o porco foi em cima da cômoda de Jem.

— Você não acha, Susan, que Mac Reese...

— Não, querida senhora, tenho certeza de que não. Os Reeses têm seus defeitos... são terrivelmente agarrados ao dinheiro, mas só quando o ganham honestamente. *Onde* pode estar aquele porco abençoado?

— Será que os ratos o comeram? — disse Di. Jem achou a ideia ridícula, mas ficou preocupado. Claro que ratos não podiam comer um porco de bronze com 50 centavos dentro dele. Mas seria possível?

— Não, não, querido. Seu porco vai aparecer — garantiu a mãe.

Não tinha aparecido quando Jem foi para a escola no dia seguinte. A notícia de sua perda havia chegado à escola antes dele, e muitas coisas foram ditas a ele, não exatamente reconfortantes. Mas, no recreio, Sissy Flagg aproximou-se dele de forma insinuante. Sissy Flagg gostava de Jem, e Jem não gostava dela, apesar de — ou talvez por causa de — seus grandes cachos loiros e enormes olhos castanhos. Mesmo aos 8 anos, é possível ter problemas com o sexo oposto.

— Posso dizer quem está com o seu porco.

— Quem?

— Você tem de me escolher para o jogo de bater palmas e eu vou te dizer.

Era uma pílula amarga, mas Jem a engoliu. Qualquer coisa para encontrar aquele porco! Sentou-se em uma agonia de rubores ao lado da triunfante Sissy enquanto eles jogavam, e quando o sino tocou, ele exigiu sua recompensa.

— Alice Palmer disse que Willy Drew disse a ela que Bob Russell disse que Fred Elliott disse que sabia onde seu porco estava. Vá e pergunte a Fred.

— Trapaceira! — gritou Jem, olhando para ela. — *Trapaceira!*

Sissy riu com arrogância. Ela não se importou. Jem Blythe teve de sentar-se com ela para brincar pelo menos uma vez.

Jem foi até Fred Elliott, que a princípio declarou que não sabia nada sobre o velho porco e nem queria saber. Jem estava em desespero. Fred Elliott era três anos mais velho que ele e um valentão notável. De repente, ele teve uma inspiração. Ele apontou o dedo indicador encardido severamente para o grande e vermelho Fred Elliott.

— Você é um transubstancialista — disse ele distintamente.

— Veja lá, não me chame desses nomes, jovem Blythe.

— Isso é mais do que um nome — disse Jem. — Essa é uma palavra de azar. Se eu disser de novo e apontar meu dedo para você... *então*... você pode ter azar por uma semana. Talvez seus dedos dos pés caiam. Vou contar até dez, e se você não me disser antes de eu chegar aos dez, eu vou lançar o azar sobre você.

Fred não acreditou. Mas a corrida de patinação iria começar naquela noite, e ele não queria correr riscos. Além disso, dedos do pé eram dedos do pé. Quando Jem chegou ao seis, ele se rendeu.

— Tudo bem... tudo bem. Não precisa continuar a contar. Mac sabe onde seu porco está... ele disse que sabe.

Mac não estava na escola, mas quando Anne ouviu a história de Jem, ela telefonou para a mãe dele. A sra. Reese apareceu um pouco mais tarde, corada e se desculpando.

— Mac não levou o porco, sra. Blythe. Ele só queria ver se ele abriria, então quando Jem estava fora da sala ele torceu o rabo. Ele se partiu em dois pedaços e ele não conseguiu juntar de novo. Então, ele colocou as duas metades do porco e o dinheiro em uma das botas dominicais de Jem no armário. Ele não deveria ter tocado nele... e o pai lhe deu uma surra..., mas... ele não *roubou*, sra. Blythe.

— Qual foi a palavra que você disse a Fred Elliott, pequeno Jem querido? — perguntou Susan, quando o porco desmembrado foi encontrado e o dinheiro contado.

— Transubstancialista — disse Jem com orgulho. — Walter a encontrou no dicionário semana passada... você sabe que ele gosta de palavras *grandes*, Susan... e...

e nós dois aprendemos a pronunciá-la. Dissemos isso um ao outro vinte e uma vezes na cama antes de irmos dormir, para que nos lembrássemos disso.

E agora que o colar tinha sido comprado e guardado na terceira caixa da gaveta do meio da cômoda de Susan... pois ela estava a par do plano o tempo todo... Jem achava que o aniversário nunca chegaria. Ele divertia-se porque sua mãe nem desconfiava do plano. Mal sabia ela o que estava escondido na gaveta da cômoda de Susan... mal sabia ela o que seu aniversário lhe traria... mal sabia ela enquanto cantava para as gêmeas adormecerem, *"Eu vi um navio navegando, navegando no mar, e oh, estava carregado de coisas lindas para mim"*. O que o navio traria para ela?!

Gilbert teve um ataque de gripe no início de março, que quase resultou em pneumonia. Foram dias de ansiedade em Ingleside. Anne continuou como de costume, alisando emaranhados, administrando consolo, curvando-se sobre camas iluminadas pela lua para ver se queridos corpinhos estavam quentes; mas as crianças sentiam falta do riso dela.

— O que o mundo fará se o papai morrer? — Walter sussurrou, com os lábios brancos.

— Ele não vai morrer, querido. Ele está fora de perigo agora.

Anne perguntou a ela mesma o que seria de seu pequeno mundo de Ingleside, Four Winds, do vale e do porto se... se... qualquer coisa acontecesse com Gilbert. Todos eles dependiam tanto dele. Sobretudo as pessoas de Upper Glen, que pareciam realmente acreditar que ele poderia ressuscitar os mortos e só não diziam isso porque estariam contrariando os propósitos do Todo Poderoso. Ele já tinha feito isso uma vez, eles afirmavam... o velho tio Archibald MacGregor havia garantido solenemente a Susan que Samuel Hewett estava morto quando o Dr. Blythe foi vê-lo. Seja como for, quando as pessoas viam o rosto moreno e magro de Gilbert e os amistosos olhos castanhos ao lado da cama e ouviam seu comentário alegre: *"Ora, não há nada de errado com você"*... bem, eles acreditavam até que se tornasse realidade. E quanto a crianças com seu nome, ele tinha mais do que podia contar. Todo o distrito de Four Winds estava repleto de jovens Gilbert. Havia até uma pequena Gilbertine. Então papai finalmente melhorou, mamãe voltou a sorrir, e... enfim, veio a noite anterior ao aniversário.

— Se você for para a cama cedo, pequeno Jem, amanhã chegará mais rápido — assegurou Susan.

Jem tentou, mas não pareceu funcionar. Walter adormeceu prontamente, mas Jem continuava a se contorcer. Ele estava com medo de dormir. Suponha que ele não acordasse a tempo, e todos os outros tivessem dado seus presentes para mamãe? Ele queria ser o primeiro. Por que ele não pediu a Susan para lhe acordar? Ela tinha saído para fazer uma visita a algum lugar, mas ele pediria quando chegasse. Mas se ele não a ouvisse chegando! Bem, ele simplesmente iria descer e se deitar no sofá da sala para ver quando ela chegasse.

Jem desceu e deitou no sofá. Ele podia ver toda Glen. A lua enchia os buracos entre as dunas brancas com uma luz mágica. As grandes árvores que eram tão misteriosas à noite abriam os braços em torno de Ingleside. Ele ouviu todos os sons noturnos de uma casa... o piso rangendo... alguém se virando na cama... o crepitar das brasas na lareira... os passos de um ratinho correndo no armário de porcelana. Isso foi uma avalanche? Não, apenas neve caindo do telhado. Foi um pouco solitário... por que Susan não vinha? ...se ele tivesse o Gyp agora... querido Gyppy. Ele tinha se esquecido de Gyp? Não, não esquecido exatamente. Mas agora não doía tanto pensar nele... muitas vezes pensava em outras coisas. Durma bem, mais querido dos cães. Talvez algum dia ele tivesse outro cachorro. Seria bom se ele tivesse um agora... ou o Camarão.

Mas o Camarão não estava ali. Gato velho egoísta! Não pensava em nada a não ser nele próprio!

Nenhum sinal de Susan ainda, vindo pela longa estrada que serpenteava interminavelmente por aquela estranha distância branca iluminada pela lua que lhe era tão familiar durante o dia. Bem, ele só teria de imaginar coisas para passar o tempo. Algum dia ele iria para a Ilha de Baffin e viveria com os esquimós. Algum dia ele iria navegar para mares distantes e cozinhar um tubarão para o jantar de Natal como o capitão Jim. Ele também iria fazer uma expedição ao Congo em busca de gorilas. Seria um mergulhador e exploraria cavernas de cristal brilhante no fundo do mar. Pediria ao tio Davy para ensiná-lo a mandar o leite da vaca direto para a boca do gato na próxima vez que fosse a Avonlea. Tio Davy fazia isso com tanta habilidade. Talvez ele fosse um pirata. Susan queria que ele fosse um pastor. O pastor poderia fazer melhor, mas um pirata não se divertia mais? E se o soldadinho de madeira saltasse da cornija da lareira e atirasse com sua arma! E se as cadeiras começassem a andar pela sala! E se o tapete de tigre ganhasse vida! E se os ursos barulhentos que ele e Walter imaginaram por toda a casa, quando eram muito pequenos, realmente existissem! Jem ficou assustado de repente. Durante o dia, não costumava esquecer a diferença entre fantasia e realidade, mas era diferente nesta noite sem fim. O relógio fazia tique-taque... tique-taque... e para cada tique aparecia um urso charlatão sentado em um degrau da escada. A escada estava preta com ursos charlatões. Eles ficariam sentados lá até o amanhecer... *rugindo*.

E se Deus se esquecesse de mandar o sol nascer! O pensamento era tão terrível que Jem enterrou o rosto na manta para se esconder, e Susan o encontrou profundamente adormecido, quando voltou para casa no laranja flamejante de um amanhecer de inverno.

— Pequeno Jem!

Jem desenrolou-se e sentou-se, bocejando. Tinha sido uma noite agitada, pois os campos estavam cobertos pela geada e os bosques eram o reino das fadas. Uma colina distante foi tocada por uma lança carmesim. Todos os campos brancos além de Glen tinham uma adorável cor rosa. Era a manhã do aniversário de sua mãe.

— Estava esperando por você, Susan... para pedir que me acordasse... e você não chegava...

— Eu fui até a casa de John Warrens, porque a tia deles morreu, e eles me pediram para ficar no velório — explicou Susan animada. — Achei que você também não tentaria pegar uma pneumonia no minuto em que virei as costas. Vá para a cama e acordo você quando ouvir sua mãe se mexendo.

— Susan, como se esfaqueia tubarões? — Jem queria saber antes de subir.

— Eu não os esfaqueio — respondeu Susan.

A mãe estava acordada quando ele entrou no quarto dela e a viu escovando seus longos cabelos brilhantes diante do espelho. Os olhos dela brilharam ao ver o colar!

— Jem, querido! Para mim!

— *Agora* você não terá de esperar até que o navio do papai chegue — disse Jem com indiferença. O que era aquilo brilhando verde na mão da mãe? Um anel... presente do papai. Tudo bem, mas os anéis eram coisas comuns... até Sissy Flagg tinha um. Mas um colar de pérolas!

— Um colar é algo maravilhoso como presente de aniversário — disse a mãe.

Capítulo 20

Quando Gilbert e Anne foram jantar com amigos em Charlottetown numa noite, no final de março, Anne colocou um vestido novo verde-claro com detalhes prateados ao redor do pescoço e nos braços; e ela usava o anel de esmeralda de Gilbert e o colar de Jem.

— Eu não tenho uma esposa linda, Jem? — perguntou o pai com orgulho.

Jem achou a mãe muito bonita e seu vestido muito lindo. Como ficavam lindas as pérolas em seu pescoço branco! Ele sempre gostou de ver a mãe arrumada, mas gostava ainda mais quando ela usava um vestido esplêndido. Isso a transformava em outra pessoa. Ela não era realmente a mãe.

Depois do jantar, Jem foi até a vila fazer um serviço para Susan, e foi enquanto ele esperava na loja do sr. Flagg... com medo de que Sissy pudesse entrar como às vezes fazia e ser muito amigável... que o golpe aconteceu... o golpe devastador da desilusão que é tão terrível para uma criança por ser tão inesperado e aparentemente inevitável.

Duas meninas estavam de pé diante da vitrine de vidro onde o sr. Carter Flagg guardava colares, pulseiras e presilhas de cabelo.

— Esses colares de pérolas são tão bonitos, não é mesmo? — disse Abbie Russell.

— Parecem até que são verdadeiros — disse Leona Reese.

Elas seguiram em frente sem perceber o que haviam feito com o garotinho sentado na caixa de pregos. Jem continuou sentado ali por mais algum tempo. Ele não conseguia se mover.

— Qual é o problema, filho? — perguntou o sr. Flagg. — Você parece meio desanimado.

Jem olhou para o sr. Flagg com olhos trágicos. Sua boca estava estranhamente seca.

— Por favor, sr. Flagg... aqueles... aqueles colares ... *são* pérolas verdadeiras, não são?

O Sr. Flagg sorriu.

— Não, Jem. Não é possível comprar pérolas de verdade por 50 centavos. Um colar de pérolas de verdade como esse custaria centenas de dólares. São apenas contas de pérolas... muito boas por sinal. Comprei-as em um leilão... é por isso que posso vendê-las tão barato. Normalmente custam 1 dólar. Só sobrou um... eles venderam bem.

Jem levantou-se da caixa e saiu, esquecendo-se totalmente do que Susan havia pedido. Ele caminhou às cegas pela estrada congelada para casa. Acima estava um céu escuro de inverno duro; havia o que Susan chamava de "sensação de neve" no ar e uma fina camada de gelo sobre as poças. O porto estava escuro e sombrio entre suas margens vazias. Antes que Jem chegasse em casa uma tempestade de neve estava embranquecendo acima ele. Ele gostaria que nevasse... nevasse... e nevasse... até que fosse enterrado e que todos fossem enterrados em toneladas de neve. Não havia justiça em nenhum lugar do mundo. Jem estava com o coração partido. E não admitia que ninguém zombasse de seu desgosto ou desprezasse sua causa. Sua humilhação foi absoluta e completa. Ele deu à mamãe o que ele e ela acharam que era um colar de pérolas... e era apenas uma imitação. O que ela diria... como ela se sentiria... quando soubesse? É claro que ela tinha de saber. Nunca ocorreu a Jem pensar por um momento que ela não precisava ser informada. Ela não devia ser mais "enganada". Ela precisava saber que suas pérolas não eram reais. Pobre mãe! Ela estava tão orgulhosa delas... ele tinha visto o orgulho brilhando em seus olhos quando ela o beijou e agradeceu pelo colar?

Jem esgueirou-se pela porta lateral e foi direto para a cama, onde Walter já estava dormindo. Mas Jem não conseguia dormir; ele estava acordado quando a mãe dele voltou para casa e entrou sorrateiramente para ver se Walter e ele estavam aquecidos.

— Jem, querido, você está acordado a esta hora? Você está doente?

— Não, mas estou muito infeliz *aqui*, mamãe querida — disse Jem, colocando a mão na barriga, acreditando ternamente que era seu coração.

— Qual é o problema, querido?

— Eu... eu... tenho algo importante a lhe contar, mãe. A senhora ficará terrivelmente desapontada, mamãe..., mas não era minha intenção enganar a senhora... realmente não era.

— Tenho certeza que não, querido. O que é? Não tenha medo.

— Oh, querida mamãe, essas pérolas não são de verdade... Eu pensei que eram... *realmente* pensei...

Os olhos de Jem estavam cheios de lágrimas. Ele não conseguia continuar.

Se Anne queria sorrir, não havia sinal disso em seu rosto. Shirley tinha batido com a cabeça naquele dia, Nan havia torcido o tornozelo, Di tinha ficado sem voz por causa de um resfriado. Anne tinha beijado, enfaixado e acalmado, mas isso era diferente... isso precisava de toda a sabedoria secreta das mães.

— Jem, eu nunca pensei que você achasse que eram pérolas de verdade. Eu sabia que não eram... pelo menos no sentido real. Em outro, são as coisas mais reais que já recebi. Porque havia amor, trabalho e abnegação nelas... E *isso* as torna mais preciosas para mim do que todas as joias que mergulhadores já pescaram no mar para as rainhas usarem. Querido, eu não trocaria minhas lindas pérolas pelo colar sobre o qual eu li a noite passada que um milionário deu para sua noiva e que custou meio milhão de dólares. Então *isso* mostra o quanto seu presente vale para mim, o mais querido dos filhos pequenos. Você se sente melhor agora?

Jem ficou tão feliz que sentiu vergonha disso. Ele temia que fosse infantil ser tão feliz. — Oh, a vida ficou *suportável* de novo — disse ele com cautela.

As lágrimas haviam desaparecido de seus olhos brilhantes. Tudo ficou bem. Os braços da mãe o envolviam... a mãe tinha gostado do colar dela... nada mais importava. Algum dia ele daria a ela um que custaria não apenas meio, mas 1 milhão de dólares. Enquanto isso, ele estava cansado... sua cama era muito quente e aconchegante... As mãos da mãe cheiravam a rosas... e ele não odiava mais Leona Reese.

— Mãe querida, você está tão linda com esse vestido — disse ele sonolento. — Doce e pura... pura como o cacau da Epps.

Anne sorriu ao abraçá-lo e pensou em uma coisa ridícula que havia lido em uma revista médica naquele dia, assinada pelo Dr. V. Z. Tomachowsky. *"Você nunca deve beijar seu filho, para não criar um complexo de Jocasta."* Ela riu disso na época e ficou um pouco brava também. Agora ela só sentia pena do escritor. Pobre homem! Pois, é claro, V. Z. Tomachowsky era um homem. Nenhuma mulher escreveria algo tão bobo e perverso.

Capítulo 21

Abril chegou na ponta dos pés lindamente naquele ano, com sol e ventos suaves por alguns dias; e então uma forte tempestade de neve vinda do Nordeste derrubou um cobertor branco sobre o mundo novamente. — A neve em abril é abominável — disse Anne. — É como uma bofetada na cara quando espera-se um beijo.

Ingleside ficou margeada de pingentes de gelo e, por duas longas semanas, os dias eram difíceis e as noites duras. Então a neve foi desaparecendo devagarzinho e, quando se espalhou a notícia de que o primeiro tordo fora visto no vale de Ingleside, todos animaram-se e acreditaram que o milagre da primavera realmente aconteceria de novo.

— Oh, mamãe, hoje *tem cheiro* de primavera — gritou Nan, aspirando deliciada o ar fresco e úmido. — Mamãe, a primavera é uma época tão emocionante!

A primavera estava testando seus passos naquele dia... como um bebê adorável aprendendo a andar. Os padrões do inverno para árvores e campos começavam a ficar cobertos por tons de verde, e Jem trouxe novamente as primeiras flores de maio. Mas uma senhora enormemente gorda, afundando-se em uma das poltronas da Ingleside, suspirava e dizia com tristeza que as primaveras não eram tão boas como quando era jovem.

— Não acha que talvez a mudança esteja em nós... e não nas primaveras, sra. Mitchell? — sorriu Anne.

— Talvez sim. Eu sei que mudei muito. Eu suponho que você, ao olhar para mim agora, dificilmente pensaria que já fui a jovem mais bonita desta área?

Anne refletiu que certamente ninguém acharia. O cabelo fino, ralo e cor de rato sob o chapéu de crepe da sra. Mitchell e o longo e amplo "véu de viúva" estava salpicado de cinza; seus olhos azuis inexpressivos estavam desbotados e vazios; e chamar de queixo o queixo duplo era um ato de caridade. Mas a sra. Anthony Mitchell estava se sentindo bastante satisfeita consigo mesma, pois ninguém em Four Winds tinha um guarda-roupa mais fino. Seu vestido preto volumoso era de crepe até os joelhos. Naqueles dias, usava-se luto como vingança.

Anne foi poupada da necessidade de dizer qualquer coisa, pois a sra. Mitchell não lhe deu oportunidade.

— Meu sistema de canos de água quebrou esta semana... Há um vazamento nele... Então vim até a vila esta manhã para pedir a Raymond Russell para consertá-lo. E pensei comigo mesma, *Agora que já estou aqui, irei até Ingleside para pedir à sra. Blythe que escreva um* obetuário *para Anthony"*.

— Um obituário? — disse Anne incrédula.

— Sim... aquelas coisas que colocam nos jornais sobre pessoas mortas, sabe — explicou a sra. Anthony. — Quero que Anthony tenha um realmente bom... algo fora do comum. A senhora escreve essas coisas, não é?

— De vez em quando escrevo uma história — admitiu Anne. — Mas uma mãe ocupada não tem muito tempo para isso. Já tive grandes sonhos uma vez, mas agora receio que nunca irei aparecer no *Quem é Quem*, sra. Mitchell. Nunca escrevi um obituário em minha vida.

— Oh, eles não podem ser difíceis de escrever. O velho tio Charlie Bates, do nosso jeito, escreve a maioria deles para Lower Glen, mas ele não é nem um pouco poético, e eu gostaria de um pouco de poesia para Anthony. Ele sempre gostou tanto de poesia. Eu assisti sua palestra sobre curativos no Instituto Glen na semana passada e pensei comigo mesma: *"Uma pessoa que fala tão bem assim conseguirá escrever um* obetuário *realmente poético"*. A senhora vai fazer isso por mim, não é, sra. Blythe? Anthony iria gostar. Ele sempre admirou a senhora. Ele disse uma vez que, quando a senhora entrava em uma sala, fazia todas as outras mulheres sentirem-se "comuns e indistintas". Ele às vezes falava de forma poética, mas não era por mal. Tenho lido muitos *obetuários*... tenho um grande álbum cheio deles..., mas não me parece que ele teria gostado de algum deles. Ele costumava rir de todos. E já está na hora de fazer um. Ele já morreu há dois meses. Morreu lentamente, mas sem dor. A chegada da primavera é uma época inconveniente para qualquer pessoa morrer, sra. Blythe, mas fiz o melhor que pude. Acho que o tio Charlie ficará furioso porque pedi a outra pessoa para escrever o *obetuário* de Anthony, mas não me importo. Tio Charlie escreve muito bem, mas ele e Anthony nunca se deram muito bem, e, resumindo, *não* vou permitir que ele escreva o *obetuário* de Anthony. Fui a esposa de Anthony... fiel e amorosa por trinta e cinco anos... trinta e cinco anos, sra. Blythe... — como se ela tivesse medo de que Anne pudesse pensar que eram apenas trinta e quatro — e vou mandar fazer um *obetuário* de que ele gostaria, nem que seja preciso percorrer o mundo. Foi o que me disse minha filha Seraphine. Ela é casada em Lowbridge, sabe... nome lindo, Seraphine, não é? Copiei de uma lápide. Anthony não gostou... ele queria chamá-la de Judith em homenagem à mãe dele. Mas eu disse que era um nome muito solene, e ele cedeu muito gentilmente. Ele não gostava de discutir... embora sempre a chamasse de Seraph... onde eu estava?

— Sua filha disse...

— Oh, sim, Seraphine disse para mim: "Mãe, faça o que for preciso, mas arranje um *obetuário* muito bom para o pai". Ela e o pai sempre foram muito próximos, embora ele zombasse dela de vez em quando, assim como fazia comigo. A senhora irá escrever, não irá, sra. Blythe?

— Mas não sei quase nada sobre o seu marido, sra. Mitchell.

— Oh, posso lhe contar tudo sobre ele... menos a cor dos olhos dele. Sabe, sra. Blythe, quando Seraphine e eu estávamos conversando sobre coisas depois do funeral, eu não consegui dizer a cor de seus olhos, depois de viver com ele trinta e cinco anos. Eles eram meigos e sonhadores de qualquer maneira. Eles pareciam estar sempre implorando algo quando ele estava me cortejando. Ele teve muita dificuldade para namorar comigo, sra. Blythe. Foi doido por mim durante anos. Naquela época, eu era cheia de opinião e queria ser eu a escolher. A história da minha vida realmente é emocionante, se lhe faltasse material para escrever, sra. Blythe. Bem, esse tempo já passou. Eu tinha mais pretendentes do que a senhora poderia imaginar. Mas eles iam e vinham... e Anthony continuava vindo. Ele também era bonito... um homem agradável e esguio. Eu nunca gostei de homens gordinhos... e ele era de uma família excelente... eu seria a última a negar isso. *"Será um grande passo para uma Plummer casar-se com um Mitchell"*, disse minha mãe... Eu era uma Plummer, sra. Blythe... filha de John A. Plummer. E ele me fazia elogios românticos tão agradáveis, sra. Blythe. Uma vez ele me disse que eu tinha o encanto etéreo do luar. Eu sabia que significava algo bom, embora ainda não saiba o que "etéreo" significa. Sempre tive a intenção de procurar no dicionário, mas nunca fiz isso. Bem, enfim, dei minha palavra de honra que seria sua noiva. Quero dizer... disse que aceitaria me casar com ele. Mas gostaria que a senhora pudesse ter visto meu vestido de noiva, sra. Blythe. Todos disseram que eu parecia uma pintura. Magra e elegante, com o cabelo mais dourado que o ouro e uma pele maravilhosa. Ah, o tempo faz mudanças terríveis em nós. *A senhora ainda não chegou a esse ponto, sra. Blythe. Ainda é muito bonita... e uma mulher muito educada também. Bem, não podemos ser todas inteligentes... algumas de nós precisam cozinhar. Esse vestido que a senhora está usando é muito bonito, sra. Blythe. A senhora nunca usa preto, eu observo... está certa... mas terá de usá-lo um dia. Quanto mais tarde, melhor, eu digo. Bem, onde eu estava?

— A senhora estava... tentando me dizer algo sobre o sr. Mitchell.

— Oh, sim. Bem, nós nos casamos. Havia um grande cometa naquela noite... Lembro-me de tê-lo visto enquanto íamos para casa. É uma pena que a senhora não tenha visto aquele cometa, sra. Blythe. Foi simplesmente lindo. Acho que a senhora não conseguiria descrever isso no *obetuário*, não é?

— Pode ser... um pouco difícil...

— Bem — a sra. Mitchell conformou-se em não poder incluir a história do cometa dando um suspiro —, você terá de fazer o melhor que puder. Ele não teve uma vida muito emocionante. Ficou bêbado uma vez... disse que só queria ver como era... sempre foi muito curioso. Mas é claro que a senhora não pode colocar isso em um *obetuário*. Nada mais de especial aconteceu com ele. Não é para me queixar, mas apenas para relatar os fatos, ele era bem despreocupado e tranquilo. Ficava sentado por uma hora observando uma malva-rosa. Ele gostava muito de flores... detestava ter de cortar os botões-de-ouro. Não importava se a colheita de trigo fosse fraca, desde que pudesse se despedir do verão e ver as hastes douradas. E árvores... aquele pomar dele... eu sempre disse a ele, brincando, que ele se importava mais com suas árvores do que comigo. E sua fazenda... como ele amava aquele pedaço de terra. Para ele, era como se fosse um ser humano. Muitas vezes o ouvi dizer: *"Acho que vou sair e conversar um pouco com minha fazenda"*. Quando ficamos mais velhos, eu queria que ele vendesse, visto que não tínhamos filhos, e que fôssemos morar em Lowbridge, mas ele dizia: *"Não posso vender minha fazenda... não posso vender meu coração"*. Homens são tão engraçados, não é mesmo? Pouco antes de morrer, ele quis um cozido de galinha para o jantar, "cozido preparado por você", disse ele. Ele sempre gostou muito da minha comida, se é que posso dizer assim. A única coisa que ele não suportava era minha salada de alface com nozes. Ele dizia que as nozes eram inesperadas. Mas não havia nenhuma galinha sobrando... estavam todas chocando os ovos... e havia apenas um galo, e é claro que eu não poderia matá-lo. A verdade é que gosto muito de galos. Não há nada mais bonito do que um belo galo, não acha, sra. Blythe? Bem, onde eu estava?

— A senhora estava dizendo que seu marido queria que fizesse um cozido de galinha para ele.

— Oh, sim. E tenho tanta pena de não tê-lo feito. Eu acordo no meio da noite e penso nisso. Mas eu não sabia que ele ia morrer, sra. Blythe. Ele nunca reclamava muito, e sempre disse que ia ficar melhor. E sempre interessado pelas coisas até o fim. Se eu soubesse que ele ia morrer, sra. Blythe, teria preparado o cozido de galinha para ele, com ou sem ovo.

A sra. Mitchell tirou as luvas de renda preta e enxugou os olhos com um lenço de dois centímetros de borda preta.

— Ele teria gostado — ela disse, soluçando. — Ele teve todos os seus dentes até o fim, pobre querido. Bem, de qualquer maneira — ... dobrando o lenço e colocando as luvas, — ele tinha 65 anos, então não estava longe do período previsto. E eu tenho outra placa de caixão. Mary Martha Plummer e eu começamos a colecionar placas de caixão ao mesmo tempo, mas ela logo me ultrapassou... tantos parentes dela morreram, para não falar de seus três filhos. Ela tem mais placas de caixão do que qualquer um por aqui. Eu não tive muita sorte, mas finalmente consegui encher uma prateleira. Meu primo, Thomas Bates, foi enterrado na semana passada, e eu pedi à esposa dele que me desse a placa do caixão, mas ela a enterrou com ele. Disse que colecionar placas do caixão era uma barbárie. Ela era uma Hampson, e os Hampsons sempre foram esquisitos. Bem, onde eu estava?

Anne realmente não poderia dizer à sra. Mitchell onde ela estava desta vez. As placas de caixão a deixaram atordoada.

— Oh, bem, de qualquer maneira, o pobre Anthony morreu. *"Vou feliz e em silêncio"*, foi tudo o que disse, mas sorriu no fim... para o teto, não para mim, nem para Seraphine. Fico muito contente em saber que ele estava tão feliz antes de morrer. Às vezes eu achava que ele não era muito feliz, sra. Blythe... era tão tenso e sensível. Mas parecia realmente nobre e sublime em seu caixão. Ele teve um grande funeral. Foi um dia lindo. Foi enterrado com muitas flores. Eu tive um desmaio, mas, por outro lado, tudo correu muito bem. Nós o enterramos no cemitério de Lower Glen, embora toda sua família estivesse enterrada em Lowbridge. Mas ele escolheu seu cemitério havia muito tempo... disse que queria ser enterrado perto de sua fazenda e onde pudesse ouvir o mar e o vento nas árvores... há árvores em torno de três lados daquele cemitério, sabe. Eu também fiquei feliz... Sempre pensei que fosse um cemitério pequeno e aconchegante, e podemos manter gerânios crescendo em seu túmulo. Ele era um bom homem... com certeza está no céu agora, então não precisa se preocupar. Sempre achei que deve ser uma tarefa árdua escrever um *obetuário* quando *não* se sabe onde está o falecido. Posso contar com a senhora, então, sra. Blythe?

Anne consentiu, sentindo que a sra. Mitchell ficaria lá e falaria até que ela consentisse. A sra. Mitchell, com outro suspiro de alívio, levantou-se da cadeira.

— Preciso ir andando. Estou esperando uma entrega de perus hoje. Gostei de conversar com a senhora e gostaria de ficar mais tempo. É solitário ser uma mulher viúva. Um homem pode não ser muita coisa, mas sentimos sua falta quando ele se vai.

Anne educadamente a acompanhou até o portão. As crianças perseguiam tordos no gramado, e pontas de narcisos apareciam por toda parte.

— A senhora tem uma bela casa aqui... uma casa muito bonita, sra. Blythe. Sempre achei que gostaria de uma casa grande. Mas só com a gente e Seraphine... e de onde viria o dinheiro?... de qualquer maneira, Anthony não queria falar sobre disso. Ele tinha um afeto imenso por aquela casa velha. Pretendo vendê-la se receber uma oferta justa e ir morar em Lowbridge ou Mowbray Narrows, o lugar que eu achar melhor para uma viúva. O seguro de Anthony será útil. Digam o que quiser, mas é mais fácil suportar uma tristeza com dinheiro do que sem ele. A senhora descobrirá isso quando for viúva... embora espero que ainda leve alguns anos. Como está o doutor? Foi um inverno muito doente, então ele deve ter se saído muito bem. Que família simpática a senhora tem! Três meninas! Agora é tudo maravilhoso, mas espere até que elas chegarem à idade dos namoros. Não que eu tenha tido muitos problemas com Seraphine. Ela era bem tranquila... como o pai dela... e teimosa como ele também. Quando ela se apaixonou por John Whitaker, casou-se com ele apesar de tudo que eu lhe disse. Uma sorveira brava? Por que a senhora não plantou na porta da frente? Isso manteria as fadas distantes.

— Mas quem é que quer manter as fadas distantes, sra. Mitchell?

— Agora você está falando como Anthony. Eu só estava brincando. Claro que não acredito em fadas... mas, se elas existissem, ouvi dizer que eram travessas e irritantes. Bem, adeus, sra. Blythe. Volto aqui na próxima semana para buscar o *obetuário*.

Capítulo 22

— A querida senhora realmente acreditou nessa história? — disse Susan, que ouvira a maior parte da conversa enquanto polia a prata na despensa.

— Não é que acreditei? Mas, Susan, eu realmente quero escrever aquele "*obetuário*". Eu gostava de Anthony Mitchell... o pouco que conheci dele... e tenho certeza de que ele se reviraria no túmulo se seu obituário fosse como os que aparecem no *Daily Enterprise*. Anthony tinha um senso de humor inconveniente.

— Anthony Mitchell era um sujeito muito bom quando era jovem, querida senhora. Embora um pouco sonhador, de acordo com o que diziam. Ele não se esforçava o suficiente para agradar a Bessy Plummer, mas tinha uma vida decente e pagava suas dívidas. Claro, ele se casou com a última garota que seria indicada. Mas, embora Bessy Plummer parecesse uma namorada engraçada, ela era muito bonita. Algumas de nós, querida senhora — concluiu Susan com um suspiro —, nem isso temos para recordar.

— Mamãe — disse Walter —, os tordos estão se juntando na varanda dos fundos. E um casal de pintarroxos está começando a construir um ninho no parapeito da janela da despensa. A senhora vai deixar, não vai? Mamãe? A senhora não vai abrir a janela e assustá-los, não é?

Anne havia visto Anthony Mitchell uma ou duas vezes, embora a pequena casa cinza entre os bosques de abetos e o mar, com o grande salgueiro sobre ela como um enorme guarda-chuva, onde ele morava, fosse em Lower Glen, e o doutor de Mowbray Narrows atendia a maioria das pessoas lá. Mas Gilbert comprava feno dele de vez em quando, e uma vez, quando ele trouxe uma carga, Anne o levou por todo o jardim, e eles descobriram que falavam a mesma língua. Ela gostou dele... seu rosto magro, claro e amigável, seus olhos castanho-amarelados corajosos e astutos, que nunca vacilaram ou se deixaram ludibriar... exceto uma vez, talvez, quando a beleza superficial e fugaz de Bessy Plummer o induziu a um casamento infeliz. No entanto, ele nunca parecia infeliz ou insatisfeito. Enquanto ele pudesse arar, cultivar e colher, era tão feliz como uma pastagem ao sol. Seu cabelo preto estava ligeiramente coberto de prata, e um espírito maduro e sereno se revelava em seus sorrisos raros, mas doces. Seus velhos campos haviam lhe dado pão e prazer, alegria na conquista e conforto na tristeza. Anne ficou satisfeita porque ele havia sido enterrado perto deles. Ele pode ter "partido com alegria", mas viveu com alegria também. O médico do Mowbray Narrows disse que, quando contou a Anthony Mitchell que não poderia lhe oferecer nenhuma esperança de recuperação, Anthony sorriu e respondeu: "*Bem, a vida ficou um pouco monótona agora que estou envelhecendo. A morte será uma mudança. Estou muito curioso, doutor*". Até mesmo a Sra. Anthony, entre todos os seus absurdos, tinha dito algumas coisas que revelavam o verdadeiro Anthony. Anne escreveu "A Sepultura de um Velho Homem" algumas noites depois, à janela de seu quarto, e leu com certa satisfação.

"Façam a sepultura onde os ventos possam passar

Através dos ramos de pinho suaves e profundos,

E onde o murmúrio do mar

Seja ouvido nos campos ao leste

E as gotas de chuva cantem

Para suavizar seu sono celeste.

Façam a sepultura onde os prados vastos

Jazem verdejantes por todos os lados,

Colinas ao leste forradas de trevo,

Campos onde ele ceifou e pisou,

Terras de pomar que florescem e sopram

Árvores que há muito tempo ele plantou.

Façam a sepultura onde a luz das estrelas

Possa estar sempre perto dele,

E que a glória do nascer do sol

Se espalhe docemente

E a relva orvalhada se estenda

Sobre o sono que dormirá eternamente.

Já que essas coisas para ele eram queridas

Ao longo de seu viver que foi manso,

Com certeza obteve suas graças

Para que as tivesse em seu lugar de descanso,

E assim pedimos que o murmúrio do mar

Seja sua eterna canção de ninar."

— Acho que Anthony Mitchell teria gostado disso — disse Anne, abrindo a janela para a primavera. Já havia algumas fileiras de pequenas alfaces no jardim das crianças; o pôr do sol era suave e rosado atrás do bosque de bordos; o vale ecoava com o riso leve e doce de crianças.

— A primavera é tão linda que detesto dormir e sentir falta dela — disse Anne.

A sra. Anthony Mitchell veio buscar seu "*obetuário*" numa tarde da semana seguinte. Anne leu para ela com um orgulho secreto; mas o rosto da Sra. Anthony não expressava satisfação total.

— Bem, está muito alegre. A senhora escreve muito bem. Mas... mas... a senhora não disse uma palavra sobre ele estar no céu. A senhora *não tem certeza* de que ele está lá?

— Tenho tanta certeza que não achei necessário mencionar isso, sra. Mitchell.

— Bem, *algumas* pessoas podem duvidar. Ele... ele não ia à igreja tão frequentemente quanto deveria... embora fosse um membro respeitado. E não diz sua idade... nem menciona as flores. Ora, era simplesmente impossível contar as coroas sobre o caixão. Flores são bastante poéticas, na minha opinião!

— Sinto muito...

— Oh, não se preocupe... nem um pouco, eu não a culpo. A senhora fez o seu melhor, e parece lindo. Quanto lhe devo?

— Ora... ora... *nada*, sra. Mitchell. Nem pensei em tal coisa.

— Bem, pensei que provavelmente a senhoria diria isso, então eu trouxe uma garrafa do meu vinho de dente-de-leão. Ele acalma o estômago, se a senhora ficar incomodada com gases. Eu teria trazido uma garrafa do meu chá de ervas também, só tive receio de que o doutor não aprovasse. Mas se a senhora quiser e achar que consegue ir buscá-lo sem que ele saiba, basta me avisar.

— Não, não, obrigada — disse Anne bastante categoricamente. Ela ainda não havia se recuperado dos comentários.

— Como quiser. A senhora sempre será bem-vinda. Não vou precisar de mais nenhum medicamento nesta primavera. Quando meu primo de segundo grau, Malachi Plummer, morreu no inverno, pedi à viúva dele que me desse os três frascos de remédio que restavam... eles recebiam às dúzias. Ela ia jogá-los fora, mas eu sempre fui do tipo que nunca suportaria desperdiçar nada. Não aguentei tomar mais do que uma garrafa, então dei duas para nosso empregado. *"Se não lhe fizer bem, não lhe fará mal nenhum"*, eu disse a ele. Não vou dizer que não estou aliviada por você não querer dinheiro para o *obetuário*, pois estou com pouco dinheiro disponível agora. Um funeral é tão caro, embora D. B. Martin seja o agente funerário mais barato por aqui. Ainda nem paguei minha roupa preta. Não vou sentir que estou realmente de luto até não pagar. Felizmente, não tive de comprar um novo chapéu. Este era o chapéu que mandei fazer para o funeral da minha mãe, há dez anos. Tenho sorte de ficar bem de preto, não é? Se a senhora visse a viúva de Malachi Plummer agora, com o rosto de marinheiro que ela tem! Bem, preciso ir andando. Estou muito agradecida, sra. Blythe, mesmo que... mas tenho certeza de que fez o seu melhor e é uma poesia adorável.

— A senhora não quer ficar e jantar conosco? — perguntou Anne. — Susan e eu estamos sozinhas... o doutor está fora, e as crianças estão fazendo seu primeiro piquenique no vale.

— Eu não me importo — disse a sra. Anthony, deslizando de boa vontade para trás em sua cadeira. — Ficarei feliz em ficar sentada um pouco mais. De alguma forma, leva tanto tempo para descansar quando você envelhece. E parece que estou sentindo cheiro de cenouras fritas — acrescentou ela, com um sorriso de beatitude em seu rosto rosado.

Anne quase amaldiçoou as cenouras fritas quando o *Daily Enterprise* foi lançado na semana seguinte. Lá, na coluna do obituário, estava "A Sepultura de um Velho Homem"... com cinco versos em vez dos quatro originais! E o quinto verso era:

"Um marido maravilhoso, companheiro e ajudante,

Aquele que foi melhor que o Senhor me deu,

Um marido maravilhoso, terno e verdadeiro,

Um em um milhão, querido Anthony, era você."

"!!!" exclamou Ingleside.

— Espero que a senhora não se importe que eu tenha acrescentado outro verso — disse a sra. Mitchell a Anne na reunião seguinte do Instituto. — Eu só queria elogiar Anthony um pouco mais... e meu sobrinho, Johnny Plummer, escreveu o verso. Ele apenas se abaixou e rabiscou rápido como um piscar de olhos. Ele é como você... não parece inteligente, mas sabe fazer poesia. Ele herdou isso da mãe... ela era uma Wickford. Os Plummers nunca tiveram jeito para poesia... nem um pouquinho.

— Que pena que a senhora não pensou logo nele primeiro para escrever o *obetuário* do sr. Mitchell — disse Anne friamente.

— Verdade, não é? Mas eu não sabia que ele podia escrever poesia e estava decidida a fazer isso para a despedida de Anthony. Então a mãe dele me mostrou um poema que ele escreveu sobre um esquilo afogado em um balde de xarope de bordo... uma coisa realmente comovente. Mas o seu foi muito bom também, sra. Blythe. Acho que os dois combinados fizeram algo fora do comum, não acha?

— Sim — disse Anne.

Capítulo 23

As crianças de Ingleside estavam tendo azar com animais de estimação. O cachorrinho preto e encaracolado que papai trouxe de Charlottetown um dia saiu de casa, na semana seguinte, e desapareceu no azul. Nada foi visto ou ouvido sobre ele novamente, e embora houvesse sussurros de um marinheiro de Harbor Head tendo sido visto levando um cachorrinho preto a bordo de seu navio na noite em que partiu, seu destino permaneceu um dos mistérios profundos e sombrios não resolvidos das crônicas de Ingleside. Walter sofreu mais do que Jem, que ainda não havia esquecido completamente sua angústia com a morte de Gyp e nunca mais se permitiria amar um cachorro de forma tão intensa. Em seguida, veio Tiger Tom, que morava no celeiro e nunca tinha permissão para entrar, porque adorava roubar coisas, mas recebia muitos carinhos por tudo isso, foi encontrado duro e rígido no chão do celeiro e teve de ser enterrado com pompa e circunstância no vale. Por fim, o coelho de Jem, Bun, que ele comprou de Joe Russell por 25 centavos, adoeceu e morreu. Talvez sua morte deva ter sido acelerada por uma dose do remédio que Jem lhe deu, talvez não. Joe o havia recomendado e Joe deveria saber. Mas ele achava que tinha assassinado Bun.

— Existe uma maldição em Ingleside? — perguntou ele tristemente, quando Bun foi enterrado ao lado do Tiger Tom. Walter escreveu um epitáfio para o coelho, e ele, Jem e as gêmeas usaram fitas pretas amarradas em volta dos braços por uma semana, para horror de Susan, que considerou esse comportamento um sacrilégio. Susan não ficou inconsolável pela perda de Bun, que uma vez havia se soltado e causado estragos no jardim dela. Também não aprovava os dois sapos que Walter trouxera e colocara no porão. Ela colocou um deles para fora ao anoitecer, mas não conseguiu encontrar o outro e Walter ficou acordado de preocupação.

— Talvez fossem marido e mulher — pensou ele. — Talvez eles estejam terrivelmente solitários e infelizes agora que estão separados. Foi o pequeno que Susan colocou para fora, então eu acho que era a senhora sapo e talvez esteja morrendo de medo sozinha naquele quintal grande, sem ninguém para protegê-la... como uma viúva.

Walter não suportou pensar nas desgraças da viúva, então ele desceu até o porão para caçar o sapo, mas só conseguiu derrubar uma pilha de latinhas descartadas de Susan com um barulho resultante que poderia ter acordado os mortos. Acordou apenas Susan, no entanto, que desceu marchando com uma vela, a uma chama vibrante que lançava as sombras mais estranhas em seu rosto magro.

— Walter Blythe, o que você está fazendo?

— Susan, preciso encontrar aquele sapo — disse Walter desesperado. — Susan, pense em como você se sentiria sem seu marido, se tivesse um.

— Mas do que é que você está falando? — perguntou Susan, justificadamente perplexa.

A esta altura, o senhor sapo, que evidentemente se havia dado por perdido quando Susan apareceu em cena, saltou de trás do barril de picles de endro. Walter se lançou sobre ele e o empurrou pela janela, onde se espera que ele se reencontrasse com seu suposto amor e vivesse feliz para sempre.

— Você sabe que não deveria ter trazido aquelas criaturas para o porão — disse Susan com seriedade. — Como eles iriam viver?

— É claro que eu pretendia pegar insetos para eles — disse Walter, ofendido. — Eu queria *estudá-los*.

— Simplesmente não há como entendê-los — reclamou Susan, enquanto seguia um jovem Blythe indignado escada acima. E ela não se referia aos sapos. Tiveram mais sorte com seu pintarroxo. Eles o haviam encontrado, pouco maior que um bebê, na soleira da porta, após uma tempestade noturna de vento e chuva em junho. Tinha as costas cinzentas, o peito com pintas e olhos brilhantes, e desde o início parecia ter plena confiança em todas as pessoas de Ingleside, nem mesmo com exceção do Camarão, que nunca tentou molestá-lo, nem mesmo quando Cock Robin pulava atrevidamente em seu prato e servia-se à vontade. No início, eles o alimentaram com minhocas, e ele tinha tanto apetite que Shirley passava a maior parte do tempo cavando. Ele guardava as minhocas em latas e as deixava pela casa, para desgosto de Susan, mas ela teria suportado mais do que isso por Cock Robin, que pousava intrépido em seu dedo gasto pelo trabalho e cantava olhando para ela. Susan gostava tanto de Cock Robin que achou que valia a pena mencioná-lo em uma carta para Rebecca Dew dizendo que o peito dele estava começando a mudar para um lindo vermelho enferrujado.

— Não pense que estou fraca da cabeça, srta. Dew querida — escreveu ela. — Suponho que seja muita tolice gostar tanto de um pássaro, mas o coração humano tem suas fraquezas. Ele não está aprisionado como um canário... algo que eu nunca suportaria, querida srta. Dew... mas anda à vontade pela casa e no jardim e dorme em um arco na plataforma de estudo de Walter na macieira, olhando pela janela de Rilla. Uma vez, quando o levaram para o vale, ele voou para longe, mas voltou ao entardecer para imensa alegria deles, e devo confessar, com toda a sinceridade, para minha também.

O vale não era mais "o vale". Walter começava a achar que um lugar tão encantador merecia um nome mais de acordo com suas possibilidades românticas. Numa tarde chuvosa, eles tiveram de brincar no sótão, mas o sol apareceu no início da noite e inundou Glen com esplendor. — Oh, olhe que *acoilis* bonito! — exclamou Rilla, que sempre falava com um pequeno ceceio encantador.

Era o arco-íris mais magnífico que eles já tinham visto. Uma das extremidades parecia estar apoiada na torre da Igreja Presbiteriana, enquanto a outra caía no canto irregular do lago, que descia até a extremidade superior do vale. E Walter então ali o chamou de Vale do Arco-Íris.

O Vale do Arco-Íris havia se tornado um mundo à parte para as crianças de Ingleside. Ventos suaves sopravam incessantemente ali, e o canto dos pássaros ecoava do amanhecer ao anoitecer. Bétulas brancas cintilavam por toda parte, e de uma delas... a Senhora Branca... Walter imaginava que uma pequena dríade aparecia todas as noites para falar com eles. Havia uma árvore bordo e uma árvore abeto crescendo tão próximas uma da outra, que seus ramos se entrelaçavam, ele as chamou de "Árvores Namoradas", e uma velha corda de sinos de trenó que ele pendurou nelas soava como sinos élficos e aéreos quando o vento as sacudia. Um dragão protegia a ponte de pedra que eles construíram por cima do riacho. As árvores que se encontravam sobre o riacho podiam ser guardas morenos quando necessário, e os ricos musgos verdes ao longo das margens eram tapetes, tão finos e elegantes quanto tapetes árabes. Robin Hood e seus homens alegres espreitavam por todos os lados; três espíritos de água viviam na nascente; a velha casa deserta de Barclay na extremidade de Glen, com seu dique coberto de grama e seu jardim coberto de cominhos, era facilmente transformada em um castelo sitiado. A espada do Cruzado há muito estava enferrujada, mas o canivete de Ingleside era uma lâmina forjada no país das fadas, e sempre que Susan perdia a tampa de sua assadeira, ela sabia que estava servindo de escudo para um cavaleiro emplumado e brilhante em grandes aventuras no Vale do Arco-Íris. Às vezes, eles brincavam de pirata, para agradar a Jem, que aos 10 anos estava começando a gostar de um pouco de sangue em suas diversões, mas Walter sempre se recusava a andar na prancha de madeira, parte que Jem considerava a melhor da brincadeira. Às vezes, ele se perguntava se Walter era realmente valente o suficiente para ser um pirata, embora tenha reprimido o pensamento com lealdade e, por mais de uma vez, tenha enfrentado e vencido as lutas com meninos na escola, que chamavam Walter de "o Blythe mariquinha"... ou que o chamavam assim até descobrirem que isso significava um confronto com Jem, que dava socos desconcertantes com os punhos.

Às vezes, Jem tinha permissão para descer à enseada do porto à noite para comprar peixe. Era uma tarefa que ele adorava, pois significava que ele poderia sentar-se na cabine do capitão Malachi Russell, ao pé de um campo coberto de relva verde perto do porto, e ouvir o capitão Malachi e seus comparsas, que já haviam sido capitães jovens e ousados, contando histórias. Todos tinham algo a dizer quando estavam contando as histórias. O velho Oliver Reese... que, na verdade, era suspeito de ser um pirata em sua juventude... tinha sido levado cativo por um rei canibal... Sam Elliott havia passado pelo terremoto de San Francisco... o "Bravo William" MacDougall teve uma luta terrível com um tubarão... Andy Baker enfrentou um tornado. Além disso, Andy era o que podia cuspir mais longe, como ele afirmava, do que qualquer homem em Four Winds. O capitão Malachi, de nariz adunco, mandíbula magra e bigode grisalho brilhante, era o favorito de Jem. Ele tinha sido capitão de um bergantim quando tinha apenas 17 anos, navegando para Buenos Aires com cargas de madeira. Ele tinha uma âncora tatuada em cada lado do rosto e um relógio antigo maravilhoso com uma chave para lhe dar corda. Quando estava de bom humor, deixava Jem dar corda; quando estava de muito bom humor, levava Jem para pescar bacalhau ou apanhar moluscos na maré baixa; e, quando estava de muitíssimo bom humor, mostrava a Jem os muitos modelos de navios que havia esculpido. Jem achava que eram puro romance. Entre eles estava um barco viking, com uma vela quadrada listrada e um dragão temível na frente... uma caravela de Colombo... o Mayflower... um navio muito elegante chamado O Holandês Voador... e inúmeros e belos bergantins, escunas, barcas, veleiros e fragatas.

— O senhor vai me ensinar como esculpir navios assim, Capitão Malachi? — implorava Jem.

O capitão Malachi balançava a cabeça e cuspia pensativamente no golfo.

— Isso não se aprende, filho. Você teria de navegar os mares por trinta ou quarenta anos, e então talvez tivesse conhecimento suficiente sobre navios para fazer isso... compreensão *e* amor. Os barcos são como mulheres, filho... precisam ser compreendidos e amados ou nunca nos mostram seus segredos. E mesmo assim você pode pensar que conhece um navio de proa a popa, por dentro e por fora, e descobrirá que ele ainda está com a alma fechada para você e esconde segredos. Ele foge de você como um pássaro, se não o controlar. Houve um navio em que naveguei e nunca fui capaz de esculpir, embora tenha tentado várias vezes. Era um navio obstinado! E houve uma mulher... mas é hora de controlar minha boca. Tenho um navio pronto para entrar em uma garrafa e vou te mostrar esse segredo, filho.

Então Jem nunca mais ouviu falar da tal "mulher" porque não estava interessado no outro sexo, a não ser a mãe e Susan. *Elas* não eram mulheres. Elas eram apenas a mãe e Susan.

Quando Gyp morreu, Jem sentia que nunca iria querer outro cachorro; mas o tempo cura de forma espantosa, e Jem estava começando a sentir vontade de ter um cão de novo. O cachorro não era realmente um cão... foi apenas um incidente. Jem tinha uma procissão de cães marchando ao redor das paredes de seu covil no sótão, onde guardava a coleção de curiosidades do Capitão Jim... cães recortados de revistas... um mastim imponente... um lindo buldogue com papada... um bassê que parecia ter sido esticado da cabeça aos pés como um elástico... um poodle penteado com uma fita na ponta da cauda... um fox-terrier... um cão-lobo russo... Jem se perguntava se os cães-lobo russos alguma vez conseguiam comer... um atrevido Lulu-da-pomerânia... um dálmata... um cocker spaniel com olhos atraentes. Todos cães de raça, mas em todos faltava algo que agradasse aos olhos de Jem... ele não sabia bem o quê.

Então saiu um anúncio no *Daily Enterprise*. "Cachorro à venda. Falar com Roddy Crawford, no Porto". Nada mais. Jem não poderia ter dito porque o anúncio ficou em sua mente ou porque ele sentiu que havia tanta tristeza em sua brevidade. Ele descobriu através de Craig Russell quem era Roddy Crawford.

— O pai de Roddy morreu há um mês, e ele tem de ir morar com sua tia na cidade. Sua mãe morreu anos atrás. E Jake Millison comprou a fazenda. Mas a casa vai ser demolida. Talvez sua tia não deixe que ele fique com o cachorro. Não é um grande cachorro, mas Roddy sempre achou que ele é o máximo.

— Quanto será que ele quer pelo cachorro. Só tenho 1 dólar — disse Jem.

— Acho que o que ele mais deseja é que ele tenha um bom lar — disse Craig. — Mas seu pai lhe daria o dinheiro para comprá-lo, não é?

— Sim. Mas quero comprar um cachorro com meu dinheiro — disse Jem. — Assim vou sentir que ele é mais *meu*.

Craig encolheu os ombros. Aquelas crianças de Ingleside *eram* engraçadas. O que importava quem pagaria pelo cão velho?

Naquele fim de tarde, o pai levou Jem até a velha e decadente fazenda de Crawford, onde encontraram Roddy Crawford e seu cachorro. Roddy era um menino mais ou menos da idade de Jem... uma criança pálida, com cabelos lisos, castanho-avermelhados e muitas sardas; seu cachorro tinha orelhas marrons sedosas, focinho e cauda marrons e os mais lindos olhos castanhos-claros que Jem já tinha visto na cabeça de um cachorro. No momento em que Jem viu aquele cachorro gracioso com a listra branca na testa, que se dividia em duas entre os olhos e emoldurava o focinho, soube que devia ficar com ele.

— Você quer vender seu cachorro? — ele perguntou ansiosamente.

— Eu *não* quero vendê-lo — disse Roddy um tanto aborrecido. — Mas Jake disse que vou ter de fazer isso ou ele vai afogá-lo. Ele disse que tia Vinnie não quer cachorros por perto.

— Quanto você quer por ele? — perguntou Jem, com medo de que algum preço proibitivo fosse mencionado.

Roddy engoliu em seco e abraçou seu cachorro.

— Aqui, pode pegar — disse ele com voz rouca. — Não vou vendê-lo... não vou. O Bruno não tem preço. Se você lhe der uma boa casa... e for gentil com ele...

— Oh, eu serei gentil com ele — disse Jem ansioso. — Mas você precisa ficar com meu dólar. Eu não sentiria que ele é *meu* cachorro se você não aceitasse o dinheiro.

Ele colocou o dólar nas mãos relutantes de Roddy... pegou Bruno e o segurou perto do peito. O cachorrinho olhou para seu dono. Jem não podia ver seus olhos, mas podia ver os de Roddy.

— Se você o quer tanto assim...

— Eu quero, mas não posso tê-lo — retrucou Roddy. — Já vieram cinco pessoas aqui para ficar com ele, e eu não deixei nenhuma delas levá-lo... Jake ficou terrivelmente bravo, mas eu não me importo. Não eram as pessoas *certas*. Mas você... quero que *você* fique com ele, já que eu não posso... e tire ele da minha vista rápido!

Jem obedeceu. O cachorrinho tremia em seus braços, mas não protestou. Jem o segurou com amor durante todo o caminho de volta para Ingleside.

— Pai, como Adão sabia que um cão é um *cão*?

— Porque um cão só poderia ser um cão — o pai sorriu. — Não é mesmo?

Jem estava muito animado para dormir por muito tempo naquela noite. Ele nunca tinha visto um cachorro de quem gostasse tanto quanto de Bruno. Não admira que Roddy não quisesse se separar dele. Mas Bruno logo esqueceria Roddy e o amaria. Eles seriam amigos. Tinha de lembrar-se de pedir à mamãe para garantir que o açougueiro enviasse os ossos.

— Eu amo tudo e todos no mundo — disse Jem. — Querido Deus, abençoe todos os cães e gatos do mundo, mas especialmente o Bruno.

Jem adormeceu finalmente. Talvez um cachorrinho deitado ao pé da cama, com o queixo apoiado nas patas estendidas, também tivesse dormido; ou talvez não.

Capítulo 24

Cock Robin deixou de subsistir apenas de minhocas e comia arroz, milho, alface e sementes de capuchinha. Ele tinha crescido e estava enorme... o "grande pintarroxo" de Ingleside estava se tornando famoso localmente... e seu peito ficara de um vermelho lindíssimo. Ele se empoleirava no ombro de Susan e a observava tricotar. Ele voava para encontrar Anne quando ela voltava de uma visita e entrava em casa antes dela; ele ia ao parapeito da janela de Walter todas as manhãs para buscar migalhas. Ele tomava seu banho diário em uma bacia no quintal, no canto da cerca viva de roseira brava, e fazia um incrível alvoroço se não encontrasse água nela. O doutor reclamava que suas penas e fósforos estavam sempre espalhados por toda a biblioteca, mas não encontrava ninguém que concordasse com ele, e até mesmo ele se rendeu quando Cock Robin destemidamente pousou em sua mão um dia para pegar uma semente de flor. Todos eles foram enfeitiçados por Cock Robin... exceto, talvez, Jem, que só tinha olhos para Bruno e estava lenta, mas certamente aprendendo uma amarga lição... que podemos comprar o corpo de um cachorro, mas não podemos comprar seu amor. No início, Jem nunca suspeitou disso. É claro que Bruno ficaria com um pouco de saudades de casa e solitário por um tempo, mas isso logo passaria. Jem descobriu que não. Bruno era o cachorrinho mais obediente do mundo; ele fazia exatamente o que lhe era dito, e até mesmo Susan admitiu que seria impossível encontrar um animal mais comportado. Mas não havia vida nele. Quando Jem o levava para passear no início, os olhinhos de Bruno brilharam, sua cauda abanava e ele ficava contente. Mas depois de um tempo o brilho deixou seus olhos e ele andava mansamente ao lado de Jem com o queixo abaixado. Não lhe faltava carinho de todos... os ossos mais suculentos e carnudos estavam à sua disposição... nenhuma objeção foi feita por ele dormir ao pé da cama de Jem todas as noites. Mas Bruno permanecia distante... inacessível... um estranho.

Às vezes, à noite, Jem acordava e se abaixava para dar um tapinha no corpinho robusto; mas nunca houve nenhuma lambida ou abano da cauda em resposta. Bruno permitia carícias, mas não respondia a elas.

Jem continuava decidido. Havia uma boa dose de determinação em James Matthew Blythe, e ele não seria derrotado por um cachorro... *seu* cachorro, que ele comprou de forma justa e honesta, com o dinheiro que dificilmente economizava com sua mesada. Bruno teria de superar a saudade de Roddy... *tinha* de parar com aquele olhar patético de uma criatura perdida... *tinha* de aprender a amá-lo.

Jem teve de defender Bruno, pois os outros meninos da escola, desconfiados de como ele amava o cachorro, estavam sempre tentando provocá-lo.

— Seu cachorro tem pulgas... pulgas enormes — provocava Perry Reese. Jem teve de dar um soco nele antes que Perry voltasse atrás e dissesse que Bruno não tinha uma única pulga... nenhuma.

— Meu filhote tem ataques uma vez por semana — gabou-se Rob Russell. — Aposto que seu velho cachorrinho nunca teve um ataque na vida. Se eu tivesse um cachorro como esse, eu o jogaria no moedor de carne.

— Já tivemos um cachorro assim uma vez — disse Mike Drew, — mas o afogamos.

— Meu cão é muito mal — disse Sam Warren com orgulho. — Ele mata as galinhas e mastiga todas as roupas que estão no varal. Aposto que seu velho cachorro não tem coragem suficiente para isso.

Com muita tristeza, Jem tinha de admitir para si mesmo, se não para Sam, que Bruno não tinha. Ele quase desejava que tivesse. E doeu quando Watty Flagg gritou: — Seu cachorro é um bom cachorro... ele nunca late aos domingos — porque Bruno não latia em nenhum dia.

Mas com tudo isso ele era um cachorrinho tão querido e adorável.

— Bruno, *por que* você não gosta de mim? — dizia Jem soluçando. — Não há nada que eu não faria por você... nós poderíamos nos divertir *tanto* juntos — Mas ele não admitia a derrota para ninguém.

Jem veio correndo para casa um fim de tarde depois de participar de um cozido de mexilhões no Porto porque sabia que uma tempestade estava chegando. O mar gemia muito. As coisas tinham uma aparência sinistra e solitária. Houve um longo rasgo de trovão quando Jem entrou em Ingleside.

— Onde está Bruno? — ele gritou.

Foi a primeira vez que ele foi a algum lugar sem Bruno. Ele pensara que a longa caminhada até o porto seria demais para um cachorrinho. Jem não admitia para si mesmo que uma caminhada tão longa com um cachorro cujo coração não era totalmente dele seria um pouco demais para ele também.

Descobriu-se que ninguém sabia onde Bruno estava. Ele não tinha sido visto desde que Jem saiu depois do jantar. Jem procurou em todos os lugares, mas não o encontrou. A chuva estava caindo em inundações, o mundo foi inundado por raios. Bruno estava fora naquela noite tão escura... *perdido?* Bruno tinha medo de tempestades. As únicas vezes que ele parecia se aproximar de Jem em espírito era quando havia uma tempestade com muitos trovões.

Jem se preocupou tanto que, quando a tempestade passou, Gilbert disse: — Eu tenho de ir até o porto de qualquer maneira para ver como Roy Westcott está indo. Você pode vir também, Jem, e nós passaremos pela antiga casa dos Crawford a caminho de casa. Tenho a impressão de que Bruno voltou para lá.

— Dez quilômetros? Ele nunca faria isso! — disse Jem.

Mas ele fez. Quando chegaram à casa velha, deserta e sem luz dos Crawford, uma criaturinha trêmula e enlameada estava encolhida desamparadamente na soleira molhada da porta, olhando para eles com olhos cansados e insatisfeitos. Ele não fez objeção quando Jem o pegou em seus braços e o carregou até o carrinho através da grama emaranhada na altura dos joelhos.

Jem estava feliz. Como a lua estava brilhante no céu enquanto as nuvens passavam por ela! Como eram deliciosos os cheiros da floresta molhada pela chuva enquanto eles rumavam para casa! Como o mundo era maravilhoso!

— Acho que Bruno vai ficar contente em Ingleside depois disso, pai.

— Talvez — foi tudo o que o pai disse. Ele detestava desiludir o filho, mas suspeitava que o coração de um cachorrinho que perdera seu último lar ficara totalmente despedaçado.

Bruno nunca comia muito, mas depois daquela noite comia cada vez menos. Chegou um dia em que ele não queria comer nada. O veterinário foi chamado, mas não encontrou nada de errado.

— Conheci um cão que morreu de saudade e acho que este é outro — disse ele ao doutor em particular.

Ele deixou um tônico, que Bruno tomou obedientemente e depois voltou a deitar, a cabeça apoiada nas patas, olhando para o vazio. Jem ficou olhando para ele por um longo tempo, com as mãos nos bolsos; depois foi à biblioteca para conversar com papai.

Gilbert foi à cidade no dia seguinte, fez algumas perguntas e trouxe Roddy Crawford para Ingleside. Quando Roddy subiu os degraus da varanda, Bruno, ouvindo seus passos vindos da sala, ergueu a cabeça e apurou as orelhas. No momento seguinte, seu corpinho magro se atirou sobre o tapete em direção ao rapaz pálido de olhos castanhos.

— Minha querida senhora — disse Susan em um tom admirado naquela noite, — o cachorro estava *chorando*... estava mesmo. As lágrimas realmente rolaram pelo focinho dele. Eu não a censuro se não acreditar. Nunca tinha visto tal coisa e não teria acreditado se não tivesse visto com meus próprios olhos.

Roddy segurou Bruno contra o peito e com olhar meio desafiador, meio suplicante disse a Jem:

— Você o comprou, eu sei... mas ele pertence a mim. Jake mentiu para mim. Tia Vinnie disse que não se importaria nem um pouco com um cachorro, mas achei que não deveria pedi-lo de volta. Nunca gastei um centavo disso... não conseguia.

Por um momento, Jem hesitou. Então ele viu os olhos de Bruno. — "Como sou mau!" — ele pensou, com nojo de si mesmo e, então, pegou o dólar.

Roddy sorriu de repente. O sorriso mudou seu rosto carrancudo completamente, mas tudo o que ele conseguiu dizer foi um grosseiro "Obrigado".

Roddy dormiu com Jem naquela noite, um Bruno totalmente satisfeito esticado entre eles. Mas antes de ir para a cama, Roddy ajoelhou-se para fazer suas orações e

Bruno agachou-se ao lado dele, apoiando as patas dianteiras na cama. Se alguma vez houve um cachorro que orou, Bruno foi esse cão... uma oração de ação de graças e alegria renovada na vida.

Quando Roddy trouxe comida para ele, Bruno comeu com avidez, ficando de olho em Roddy o tempo todo. Ele saltou alegremente atrás de Jem e Roddy quando eles desceram para Glen.

— Nunca se viu um cão mais animado — declarou Susan.

Mas na tarde seguinte, depois que Roddy e Bruno voltaram, Jem ficou sentado na escada lateral na penumbra por um longo tempo. Ele se recusou a ir caçar piratas no Vale do Arco-Íris com Walter... Jem não se sentia mais um pirata esplêndido e ousado. Ele nem mesmo olhava para o Camarão, que estava agachado em cima da hortelã, abanando o rabo como um feroz leão da montanha, pronto para saltar. Os gatos de Ingleside não tinham de ficar alegres quando os cães deixavam os corações partidos!

Ele ficou até zangado com Rilla, quando ela trouxe seu elefante de veludo azul. Elefantes de veludo quando Bruno havia partido! Nan também foi desprezada quando veio e sugeriu que eles deveriam dizer o que pensavam de Deus bem baixinho.

— Você não acha que estou culpando Deus por *isso*? — disse Jem com toda seriedade.

— Você não tem nenhum senso de proporção, Nan Blythe.

Nan foi embora bastante magoada, embora não tivesse a mínima ideia do que Jem queria dizer, e Jem fez uma careta para o pôr do sol fumegante. Cachorros latiam por toda Glen. Os Jenkins da estrada estavam chamando o deles... todos eles se revezavam nisso. Todos, até mesmo a tribo Jenkins, podiam ter um cachorro... todos menos ele. A vida se estendia diante dele como um deserto onde não haveria cães.

Anne veio e sentou-se no degrau mais baixo, cuidadosamente sem olhar para ele. Jem sentiu sua empatia.

— Mãezinha — disse ele com a voz embargada, — Por que o Bruno não me amava o tanto que eu o amava? Será que eu... a senhora acha que sou o tipo de menino de que os cachorros não gostam?

— Não, querido. Lembre-se de como Gyp te amava. Era só que Bruno tinha apenas um limite de amor para dar... e ele tinha dado tudo. Existem cães assim... cães de um homem só.

— De qualquer forma, Bruno e Roddy estão felizes — disse Jem com uma satisfação sombria, enquanto se inclinava e beijava a testa macia da mãe.

— Nunca mais terei outro cachorro.

Anne achou que isso iria passar; ele sentiu o mesmo quando Gyppy morreu. Mas isso não aconteceu. A alma de Jem fora extremamente atingida por essa situação. Os cães entravam e saíam de Ingleside... cachorros que pertenciam apenas à família e eram cachorros adoráveis, a quem Jem acariciava e brincava como os outros faziam. Mas não havia nenhum "cachorro de Jem" até que um certo cachorro chamado Monday dominasse seu coração e o amasse com uma devoção que ultrapassava o amor de Bruno... uma devoção que faria história em Glen. Mas isso ainda demoraria muitos anos; e um menino muito solitário subiu para a cama de Jem naquela noite.

— Queria ser uma menina — ele pensou com raiva — para poder chorar *e* chorar!

Capítulo 25

Nan e Di estavam indo para a escola. Eles começaram na última semana de agosto.
— Saberemos *tudo* à noite, mamãe? — perguntou Di bem séria na primeira manhã.

Agora, no início de setembro, Anne e Susan haviam se acostumado a isso e até mesmo gostavam de ver as duas crianças saindo todas as manhãs, tão pequenas, despreocupadas e arrumadas, pensando que ir para a escola era uma aventura e tanto. Elas sempre levavam uma maçã na cesta para a professora e usavam vestidos de algodão rosa e azul, cheios de babados. Uma vez que não eram nem um pouco parecidas, nunca se vestiam da mesma forma. Diana, com seu cabelo ruivo, não podia usar rosa, mas essa cor combinava com Nan, que era a mais bonita das gêmeas de Ingleside. Ela tinha olhos castanhos, cabelos castanhos e uma pele adorável, e sabia muito bem disso, mesmo tendo apenas 7 anos. Ela tinha uma certa tendência de se evidenciar. Segurava a cabeça com orgulho, com seu pequeno queixo atrevido um pouquinho em evidência, e por isso já era considerada um tanto "convencida".

— Ela vai imitar todas as manias e poses de sua mãe — disse a sra. Alec Davies. — Ela já tem todos os ares e graças da mãe, se querem minha opinião.

As gêmeas eram diferentes não apenas na aparência. Di, apesar de sua semelhança física com a mãe, era muito mais parecida com seu pai, no que se referia a temperamento e qualidades. Ela tinha o mesmo sentido prático, o bom senso e o brilhante senso de humor dele. Nan havia herdado por completo o dom da imaginação de sua mãe e já estava tornando a vida interessante para ela mesma à sua maneira. Por exemplo, ela já tinha tido um verão bem agitado negociando com Deus, a essência da questão era: "Se o senhor fizer tal e tal coisa, eu farei tal e tal coisa".

Todas as crianças de Ingleside tinham sido ensinadas a orar do modo clássico, "Agora eu me deito"... depois diziam o "Pai Nosso"... e então eram encorajados a fazer as próprias orações usando a linguagem que preferissem. Era difícil dizer o que deu a Nan a ideia de que Deus poderia ser induzido a atender seus pedidos por meio de promessas de bom comportamento ou demonstrações de coragem. Talvez uma certa professora da Escola Dominical bastante jovem e bonita fosse indiretamente responsável por isso por suas admoestações frequentes de que, se não fossem boas meninas, Deus não faria isso ou aquilo por elas. Foi fácil virar essa ideia do avesso e chegar à conclusão de que, se você *faz* isso ou aquilo, tem o direito de esperar que Deus faça as coisas que você deseja. A primeira "negociação" de Nan na primavera foi tão bem-sucedida que compensou algumas falhas que ela teve durante o verão. Ninguém sabia disso, nem mesmo Di. Nan abraçou seu segredo e passou a orar várias vezes e em diversos lugares, em vez de apenas à noite. Di não aprovava essa atitude e disse à irmã.

— Não misture Deus com *tudo* — disse ela severamente a Nan. — Você o torna muito *comum*.

Anne, ao ouvir isso, repreendeu-a e disse: — Deus *está* em tudo, querida. Ele é o Amigo que está sempre perto de nós para nos dar força e coragem. E Nan tem toda razão em orar a Ele e onde ela quiser.

Porém, se Anne soubesse a verdade sobre as devoções de sua filha pequena, ela teria ficado bastante horrorizada.

Nan dissera numa noite de maio: — Se o Senhor fizer meu dente crescer antes da festa de Amy Taylor na semana que vem, meu Deus, tomarei todas as doses de óleo de rícino que Susan me der sem reclamar.

No dia seguinte, o dente, cuja ausência havia feito uma lacuna tão feia e prolongada na boca bonita de Nan, apareceu, e no dia da festa estava totalmente crescido. Que sinal melhor do que esse ela poderia desejar? Nan manteve fielmente sua parte do pacto, e Susan ficava maravilhada e encantada sempre que ela administrava o óleo de rícino depois disso. Nan aceitava sem fazer careta ou protesto, embora às vezes desejasse ter estabelecido um limite de tempo... digamos, por três meses.

Deus nem sempre respondeu. Mas quando ela pediu a Ele para enviar-lhe um botão especial para seu cordão de botões.... a coleção de botões era frequente entre todas as garotinhas de Glen, tanto quanto o sarampo... garantindo a Ele que, se o fizesse, ela nunca mais reclamaria quando Susan colocasse o prato lascado para ela... o botão veio no dia seguinte, Susan encontrou-o em um vestido velho no sótão. Um lindo botão vermelho com pequenos diamantes, ou o que Nan acreditava serem diamantes. Ela era invejada por todos por causa daquele botão elegante e, quando Di recusou o prato lascado naquela noite, Nan disse virtuosamente: — Pode me dar, Susan. Eu vou *sempre* aceitá-lo depois de hoje.

Susan pensou que ela era angelicalmente altruísta e disse isso a ela. Então, Nan sentiu-se e mostrou-se orgulhosa. Com a promessa de escovar os dentes todas as manhãs sem que pedissem, ela teve um belo dia para o piquenique da Escola Dominical, quando todos previram chuva na noite anterior. Seu anel perdido foi encontrado com a condição de que ela mantivesse as unhas escrupulosamente limpas; e quando Walter entregou a imagem de um anjo voador que Nan cobiçava por muito tempo, ela comeu a gordura da carne sem reclamar no jantar. Quando, no entanto, ela pediu a Deus que transformasse seu ursinho surrado e remendado em um novinho em folha, prometendo manter a gaveta da cômoda arrumada, algo deu errado. Teddy não ficou mais novo, embora Nan procurasse ansiosamente o milagre todas as manhãs e desejasse que Deus se apressasse. Por fim, ela aceitou Teddy como ele estava. Afinal, ele era um bom urso velho e seria terrivelmente difícil manter aquela velha gaveta da cômoda arrumada. Quando papai trouxe para casa um novo ursinho de pelúcia, ela realmente não gostou e, embora com vários receios de sua pequena consciência, decidiu que não precisava se preocupar muito com a gaveta da cômoda. Sua fé voltou quando, tendo orado para que o olho que faltava em seu gato de porcelana fosse restaurado, o olho estava em seu lugar na manhã seguinte, embora um pouco torto, dando ao gato um aspecto bastante vesgo. Susan o havia encontrado ao varrer o chão e o colou de volta, mas Nan não sabia disso e cumpriu alegremente sua promessa de andar de quatro quatorze vezes ao redor do celeiro. Nan não parou para pensar em qual seria a diferença para Deus ou para qualquer outra pessoa o fato de caminhar catorze vezes ao redor do celeiro de quatro. Mas ela odiava fazer isso... os meninos sempre queriam que ela e Di fingissem que eram algum tipo de animal no Vale do Arco-Íris... e talvez houvesse algum pensamento vago em sua mente criativa de que a penitência poderia ser agradável ao Todo Poderoso que deu ou negou um prazer. De qualquer forma, ela pensou em várias acrobacias estranhas naquele verão, fazendo Susan se perguntar com frequência de onde as crianças tiravam essas ideias.

— Por que a querida senhora acha que Nan precisa dar duas voltas na sala todos os dias sem tocar no chão?

— Sem tocar no chão! Como ela consegue, Susan?

— Pulando de uma mobília para outra, incluindo a grelha da lareira. Ela escorregou nela ontem e caiu de cabeça no balde de carvão. Querida senhora, será que ela precisa de uma dose de remédio para vermes?

Aquele ano sempre foi mencionado nas crônicas de Ingleside como o ano em que o pai *quase* teve pneumonia e a mãe *realmente teve*. Uma noite, Anne, que já estava com um forte resfriado, foi com Gilbert a uma festa em Charlottetown... usando um vestido novo e muito bonito e o colar de pérolas de Jem. Ela ficava tão bonita com aquele colar que todas as crianças vieram vê-la antes de sair e acharam que era maravilhoso ter uma mãe da qual pudessem se orgulhar tanto.

— Que anágua linda — suspirou Nan. — Quando eu crescer terei anáguas assim, não é mamãe?

— Duvido que as meninas ainda usem anáguas a essa altura — disse o pai. — Tenho de voltar atrás, Anne, e admitir que esse vestido é um deslumbre, mesmo que eu não aprove as lantejoulas. Agora, não tente me seduzir, mulher. Eu fiz todos os elogios possíveis esta noite. Lembre-se do que lemos hoje no *Jornal de Medicina*: "A vida nada mais é do que química orgânica delicadamente equilibrada", então seja humilde e modesta. Lantejoulas, de fato! Anágua de tafetá, com certeza. Não somos nada além de *"uma mistura fortuita de átomos"*. É o grande Dr. Von Bemburg que o diz.

— Não cite aquele horrível Von Bemburg para mim. Ele deve ter um caso grave de indigestão crônica. *Ele* pode ser uma mistura de átomos, mas *eu* não sou.

Poucos dias depois, Anne tornou-se *"uma mistura de átomos"* muito doente, e Gilbert uma "mistura" muito ansiosa. Susan parecia perturbada e cansada, e a enfermeira treinada ia e vinha com uma expressão ansiosa, e uma sombra desconhecida de repente desceu, espalhou-se e escureceu em Ingleside. As crianças não foram informadas sobre a gravidade da doença de sua mãe, e até mesmo Jem não percebia totalmente o que estava acontecendo. Mas todos eles sentiam o gelo e o medo e estavam quietos e tristes. Pela primeira vez, não havia risos no bosque de bordo e nenhum jogo no Vale do Arco-Íris. Mas o pior de tudo é que não tinham permissão para ver a mãe. Não havia mãe para encontrá-los com sorrisos quando eles voltavam para casa, nenhuma mãe entrando sorrateiramente para dar um beijo de boa-noite, nenhuma mãe para acalmá-los, consolar e compreender, nenhuma mãe para rir de piadas... ninguém nunca ria como a mãe. Foi muito pior do que quando ela estava fora, porque, quando isso acontecia, eles sabiam que ela voltaria... e agora eles não sabiam *nada*. Ninguém dizia nada... apenas os desanimavam.

Nan voltou da escola muito pálida, por causa de algo que Amy Taylor lhe contara. — Susan, a mamãe... a mamãe não vai... ela não vai *morrer*, vai, Susan?

— Claro que não — disse Susan, muito ríspida e seca. Suas mãos tremiam enquanto ela servia o copo de leite de Nan. — Quem falou isso para você?

— Amy. Ela disse... oh, Susan, ela disse que achava que a mamãe seria um cadáver de aparência muito doce!

— Não se preocupe com o que ela disse, meu amor. Todos os Taylor têm línguas muito grandes. Sua abençoada mãe está bastante doente, mas ela vai sobreviver, pode apostar que vai. Você não sabe que seu pai está no comando?

— Deus não deixaria mamãe morrer, deixaria, Susan? — perguntou Walter com os lábios brancos, olhando para ela com muita seriedade, o que tornava muito difícil para Susan proferir mentiras reconfortantes. Ela estava com muito medo de que *fossem* mentiras. Susan era uma mulher muito assustada. A enfermeira balançara a cabeça naquela tarde. O doutor recusou-se a descer para jantar.

— O Senhor Todo-Poderoso sabe o que faz — murmurou Susan enquanto lavava os pratos do jantar... e quebrou três deles... mas, pela primeira vez em sua vida simples e honesta, ela duvidou disso.

Nan andava pela casa infeliz. O pai sentava-se à mesa da biblioteca com a cabeça entre as mãos. A enfermeira entrava e saía, e Nan ouviu-a dizer que achava que a crise chegaria naquela noite.

— O que é uma crise? — ela perguntou a Di.

— Acho que é de onde vêm as borboletas — disse Di cautelosamente. — Vamos perguntar a Jem.

Jem sabia, e disse a elas o que era antes de subir para se trancar em seu quarto. Walter havia desaparecido... ele estava deitado de bruços sob a Dama Branca no Vale do Arco-Íris... e Susan tinha levado Shirley e Rilla para a cama. Nan saiu sozinha e sentou-se na escada. Atrás dela, a casa estava em um terrível silêncio não habitual. Diante dela, Glen transbordava com o sol da tarde, mas a longa estrada vermelha estava enevoada de poeira e a grama nos campos do porto queimava na seca. Não chovia havia semanas, e as flores caíam no jardim... as flores que a mãe amava.

Nan estava absorvida em seus pensamentos. Se houvesse uma chance, agora era a hora de negociar com Deus. O que ela prometeria fazer se Ele curasse sua mãe? Tinha de ser algo tremendo... algo que faria valer a pena. Nan se lembrou do que Dicky Drew dissera um dia a Stanley Reese na escola: *"Desafio você a caminhar pelo cemitério à noite"*. Nan estremeceu na hora. Como alguém poderia andar pelo cemitério depois do anoitecer... como alguém poderia ao menos *pensar* nisso? Nan tinha horror ao cemitério, e ninguém suspeitava em Ingleside. Amy Taylor uma vez disse a ela, com ar sombrio e misterioso, que estava cheio de pessoas mortas e que *"elas nem sempre permaneciam mortas"*. Nan mal tinha coragem de passar perto do cemitério sozinha em plena luz do dia.

Ao longe, as árvores em uma colina dourada enevoada tocavam o céu. Nan pensava muitas vezes que, se pudesse chegar àquela colina, também conseguiria tocar o céu. Deus vivia exatamente do outro lado dela... Ele podia ouvi-la melhor de lá. Mas ela não era capaz de chegar àquela colina... tinha de dar o seu melhor aqui em Ingleside.

Ela juntou suas mãozinhas queimadas de sol e ergueu o rosto manchado de lágrimas para o céu.

— Querido Deus — ela sussurrou, — se o Senhor fizer mamãe ficar boa, eu *atravesso o cemitério à noite*. Ó querido Deus, *por favor, por favor*. E se o Senhor fizer isso, não vou incomodá-lo nunca mais.

Capítulo 26

Foi a vida, não a morte, que chegou nas horas mais sombrias da noite em Ingleside. As crianças, finalmente adormecidas, devem ter sentido até durante o sono que a Sombra havia se retirado tão silenciosa e rapidamente quanto havia surgido. Pois quando elas acordaram, para um dia escuro com uma chuva bem-vinda, havia luz do sol em seus olhos. Elas quase não precisaram ouvir a boa notícia de uma Susan que parecia dez anos mais jovem. A crise havia passado, e mamãe iria sobreviver.

Era sábado, então não havia escola. Não podiam sair de casa... mesmo que gostassem de ficar na chuva. Essa chuva era demais para eles... e eles tinham de ficar muito quietos em casa. Mas nunca se sentiram tão felizes. O pai, quase sem dormir por uma semana, jogou-se na cama do quarto de hóspedes para um sono longo e profundo..., mas não antes de enviar um telegrama para uma casa com telhado verde em Avonlea, onde duas senhoras tremiam sempre que o telefone tocava.

Susan, cujo coração não estava em suas sobremesas, preparou um glorioso suflê de laranja para o jantar, prometeu uma torta recheada com geleia para o jantar e assou uma fornada dupla de biscoitos de manteiga. Cock Robin gorjeou por todo o lugar. As próprias cadeiras pareciam querer dançar. As flores do jardim ergueram seus rostos bravamente de novo, enquanto a terra seca recebia a chuva. E Nan, em meio a toda sua felicidade, estava tentando enfrentar as consequências de sua negociação com Deus.

Ela não pensava em não cumprir a promessa, mas continuava adiando, na esperança de conseguir um pouco mais de coragem. Só de pensar nisso "seu sangue gelava", como Amy Taylor costumava dizer. Susan sabia que havia algum problema com a criança e administrava óleo de rícino, sem melhora visível.

Nan tomava a dose em silêncio, embora não pudesse deixar de pensar que Susan lhe dava óleo de rícino com muito mais frequência desde aquela promessa anterior. Mas o que era óleo de rícino em comparação com andar pelo cemitério à noite? Nan simplesmente não via como poderia fazer isso. Mas tinha de fazê-lo. A mãe ainda estava tão fraca que ninguém tinha permissão para vê-la, exceto por um breve período de tempo. Ela parecia tão pálida e magra. Seria porque ela, Nan, não estava cumprindo o trato?

— Precisamos dar tempo a ela — disse Susan.

Como é possível dar tempo a alguém, Nan se perguntava. Mas ela sabia porque mamãe não estava melhorando mais rápido. Nan apertou seus dentinhos perolados. Amanhã seria sábado de novo e, à noite, ela faria o que havia prometido fazer.

Choveu novamente durante toda a manhã seguinte, e Nan não pôde evitar uma sensação de alívio. Se fosse uma noite chuvosa, ninguém, nem mesmo Deus, poderia esperar que ela saísse para andar em cemitérios. Ao meio-dia a chuva havia parado, mas veio uma névoa subindo pelo porto e encobrindo Glen, cercando Ingleside com sua magia misteriosa. Então Nan ainda esperava. Se estivesse nublado, ela também não poderia ir. Mas na hora do jantar um vento soprou, e a paisagem do nevoeiro desapareceu.

— Não haverá lua esta noite — disse Susan.

— Oh, Susan, você não pode *criar* uma lua? — gritou Nan em desespero. Se ela tivesse de atravessar o cemitério, precisava ter uma lua.

— Minha criança abençoada, ninguém pode criar uma lua — disse Susan. — Eu só quis dizer que estaria nublado e você não poderia ver a lua. E que diferença pode fazer para você se há lua ou não?

Isso era exatamente o que Nan não conseguia explicar, e Susan estava mais preocupada do que nunca. *Algo* deve estar afligindo essa criança... ela tinha agido de forma tão estranha durante toda a semana. Ela não comeu metade do suficiente e estava amuada. Será que ela estava preocupada com sua mãe? Não era necessário preocupar-se... a querida senhora estava se recuperando bem.

Sim, mas Nan sabia que a mãe logo iria parar de se recuperar se ela não cumprisse a promessa. Ao pôr do sol, as nuvens se dissiparam e a lua nasceu. Mas uma lua tão estranha... uma lua tão grande e vermelha como sangue. Nan nunca tinha visto uma lua assim. Isso a apavorou. Quase preferia o escuro.

As gêmeas foram para a cama às 8, e Nan teve de esperar até que Di fosse dormir. Di demorou um pouco. Estava se sentindo muito triste e desiludida para dormir prontamente. Sua amiga, Elsie Palmer, havia voltado da escola para casa com outra garota, e Di acreditava que sua vida estava praticamente acabada por causa disso. Eram 9 horas quando Nan sentiu que era seguro sair da cama e se vestir, com dedos que tremiam tanto, que ela mal conseguia fechar os botões. Em seguida, ela desceu e saiu pela porta lateral, enquanto Susan punha o pão na cozinha e refletia confortavelmente que todos sob sua responsabilidade estavam seguros na cama, exceto o pobre doutor, que fora chamado às pressas para uma casa no porto, onde um bebê havia engolido um prego.

Nan saiu e desceu para o Vale do Arco-Íris. Ela tinha de pegar o atalho e subir o pasto da colina. Ela sabia que a visão de uma gêmea de Ingleside andando pela estrada e pela aldeia causaria admiração, e alguém provavelmente insistiria em trazê-la para casa. Como estava fria a noite do final de setembro! Ela não tinha pensado nisso e não tinha vestido o casaco. O Vale do Arco-Íris à noite não era o lugar amigável que era de dia. A lua havia encolhido a um tamanho razoável e não estava mais vermelha, mas lançava sombras negras sinistras. Nan sempre teve um pouco de medo de sombras. Seriam pés de alguém que ela ouvia na escuridão das samambaias murchas perto do riacho?

Nan ergueu a cabeça e ergueu o queixo. — Não estou com medo — disse ela em voz alta, com valentia. — É só meu estômago que não está bem. Sou uma *heroína*.

A agradável ideia de ser uma heroína a levou até a metade da colina. Então, uma sombra estranha varreu o mundo... uma nuvem passou em frente à lua... e Nan pensou em um pássaro. Uma vez, Amy Taylor tinha contado a ela uma história aterrorizante de um grande pássaro preto que voava sobre as pessoas durante a noite e as levava embora. Foi a sombra do pássaro que atravessou a lua? Mas mamãe tinha dito que não havia nenhum grande pássaro preto. — Não acredito que mamãe pudesse me contar uma mentira... não a *mamãe* — disse Nan... e continuou até chegar à cerca. Depois da cerca estava a estrada... e do outro lado o cemitério. Nan parou para recuperar o fôlego.

Outra nuvem estava sobre a lua. Ao seu redor, havia uma terra estranha, sombria e desconhecida. — Oh, o mundo é muito grande! — Nan estremeceu, comprimindo-se contra a cerca. Se ela pudesse voltar a Ingleside! Mas... — Deus está me observando — disse a pirralha de 7 anos... e pulou a cerca.

Ela caiu do outro lado, esfolando o joelho e rasgando o vestido. Quando se levantou, um toco de erva daninha perfurou completamente seu chinelo e cortou seu pé. Mas ela mancou pela estrada até o portão do cemitério.

O antigo cemitério ficava à sombra dos abetos em sua extremidade leste. De um lado estava a Igreja Metodista, do outro, a residência do presbítero, agora escura e silenciosa durante a ausência do ministro. A lua saiu repentinamente de trás da nuvem, e o cemitério ficou cheio de sombras... sombras que se moviam e dançavam... sombras que poderiam te agarrar se você não prestasse atenção. Um jornal que alguém jogou fora veio voando ao longo da estrada, como uma velha bruxa dançando, e embora Nan soubesse o que era, parecia tudo parte integrante da estranheza da noite. O barulho dos ventos nos abetos. Uma folha comprida de salgueiro perto do portão de repente bateu em seu rosto como o toque de uma mão élfica. Por um momento seu coração parou... ainda assim, ela colocou a mão no fecho do portão.

Imagine se um braço longo saísse de uma sepultura e arrastasse você lá para baixo!

Nan se virou. Ela sabia agora que, com ou sem promessa, *nunca* poderia andar por aquele cemitério à noite. O gemido mais terrível de repente soou muito perto dela. Era apenas a velha vaca da sra. Ben Baker que estava pastando na estrada e saiu de trás de uma moita de abetos. Mas Nan não esperou para ver o que era. Em um espasmo de pânico incontrolável, ela desceu correndo a colina, passou pela vila e subiu a estrada para Ingleside. Do lado de fora do portão, ela disparou e pisou no que Rilla chamava de "pudim de lama". Mas lá estava a casa, com as luzes suaves e brilhantes nas janelas, e instantes depois ela entrou na cozinha de Susan, suja de lama, com os pés molhados e sangrando.

— Minha nossa! — disse Susan surpresa.

— Eu não consegui andar pelo cemitério, Susan... não consegui! — disse Nan aflita.

Susan não fez perguntas a princípio. Ela pegou a pobre Nan, que estava gelada e perturbada, tirou seus chinelos e meias molhados. Ela a vestiu com a camisola e carregou-a para a cama. Então desceu para preparar algo para Nan comer. Não importava o que a criança tivesse feito, ela não podia ir para a cama com o estômago vazio.

Nan comeu e tomou um gole de leite quente. Como era lindo estar de volta a um quarto aquecido e iluminado, a salvo, em sua bela cama quente! Mas ela não disse nada a Susan sobre isso. — É um segredo entre mim e Deus, Susan. Susan foi para a cama jurando que seria uma mulher feliz quando a querida senhora estivesse bem novamente. — Eles estão além das *minhas forças* — suspirou ela, desamparada.

A mãe certamente morreria agora. Nan acordou com aquela terrível convicção em sua mente. Ela não cumpriu a promessa e não podia esperar que Deus o fizesse. A vida foi muito terrível para Nan na semana seguinte. Ela não sentia prazer em nada, nem mesmo em ver Susan usando a máquina de fiar no sótão... algo que ela sempre achou tão fascinante. Ela nunca seria capaz de rir novamente. Não importava o que ela fizesse. Ela deu seu cão de pó de serragem, do qual Ken Ford arrancou as orelhas e que ela amava ainda mais do que o velho Teddy... Nan sempre gostava mais das coisas velhas... para Shirley porque Shirley sempre o quis, e ela deu sua valiosa casa feita de conchas, que o capitão Malachi havia trazido para ela das Índias Ocidentais, para Rilla, na esperança de agradar a Deus; mas ela temia que isso não acontecesse, e quando seu novo gatinho, que ela dera a Amy Taylor porque Amy o queria, voltou para casa e insistiu em ficar lá, Nan sabia que Deus não estava satisfeito. Ele não aceitaria nada a não ser que ela caminhasse pelo cemitério; e a pobre Nan, assombrada, sabia agora que ela nunca poderia fazer *isso*. Ela era uma covarde e fujona. Só fujões, Jem dissera uma vez, tentam escapar das promessas.

Anne foi autorizada a sentar-se na cama. Ela estava quase bem de novo depois de ficar tão doente. Muito em breve, ela seria capaz de cuidar de sua casa novamente... ler seus livros... deitar-se para descansar em suas almofadas... comer tudo que quisesse... sentar-se perto da lareira... olhar para seu jardim... ver seus amigos... escutar fofocas suculentas... dar boas-vindas aos dias que brilham como joias no colar do ano... fazer parte novamente do colorido esplendor da vida.

Ela tinha jantando muito bem... a perna de cordeiro recheada de Susan estava deliciosa. Era maravilhoso sentir fome de novo.

Ela olhou ao redor do quarto para admirar todas as coisas que amava. Precisava fazer cortinas novas para... algo entre o verde primaveril e o amarelo dourado; e certamente devia colocar no banheiro aqueles novos armários para toalhas. Então ela olhou pela janela. Havia alguma magia no ar. Ela conseguia vislumbrar o azul do porto através dos bordos; a bétula chorosa no jardim era uma suave chuva de ouro caindo. Vastos jardins celestes se arqueavam sobre uma terra opulenta, anunciando o outono... uma terra de cores maravilhosas, luz suave e sombras profundas. Cock Robin estava cantando loucamente no topo de um pinheiro; as crianças riam no pomar enquanto colhiam maçãs. O riso voltou para Ingleside. "*A vida é algo mais do que 'química orgânica delicadamente equilibrada*", pensou ela, feliz.

Nan entrou sorrateiramente no quarto, olhos e nariz vermelhos de tanto chorar. — Mamãe, tenho de contar uma coisa para a senhora... não posso esperar mais. Mamãe, *eu enganei Deus.*

Anne se emocionou novamente com o toque suave da mãozinha de uma criança... uma criança procurando ajuda e conforto para seu pequeno problema amargo. Ela ouviu enquanto Nan soluçava toda a história e conseguiu manter o rosto sério. Anne sempre tinha planejado manter uma cara séria quando era indicado, não importa o quanto loucamente ela pudesse rir disso com Gilbert depois. Ela sabia que a preocupação de Nan era real e terrível para ela e também percebeu que a teologia dessa filha pequena precisava de atenção.

— Querida, você está terrivelmente enganada sobre tudo isso. Deus não faz negociações. Ele *dá*... dá sem pedir nada em troca, exceto amor. Quando você pede ao papai ou a mim algo que você quer, *nós* não fazemos negociações com você... e Deus é muito mais generoso do que nós. E Ele sabe muito melhor do que nós como é bom dar.

— E Ele não vai... não vai fazer você morrer, mamãe, porque eu não cumpri minha promessa?

— É claro que não, querida.

— Mamãe, mesmo que eu tenha me enganado sobre Deus... não deveria manter a promessa que fiz? Eu disse que faria, você sabe. Papai diz que devemos sempre cumprir nossas promessas. Será que não vou ficar *envergonhada para sempre* se eu não cumprir o que prometi?

— Quando eu ficar melhor, querida, irei com você uma noite... e ficarei do lado de fora do portão... e acho que você não terá nem um pouco de medo de atravessar o cemitério, então. Alivie sua pobre consciência... e não faça mais negociações tolas com Deus?

— Não — prometeu Nan, com um sentimento bastante pesaroso de estar desistindo de algo que, apesar de todas as suas desvantagens, fora agradavelmente excitante. Mas o brilho havia voltado em seus olhos e havia um pouco de ânimo em sua voz.

— Vou lavar o rosto e depois volto para dar um beijo na senhora, mamãe. E vou pegar algumas flores para a senhora. Tem sido terrível sem a senhora, mamãe.

— Oh, Susan — disse Anne quando Susan trouxe o jantar, — que mundo! Que mundo lindo, interessante e maravilhoso! Não é, Susan?

— Tenho de concordar que sim — admitiu Susan, lembrando-se da bela fileira de tortas que acabara de deixar na despensa — a ponto de dizer que é muito tolerável.

Capítulo 27

Outubro foi um mês muito feliz em Ingleside naquele ano, cheio de dias em que você *tinha* apenas de correr, cantar e assobiar. A mãe havia se recuperado, recusando-se a ser tratada como uma convalescente por mais tempo, fazendo planos para o jardim, rindo novamente... Jem sempre achava que a mãe tinha uma risada muito linda e alegre... respondendo a inúmeras perguntas. "Mamãe, qual é a distância daqui até o pôr do sol?... Mamãe, por que não conseguimos tocar na luz do luar?... Mamãe, as almas das pessoas mortas realmente *voltam no dia das bruxas?*... Mamãe, o que é que causa a causa?... Mamãe, você não prefere ser morta por uma cascavel do que por um tigre, porque o tigre iria comer a senhora inteira?... Mamãe, o que é um cubículo?... Mamãe, uma viúva é mesmo uma mulher cujos sonhos se realizaram? Wally Taylor disse que sim... Mamãe, o que os passarinhos fazem quando chove muito?... Mamãe, nós somos realmente uma família muito romântica?"

A última era de Jem, que tinha ouvido na escola que a sra. Alec Davies tinha dito isso. Jem não gostava da sra. Alec Davies, porque sempre que ela o encontrava com a mãe ou o pai, invariavelmente batia o dedo indicador nele e perguntava: "O Jemmy é um bom menino na escola?" Jemmy! Talvez eles fossem um pouco românticos. Susan certamente achava que sim, quando descobriu o chão do celeiro ricamente decorado com manchas de tinta carmesim. "Tínhamos de fazer isso para nossa batalha, Susan", explicou Jem. "A tinta representa os coágulos de sangue."

À noite, era possível ver uma linha de gansos selvagens voando por trás de uma lua vermelha baixa, e Jem, quando os via, desejava misteriosamente voar para longe com eles também... para praias desconhecidas e trazer de volta macacos... leopardos... papagaios... coisas assim... para explorar a costa espanhola.

Algumas frases, como "a costa espanhola", sempre soaram irresistivelmente atraentes para Jem... "segredos do mar" era outra. Ser pego em um abraço mortal de uma píton e ter um combate com um rinoceronte ferido era o trabalho diário de Jem. E a palavra "dragão" causava-lhe uma tremenda emoção. Sua imagem favorita, pregada na parede ao pé de sua cama, era de um cavaleiro de armadura em um lindo cavalo branco, que estava em pé em suas patas traseiras, enquanto seu cavaleiro atacava um dragão que tinha uma adorável cauda que parecia ter um tridente na ponta. Uma dama com um manto rosa ajoelhava-se pacífica e serenamente ao fundo com as mãos postas. Não havia dúvida no mundo de que a dama se parecia muito com Maybelle Reese, por quem já se cruzavam as lanças de muitos meninos de 9 anos na escola de Glen. Até Susan percebera a semelhança e provocava Jem, que ficava furioso e corado. Mas o dragão era realmente um pouco decepcionante... parecia tão pequeno e insignificante ao pé do cavalo enorme. Não parecia haver nenhum valor especial em atacá-lo. Os dragões dos quais Jem salvava Maybelle em sonhos secretos eram muito mais imponentes. Ele a tinha resgatado na segunda-feira passada do ganso da velha Sarah Palmer. Porventura... ah, "porventura" soava bem!... tinha ela notado o ar senhoril com que ele havia agarrado a criatura sibilante pelo pescoço e a atirado por cima da cerca. Mas um ganso não era tão romântico quanto um dragão.

Foi um outubro de ventos... ventos fracos que ronronavam no vale e ventos fortes que açoitavam os topos dos áceres... ventos que uivavam ao longo da praia, mas se encolhiam quando atingiam as rochas... encolhiam-se e espreguiçavam-se. As noites, com sua lua vermelha sonolenta de caçador, eram frias o suficiente para tornar agradável a ideia de uma cama quente, os arbustos de mirtilo tornaram-se escarlates, as samambaias mortas eram de um marrom-avermelhado rico, sumagres despontavam com chamas atrás do celeiro, pastos verdes estavam aqui e ali, como remendos nos campos de colheita de Upper Glen, e havia crisântemos dourados e castanho-avermelhados no canto da relva ao redor dos pinheiros. Havia esquilos tagarelando alegremente por toda parte, e grilos tocavam violinos para que as fadas pudessem dançar nas várias colinas ao redor. Havia maçãs para colher, cenouras para desenterrar.

Às vezes, os meninos iam pescar mariscos com o capitão Malachi, quando as misteriosas "marés" permitiam... marés que vinham acariciar a terra, mas escorregavam de volta para o próprio mar profundo. Havia um cheiro forte de folhas queimadas por todo o vale, um monte de grandes abóboras amarelas no celeiro, e Susan fazia as primeiras tortas de cranberry.

Ingleside ficava cheia de risos desde o amanhecer até o pôr do sol. Mesmo quando os filhos mais velhos estavam na escola, Shirley e Rilla eram grandes o suficiente para manter a tradição do riso. Até Gilbert estava rindo mais do que o normal neste outono.

"*Eu gosto de um pai que saiba rir*", pensou Jem. O Dr. Bronson de Mowbray Narrows nunca ria. Diziam que tinha construído sua clientela inteiramente com seu ar de seriedade e sabedoria; mas o pai de Jem tinha uma prática melhor ainda, e as pessoas ficavam muito tristes quando não conseguiam rir de uma de suas piadas.

Anne estava ocupada em seu jardim todos os dias quentes, bebendo em cores como o vinho, onde o sol da tarde caía sobre bordos carmesim, deleitando-se com a tristeza primorosa daquela beleza passageira. Certa tarde cinzenta e dourada, ela e Jem plantaram todos os bulbos de tulipas, que teriam uma ressurreição de rosa e escarlate e púrpura e dourado em junho.

— Não é bom estar se preparando para a primavera quando você sabe que tem de enfrentar o inverno, Jem?

— E é tão bom deixar o jardim lindo — disse Jem. — Susan diz que é Deus quem torna tudo belo, mas podemos ajudá-lo um pouco, não é, mamãe?

— Sempre... sempre, Jem. Ele compartilha esse privilégio conosco.

Ainda assim, nada é perfeito. Os habitantes de Ingleside estavam preocupados com Cock Robin. Disseram-lhes que, quando os tordos fossem embora, ele também iria querer ir.

— Mantenha-o fechado até que todo o resto se vá e a neve venha — aconselhou o capitão Malachi. — Então ele vai esquecer isso e ficar bem até a primavera.

Então Cock Robin foi feito prisioneiro. Ele ficou muito inquieto. Voava sem rumo pela casa ou pousava no parapeito da janela e olhava melancolicamente para seus companheiros que se preparavam para seguir, sabe-se lá que misterioso chamado. Perdeu o apetite e nem mesmo as larvas ou as nozes de Susan não o tentavam.

As crianças mostraram a ele todos os perigos que ele poderia encontrar... frio, fome, falta de amigos, tempestades, noites escuras, gatos. Mas Cock Robin tinha sentido ou ouvido o chamamento, e todo o seu ser ansiava por responder. Susan foi a última a ceder. Ela ficou muito séria por vários dias. Mas, finalmente, disse: — Deixe-o ir, é contra a natureza prendê-lo aqui.

Eles o libertaram no último dia de outubro, depois de estar fechado há um mês. As crianças se despediram dele com um beijo entre lágrimas. Ele voou com alegria, regressando na manhã seguinte ao peitoril de Susan para buscar migalhas e depois abrindo as asas para o longo voo. — Ele pode voltar para nós na primavera, querida — Anne disse para a soluçante Rilla. Mas Rilla não queria ser consolada.

— Isso é muito tempo — ela soluçou.

Anne sorriu e suspirou. As estações que pareciam tão longas para a bebê Rilla estavam começando a passar rápido demais para ela. Outro verão havia terminado, iluminado pelo ouro eterno das tochas da Lombardia. Em breve... muito em breve... as crianças de Ingleside não seriam mais crianças. Mas elas ainda seriam dela... dela para dar as boas-vindas quando eles voltassem para casa à noite... dela para encher a vida de maravilhas e deleites... dela para amar, torcer e repreender... mesmo que só um pouco. Pois às vezes elas eram muito desobedientes, embora dificilmente merecessem ser chamadas pela sra. Alec Davies de "aquele bando de demônios de Ingleside" quando ela soube que Bertie Shakespeare Drew havia sido ligeiramente chamuscado enquanto fazia o papel de um índio vermelho queimado no Vale do Arco-Íris. Jem e Walter levaram um pouco mais de tempo para desamarrá-lo do que esperavam. Eles também ficaram ligeiramente chamuscados, mas ninguém teve pena deles.

Novembro foi um mês sombrio naquele ano... um mês de vento leste e nevoeiro. Em alguns dias, não havia nada além de uma névoa fria passando ou pairando sobre o mar cinza além da barra. Os álamos trêmulos deixaram cair suas últimas folhas. O jardim estava morto e toda a sua cor e personalidade haviam desaparecido... exceto o canteiro de aspargos, que ainda era uma selva dourada fascinante. Walter teve de abandonar sua plataforma de estudo na árvore de bordo e aprender suas lições em casa. Choveu... e choveu... e choveu. — Será que o mundo vai secar algum dia? — lamentava Di com desespero. Depois, houve uma semana mergulhada na magia do sol do verão indiano e, nos fins de tarde frios e cortantes, a mãe acendia a lareira e Susan assava batatas para o jantar.

A grande lareira era o centro da casa nessas noites. Era o ponto alto do dia quando eles se reuniam em torno dela depois do jantar. Anne costurava e planejava as pequenas roupas de inverno... — Nan precisa de um vestido vermelho, já que tem falado tanto nele... — e às vezes pensava em Ana do Velho Testamento, tecendo o casaco todos os anos para o pequeno Samuel. As mães eram as mesmas ao longo dos séculos... uma grande irmandade de amor e serviço... as famosas e as desconhecidas, todas da mesma forma.

Susan verificava a ortografia das crianças e depois elas se divertiam como bem queriam. Walter, vivendo em seu mundo de imaginação e belos sonhos, estava absorvido em escrever uma série de cartas do esquilo que vivia no Vale do Arco-Íris para o esquilo que vivia atrás do celeiro. Susan fingia zombar delas quando ele as lia, mas secretamente fazia cópias e as enviava para Rebecca Dew.

— Achei isso engraçado, querida srta. Dew, embora possa considerá-las muito comuns para ler. Nesse caso, eu sei que vai perdoar essa *velha amiga* por incomodá-la com elas. Ele é considerado muito inteligente na escola e pelo menos estas composições não são poesia. Devo acrescentar que o pequeno Jem tirou *noventa e nove* em sua prova de aritmética na semana passada e ninguém consegue descobrir onde estava o erro para não tirar uma nota cem. Talvez eu não deva dizer isso, querida srta. Dew, mas estou convicta de que aquela criança *nasceu para a grandeza*. Podemos não viver para ver isso, mas ele ainda pode ser o Primeiro Ministro do Canadá.

O Camarão deitava-se ao sol e a gatinha de Nan, Pussywillow, que sempre parecia uma mocinha delicada e requintada na cor preta e prata, escalava as pernas de todos imparcialmente. — Dois gatos e rastros de rato por toda parte na despensa — era o refrão de desaprovação de Susan. As crianças conversaram sobre suas pequenas aventuras juntas, e o lamento do oceano distante vinha através da noite fria de outono.

Às vezes, a sra. Cornélia aparecia para uma curta visita, enquanto o marido trocava opiniões na loja de Carter Flagg. Os pequeninos aguçavam os ouvidos, pois a sra. Cornélia sempre trazia as últimas fofocas, e eles sempre ouviam as coisas mais interessantes sobre as pessoas. Era muito divertido no domingo seguinte sentar-se na igreja e olhar para as ditas pessoas, saboreando o que se sabia sobre elas, por mais compenetradas e sérias que parecessem.

— Meu Deus, você está bem confortável aqui, Anne querida. Está uma noite realmente fria e vai começar a nevar. O doutor saiu?

— Sim. Eu detestei vê-lo sair... mas telefonaram do porto dizendo que a sra. Brooker Shaw insistia em consultá-lo — disse Anne, enquanto Susan removia rápida e furtivamente do tapete da lareira uma enorme espinha de peixe que o Camarão tinha trazido, rezando para que a sra. Cornélia não tivesse percebido.

— Ela está tão doente quanto eu — disse Susan com amargura. — Mas ouvi dizer que ela tem uma *nova camisola de renda* e, sem dúvida, quer que seu doutor a veja com ela. Camisolas de renda, onde já se viu isso!

— A filha dela, Leona, trouxe de Boston para ela. Chegou na sexta-feira à noite, com *quatro baús* — disse a sra. Cornélia. — Eu me lembro dela partindo para os Estados Unidos nove anos atrás, carregando uma velha mala Gladstone quebrada, com coisas caindo para fora. Foi quando ela estava se sentindo muito triste por Phil Turner tê-la abandonado. Ela tentou esconder, mas todo mundo *sabia*. Agora está de volta para tomar conta da mãe, diz ela. Ela vai tentar flertar com o doutor, estou avisando, Anne querida. Embora acho que não irá dar em nada, apesar de ele ser um homem. E você não é como a sra. Bronson de Mowbray Narrows. Ela tem muito ciúme das pacientes do marido, pelo que me disseram.

— E das enfermeiras também — disse Susan.

— Bem, algumas daquelas enfermeiras *realmente são* bonitas demais para o trabalho — disse a sra. Cornélia. — A Janie Arthur, por exemplo, enquanto descansa entre os turnos do trabalho, tenta evitar que seus dois namorados descubram um sobre o outro.

— Bonita ela é, mas já não é tão jovem agora — disse Susan com firmeza —, seria muito melhor para ela fazer uma escolha e se estabelecer. Olhe para a tia dela, Eudora... Ela disse que não pretendia casar até cansar-se de namorar, e eis o resultado. Mesmo assim, ela tenta namorar todos os homens que aparecem, embora já tenha 45 anos. É isso que acontece quando se cria um hábito. Já lhe contaram, querida senhora, o que ela disse à prima dela, Fanny, quando se casou? *"Você pode ficar com as minhas sobras."* Parece que a coisa ficou feia entre as duas, e elas nunca mais se falaram.

— A vida e a morte estão no poder da língua — murmurou Anne distraidamente.

— Isso é verdade mesmo, querida. Por falar nisso, gostaria que o sr. Stanley fosse um pouco mais criterioso em seus sermões. Ele ofendeu Wallace Young, e Wallace vai deixar a igreja. Todos dizem que o sermão do domingo passado foi dirigido a ele.

— Se um pastor prega um sermão que encaixe em algum indivíduo em particular, as pessoas sempre supõem que ele quis dizer isso para aquela pessoa — disse Anne. — Um boné de segunda mão cabe na cabeça de qualquer pessoa, mas não quer dizer que tenha sido feito para ela.

— Faz sentido — aprovou Susan. — Eu não simpatizo muito com Wallace Young. Ele deixou uma empresa pintar anúncios em suas vacas há três anos. Isso é *muita* ganância da parte dele, na minha opinião.

— O irmão dele, David, vai finalmente se casar — disse a sra. Cornélia. — Ele está há muito tempo decidindo o que é mais barato: casar ou contratar. "É possível manter uma casa sem uma mulher, mas é muito difícil fazer fluir, Cornélia", ele me disse uma vez, depois que sua mãe morreu. Achei que estava jogando verde para colher maduro, mas não teve nenhum incentivo da minha parte. E, finalmente, ele vai se casar com Jessie King.

— Jessie King! Mas eu pensei que ele deveria estar cortejando Mary North.

— *Ele* disse que não ia se casar com nenhuma mulher que comesse repolho. Mas há uma história que ele a pediu em casamento e ela recusou. Parece que Jessie King também disse que preferiria um homem mais bonito, mas que aceitaria ficar com ele. Bem, é claro que, para algumas pessoas, qualquer porto serve em dia de tempestade.

— Não acredito, sra. Marshall Elliot, que as pessoas por aqui digam metade das coisas que lhe atribuem — respondeu Susan. — É minha opinião que Jessie King será uma esposa muito melhor do que David Young merece... embora, eu admita que ele se parece com algo que foi levado pela maré.

— Você sabia que Alden e Stella tiveram uma menininha? — perguntou Anne.

— Sim, eu soube. Espero que Stella seja um pouco mais sensata com a filha do que Lisette foi com *ela*. Você acredita, Anne querida, que Lisette chorou de verdade porque o bebê de sua prima Dora começou a andar antes de Stella?

— Nós, mães, somos uma raça tola — sorriu Anne. — Lembro que fiquei a ponto de matar alguém quando o pequeno Bob Taylor, que tinha a mesma idade de Jem, teve o terceiro dente nascendo quando Jem só tinha um.

— Bob Taylor teve de operar as amígdalas — disse a sra. Cornélia.

— Por que *nós* nunca fazemos operações, mãe? — perguntaram Walter e Di ao mesmo tempo em tons magoados. Eles sempre diziam a mesma coisa ao mesmo tempo. Depois eles enganchavam os dedos e faziam um pedido. — Nós pensamos e sentimos a mesma coisa sobre *tudo* — Di costumava explicar seriamente.

— Será que algum dia vou conseguir esquecer o casamento de Elsie Taylor? — disse a sra. Cornélia, recordando o ocorrido. — A melhor amiga dela, Maisie Millison, iria tocar a marcha nupcial. Em vez disso, tocou a marcha fúnebre. É claro que ela sempre disse que cometeu um erro porque estava muito nervosa, mas as pessoas tinham suas dúvidas. *Ela* queria ficar com Mac Moorside. Um vigarista de boa aparência com uma língua de prata... sempre dizendo às mulheres o que elas gostariam de ouvir. Transformou a vida de Elsie em um inferno. Ah, bem, Anne querida, os dois já faleceram há muito tempo e se foram para a Terra do Silêncio; e Maisie casou-se com Harley Russell há anos, e todo mundo esqueceu que ele a pediu em casamento esperando que ela dissesse "não" e ela disse "sim". Até Harley se esqueceu disso... esquecido como todos os homens. Ele acha que tem a melhor esposa do mundo e se congratula por ser esperto o suficiente para conquistá-la.

— Por que ele a pediu em casamento se queria que ela dissesse "não"? Parece-me um comportamento muito estranho — disse Susan... acrescentando imediatamente com humildade esmagadora: — Mas é claro que eu não sei nada sobre *esse assunto*.

— Seu pai ordenou que ele o fizesse. Ele não queria, mas pensou que era bastante seguro... Aí está o doutor.

Quando Gilbert entrou, uma pequena rajada de neve soprou junto com ele. Ele tirou o casaco e sentou-se alegremente ao lado da lareira.

— Cheguei mais tarde do que esperava...

— Sem dúvida, a nova camisola de renda era muito atraente — disse Anne, com um sorriso travesso para a sra. Cornélia.

— Do que você está falando? Alguma piada feminina que ultrapassa minha pobre percepção masculina, suponho. Fui para Upper Glen para ver Walter Cooper.

— É um mistério como aquele homem aguenta — disse a sra. Cornélia.

— Não tenho paciência com ele — sorriu Gilbert. — Ele devia estar morto há muito tempo. Há um ano, dei-lhe dois meses, e aí está ele arruinando minha reputação por continuar vivendo.

— Se você conhecesse os Cooper tão bem quanto eu, não arriscaria fazer previsões sobre eles. Você não sabe que o avô dele voltou à vida depois de estar com o caixão na cova? O agente funerário não queria puxar o caixão de volta. No entanto, sei que Walter Cooper está se divertindo muito ensaiando o próprio funeral... como todos os homens. Bem, aí está o Marshall... e este pote de peras em conserva é para você, querida Anne.

Todos foram até a porta para se despedir da sra. Cornélia. Os olhos cinza-escuros de Walter espreitaram a noite tempestuosa.

— Eu gostaria de saber onde Cock Robin está esta noite e se ele sente nossa falta — disse ele melancolicamente. Talvez Cock Robin deva ter ido para aquele lugar misterioso que a sra. Elliott sempre se referia como a Terra do Silêncio.

— Cock Robin está em uma terra ensolarada ao Sul — disse Anne. — Ele estará de volta na primavera, tenho certeza, e só faltam cinco meses. Meninos, vocês todos já deveriam estar na cama há muito tempo.

— Susan — Di estava chamando na despensa, — você gostaria de ter um filho? Sei onde você pode conseguir um... novinho em folha.

— Ah sim, aonde?

— Tem um novo na casa de Amy. Amy diz que os anjos o trouxeram, e ela acha que eles poderiam ter tido mais bom senso. Eles já tinham oito filhos, sem contar o que chegou agora. Eu ouvi você dizer ontem que se sente solitária ao ver Rilla tão grande... agora não temos nenhum bebê. Tenho certeza que a sra. Taylor lhe daria o dela.

— As coisas que essas crianças pensam! Os Taylor têm famílias grandes. O pai de Andrew Taylor nunca soube dizer de antemão quantos filhos teve... sempre teve de parar para contar. Mas acho que não vou aceitar nenhum bebê de fora ainda.

— Susan, Amy Taylor disse que você é uma solteirona. É verdade, Susan?

— Foi o que a Providência Divina reservou para mim — disse Susan com firmeza.

— Você *gosta* de ser uma solteirona, Susan?

— Não posso dizer que sim, minha querida. Mas... — acrescentou Susan, lembrando-se da sorte de algumas esposas que ela conhecia: — Aprendi que há compensações. Agora leve a torta de maçã de seu pai para ele e eu já vou levar o chá. O pobre homem deve estar morrendo de fome.

— Mãe, nós temos a casa mais linda do mundo, não temos? — disse Walter ao subir as escadas sonolento. — Apenas uma coisa... não acha que seria melhor se tivéssemos alguns fantasmas?

— Fantasmas?

— Sim. A casa de Jerry Palmer está cheia de fantasmas. Ele viu um... uma senhora alta, vestida de branco, com uma mão de esqueleto. Eu contei a Susan sobre isso e ela disse que ele estava mentindo ou então ele havia comido algo que lhe fez mal.

— Susan está certa. Quanto à Ingleside, ninguém além de pessoas felizes mora aqui... então não temos fantasmas. Agora diga suas orações e vá dormir.

— Mãe, acho que fui mau ontem à noite. Eu disse: "Dê-nos amanhã o pão de cada dia", em vez de dizer *hoje*. Parecia mais *lógico*. Você acha que Deus se importa, mãe?

Capítulo 28

Cock Robin voltou quando Ingleside e o Vale do Arco-Íris ardiam novamente com as chamas verdes e transparentes da primavera e trouxe uma noiva com ele. Os dois construíram um ninho na macieira de Walter, e Cock Robin retomou todos os seus velhos hábitos, mas sua noiva era mais tímida, ou menos arriscada, e nunca deixava ninguém chegar muito perto dela. Susan considerou o retorno de Cock Robin um milagre positivo e escreveu a Rebecca Dew sobre isso naquela mesma noite.

As luzes da ribalta dos pequenos dramas da vida em Ingleside mudavam de tempos em tempos, ora caindo sobre este, depois sobre aquele. Eles haviam passado o inverno sem que nada de muito estranho acontecesse com ninguém, e em junho foi a vez das aventuras de Di.

Uma menina nova começou a frequentar a escola... uma menina que, quando a professora perguntava seu nome, dizia: "Eu sou Jenny Penny", com o tom de quem dizia: "Eu sou a Rainha Elizabeth" ou "Eu sou Helena de Troia". No minuto em que ela dizia isso, era possível sentir que não conhecer Jenny Penny significava ser totalmente desconhecido, e não ser conhecido por Jenny Penny significava completa inexistência. Pelo menos, foi assim que Diana Blythe sentiu, mesmo que ela não pudesse expressar tal sentimento com essas exatas palavras.

Jenny Penny tinha 9 anos contra os 8 de Di, mas desde o início ela se misturou com as "meninas grandes" de 10 e 11. Elas descobriram que não podiam desprezá-la ou ignorá-la. Ela não era bonita, mas sua aparência era impressionante... Todo mundo olhava para ela duas vezes. Tinha um rosto redondo e sedoso, com uma nuvem suave de cabelo preto e enormes olhos azuis-escuros com cílios pretos longos e curvos. Quando ela lentamente erguia aqueles cílios e olhava para você com ar de desprezo, você sentia que era um mero verme agradecido por não ser pisado. Era melhor ser esnobado por ela do que desprezado por qualquer outra pessoa, e ser selecionado como confidente temporário de Jenny Penny era uma honra quase demasiada para ser suportada, porque as confidências de Jenny Penny eram emocionantes. Evidentemente, os Pennys não eram pessoas comuns. A tia Lina de Jenny, ao que parecia, possuía um maravilhoso colar de ouro e granada, que lhe fora dado por um tio milionário. Um de seus primos tinha um anel de diamante que custou mil dólares, e outro primo ganhou um prêmio em declamação dentre 1.700 candidatos. Ela tinha uma tia que era missionária e trabalhava entre os leopardos na Índia. Em resumo, todas as meninas de Glen, pelo menos por um tempo, aceitaram Jenny Penny pelo que ela tinha dito sobre si própria, olhavam para ela com uma mistura de admiração e inveja, e falavam tanto sobre ela nas mesas de jantar que os mais velhos finalmente foram obrigados a notar.

— *Quem* é essa menina de quem a Di fala tanto, Susan? — perguntou Anne numa noite, depois de Di ter contado sobre "a mansão" em que Jenny morava, com renda de madeira branca em volta do telhado, cinco janelas salientes, um maravilhoso bosque de bétulas atrás e uma lareira de mármore vermelho na sala. "Penny" é um nome que nunca ouvi em Four Winds. Você sabe alguma coisa sobre eles?

— Eles são uma família nova que se mudou para a velha fazenda Conway na parte mais baixa, querida senhora. Dizem que o sr. Penny é um carpinteiro que não conseguia ganhar a vida como tal... pois estava muito ocupado, ao que parece, tentando provar que Deus não existe... e decidiu tentar a agricultura. Pelo que pude perceber, eles são muito estranhos. Os mais novos fazem o que querem. Ele diz que quando era pequeno, todos mandavam nele, e com os filhos dele não vai ser assim. É por isso que essa Jenny está indo para a escola em Glen. Eles estão mais perto da escola de Mowbray Narrows, e os outros filhos estudam lá, mas Jenny decidiu ir para a escola de Glen. Metade da fazenda Conway fica neste distrito, então o sr. Penny paga taxas para ambas as escolas e, é claro, ele pode enviar seus filhos para ambas, se quiser. Mas parece que essa Jenny é sobrinha dele, não sua filha. Seu pai e sua mãe estão mortos. Dizem que foi George Andrew Penny quem colocou as ovelhas no porão da igreja Batista em Mowbray Narrows. Não digo que não sejam respeitáveis, mas são todos tão *desmazelados*, querida senhora... e a casa está uma confusão... e, se posso ter a presunção de aconselhar, a querida senhora não deve deixar que Di se misture com uma tribo assim.

— Eu não posso exatamente impedi-la de andar com Jenny na escola, Susan. Realmente não tenho nada contra a criança, embora tenha certeza de que ela inventa muitas coisas ao contar sobre seus parentes e aventuras. No entanto, Di provavelmente irá superar esse deslumbre em breve e não ouviremos mais nada sobre Jenny Penny.

No entanto, elas continuaram a ouvir. Jenny disse a Di que gostava mais dela dentre todas as meninas da escola de Glen, e Di, sentindo-se uma escolhida da rainha, respondeu com adoração. Elas se tornaram inseparáveis nos intervalos; escreviam bilhetes uma para a outra nos fins de semana; davam e recebiam guloseimas; trocavam botões e colaboravam nos bolos de lama; e finalmente Jenny convidou Di para ir à casa dela depois da escola e passar a noite lá.

A mãe disse: "Não", de modo taxativo, e Di chorou copiosamente.

— A senhora me deixou ficar a noite toda com Persis Ford — ela disse, soluçando.

— Aquilo foi... diferente — disse Anne, um pouco confusa. Ela não queria que Di se achasse superior, mas tudo o que tinha ouvido sobre a família Penny a fez perceber que a amizade deles com as crianças de Ingleside estava totalmente fora de questão, e ela estava bastante preocupada com o fascínio que Jenny tão evidentemente exercia sobre Diana.

— Não vejo nenhuma diferença — lamentou Di. — Jenny é tão educada quanto Persis! Ela *nunca* masca chiclete. Ela tem uma prima que conhece todas as regras de etiqueta e Jenny aprendeu todas com ela. Jenny diz que *nós* não sabemos o que etiqueta é. E ela tem as aventuras mais emocionantes.

— Quem disse que ela tem? — perguntou Susan.

— Ela mesma me disse. Seus pais de criação não são ricos, mas eles têm parentes muito ricos e respeitáveis. Jenny tem um tio que é juiz e um primo de sua mãe que é o capitão do maior navio do mundo. Jenny batizou o navio para ele quando foi lançado. Não temos um tio que seja juiz ou uma tia que seja missionária entre os leopardos também.

— Leprosos, querida, não leopardos.

— Jenny *disse* leopardos. Acho que ela deve saber, já que é a tia dela. E há tantas coisas na casa dela que eu quero ver... o quarto dela é forrado com papel de parede de papagaios... e a sala deles está cheia de corujas embalsamadas... e eles têm um tapete pendurado com uma casa desenhada no corredor... e persianas cobertas apenas com rosas... e uma *casa de verdade* para brincar... o tio dela construiu para eles... e a avó dela mora com eles e é a pessoa mais velha do mundo. Jenny disse que ela já vivia antes do Dilúvio. Eu posso nunca mais ter outra chance de ver uma pessoa que viveu antes do dilúvio.

— A avó está perto dos cem, pelo que me disseram — disse Susan, — mas se sua amiga Jenny disse que ela vivia antes do dilúvio, ela está mentindo. Sabe Deus o que você poderia pegar se fosse a um lugar como esse.

— Eles já tiveram todas as doenças há muito tempo — protestou Di. — Jenny disse que eles tiveram caxumba, sarampo, tosse convulsa e escarlatina, tudo em um ano.

— Eu teria medo de pegar varíola se estivesse no lugar deles — murmurou Susan. — E estão falando de pessoas sendo enfeitiçadas!

— Jenny precisa tirar as amígdalas — soluçou Di. — Mas *isso* não é contagioso, é? Jenny tinha uma prima que morreu quando ela tirou as amígdalas... ela sangrou até a morte sem recuperar a consciência. Então é provável que Jenny também, se for de família. Ela é delicada... ela desmaiou três vezes na semana passada. Mas está *preparada*. E é em parte por isso que está tão ansiosa para que eu passe uma noite com ela... para que eu tenha isso para lembrar depois que ela se for. *Por favor*, mãe. Eu fico sem o novo chapéu com fitas que a senhora me prometeu se deixar eu ir.

Porém, a mãe foi inflexível e Di se agarrou a uma almofada e a encheu de lágrimas. Nan não gostava dela... Nan não achava graça nenhuma em Jenny Penny.

— Não sei o que se passa com essa criança — disse Anne preocupada.

— Ela nunca se comportou assim antes. Como você disse, aquela garota Penny parece tê-la enfeitiçado.

— A senhora fez muito bem em recusar deixá-la ir para um lugar tão abaixo dela, querida senhora.

— Oh, Susan, não quero que ela sinta que alguém está "abaixo" dela. Mas devemos estabelecer limites para certas coisas. Não é tanto por causa da Jenny... acho que ela é bastante inofensiva, exceto pelo hábito de exagerar... mas me disseram que os meninos são realmente terríveis. A professora de Mowbray Narrows está perdendo o juízo com eles.

— Eles são tão tiranos assim com você? — perguntou Jenny altiva quando Di disse que ela não poderia ir. — Eu não deixaria ninguém me usar assim. Eu sou muito independente. Até durmo fora de casa a noite toda sempre que tenho vontade. Acho que você nunca sonhou em fazer isso?

Di olhou melancolicamente para essa menina misteriosa que "muitas vezes dormia fora a noite toda". Que maravilha!

— Você não vai ficar zangada por eu não ir, Jenny? Você sabe que eu quero ir?

— É claro que não é sua culpa. *Algumas* meninas não tolerariam isso, é claro, mas acho que você simplesmente não tem como evitar. Iríamos nos divertir muito. Planejei uma pescaria ao luar em nosso riacho. Costumamos fazer isso. Já pesquei trutas enormes. E temos os mais queridos porquinhos e um potro novo que é simplesmente um doce, e uma ninhada de cachorrinhos. Bem, acho que vou convidar Sadie Taylor. O pai e a mãe dela permitem que ela tenha mais liberdade.

— Meu pai e minha mãe são muito bons para mim — protestou Di com lealdade. — E o meu pai é o melhor médico de Ilha do Príncipe Eduardo. Todo mundo diz isso.

— Fazendo pose porque você tem pai e mãe e eu não tenho nenhum dos dois — disse Jenny com desdém. — Ora, *meu* pai tem asas e sempre usa uma coroa dourada. Mas eu não ando com o nariz empinado por causa disso, não é? Bem, Di, não quero brigar com você, mas odeio ouvir alguém se gabando de seus pais. Não é etiqueta. E decidi ser uma dama. Quando essa sua amiga Persis Ford, de quem você sempre fala, chegar a Four Winds neste verão, não vou fazer amizade com ela. Há algo estranho com a mãe dela, diz tia Lina. Ela era casada com um homem morto e ele voltou à vida.

— Oh, não foi nada disso, Jenny. Eu sei... minha mãe me contou... a tia Leslie...

— Não quero ouvir falar dela. Seja o que for, é algo de que é melhor não falarmos, Di. Aí está a campainha.

— Você realmente vai convidar Sadie? — disse Di com os olhos cheios de tristeza.

— Bem, não agora. Vou esperar para ver. Talvez eu lhe dê mais uma chance. Mas se eu der, será a última.

Alguns dias depois, Jenny Penny veio falar com Di no intervalo.

— Eu ouvi Jem dizendo que seu pai e sua mãe saíram ontem e não voltarão até amanhã à noite?

— Sim, eles foram até Avonlea para ver a tia Marilla.

— Então essa é a *sua chance*.

— *Minha chance?*

— Para ficar a noite toda comigo.

— Oh, Jenny... mas eu não posso.

— Claro que pode. Não seja uma idiota. Eles nunca saberão.

— Mas Susan não vai deixar...

— Você não precisa pedir para ela. Venha para casa comigo da escola. Nan pode dizer a ela onde você foi, assim ela não ficará preocupada. E ela não contará sobre você aos seus pais quando eles voltarem. Ela vai ficar com muito medo de que eles a culpem.

Di ficou na agonia da indecisão. Ela sabia perfeitamente que não deveria ir com Jenny, mas a tentação era irresistível. Jenny jogou aquele olhar extraordinário em cima de Di.

— Esta é a sua última chance — disse ela dramaticamente. — Não posso continuar a conviver com alguém que se considera boa demais para me visitar. Se você não vier, nós *iremos nos separar para sempre.*

Isso resolveu tudo. Di, ainda escravizada pela fascinação que tinha por Jenny Penny, não poderia enfrentar a ideia de separar-se dela para sempre. Nan foi para casa sozinha naquela tarde para contar a Susan que Di tinha ido passar a noite toda com aquela Jenny Penny.

Se Susan estivesse bem de saúde como sempre, ela teria ido direto para os Pennys e trazido Di para casa. Mas Susan havia torcido o tornozelo naquela manhã e, embora pudesse andar mancando e fazer as refeições das crianças, sabia que nunca conseguiria caminhar um quilômetro pela estrada do atalho. Os Pennys não tinham telefone, e Jem e Walter se recusaram terminantemente a ir. Foram convidados para um churrasco de mexilhão no farol, e ninguém comeria Di na casa dos Pennys. Susan teve de se resignar ao inevitável.

Di e Jenny foram para casa atravessando os campos, o que tornava o caminho mais curto. Di, apesar de sua consciência pesada, estava feliz. Elas passaram por tanta beleza... pequenas baías de samambaias, assombradas por duendes, dentro de baías de bosques verde-escuros, um declive ventoso onde havia botões-de-ouro até os joelhos, um alameda sob bordos em crescimento, um riacho cheio de flores de todas as cores do arco-íris, um campo de pasto ensolarado cheio de morangos. Di, que começava a despertar para a percepção da beleza do mundo, ficou extasiada e quase desejou que Jenny não falasse tanto. Tudo bem na escola, mas aqui Di não tinha certeza se queria ouvir sobre a vez em que Jenny se envenenara... por acidente, é claro... tomando o tipo errado de medicamento. Jenny retratou suas agonias com perfeição, mas foi um tanto vaga quanto ao motivo pelo qual ela não morreu afinal. Ela havia "perdido a consciência", mas o médico conseguiu trazê-la de volta à vida.

— Embora eu nunca tenha sido a mesma desde então. Di Blythe, o que você *está* olhando? Não acredito que você não esteja ouvindo.

— Oh, sim, estou — disse Di sentindo-se culpada. — Eu acho que você tem uma vida maravilhosa, Jenny. Mas olhe para a paisagem.

— A paisagem? O que é uma paisagem?

— Ora... ora... é algo para o qual você está olhando... *Isso*! — acenando com a mão para o panorama de prados, bosques e colinas com algumas nuvens diante delas, com aquele azul safira do mar aparecendo entre as colinas.

Jenny deu um suspiro de desgosto.

— É apenas um monte de árvores velhas e vacas. Eu vi isso centenas de vezes. Você é muito esquisita às vezes, Di Blythe. Não quero magoar seus sentimentos, mas às vezes acho que você vive fora deste mundo. É verdade. Mas suponho que não consiga evitar. Dizem que sua mãe também está sempre delirando assim. Bem, aí está a nossa casa.

Di olhou para a casa dos Penny e viveu seu primeiro choque de desilusão. *Esta era a "mansão" da qual Jenny havia falado?* Era grande o bastante, certamente, e tinha cinco janelas salientes; mas precisava desesperadamente de uma pintura, e a maior parte da renda de madeira no telhado estava faltando. A varanda estava meio caída, e a antiga claraboia sobre a porta da frente estava quebrada. As cortinas estavam tortas, havia vários painéis de papel pardo substituindo os vidros quebrados das janelas, e o "belo bosque de bétulas", atrás da casa, era representado por algumas árvores velhas e musculosas. Os celeiros estavam em péssimas condições, o quintal estava cheio de máquinas velhas e enferrujadas, e o jardim era uma selva perfeita de ervas daninhas. Di nunca tinha visto um lugar desse em sua vida, e pela primeira vez lhe ocorreu perguntar se *todas* as histórias de Jenny eram verdadeiras. Será que alguém, mesmo aos 9 anos, *poderia* ter escapado tanto da morte como ela afirmava?

Por dentro não era muito melhor. A sala para a qual Jenny a conduziu estava mofada e empoeirada. O teto estava descolorido e coberto de rachaduras. A famosa lareira de mármore tinha sido apenas pintada... até Di podia ver isso... e coberta com um horrível lenço japonês, mantido no lugar por uma fileira de xícaras com alça. As cortinas de renda eram de uma cor feia e cheias de buracos. As persianas eram de papel azul, todo rachado e com vários rasgos, e havia um enorme cesto cheio de rosas desenhado nelas. Quanto à sala de estar cheia de corujas empalhadas, havia uma pequena caixa de vidro em um canto contendo três pássaros um tanto desgrenhados, inclusive um já sem os olhos. Para Di, acostumada com a beleza e a dignidade de Ingleside, a sala parecia um pesadelo. O estranho, entretanto, era que Jenny parecia bastante inconsciente de qualquer discrepância entre suas descrições e a realidade. Di se perguntava se ela tinha apenas sonhado que Jenny havia lhe contado isso e aquilo.

Não estava tão ruim lá fora. A casinha que o sr. Penny havia construído no canto dos abetos, parecendo uma casa de verdade em miniatura, *era* um lugar muito interessante, e os porquinhos e o potro novo eram muito amorosos. Quanto à ninhada de cachorrinhos vira-latas, eles eram tão lindos e amorosos como se pertencessem à casta canina mais fina. Um deles era especialmente adorável, com longas orelhas castanhas e uma mancha branca na testa, uma pequena língua rosada e patas brancas. Di ficou muito desapontada ao saber que todos já haviam sido prometidos.

— Embora eu não saiba se poderia dar um deles para você, mesmo se eles não estivessem prometidos — disse Jenny. — O tio é muito esquisito com os cães, e ouvimos dizer que vocês não conseguem arranjar um cachorro que fique em Ingleside. Deve haver algo estranho com vocês. O tio diz que os cachorros *sabem* coisas que as pessoas não sabem.

— Tenho certeza que eles não sabem nada de desagradável sobre nós! — exclamou Di.

— Bem, *espero* que não. Seu pai é cruel com sua mãe?

— Não, claro que não!

— Bem, ouvi dizer que ele batia nela... batia até ela *gritar*. Mas é claro que não acreditei nisso. Não são horríveis as mentiras que as pessoas contam? De qualquer forma, sempre gostei de você, Di, e sempre vou defender você.

Di sentiu que deveria estar muito grata por isso, mas de alguma forma não estava. Ela estava começando a se sentir muito deslocada, e o deslumbre que sentia por Jenny havia desaparecido repentina e irrevogavelmente. Ela não sentia mais a velha emoção quando Jenny contava a ela sobre a vez em que quase se afogou ao cair em um lago. Ela *não acreditou...* Jenny *imagina* aquelas coisas. E provavelmente o tio milionário, o anel de diamante de mil dólares e a missionária entre os leopardos também tinham sido todos imaginados. Di sentiu-se vazia como um balão furado.

Mas ainda havia a avó. Certamente a avó era real. Quando Di e Jenny voltaram para casa, a tia Lina, uma senhora rechonchuda, de bochechas vermelhas, usando um vestido de algodão não muito limpo, disse-lhes que a avó queria ver a visita.

— Vovó está na cama — explicou Jenny. — Sempre levamos todo mundo que vem para vê-la. Ela fica brava se não o fazemos.

— Não se esqueça de perguntar a ela como está a dor nas costas — alertou a tia Lina. — Ela não gosta que as pessoas não se lembrem dela.

— E sobre o tio John também — disse Jenny. — Não se esqueça de perguntar a ela como está o tio John.

— Quem é o tio John? — perguntou Di.

— Um filho dela que morreu há cinquenta anos — explicou tia Lina. — Ele ficou doente por muitos anos antes de morrer, e a vovó meio que se acostumou a ouvir as pessoas perguntarem como ele estava. Ela sente falta.

— Na porta do quarto de vovó, Di parou subitamente. De repente, ela teve um medo terrível daquela mulher incrivelmente velha.

— Qual é o problema? — perguntou Jenny. — Ninguém vai te morder!

— Ela... ela realmente já era viva antes do dilúvio, Jenny?

— Claro que não. Quem é que te disse isso? Mas ela vai fazer cem anos se viver até o próximo aniversário. Vamos!

Di foi, cautelosamente. Em um quarto pequeno e muito bagunçado, a avó estava deitada em uma cama enorme. Seu rosto, incrivelmente enrugado e encolhido, parecia o de um velho macaco. Ela olhou para Di com olhos fundos e avermelhados e disse irritada:

— Pare de olhar para mim. Quem é você?

— Esta é Diana Blythe, vovó — disse Jenny... uma Jenny bastante contida.

— Humph! Um nome bonito e sonoro! Eles me disseram que você tem uma irmã orgulhosa.

— Nan não é orgulhosa — exclamou Di, com um lampejo de coragem. Será que Jenny havia falado mal de Nan?

— Um pouco atrevida, não é? Eu não fui criada para falar assim com os mais velhos. Ela é orgulhosa. Qualquer um que anda com o nariz empinado, como a minha Jenny me conta que ela faz, é orgulhosa. Pretensiosa igual a outra! Não *me* contradiga.

A avó parecia tão zangada, que Di rapidamente perguntou como estavam as costas dela.

— Quem disse que eu tenho costas? Que presunção! Minhas costas são da minha conta. Venha aqui... venha para perto da minha cama!

Di foi, desejando estar a mil quilômetros de distância. O que essa velha horrível iria fazer com ela?

A avó se arrastou até a beira da cama e colocou a mão em forma de garra no cabelo de Di.

— Meio cenoura, mas realmente liso. É um vestido bonito. Levante-o e mostre-me sua anágua.

Di obedeceu, grata por estar usando sua anágua branca com o enfeite de renda colocado por Susan. Mas que tipo de família era aquela em que você tinha de mostrar sua anágua?

— Eu sempre julgo uma menina por suas anáguas — disse a avó. — A sua está aprovada. Agora, suas calças.

Di não ousou recusar. Ela ergueu a anágua.

— Humph! Renda nelas também! Isso é extravagância. E você não perguntou por John!

— Como ele está? — engasgou Di.

— Como ele está, disse ela, corajosa como latão. Ele pode estar morto, pelo que você sabe. Diga-me uma coisa. É verdade que sua mãe tem um dedal de ouro... um dedal de ouro maciço?

— Sim. Papai deu a ela em seu último aniversário.

— Bem, eu nunca teria acreditado. A jovem Jenny me disse que sim, mas eu nunca posso acreditar em uma palavra que a jovem Jenny diz. Um dedal de ouro maciço! Nunca ouvi falar disso. Bem, é melhor você ir jantar. Comer nunca sai de moda. Jenny, puxe seus calções. Uma das pernas está abaixo do seu vestido. Vamos ter decência, pelo menos.

— Minha calça não está pendurada — disse Jenny indignada.

— Calções para os Penny e calças para os Blythe. Essa é a diferença entre vocês e sempre será. Não *me* contradiga.

Toda a família Penny estava reunida em torno da mesa de jantar, na grande cozinha. Di não tinha visto nenhum deles antes, exceto tia Lina, mas quando ela deu uma olhada ao redor do quadro, ela entendeu porque mamãe e Susan não queriam que ela viesse aqui. A toalha de mesa estava esfarrapada e suja com manchas antigas de molho. Os pratos eram uma variedade indefinida. Quanto aos Penny... Di nunca tinha se sentado à mesa com tal companhia antes, e ela queria estar em segurança de volta a Ingleside. Mas ela tinha de ir em frente com isso agora.

Tio Ben, como Jenny o chamava, sentou-se à cabeceira da mesa; ele tinha uma barba ruiva flamejante e uma cabeça careca com franjas grisalhas. Seu irmão solteiro, Parker, magro e com a barba por fazer, arranjara-se em um ângulo conveniente para cuspir na caixa de lenha, o que fazia em intervalos frequentes. Os meninos, Curt, de 12 anos, e George Andrew, de 13, tinham olhos azul-claros e duvidosos, com um olhar ousado e pele nua aparecendo pelos buracos de suas camisas esfarrapadas. Curt tinha sua mão, que havia cortado em uma garrafa quebrada, amarrada com um pano manchado de sangue. Annabel Penny, de 11, e "Gert" Penny, de 10, eram meninas bastante bonitas com olhos castanhos redondos. "Tuppy", de 2 anos, tinha lindos cachos e bochechas rosadas, e o bebê, com olhos pretos travessos, no colo da tia Lina seria adorável se estivesse *limpo*.

— Curt, por que você não limpou as unhas quando sabia que teríamos visita? — perguntou Jenny. — Annabel, não fale com a boca cheia. Eu sou a única que sempre tenta ensinar boas maneiras a esta família — ela explicou à parte para Di.

— Cale a boca — disse o tio Ben com uma voz estrondosa.

— Eu não vou calar a boca... você não pode me fazer calar a boca! — gritou Jenny.

— Não atrapalhe seu tio — disse tia Lina placidamente. — Venham, meninas, comportem-se como damas. Curt, passe as batatas para a srta. Blythe.

— Oh, oh, srta. Blythe — resmungou Curt.

Mas Diana teve pelo menos uma emoção. Pela primeira vez em sua vida ela foi chamada de srta. Blythe.

Por incrível que pareça, a comida era boa e abundante. Di, que estava com fome, teria apreciado a refeição... embora odiasse beber em um copo lascado... se ela apenas tivesse certeza de que estava limpo... e se todos não brigassem tanto. Discussões entre eles aconteciam o tempo todo. Entre George Andrew e Curt... entre Curt e Annabel... entre Gert e Jen... até mesmo entre tio Ben e tia Lina. *Eles* tiveram uma briga terrível e lançaram as mais amargas acusações uns contra os outros. Tia Lina deu ao tio Ben uma lista de todos os homens excelentes com quem ela poderia ter se casado, e o tio Ben disse que só gostaria que ela tivesse se casado com alguém que não fosse ele.

"*Como seria terrível se meu pai e minha mãe brigassem assim?*" — pensou Di. — Ah, se eu estivesse de volta em casa! Não chupe o dedo, Tuppy.

Ela disse isso antes de pensar, porque eles tiveram muita dificuldade em fazer Rilla deixar esse hábito. No mesmo instante, Curt ficou vermelho de raiva.

— Deixe-o em paz! — gritou. — Ele pode chupar o dedo se quiser! Ninguém manda em nós como mandam em vocês, crianças de Ingleside. Quem vocês pensam que são?

— Curt, Curt! A srta. Blythe vai pensar que você não tem boas maneiras — disse tia Lina. Ela estava bem calma e sorrindo novamente e colocou duas colheres de chá de açúcar no chá do tio Ben. — Não ligue para ele, querida. Coma outro pedaço de torta.

Di não queria outro pedaço de torta. Ela só queria ir para casa... e ela não via como isso poderia ser feito.

— Bem, — gritou o tio Ben, enquanto bebia ruidosamente o último gole de chá — acabou-se. Levantamos de manhã... trabalhamos o dia todo... fazemos três refeições e vamos para a cama. A vida é assim!

— O pai adora essa piadinha — sorriu tia Lina.

— Por falar em piadas... eu vi o pastor metodista na loja do Flagg hoje. Ele tentou me contradizer quando eu disse que Deus não existia. — Você fala aos domingos — disse a ele. — Agora é a minha vez. Prove para mim que Deus existe — disse a ele. — "É você que está falando" — disse ele. Todos riram como tolos. Achou-se muito esperto.

Deus não existe! O mundo parecia estar desmoronando na frente de Di. Ela queria chorar.

Capítulo 29

As coisas pioraram depois do jantar. Antes disso, ela e Jenny estavam pelo menos sozinhas. Agora havia uma multidão. George Andrew agarrou sua mão e galopou até uma poça de lama antes que ela pudesse escapar dele. Di nunca tinha sido tratada assim em sua vida. Jem e Walter zombavam dela, assim como Ken Ford, mas ela nunca conhecera meninos como aqueles.

Curt ofereceu-lhe um chiclete, recém-saído da boca, e ficou furioso quando ela recusou.

— Vou colocar um rato vivo em você! — ele disse. — Manhosa! Presunçosa! Tem um irmão mariquinha!

— Walter não é um mariquinha! — disse Di. Ela estava aterrorizada, mas não queria que falassem mal de Walter.

— Ele é... escreve poesia. Sabe o que eu faria se tivesse um irmão que escrevesse poesia? Eu o afogaria... como fazem com os gatinhos.

— Por falar em gatinhos, há alguns gatos selvagens no celeiro— disse Jen. — Vamos caçá-los.

Di simplesmente não iria caçar gatinhos com aqueles meninos, e disse isso.

— Temos muitos gatinhos em casa. Temos onze — disse ela com orgulho.

— Eu não acredito! — disse Jen. — Você não tem! Ninguém tem onze gatinhos. Não é possível que alguém tenha onze gatinhos.

— Uma gata tem cinco, e a outra, seis. E eu não vou para o celeiro de qualquer maneira. Eu caí da plataforma do celeiro de Amy Taylor no inverno passado. Teria morrido se não tivesse um monte de palha.

— Bem, eu ia cair da nossa uma vez, se Curt não tivesse me agarrado — disse Jenny amuada. Ninguém tinha o direito de cair dos celeiros, exceto ela. A Di Blythe pensando que tinha aventuras! Que insolência dela!

— Você deveria dizer *"Eu cairia"*, disse Di; e a partir daquele momento acabou tudo entre ela e Jenny.

Mas a noite tinha de ser superada de alguma forma. Eles só iam para a cama tarde porque nenhum dos Pennys dormia cedo. O grande quarto para onde Jenny a levou às 10 e meia tinha duas camas. Annabel e Gert estavam se preparando para o deles. Di olhou para os outros. Os travesseiros eram muito desmazelados. A colcha precisava ser lavada. O famoso papel de parede de papagaios estava rasgado, e havia um vazamento; até os papagaios não se pareciam muito com papagaios. No suporte ao lado da cama, havia um jarro de granito e uma bacia de lata pela metade com água suja. Ela nunca poderia lavar o rosto com *aquilo*. Bem, desta vez ela tinha de ir para a cama sem lavar o rosto. Pelo menos a camisola que tia Lina havia deixado para ela estava limpa.

Quando Di se levantou depois de fazer suas orações, Jenny riu.

— Como você é antiquada. Parecia tão engraçada e santa fazendo suas orações. Eu não sabia que alguém fazia orações agora. Orações não servem para nada. Por que você as diz?

— Tenho de salvar minha alma — disse Di, citando Susan.

— Eu não tenho alma — zombou Jenny.

— Talvez não, mas eu *tenho* — disse Di, levantando-se.

Jenny olhou para ela. Mas o encanto dos olhos de Jenny fora quebrado. Nunca mais Di sucumbiria à sua magia.

— Você não é a menina que pensei que fosse, Diana Blythe — disse Jenny tristemente, como alguém que fora enganado.

Antes que Di pudesse responder, George Andrew e Curt entraram correndo no quarto. George Andrew usava uma máscara... uma coisa horrível com um nariz enorme. Di deu um grito.

— Pare de gritar como um porco! — ordenou George Andrew.

— Você tem de nos dar um beijo de boa-noite.

— Se não nos der um beijo, vamos trancá-la naquele armário... e está cheio de ratos — disse Curt.

George Andrew avançou em direção a Di, que gritou novamente e recuou diante dele. A máscara a paralisou de terror. Ela sabia muito bem que era apenas George Andrew por trás disso e não tinha medo *dele*; mas morreria se aquela máscara horrível se aproximasse dela... ela sabia que morreria. Quando parecia que o nariz horrível iria tocar em seu rosto, ela tropeçou em um banquinho e caiu para trás no chão, batendo com a cabeça na borda afiada da cama de Annabel enquanto caía. Por um momento ela ficou atordoada e permaneceu deitada com os olhos fechados.

— Ela morreu... ela morreu! — Curt gritou, começando a chorar.

— Oh, você vai levar uma surra daquelas se você a matou, George Andrew! — disse Annabel.

— Talvez ela esteja apenas fingindo — disse Curt. — Coloque uma minhoca em cima dela. Tenho umas aqui nesta lata. Se ela estiver fingindo, logo saberemos.

Di ouviu isso, mas estava com muito medo para abrir os olhos. (Talvez eles fossem embora e a deixassem em paz se pensassem que ela estava morta. Mas se colocassem uma minhoca em cima dela...)

— Fure ela com um alfinete. Se ela sangrar, não está morta — disse Curt. (Ela suportaria um alfinete, mas não uma minhoca.)

— Ela não está morta... ela *não pode* estar morta — sussurrou Jenny. — Vocês a assustaram até ela desmaiar. Mas quando ela acordar, vai gritar muito alto, e o tio Ben vai entrar e nos espancar. Eu gostaria de nunca *ter convidado ela* para vir aqui, a gatinha medrosa!

— Você acha que podemos carregá-la até a casa dela antes que ela acorde? — sugeriu George Andrew.

("Oh, se eles pudessem!")

— Não podemos... é muito longe — disse Jenny.

— São apenas 400 metros atravessando os campos. Cada um de nós pegará um braço ou uma perna... você, Curt, eu e Annabel.

Ninguém, a não ser os Pennys, poderia ter concebido ou executado tal ideia. Mas eles estavam acostumados a fazer qualquer coisa que decidissem fazer, e uma surra do chefe da família era algo a ser evitado, se possível. O pai não se preocupava com eles até certo ponto, mas...

— Se ela acordar enquanto a estivermos carregando, nós fugimos — disse George Andrew.

Não havia o menor perigo de Di voltar a si. Ela tremeu de gratidão ao se sentir sendo içada entre os quatro. Eles desceram as escadas e saíram da casa, atravessaram o quintal e passaram pelo longo campo de trevos... além do bosque... desceram a colina. Duas vezes eles tiveram de colocá-la no chão para descansar.

Eles tinham certeza de que ela estava morta, e tudo o que queriam era levá-la para casa sem serem vistos. Se Jenny Penny nunca orou em sua vida, ela estava orando agora... que ninguém na vila estivesse acordado. Se eles pudessem levar Di Blythe para casa, todos jurariam que ela tinha sentido saudades de casa na hora de dormir e que insistiu em ir embora. O que aconteceria depois disso não seria da preocupação deles.

Di se aventurou a abrir os olhos uma vez enquanto eles tramavam isso. O mundo adormecido ao redor parecia muito estranho para ela. Os pinheiros eram escuros e estranhos. As estrelas estavam rindo dela. ("Eu não gosto de um céu tão grande. Mas se eu puder apenas aguentar mais um pouquinho, estarei em casa. Se eles descobrirem que eu não estou morta, simplesmente me deixarão aqui e eu nunca chegarei em casa no escuro sozinha.")

Quando os Pennys deixaram Di na varanda de Ingleside, saíram correndo como loucos. Di não se atreveu a voltar à vida tão cedo, mas por fim se aventurou a abrir os olhos. Sim, ela estava em casa. Parecia bom demais para ser verdade. Ela tinha sido uma menina muito, muito travessa, mas tinha certeza de que nunca mais seria tão travessa. Ela sentou-se, e o Camarão subiu furtivamente os degraus para esfregar-se nela, ronronando. Ela o abraçou. Como ele era bom, caloroso e amigável! Ela não achou que conseguiria entrar... sabia que Susan tinha trancado todas as portas quando o pai estivesse fora e não ousava acordar Susan àquela hora. Mas ela não se importou. A noite de junho estava fria, mas ela iria para a rede e se aninharia com o Camarão, sabendo que, perto dela, atrás daquelas portas trancadas, estavam Susan, os meninos, Nan... e *a casa dela*.

Como ficava estranho o mundo depois de escurecer! Todos estavam dormindo, menos ela? As grandes rosas brancas no arbusto perto dos degraus pareciam pequenos rostos humanos na noite. O cheiro da hortelã era de amigo. Havia um brilho de vaga-lume no pomar. Afinal, ela seria capaz de se gabar de ter "dormido fora a noite toda".

Mas não era para ser assim. Duas figuras escuras passaram pelo portão e subiram a calçada. Gilbert deu a volta pelos fundos para forçar a abertura de uma janela da cozinha, mas Anne subiu os degraus e ficou olhando com espanto para a pobrezinha que estava sentada ali, abraçada com o gato.

— Mamãe... oh, mamãe! — Ela estava segura nos braços da mãe.

— Di, querida! O que isso significa?

— Oh, mamãe, eu fui tão má... mas estou arrependida... e a senhora estava certa... e a avó era tão terrível... mas pensei que a senhora só voltaria amanhã.

— Papai recebeu um telefonema de Lowbridge... eles têm de operar a sra. Parker amanhã e o doutor Parker queria que ele estivesse lá. Então, pegamos o trem noturno e saímos da estação. Agora me conte...

A história toda foi soluçada quando Gilbert entrou e abriu a porta da frente. Ele pensou que havia efetuado uma entrada muito silenciosa, mas Susan tinha ouvidos que podiam ouvir o ruído de um morcego quando a segurança de Ingleside estava em causa, e ela desceu mancando com um xale por cima da camisola.

Houve exclamações e explicações, mas Anne as interrompeu.

— Ninguém está culpando você, Susan querida. Di foi muito travessa, mas ela sabe disso, e eu acho que ela já foi punida. Lamento tê-la incomodado... Você deve voltar direto para a cama, e o doutor irá ver o seu tornozelo.

— Eu não estava dormindo, querida senhora. A senhora acha que eu poderia dormir, sabendo onde estava essa criança abençoada? E com tornozelo ou sem tornozelo, vou pegar uma xícara de chá para vocês dois.

— Mamãe — disse Di, de seu travesseiro branco, — o papai é cruel com você?

— Cruel! Comigo? Por que, Di...

— Os Pennys disseram que ele era... disseram que ele batia em você...

— Querida, você sabe quem são os Pennys agora, então você sabe que não vale a pena preocupar sua cabecinha com nada que eles digam. Sempre há um pouco de fofoca maliciosa flutuando em qualquer lugar... pessoas como eles *inventam todo tipo de coisa*. Não se preocupe com isso.

— A senhora vai me castigar amanhã, mamãe?

— Não. Acho que você aprendeu a lição. Agora vá dormir, meu amor.

"*Mamãe é tão sensata*", foi o último pensamento consciente de Di. Mas Susan, enquanto se espreguiçava pacificamente na cama, com o tornozelo hábil e confortavelmente enfaixado, dizia a si mesma:

— Amanhã logo cedo, vou me arrumar e sair... e quando vir a bela srta. Jenny Penny, vou lhe dar uma bronca, que ela nunca mais esquecerá.

Jenny Penny nunca levou a bronca prometida, pois não voltou mais à escola de Glen. Em vez disso, ela foi com os outros Pennys para a escola de Mowbray Narrows, de onde rumores voltaram, entre eles um de que Di Blythe, que vivia na "casa grande" em Glen St. Mary, mas sempre descia para dormir com ela, desmaiou uma noite e foi carregada para casa à meia-noite em suas costas, por ela, Jenny Penny, sozinha e sem ajuda. O pessoal de Ingleside se ajoelhou e beijou suas mãos em sinal de gratidão, e o próprio médico pegou seu famoso carro cinza manchado e a levou para casa. "E se houver *alguma coisa* que eu possa fazer por você, srta. Penny, por sua gentileza para com minha filha amada, é só dizer. A minha vida não seria suficiente para recompensá-la. Eu iria até a África Equatorial para recompensá-la pelo que você fez", teria jurado o doutor.

Capítulo 30

—**E**u sei algo que você não sabe... algo que *você* não sabe... algo que *você* não sabe — cantava Dovie Johnson, enquanto ela balançava para frente e para trás na beira do cais.

Era a vez de Nan na ribalta... a vez de Nan contar uma história de muitas que seriam lembradas ao longo dos anos em Ingleside. Embora Nan fosse corar, enquanto vivesse, ao lembrar-se dela, pois tinha sido muito tola.

Nan tremia ao ver Dovie balançando daquele modo..., mas mesmo assim sentia um fascínio. Ela tinha tanta certeza que Dovie cairia algum dia, e depois? Mas Dovie nunca caiu. Ela sempre teve sorte.

Tudo o que Dovie fazia ou dizia que fazia... que eram, provavelmente, duas coisas muito diferentes, exercia um fascínio imenso sobre Nan, que havia sido criada em Ingleside, onde ninguém nunca dizia nada além da verdade, mesmo quando contavam uma piada, e era muito inocente e crédula para saber disso. Dovie, que tinha 11 anos e morou em Charlottetown toda a vida, sabia muito mais do que Nan, que tinha apenas 8. Charlottetown, disse Dovie, era o único lugar onde as pessoas sabiam de alguma coisa. O que é que alguém podia saber, fechado em um lugar tão pequeno como Glen St. Mary?

Dovie estava passando parte de suas férias com sua tia Ella no Glen, e ela e Nan haviam feito uma amizade muito íntima, apesar da diferença de idade. Talvez porque Nan admirasse Dovie, que lhe parecia quase adulta, e lhe dedicava uma adoração desmedida por aquilo que nela via... ou pensava que via. Dovie, por sua vez, gostava de seu humilde e adorável pequeno satélite.

— Não há mau nenhum em Nan Blythe... ela é apenas um pouco mole — ela disse a tia Ella. Os adultos atentos de Ingleside não conseguiam ver nada de estranho em Dovie... mesmo que, como Anne recordava, a mãe dela fosse prima dos Pyes de Avonlea... e não fizeram nenhuma objeção à amizade de Nan com ela, embora Susan desde o início desconfiasse daqueles olhos verdes com cílios dourados. Mas o que poderia haver de errado? Dovie era "educada", vestia-se bem, tinha boas maneiras e não falava muito. Susan não podia dar nenhuma razão para sua desconfiança e se calou. Dovie iria para casa quando a escola recomeçasse e, nesse ínterim, certamente não havia necessidade de ser muito rigoroso neste caso.

Então Nan e Dovie passavam a maior parte do tempo livre juntas no cais, onde geralmente havia um ou dois navios com as velas dobradas, e o Vale do Arco-Íris quase não viu Nan naquele agosto. As outras crianças de Ingleside não se importavam muito com Dovie e não lhe davam muita atenção. Ela pregou uma peça em Walter, e Di ficou furiosa e "disse certas coisas". Dovie, ao que parecia, gostava de pregar peças. Talvez seja por isso que nenhuma das meninas de Glen a disputava com Nan.

— Oh, por favor, me conte — implorou Nan.

Mas Dovie apenas deu uma piscada malvada e disse que Nan era nova demais para ouvir tal coisa. Isso era simplesmente enlouquecedor.

— *Por favor*, me conte, Dovie.

— Não posso. Foi me dito em segredo pela tia Kate, e ela está morta. Eu sou a única pessoa no mundo que sabe disso agora. Eu prometi quando ouvi que nunca contaria a ninguém. Depois você pode contar a alguém... não consegue guardar o segredo.

— Eu não conto... vou guardar o segredo! — implorou Nan.

— As pessoas dizem que vocês em Ingleside contam tudo um para o outro. Susan descobriria de você em pouco tempo.

— Ela não descobriria. Eu sei muitos segredos que nunca disse a Susan. Eu conto os meus e você conta o seu.

— Oh, eu não estou interessada nos segredos de uma menina como você — disse Dovie.

Que belo insulto! Nan achava que seus segredinhos eram adoráveis... aquela cerejeira selvagem que ela encontrara florescendo no bosque de abetos atrás do celeiro do sr. Taylor... uma minúscula fada branca imaginária deitada em um nenúfar no pântano... sua fantasia de um barco entrando no porto puxado por cisnes presos a correntes de prata... o romance que ela estava começando a imaginar de uma bela senhora que morava na velha casa MacAllister. Eram todos maravilhosos e mágicos para Nan e ela se sentia feliz, depois de ter pensado neles, por não tê-los contado a Dovie, afinal.

Mas o que Dovie sabia sobre *ela* que *ela* não sabia? A pergunta incomodou Nan como o zumbido de um mosquito.

No dia seguinte, Dovie voltou a mencionar seu segredo.

— Eu estive pensando sobre o assunto, Nan... talvez você *deva* saber, já que é sobre você. É claro que a tia Kate quis dizer que eu não devia contar a ninguém, além da pessoa em questão. Veja bem. Se você me der aquele seu cervo de porcelana, vou lhe contar o que sei sobre você.

— Oh, eu não poso te dar *ele*, Dovie. Susan me deu no meu último aniversário. Isso a magoaria terrivelmente.

— Tudo bem, então. Se você prefere ter o seu velho cervo a saber algo importante sobre você, pode ficar com ele. Não me importo. Prefiro ficar com o segredo. Sempre gosto de saber coisas que outras meninas não sabem. Isso me faz sentir *importante*. Vou olhar para você no próximo domingo na igreja e pensarei comigo mesma, *"se você soubesse o que eu sei sobre você, Nan Blythe"*. Vai ser divertido.

— O que você sabe sobre mim é *bom*? — perguntou Nan.

— Oh, é *muito* romântico... exatamente como algo que você leu em um livro de histórias. Mas não importa. Você não está interessada, e eu sei o que sei.

A essa altura, Nan estava louca de curiosidade. A vida não valeria a pena ser vivida se ela não pudesse descobrir qual era o segredo misterioso de Dovie. Ela teve uma inspiração repentina.

— Dovie, eu não posso te dar meu cervo de porcelana, mas se você me contar o que sabe sobre mim, eu te darei minha sombrinha vermelha.

Os olhos verdes de Dovie brilharam. Ela morria de inveja daquela sombrinha.

— A nova sombrinha vermelha que sua mãe trouxe da cidade na semana passada? — ela perguntou.

Nan acenou que sim com a cabeça. A respiração dela acelerou. Seria... oh, seria possível que Dovie realmente contasse a ela?

— Sua mãe vai deixar você fazer isso? — perguntou Dovie.

Nan acenou com a cabeça novamente, mas um pouco incerta. Ela não tinha certeza disso. Dovie farejou a incerteza.

— Você vai ter de trazer aquela sombrinha aqui — disse ela com firmeza, — antes que eu lhe conte. Sem sombrinha, sem segredo.

— Vou trazê-la amanhã — prometeu Nan apressadamente. Ela só tinha de saber o que Dovie sabia sobre ela, isso era tudo que importava.

— Bem, vou pensar sobre isso — disse Dovie em dúvida. — Não tenha muitas esperanças. Não espere que eu vá lhe contar. Você é muito nova... já disse isso a você muitas vezes.

— Sou mais velha do que ontem — implorou Nan. — Oh, vamos, Dovie, não seja má.

— Acho que tenho direito de guardar um segredo — disse Dovie irritada. — Você contaria a Anne... quero dizer a sua mãe...

— É claro que sei o nome da minha mãe — disse Nan, com um pouco de sua dignidade. Segredos ou não, havia limites. — Eu disse que não contaria a *ninguém* em Ingleside.

— Você jura?

— Tenho de jurar?

— Não seja tola. Sabe o que quero dizer, apenas prometer solenemente.

— Eu prometo solenemente.

— Mais solene do que isso.

Nan não via como poderia ser mais solene. O rosto dela ficou sério.

— *"Junte as mãos, olhe para o céu, faça o sinal da cruz e espere morrer"* — disse Dovie.

Nan cumpriu o ritual.

— Você vai trazer a sombrinha amanhã e veremos — disse Dovie. — O que sua mãe fazia antes de se casar, Nan?

— Ela ensinava na escola... e era uma boa professora — disse Nan.

— Bem, eu estava pensando. Mamãe acha que foi um erro seu pai se casar com ela. Ninguém sabia nada sobre a família dela. E minha mãe disse que ele poderia ter tido todas as jovens que quisesse. Preciso ir agora. *Au revoir.*

Nan sabia que isso significava "até amanhã". Ela tinha muito orgulho de ter uma amiga que falava francês. Ela continuou sentada no cais muito depois de Dovie ter ido para casa. Ela gostava de sentar no cais e observar os barcos pesqueiros saindo e entrando, e às vezes um navio navegando no porto, rumo a terras bonitas e distantes. Assim como Jem, muitas vezes ela desejava sair navegando em um navio... descer o porto azul, passar pela barra de dunas de areia, passar o farol onde à noite a luz de Four Winds se tornava um local de mistério, bem longe, longe, até a névoa azul que era o golfo de verão, para ilhas encantadas nos mares de areia dourada. Nan voou nas asas de sua imaginação por todo o mundo enquanto estava sentada no velho cais.

Mas esta tarde ela estava preocupada com o segredo de Dovie. Dovie realmente diria a ela? O que seria... o que poderia ser? E aquelas jovens com quem o pai poderia ter se casado? Nan gostava de especular sobre essas meninas. Uma delas poderia ter sido sua mãe. Mas isso era horrível. Ninguém poderia ser sua mãe exceto a sua mãe. A coisa era simplesmente impensável.

— *Eu acho* que a Dovie Johnson vai me contar um segredo — Nan confidenciou à mãe naquela noite, quando recebeu um beijo de despedida. — É claro que não poderei dizer nem mesmo para a senhora, mamãe, porque prometi que não o faria. A senhora não vai se importar, vai, mamãe?

— Nem um pouco — disse Anne, muito divertida.

Quando Nan desceu ao cais no dia seguinte, pegou a sombrinha. *"Essa sombrinha é minha*", ela repetia para si mesma. Tinha sido dado a ela, então ela tinha pleno direito de fazer o que quisesse com ela. Tendo acalmado sua consciência com este sofisma, ela escapuliu quando ninguém podia vê-la. Sentiu-se mal ao pensar em separar-se de sua querida sombrinha alegre, mas a essa altura a vontade de descobrir o que Dovie sabia havia se tornado irresistível.

— Aqui está a sombrinha, Dovie — disse ela, quase sem fôlego. — E agora me conte o segredo.

Dovie ficou realmente surpresa. Ela nunca teve a intenção de ir tão longe assim... ela nunca tinha acreditado que a mãe de Nan Blythe a *deixaria* dar a sombrinha vermelha. Ela apertou os lábios.

— Não sei se esse tom de vermelho vai combinar com a minha pele, afinal. É bastante *chamativo*. Acho que não vou contar.

Nan tinha opinião própria, e Dovie ainda não a tinha encantado a ponto de provocar uma submissão cega. Nada a revoltava mais do que a injustiça.

— Trato é trato, Dovie Johnson! Você *disse* que contava o segredo se eu te desse a sombrinha. Aqui está a sombrinha, e você *tem* de cumprir sua promessa.

— Oh, muito bem — disse Dovie de uma forma entediada.

Tudo ficou muito quieto. As rajadas de vento cessaram. A água parou de bater nas pedras do cais. Nan estremeceu em um êxtase delicioso. Ela iria descobrir finalmente o que Dovie sabia.

— Você conhece o Jimmy Thomas do porto — disse Dovie. — Jimmy Thomas que tem seis dedos?

Nan afirmou com a cabeça. Claro que ela conhecia os Thomas... pelo menos, já havia ouvido falar deles. Jimmy "seis dedos" às vezes visitava Ingleside vendendo peixes. Susan dizia que não se podia confiar nos peixes dele. Nan não gostava da aparência dele. Ele tinha uma cabeça careca, com uma mecha de cabelo branco encaracolado de cada lado, e um nariz vermelho e curvado. Mas o que os Thomas tinham a ver com o assunto?

— E você conhece Cassie Thomas? — continuou Dovie.

Nan vira Cassie Thomas uma vez, quando Jimmy "seis dedos" a trouxera com ele em seu carrinho de peixes. Cassie tinha quase a sua idade, com uma mecha de cachos ruivos e olhos verdes acinzentados. Ela mostrou a língua para Nan.

— Bem... — Dovie deu um longo suspiro... — A *verdade* é que *você* é Cassie Thomas e *ela* é Nan Blythe.

Nan olhou para Dovie. Ela não tinha o mais leve vislumbre do que Dovie queria dizer. O que ela disse não fazia sentido.

— Eu... eu... o que você quer dizer?

— É bastante claro, eu acho — disse Dovie demonstrando certa pena. Como tinha sido *forçada* a contar a verdade, valeria a pena contar tudo. — Você e ela nasceram na mesma noite. Foi quando os Thomas moravam em Glen. A enfermeira levou a irmã gêmea de Di para a casa dos Thomas, colocou-a no berço, e levou você de volta para a mãe de Di. Ela não teve coragem de levar Di também, senão o teria feito. Ela odiava sua mãe e escolheu esse jeito de se vingar. É por isso que você é realmente Cassie Thomas e deveria estar morando lá no porto; e a pobre Cassie deveria estar em Ingleside, em vez de ser espancada por aquela velha madrasta dela. Tenho tanta pena dela às vezes.

Nan acreditou em cada palavra dessa história absurda. Ela nunca tinha mentido em sua vida e nem por um momento ela duvidou da verdade da história de Dovie. Nunca lhe ocorreu que alguém, muito menos sua amada amiga Dovie, iria ou poderia inventar tal história. Ela olhou para Dovie com olhos angustiados e desiludidos.

— Como... como sua tia Kate descobriu isso? — ela engasgou com os lábios secos.

— A enfermeira contou a ela em seu leito de morte — disse Dovie solenemente. — Acho que a consciência dela devia incomodá-la. Tia Kate nunca contou a ninguém além de mim. Quando eu vim para Glen e vi Cassie Thomas... Nan Blythe, quero dizer... dei uma boa olhada nela. Ela tem cabelos ruivos e olhos da mesma cor da sua mãe. Você tem olhos e cabelos castanhos. É por isso que você não se parece com Di... gêmeas *sempre* são exatamente iguais. E Cassie tem as orelhas iguaizinhas às do seu pai... bem fechadas e rentes à cabeça. Acho que nada mais pode ser feito agora. Mas muitas vezes pensei que não era justo você se divertir tão facilmente e ser mantida como uma boneca, e a pobre Cassie-Nan – toda em farrapos, e sem ter o suficiente para comer, muitas vezes. E o velho "Seis dedos" batendo nela quando chega em casa bêbado!... Por que... por que você está me olhando assim?

A dor de Nan era maior do que ela podia suportar. Tudo estava terrivelmente claro para ela agora. As pessoas sempre acharam engraçado ela e Di não serem nem um pouco parecidas. *Este* era o motivo.

— Eu *odeio* você por me dizer isso, Dovie Johnson!

Dovie encolheu os ombros gordos.

— Eu não disse que você gostaria, disse? Você me fez contar. Aonde você vai?

Então Nan, pálida e tonta, se pôs de pé.

— Para casa... contar para minha mãe — disse ela miseravelmente.

— Você não pode... você não pode! Lembre-se de que você jurou que não contaria! — gritou Dovie.

Nan ficou olhando para ela. Era verdade que ela havia prometido não contar. E sua mãe sempre dizia que não se deve quebrar uma promessa.

— Acho que vou voltar para casa sozinha — disse Dovie, não gostando muito da aparência de Nan.

Ela agarrou a sombrinha e saiu correndo, as pernas nuas e roliças brilhando ao longo do antigo cais. Atrás dela ficou uma criança com o coração partido, sentada entre as ruínas de seu pequeno universo. Dovie não se importava. Mas Nan iria aguentar firme. Realmente não era muito divertido enganá-la. É claro que ela contaria à mãe assim que chegasse em casa e diria que havia sido enganada.

— Ainda bem que vou para casa no domingo — refletiu Dovie.

Nan ficou sentada no cais por horas, pelo menos eram o que lhe parecia... cega, esmagada, desesperada. Ela não era filha da mãe dela! Ela era filha de Jimmy "seis dedos"... Jimmy "seis dedos", de quem ela sempre teve um medo secreto, simplesmente por causa de seus seis dedos. Ela não tinha nada que morar em Ingleside, amada por mamãe e papai. — Oh! — Nan lamentou com um pequeno gemido. Mamãe e papai não a amariam mais se soubessem. Todo o amor deles iria para Cassie Thomas. Colocou a mão na cabeça e disse: — Isso me deixa tonta.

Capítulo 31

—Qual é a razão de você não estar comendo nada, meu amor? — perguntou Susan à mesa do jantar.

— Você ficou muito tempo no sol, querida? — perguntou a mãe ansiosa.

— Sua cabeça está doendo?

— Sim — disse Nan. Mas não era sua cabeça que doía. Ela estava mentindo para a mãe? E se ela estava, quantas mentiras teria de contar? Pois Nan sabia que nunca mais seria capaz de comer... nunca enquanto esse segredo horrível fosse só dela. E ela sabia que nunca poderia contar à mamãe. Nem tanto por causa da promessa... Susan disse uma vez que uma promessa ruim era melhor ser quebrada do que cumprida..., mas porque magoaria sua mãe. De alguma forma, Nan sabia, sem nenhuma dúvida, que isso machucaria sua mãe terrivelmente. E mamãe não deve... não deveria... ser magoada. Nem papai. E ainda... havia também Cassie Thomas. Ela não iria chamá-la de Nan Blythe. Nan se sentiu muito mal só em pensar em Cassie Thomas como sendo Nan Blythe. Ela sentiu como se isso a tivesse apagado completamente. Se ela não era Nan Blythe, ela não era ninguém! Ela *não* seria Cassie Thomas.

Mas Cassie Thomas a assombrava. Durante uma semana, Nan foi torturada por ela... uma semana miserável durante a qual Anne e Susan estavam realmente preocupadas com a criança, que não comia e não brincava e, como Susan dizia, "apenas andava por aí". Foi porque Dovie Johnson foi para casa? Nan disse que não. Nan disse que não era *nada*. Ela apenas sentia-se cansada. Papai olhou para ela e prescreveu um remédio, que Nan tomou humildemente. Não era tão ruim quanto óleo de rícino, mas mesmo o óleo de rícino não significava nada agora. Nada significava nada, exceto Cassie Thomas... e a terrível pergunta que emergia de sua confusão mental e tomou posse dela.

Cassie Thomas não deveria ter seus direitos?

Seria justo que ela, Nan Blythe... Nan agarrou-se freneticamente à sua identidade... tivesse todas as coisas que foram negadas à Cassie Thomas e que eram dela por direito? Não, não era justo. Nan estava desesperadamente certa de que não era justo. Existia dentro dela uma forte noção de justiça e retidão. E ficou cada vez mais claro para ela que era justo que Cassie Thomas soubesse da verdade.

Afinal, talvez ninguém desse muita importância ao caso. Mamãe e papai ficariam um pouco chateados no início, é claro, mas assim que soubessem que Cassie Thomas era sua filha de verdade, todo o amor deles iria para Cassie, e ela, Nan, não teria importância para eles. Mamãe beijaria Cassie Thomas e cantaria para ela ao anoitecer, no verão... as canções de que Nan mais gostava... *"Eu vi um navio navegando, navegando no mar, e oh, estava carregado de coisas lindas para mim."* Nan e Di sempre falavam sobre o dia em que o navio chegaria. Mas agora as coisas bonitas... sua parte delas de qualquer maneira... pertenceria à Cassie Thomas. Cassie Thomas faria sua parte como rainha das fadas na peça da Escola Dominical e usaria sua deslumbrante faixa folheada a ouro. Nan esperava ansiosa por usá-la! Susan faria bolinhos de frutas para Cassie Thomas, e Pussywillow ronronaria para ela. Ela brincaria com as bonecas de Nan em sua casa de brincadeira forrada de musgo no bosque de bordo e dormiria em sua cama. Será que Di gostaria disso? Será que Di gostaria de Cassie Thomas como irmã?

Chegou o dia em que Nan soube que não aguentaria mais. Ela precisava fazer o que era justo. Ela iria até o porto e contaria a verdade aos Thomas. *Eles* poderiam contar para seus pais. Nan sentiu que simplesmente não podia fazer *isso*.

Nan sentiu-se um pouco melhor quando tomou essa decisão, mas muito, muito triste. Ela tentou comer um pouco no jantar porque seria a última refeição que ela comeria em Ingleside.

— "Sempre chamarei minha mãe de 'mamãe', pensou Nan em desespero. — E eu *não* chamarei Jimmy seis dedos de 'pai'. Vou apenas dizer 'sr. Thomas' com muito respeito. Certamente ele não se importará com *isso*."

Mas algo a sufocou. Olhando para cima, ela leu óleo de rícino nos olhos de Susan. A Susan mal sabia que ela não estaria em casa na hora de dormir para tomá-lo. Cassie Thomas teria de engolir. Essa era a única coisa que Nan não invejava em Cassie Thomas. Nan partiu imediatamente após o jantar. Precisava ir antes que escurecesse ou perderia a coragem. Ela foi com seu vestido xadrez, sem ousar trocá-lo, para que Susan ou mamãe não perguntassem o porquê. Além disso, todos os vestidos bonitos dela realmente pertenciam à Cassie Thomas. Mas ela vestiu o novo avental que Susan fizera para ela... um avental bordado com rendas na cor vermelha. Nan adorava aquele avental. Certamente Cassie Thomas não teria tanto rancor dela.

Ela desceu até a vila, atravessou a vila, passou pela estrada do cais e desceu pela estrada do porto, uma pequena figura galante e indomável. Nan não tinha ideia de que ela era uma heroína. Pelo contrário, ela se sentia muito envergonhada de si mesma porque era tão difícil fazer o que era certo e justo, tão difícil não odiar Cassie Thomas, tão difícil não temer Jimmy "seis dedos", tão difícil não se virar e sair correndo de volta para Ingleside.

Foi uma noite deprimente. No mar, pairava uma nuvem negra e pesada, como um grande morcego preto. Raios intermitentes caíram sobre o porto e sobre as colinas arborizadas além. O aglomerado de casas de pescadores no porto estava inundado por uma luz vermelha que escapava por debaixo das nuvens. Poças de água aqui e ali brilhavam como grandes rubis. Um navio, silencioso, de velas brancas, passava entre as dunas sombrias e enevoadas em direção ao misterioso oceano; as gaivotas gritavam de modo bem estranho.

Nan não gostava do cheiro das casas dos pescadores ou dos grupos de crianças sujas que brincavam, brigavam e gritavam na areia. Eles olharam com curiosidade para Nan quando ela parou para perguntar qual era a casa de Jimmy "seis dedos".

— Aquela ali — disse um menino, apontando. — Qual é o seu negócio com ele?

— Obrigada — disse Nan, virando-se.

— Você não tem educação? — gritou uma menina. — Muito arrogante para responder a uma pergunta simples!

O menino parou na frente dela.

— Vê aquela casa atrás dos Thomas? — ele disse. — Tem uma serpente marinha e vou prendê-la lá dentro se não me disser o que quer com Jimmy "seis dedos".

— Vai lá, srta. Orgulhosa — provocou uma menina bem alta. — Você é de Glen, e todos os habitantes de lá acham que são os melhores. Responda à pergunta de Bill!

— Se você não olhar — disse outro menino, — afogo alguns gatinhos e muito provavelmente afogarei você junto também.

— Se você tiver 1 centavo, te vendo um dente — disse um menina de sobrancelha preta, sorrindo. — Eu o arranquei ontem.

— Eu não tenho 1 centavo, e seu dente não seria útil para mim — disse Nan, reunindo um pouco de coragem. — Deixem-me em paz.

— Cale a boca! — disse a menina da sobrancelha preta.

Nan começou a correr. O menino da serpente marinha esticou um pé e a fez tropeçar. Ela caiu na areia ondulada pela maré. Os outros gritaram de tanto rir.

— Você não vai manter sua cabeça tão erguida agora, eu acho — disse a menina da sobrancelha preta.

"Andando por aqui com suas vieiras vermelhas!"

Então alguém exclamou: "O barco de Blue Jack está chegando!", e todos eles correram. A nuvem negra havia abaixado e todas as poças cor de rubi eram cinzas agora.

Nan se levantou. Seu vestido estava coberto de areia e suas meias estavam sujas. Mas ela estava livre de seus algozes. Esses seriam seus companheiros de brincadeira no futuro?

Ela não podia chorar... não devia! Subiu os degraus frágeis que levavam à porta de Jimmy "seis dedos". Como todas as casas que ficavam no porto, a de Jimmy "seis dedos" tinha sido erguida sobre colunas de madeira para ficar fora do alcance de qualquer maré muito alta, e o espaço embaixo dessas colunas era preenchido com uma mistura de pratos quebrados, latas vazias, velhas armadilhas para lagostas e todo tipo de lixo. A porta estava aberta e Nan olhou para uma cozinha como ela nunca tinha visto na vida. O chão nu estava sujo, o teto manchado de fumo, e a pia cheia de pratos sujos. Os restos de uma refeição estavam sobre a velha mesa de madeira, e grandes moscas pretas horríveis voavam sobre eles. Uma mulher com um tufo desgrenhado de cabelos acinzentados estava sentada em uma cadeira de balanço, amamentando um bebê gordo... um bebê cinza de tanta sujeira.

— Minha irmã — Nan pensou.

Não havia sinal de Cassie ou Jimmy "seis dedos", pelo que Nan ficou muito aliviada.

— Quem é você e o que você quer? — disse a mulher um tanto indelicada.

Ela não pediu a Nan para entrar, mas Nan entrou. Estava começando a chover lá fora e um estrondo de trovão fez a casa tremer. Nan sabia que deveria dizer o que tinha vindo dizer antes que sua coragem acabasse ou ela se viraria e sairia correndo daquela casa horrível com aquele bebê e aquelas moscas terríveis.

— Eu quero ver Cassie, por favor — disse ela. — Eu tenho *algo importante* para contar a ela.

— Dever ser mesmo! — disse a mulher. — Muito importante, pelo seu tamanho. Bem, Cassie não está em casa. O pai dela a levou para Upper Glen para um passeio e com a tempestade chegando, não há como dizer quando eles estarão de volta. Sente-se.

Nan sentou-se em uma cadeira quebrada. Ela sabia que o povo que morava perto do porto era pobre, mas não calculava que fosse assim. A sra. Tom Fitch, de Glen, era pobre, mas a casa dela era tão limpa e arrumada quanto Ingleside. Claro, todos sabiam que Jimmy "seis dedos" bebia tudo o que ganhava. E aquela seria sua casa de agora em diante!

"De qualquer forma, vou tentar limpá-la", pensou Nan desamparada. Mas seu coração estava pesado como chumbo. A chama do imenso auto sacrifício que a trouxera ali havia se apagado.

— Por que você está querendo ver Cassie? — perguntou a sra. "seis dedos" curiosamente, enquanto enxugava o rosto sujo do bebê com um avental ainda mais sujo.

— Se for sobre aquela peça da Escola Dominical, ela não pode ir e está decidido. Ela não tem um vestido decente. Como eu poderia comprar um para ela?

— Não, não é sobre a apresentação — disse Nan tristemente. Ela pode muito bem contar à sra. Thomas, toda a história. Ela teria de saber disso de qualquer maneira. — Eu vim dizer a ela... para dizer a ela que... que ela sou eu e eu sou ela!

Talvez a sra. "seis dedos" possa ser perdoada por não ter achado aquilo muito lúcido.

— Você deve estar maluca — disse ela. — Que diabos você quer dizer?

Nan ergueu a cabeça. O pior já havia passado.

— Quero dizer que Cassie e eu nascemos na mesma noite e... e... a enfermeira nos trocou porque ela tinha raiva da minha mãe, e ... e ... Cassie deveria estar morando em Ingleside... e ter todas as condições.

Esta última frase foi uma que ela ouviu de sua professora da escola dominical, mas Nan achou que era um final digno para um discurso muito fraco.

A sra. "seis dedos" a encarou.

— Sou eu que estou maluca ou é você? O que você está dizendo não faz sentido. Quem lhe contou essa besteira?

— Dovie Johnson.

A sra. "seis dedos" jogou a cabeça despenteada para trás e riu. Ela podia ser suja e malvestida, mas tinha uma risada atraente. — Eu devia saber. Eu lavei roupa para a tia dela o verão todo, e aquela criança é uma peça! Nossa, ela sempre acha um jeito de enganar as pessoas! Bem, pequena senhorita não-sei-quem, é melhor você não acreditar em todas as histórias de Dovie ou ela vai te enganar completamente.

— Quer dizer que não é verdade? — Nan gaguejou.

— Não é muito provável. Deus do céu, você deve ser muito ingênua para acreditar em algo assim. Cassie deve ser um ano mais velha que você. Quem diabos é você, afinal?

— Eu sou Nan Blythe. — Oh, que alívio! Ela era Nan Blythe!

— Nan Blythe! Uma das gêmeas de Ingleside! Ora, eu me lembro da noite em que vocês nasceram. Eu fui até Ingleside levar um recado. Eu não era casada com "seis dedos"... é uma pena que tenha casado... e a mãe de Cassie estava viva e saudável, com Cassie começando a andar. Você parece a mãe do seu pai... ela estava lá naquela noite também, orgulhosa com o nascimento das netas gêmeas. E você foi acreditar em uma história maluca como essa!

— Tenho o hábito de acreditar nas pessoas — disse Nan, erguendo-se com uma ligeira majestade, mas demasiadamente feliz para querer esnobar a sra. "seis dedos" de forma arrogante.

— Bem, é um hábito que você deve abandonar neste tipo de mundo — disse a sra. "seis dedos" cinicamente. — E pare de andar por aí com crianças que gostam de enganar as pessoas. Sente-se, criança. Você não pode ir para casa enquanto a chuva não parar. Está chovendo torrencialmente e está escuro como breu. Meu Deus, ela se foi... a menina se foi!

Nan já tinha saído na chuva torrencial. Nada além de pura alegria com as revelações da sra. "seis dedos" poderia tê-la levado para casa durante aquela tempestade. O vento a açoitou, a chuva caiu sobre ela, os terríveis trovões a fizeram pensar que o mundo havia explodido. Somente a luz azul dos raios lhe mostrava o caminho. Uma e outra vez ela escorregou e caiu. Mas finalmente entrou cambaleando e pingando na varanda de Ingleside.

A mãe correu e a pegou nos braços.

— Querida, que susto você nos deu! Oh, onde você estava?

— Eu só espero que Jem e Walter não apanhem uma pneumonia nessa chuva procurando por você — disse Susan, rude com a tensão em sua voz.

Nan quase perdeu o fôlego. Ela só conseguiu ofegar ao sentir os braços da mãe envolvendo-a:

— Oh, mãe, eu sou eu... eu de verdade. Não sou Cassie Thomas e nunca serei ninguém além de mim novamente.

— A pobrezinha está delirando — disse Susan. — Ela deve ter comido algo que não lhe fez bem.

Anne deu banho em Nan e a colocou na cama antes de deixá-la falar. Então ela ouviu toda a história.

— Oh, mamãe, eu sou realmente sua filha?

— Claro, querida. Como você poderia pensar em outra coisa?

— Eu nunca pensei que Dovie me contaria uma mentira... não a *Dovie*. Mamãe, você acredita em *alguém*? Jen Penny contou histórias horríveis para Di...

— Elas são apenas duas meninas entre todas as que você conhece, querida. Nenhuma das suas outras amigas jamais lhe disse o que não era verdade. *Há* pessoas assim no mundo, tanto adultos como crianças. Quando você for um pouco mais velha, será capaz de "distinguir o trigo do joio".

— Mamãe, gostaria que Walter, Jem e Di não ficassem sabendo como eu fui boba.

— Eles não precisam saber. Di foi para Lowbridge com o papai, e os meninos só precisam saber que você foi longe demais até a estrada que vai para o porto e foi pega pela tempestade. Você foi tola em acreditar em Dovie, mas foi uma menininha muito boa e corajosa para ir e oferecer o que você considerava seu lugar de direito para a pobre pequena Cassie Thomas. Mamãe está orgulhosa de você.

A tempestade acabou. A lua estava olhando para um mundo feliz e fresco.

— Oh, estou tão feliz por ser *eu*! — foi o último pensamento de Nan ao adormecer.

Gilbert e Anne entraram mais tarde para olhar os rostinhos adormecidos que estavam tão docemente próximos um do outro. Diana dormia com os cantos da boquinha firme para dentro, mas Nan adormecera sorrindo. Gilbert tinha ouvido a história e estava tão zangado que foi muito bom que Dovie Johnson estivesse a uns bons cinquenta quilômetros de distância dele. Mas Anne estava com a consciência pesada.

— Eu devia ter percebido o que a estava incomodando. Mas eu estava muito ocupada com outras coisas esta semana. Coisas que realmente não tinham nenhuma importância em comparação com a infelicidade desta criança. Pense no quanto a pobrezinha sofreu.

Ela curvou-se arrependida, olhando para elas com alegria. Elas ainda eram dela... totalmente dela, para cuidar, amar e proteger. Elas ainda vinham a ela com todo o amor e tristeza de seus pequenos corações. Por mais alguns anos, elas seriam dela... e depois? Anne estremeceu. A maternidade era muito doce..., mas muito terrível também.

— Eu me pergunto o que a vida reserva para elas? — ela sussurrou.

— Pelo menos, vamos esperar e confiar que cada uma delas tenha um marido tão bom quanto o de sua mãe — disse Gilbert em tom de brincadeira.

Capítulo 32

Então a Associação de Senhoras irá se reunir para fazer as colchas de retalhos em Ingleside — disse o doutor. — Susan, traga todos os seus pratos nobres e dê várias vassouras a todas, para que possam varrer os fragmentos de reputação depois da reunião.

Susan deu um sorriso pálido, como uma mulher tolerante com a falta de compreensão masculina sobre as coisas vitais, mas não tinha vontade de sorrir... pelo menos, até que tudo a respeito da reunião estivesse resolvido.

— Torta quente de frango — ela continuou murmurando, — purê de batata e ervilhas ao molho como prato principal. E será uma ótima chance de usar sua nova toalha de mesa de renda, querida senhora. Uma coisa dessas nunca foi vista em Glen, e estou confiante de que todas ficarão encantadas. Estou ansiosa para ver o rosto de Annabel Clow quando ela a vir. E a senhora usará seu cesto azul e prata para as flores?

— Sim, cheio de amores-perfeitos e samambaias do bosque de bordo. E eu quero que você coloque esses seus três magníficos gerânios rosa em algum lugar. Na sala de estar, se formos costurar as colchas lá, ou na varanda, se estiver quente o suficiente para trabalhar lá. Fico feliz que ainda tenhamos tantas flores sobrando. O jardim nunca esteve tão bonito como neste verão, Susan. Mas digo isso todo verão, não é?

Havia muitas coisas a serem resolvidas. Quem deve sentar-se com quem... nunca seria bom, por exemplo, ter a sra. Simon Millison sentada ao lado da sra. William McCreery, pois elas nunca se falavam por causa de alguma velha rixa, que remontava aos tempos de escola. Em seguida, havia a questão de quem convidar... pois era o privilégio da anfitriã convidar algumas pessoas que não faziam parte da associação.

— Vou convidar a sra. Best e a sra. Campbell — disse Anne.

Susan parecia duvidosa.

— Elas são novas aqui, querida senhora — ...tanto quanto ela poderia ter dito: "*elas são crocodilos*".

— O doutor e eu também já fomos novos aqui, Susan.

— Mas o tio do doutor já vivia aqui durante anos, antes de vocês virem para cá. Ninguém sabe nada sobre esses Bests e Campbells. Mas é a sua casa, querida senhora, e quem sou eu para me opor a qualquer um que a senhora deseje convidar? Lembro--me de uma colcha na casa da sra. Carter Flagg, há muitos anos, quando a Sra. Flagg convidou uma mulher desconhecida. Ela veio com um vestido de lã comum, querida senhora... e disse que não achava que valesse a pena se vestir para frequentar a Associação de Senhoras! Pelo menos não temos razão para recear que isso aconteça com a sra. Campbell. Ela veste-se muito bem... embora eu nunca pudesse me imaginar usando aquele azul hortênsia para ir à igreja.

Anne também não conseguia, mas não ousou sorrir.

— Achei aquele vestido lindo, com o cabelo prateado da sra. Campbell, Susan. E, a propósito, ela quer sua receita do molho apimentado de groselha. Ela diz que comeu um pouco no jantar para comemorar a colheita e estava delicioso.

— Oh, bem, querida senhora, não é todo mundo que sabe fazer molho apimentado de groselha... — e não houve mais desaprovação para o vestido azul hortênsia. A sra. Campbell poderia, doravante, aparecer com o traje tradicional das ilhas Fiji, se ela quisesse, e Susan encontraria desculpas para isso.

Os meses passavam, mas o outono ainda lembrava o verão e o dia da costura das colchas parecia mais junho do que outubro. Todas as senhoras da Associação que puderem vir compareceram, esperando com ansiedade uma boa tarde de mexericos e um jantar em Ingleside, além, possivelmente, de ver alguma coisa nova e bela da moda, uma vez que a esposa do doutor havia estado recentemente na cidade.

Susan, não se intimidando com os cuidados culinários que se amontoavam sobre ela, espreitava, conduzindo as senhoras ao quarto de hóspedes, serena por saber que nenhuma delas possuía um avental enfeitado com renda de crochê de 5 centímetros de profundidade feito de fio número 100.

Susan havia conquistado o primeiro prêmio na Exposição de Charlottetown na semana anterior com aquela renda. Ela e Rebecca Dew encontraram-se lá e aproveitaram o dia; Susan voltou para casa naquela noite como a mulher mais orgulhosa da Ilha do Príncipe Eduardo.

No rosto de Susan, perfeitamente controlado, escondiam-se seus pensamentos, às vezes temperados com um pouco de malícia.

— Celia Reese está aqui, procurando algo para rir, como sempre. Bem, ela não encontrará nenhum motivo para rir em nossa mesa de jantar. Myra Murray em veludo vermelho... um pouco suntuosa demais para costurar colchas, na minha opinião, mas não nego que ela fica bem vestida nele. Pelo menos não é lã barata. Agatha Drew... e seus óculos amarrados com uma fita, como habitual. Sarah Taylor... pode ser sua última colcha... ela tem um problema terrível no coração, diz o médico, mas tem tanta energia! A sra. Donald Reese... graças ao bom Deus ela não trouxe Mary Anna com ela, mas sem dúvida ouviremos muito falar dela. Jane Burr, de Upper Glen. Ela não faz parte da associação. Bem, terei de contar as colheres depois do jantar, e tomara que não esteja faltando nenhuma. Aquela família sempre gostou de sair carregando algo das casas. Candace Crawford... ela não costuma frequentar as reuniões da Associação, mas fazer colchas é uma boa desculpa para mostrar suas lindas mãos e seu anel de diamante. Emma Pollock com sua anágua aparecendo por baixo do vestido, é claro... uma mulher bonita, mas insensata, como toda aquela família. Tillie MacAllister, não vá entornar a gelatina na toalha da mesa, como fez na reunião da sra. Palmer. Martha Crothers, ela terá uma refeição decente desta vez. É uma pena que o marido dela não possa vir também... ouvi dizer que ele tem de se alimentar de nozes ou algo assim. A sra. Elder Baxter... ouvi dizer que Elder finalmente afastou Harold Reese de Mina. Harold sempre foi muito mole para o trabalho, e um coração frívolo nunca conquista uma bela dama. Bem, temos senhoras o suficiente para duas colchas, e ainda sobram algumas para enfiar os fios nas agulhas.

As colchas foram colocadas na ampla varanda, e todas estavam ocupadas com os dedos e com a língua. Anne e Susan estavam mergulhadas nos preparativos para o jantar na cozinha, e Walter, que não tinha ido à escola naquele dia por causa de uma leve dor de garganta, estava agachado nos degraus da varanda, escondido da vista das senhoras por uma cortina de videiras. Ele sempre gostou de ouvir as pessoas mais velhas conversando. Elas diziam coisas tão surpreendentes e misteriosas... coisas nas quais você poderia pensar depois e tecer uma teia de histórias, coisas que refletiam as cores e as sombras, as comédias e tragédias, as piadas e as tristezas de cada clã em Four Winds.

De todas as mulheres presentes, Walter gostou mais da sra. Myra Murray, com sua risada fácil e contagiante e as pequenas rugas alegres em volta dos olhos. Ela poderia contar a história mais simples e fazê-la parecer dramática e viva; ela alegrava o ambiente aonde quer que fosse; e ela parecia tão bonita em seu vestido de veludo vermelho cereja, com as ondulações suaves em seu cabelo preto e os pequenos brincos em forma de gotas vermelhas nas orelhas. A sra. Tom Chubb, magra como uma agulha, era a que ele menos gostava... talvez porque uma vez a ouviu chamá-lo de "uma criança doente". Ele achava que a sra. Allan Milgrave parecia uma galinha cinzenta e elegante, e aquela sra. Grant Clow parecia nada mais do que um barril com pernas. A jovem sra. David Ransome, com seu cabelo cor de caramelo, era muito bonita, "bonita demais para uma fazenda", Susan disse quando Dave casou-se com ela. A jovem noiva, sra. Morton MacDougall parecia uma papoula branca sonolenta. Edith Bailey, a costureira de Glen, com seus cachos prateados enevoados e olhos negros engraçados, não parecia ser "uma solteirona". Ele gostava da sra. Meade, a mulher mais velha ali, que tinha olhos gentis e tolerantes e ouvia muito mais do que falava, e ele não gostava de Celia Reese, com seu olhar astuto e divertido, como se estivesse rindo de todo mundo.

As senhoras ainda não haviam começado a falar... elas estavam discutindo o tempo e decidindo se fariam as colchas com retalhos em forma de leques ou losangos, então Walter ficou pensando na beleza daquele dia maduro, no grande gramado com suas árvores magníficas e no mundo que parecia estar envolto por um grande Ser com braços de ouro. As folhas coloridas caíam lentamente, mas as malvas-rosa ainda erguiam-se alegres contra a parede de tijolos e os álamos teciam feitiçarias ao longo do caminho para o celeiro. Walter estava tão absorto na beleza ao seu redor, que a conversa sobre as colchas estava em pleno andamento quando ele despertou para o pronunciamento da sra. Simon Millison.

— Aquele clã era conhecido por seus funerais sensacionais. Alguma de vocês que estava lá poderia se esquecer o que aconteceu no funeral de Peter Kirk?

Walter aguçou os ouvidos. O assunto parecia interessante. Mas, para sua decepção, a sra. Simon não contou o que tinha acontecido. Todo mundo deve ter estado no funeral ou ouvido a história.

("Mas por que elas estão todas tão desconfortáveis com isso?")

— Não há dúvida de que tudo o que Clara Wilson disse sobre Peter era verdade, mas ele está no túmulo, coitado, então vamos deixá-lo lá — disse a sra. Tom Chubb muito determinada... como se alguém tivesse proposto exumá-lo.

— Mary Anna está sempre dizendo coisas tão inteligentes — disse a sra. Donald Reese. — Vocês sabem o que ela disse outro dia quando estávamos indo para o funeral de Margaret Hollister? Ela disse: *"Mãe, haverá sorvete no funeral?"*

Algumas mulheres trocaram divertidos sorrisos furtivos. A maioria delas ignorava a sra. Donald. Era realmente a única coisa a fazer quando ela começava a falar de Mary Anna na conversa, como sempre fazia, por um motivo ou outro. Se lhe dessem o mínimo de incentivo, ela deixava todos em estado de loucura. *"Vocês sabem o que Mary Anna disse?"* era uma piada permanente em Glen.

— Por falar em funerais — disse Celia Reese — houve um muito esquisito em Mowbray Narrows quando eu era menina. Stanton Lane tinha ido para o Oeste e disseram que ele havia morrido lá. Seus pais enviaram um telegrama para que o corpo fosse enviado para casa. Assim foi, mas Wallace MacAllister, o agente funerário, aconselhou-os a não abrirem o caixão. O funeral já estava acontecendo quando o próprio Stanton Lane entrou, vivo e em boa saúde. Nunca descobriram de quem era realmente o cadáver.

— O que eles fizeram com ele? — perguntou Agatha Drew.

— Bem, eles o enterraram. Wallace disse que não poderia ser adiado. Mas não se poderia chamar aquilo de funeral, com todos tão felizes com o retorno de Stanton. O sr. Dawson até mudou o último hino de "Confortai-vos, cristãos" para "Às vezes uma luz surpreende", mas a maioria das pessoas achava que ele deveria ter cantado o primeiro mesmo.

— Vocês sabem o que Mary Anna me disse outro dia? Ela disse: "*Mãe, os pastores sabem tudo?*"

— O sr. Dawson sempre ficou desorientado em situações difíceis — disse Jane Burr. — Upper Glen fazia parte do ministério dele naquela época, e eu me lembro de um domingo em que ele dispensou a congregação e só depois se lembrou que a coleta não havia sido realizada. Então, ele pegou um prato de coleta e correu com ele pelo jardim. Para dizer a verdade — acrescentou Jane — as pessoas deram naquele dia o que nunca haviam dado antes ou depois. Eles não queriam recusar um pedido do ministro. Mas não foi uma atitude muito digna dele.

— A única coisa que eu tinha contra o sr. Dawson — disse a sra. Cornélia — era a longa duração de suas orações em um funeral. Na verdade, chegava a tal ponto que as pessoas diziam estar com inveja do cadáver. Ele se superou no funeral de Letty Grant. Percebi que a mãe dela estava a ponto de desmaiar, então dei-lhe uma boa cutucada nas costas com meu guarda-chuva e disse-lhe que já havia orado por tempo suficiente.

— Ele enterrou meu pobre Jarvis — disse a sra. George Carr, com lágrimas caindo. Ela sempre chorava quando falava de seu marido, embora ele já estivesse morto havia vinte anos.

— O irmão dele também era pastor — disse Christine Marsh. — Ele é quem estava em Glen quando eu era menina. Certa noite, tivemos um concerto no salão e, como ele era um dos palestrantes, estava sentado na plataforma. Ele estava tão nervoso quanto o irmão e ficava se mexendo sem parar na cadeira para frente e para trás, e de repente ele caiu, com cadeira e tudo, em cima do banco de flores e plantas que tínhamos colocado ao redor da base. Ele ficou com os pés para cima da plataforma. Nunca mais consegui ouvir a pregação dele da mesma forma depois disso. Seus pés eram *tão* grandes.

— O funeral de Lane pode ter sido uma decepção — disse Emma Pollock —, mas pelo menos foi melhor do que não ter nenhum funeral. Vocês se lembram da confusão de Cromwell?

Houve um coro de risadas reminiscentes.

— Contem-me a história — disse a sra. Campbell. — Lembre-se, sra. Pollock, sou nova aqui, e todas as sagas familiares são completamente desconhecidas para mim. Emma não sabia o que significavam "sagas", mas adorava contar uma história.

— Abner Cromwell morava perto de Lowbridge, em uma das maiores fazendas daquele distrito, e era um do homens mais ricos daquela época. Ele era um dos membros conservadores do Parlamento e conhecia todos na Ilha. Era casado com Julie Flagg, cuja mãe era da família Reese e a avó da família Clow, por isso estavam ligados com quase todas as famílias em Four Winds também. Um dia, apareceu uma notícia no *Daily Enterprise*... o sr. Abner Cromwell morrera repentinamente em Lowbridge e seu funeral seria realizado às 2 horas da tarde seguinte. Não sei como, o Abner e a família não viram a notícia... e claro que não havia telefones nas áreas rurais naquela época. Na manhã seguinte, Abner partiu para Halifax para assistir a uma convenção do partido. Às 2 horas, as pessoas começaram a aparecer para o funeral, chegando cedo para conseguir um bom lugar, pensando que haveria uma multidão por Abner ser um homem tão importante. E havia uma multidão, acredite em mim. Por quilômetros ao redor das estradas havia várias charretes, e as pessoas continuaram chegando até às 3. A sra. Abner estava quase louca, tentando fazê-los acreditar que seu marido não estava morto. Alguns não acreditaram nela no início. Ela me disse, em lágrimas, que eles pareciam achar que ela tinha se livrado do corpo. E quando se convenceram, agiram como se quisessem que ele realmente estivesse morto. Pisaram nos canteiros de flores do gramado de que ela tanto se orgulhava. Vários parentes distantes chegaram também, esperando jantar e camas para a noite, e ela não tinha feito muita comida... Julie nunca foi muito atirada, isso é necessário admitir. Quando Abner chegou em casa, dois dias depois, ele a encontrou na cama com esgotamento nervoso, e ela levou meses para se recuperar. Ela não comeu nada por seis semanas... bem, quase nada. Ouvi dizer que ela disse que se realmente tivesse havido um funeral, não poderia ter ficado mais nervosa. Mas nunca acreditei que ela realmente tenha dito isso.

— Não sei se de fato ela disse isso — disse a sra. William MacCreery. — As pessoas dizem coisas tão horríveis quando estão nervosas, a verdade vem à tona. A irmã de Julie, Clarice, foi e cantou no coro, como de costume, no primeiro domingo após o enterro do marido.

— Nem mesmo o funeral de um marido podia controlar Clarice por muito tempo — disse Agatha Drew. — Ela não tinha um pingo de juízo. Sempre dançando e cantando.

— Eu costumava dançar e cantar... na praia, onde ninguém me ouvia — disse Myra Murray.

— Ah, mas você ganhou juízo então — disse Agatha.

— Não, fiquei mais tola — disse Myra Murray lentamente. — Fiquei tão tola agora que nem consigo dançar na praia.

— No início — disse Emma, que não queria deixar a história completa — eles pensaram que a notícia tinha sido colocada como uma brincadeira... porque Abner havia perdido sua eleição alguns dias antes... mas acabaram descobrindo que foi Amasa Cromwell que morava atrás do bosque, do outro lado de Lowbridge... e nem era parente dele. Ele realmente morreu tempos depois, mas demorou muito para que as pessoas perdoassem a decepção, se é que algum dia o fizeram.

— Bem, foi bem cansativo vir de tão longe e chegar em cima da hora para descobrir que viajou à toa — defendeu-se a sra. Tom Chubb.

— E as pessoas geralmente gostam de funerais — disse a sra. Donald Reese animada. — Somos todos como crianças, eu acho. Levei Mary Anna ao funeral de seu tio Gordon, e ela gostou muito. *"Mãe, não poderíamos desenterrá-lo e nos divertir enterrando-o de novo?",* ela disse.

Todas elas *caíram na risada...* todas exceto a sra. Elder Baxter, que fez cara feia e enfiou a agulha na colcha sem piedade. Nada era sagrado hoje em dia. Todos riam de tudo. Mas ela, a esposa de um ancião, não iria tolerar nenhuma risada relacionada a um funeral.

— Falando de Abner, vocês se lembram do obituário que o irmão dele, John, escreveu para a esposa? — perguntou a sra. Allan Milgrave. — Começava assim: *"Deus, por razões que só Ele sabe, ficou satisfeito em levar minha linda noiva e deixar viva a esposa feia de meu primo William".* Nunca esquecerei a confusão que isso deu.

— E como uma coisa dessas chega a ser impressa? — perguntou a sra. Best.

— Ora, ele era o editor-chefe da *Enterprise* na época. Adorava sua esposa... Bertha

Morris, e odiava a sra. William Cromwell, porque ela não queria que ele se casasse com Bertha. Ela achava que Bertha era muito volúvel.

— Mas era muito bonita — disse Elizabeth Kirk.

— A jovem mais bonita que já vi na minha vida — concordou a sra. Milgrave. — Todos na família Morris são bonitos. Porém, inconstantes... inconstantes como brisa. Ninguém nunca soube como ela decidiu-se casar com John. Dizem que a mãe dela a manteve firme. Bertha estava apaixonada por Fred Reese, mas ele era famoso por ser mulherengo. A mãe lhe disse então: *"Mais vale um pássaro na mão do que dois voando".*

— Ouvi esse provérbio toda a minha vida — disse Myra Murray — e me pergunto se é verdade. Talvez os pássaros que estão voando possam *cantar*, e o que está na mão não.

Ninguém soube exatamente o que dizer, exceto a sra. Tom Chubb, que respondeu:

— Você é sempre tão pitoresca, Myra.

— Você sabe o que Mary Anna me disse outro dia? — disse a sra. Donald. — Ela disse: *"Mamãe, o que farei se ninguém nunca me pedir em casamento?"*

— Nós, as solteironas, poderíamos responder a isso, não é? — perguntou Celia Reese, dando uma cutucada em Edith Bailey. Celia não gostava de Edith porque Edith ainda era muito bonita e poderia ainda se casar.

— Gertrude Cromwell *era* feia — disse a sra. Grant Clow. — Ela era reta como uma tábua. Mas uma ótima dona de casa. Ela lavava todas as cortinas da casa todos os meses, e se Bertha lavasse as suas uma vez por ano era muito. E as persianas estavam *sempre* tortas. Gertrude dizia que isso lhe dava arrepios ao passar pela casa de John Cromwell. E, no entanto, John Cromwell adorava Bertha, e William apenas tolerava Gertrude. Os homens *são* estranhos. Dizem que William dormiu demais na manhã do casamento e se vestiu com tanta pressa que chegou à igreja com sapatos velhos e uma meia de cada cor.

— Bem, isso foi melhor do que Oliver Random — disse sorrindo a sra. George Carr. — *Ele* se esqueceu de mandar fazer um terno para o casamento, e seu velho terno de domingo era simplesmente impossível. Estava todo *remendado*. Então ele pegou emprestado o melhor terno de seu irmão, mas ficou muito apertado para ele.

— Pelo menos William e Gertrude se casaram — disse a sra. Simon. — A irmã dela, Caroline, *não*. Ela e Ronny Drew brigaram sobre qual pastor faria o casamento e nunca se casaram. Ronny ficou tão bravo que foi e se casou com Edna Stone antes que ele tivesse tempo de se acalmar. Caroline foi para o casamento deles de cabeça erguida, mas seu rosto parecia de uma morta.

— Mas pelo menos ela segurou a língua — disse Sarah Taylor. — Philippa Abbey não fez isso. Quando Jim Mowbray a abandonou, ela foi ao casamento dele e disse as coisas mais amargas em voz alta durante toda a cerimônia. Todos eram anglicanos, é claro — concluiu Sarah Taylor, como se isso explicasse qualquer capricho.

— É verdade que ela foi à recepção depois, usando todas as joias que Jim deu a ela enquanto estavam noivos? — perguntou Celia Reese.

— Não, ela não foi! Não sei como essas histórias se espalham, realmente. Não sei o que algumas pessoas fazem na vida a não ser espalhar fofoca. Eu ousaria dizer que Jim Mowbray arrependeu-se de não ter ficado com Philippa. Sua esposa o dominava totalmente... embora ele sempre se divertisse muito na ausência dela.

— A única vez que vi Jim Mowbray foi na noite em que os besouros verdes quase destruíram a congregação no culto de aniversário em Lowbridge — disse Christine Crawford.

— E o que os besouros verdes deixaram de destruir, Jim Mowbray deu sua contribuição. Era uma noite quente, e eles estavam com todas as janelas abertas. Os besouros verdes simplesmente entraram e voaram às centenas. Eles apanharam oitenta e sete insetos mortos na plataforma do coro na manhã seguinte. Algumas das mulheres ficaram histéricas quando os insetos voaram muito perto de seus rostos. Do outro lado do corredor, na minha direção, estava sentada a esposa do novo pastor... sra. Peter Loring. Ela usava um grande chapéu de renda com plumas de salgueiro...

— Ela sempre foi considerada muito elegante e extravagante para ser esposa de um pastor — interrompeu a sra. Elder Baxter.

— Vejam-me tirar aquele besouro do chapéu da esposa do pastor — ouvi Jim Mowbray sussurrar... ele estava sentado bem atrás dela. Ele se inclinou para frente e mirou no inseto... errou o alvo, mas acertou o chapéu e o mandou voando pelo corredor até o parapeito da comunhão. Jim quase teve um ataque de nervos. Quando o pastor viu o chapéu de sua esposa voando pelo ar, ele se esqueceu o que estava falando em seu sermão, não conseguiu continuar e desistiu em desespero. O coro cantou o último hino, afastando os besouros o tempo todo. Jim desceu e devolveu o chapéu para a sra. Loring. Ele esperava que ela fosse ficar muito brava, porque diziam que ela era bastante enérgica. Mas ela apenas colocou o chapéu em sua linda cabeça loira e riu dele. — Se você não tivesse feito isso — disse ela —, Peter teria continuado por mais vinte minutos e todos estaríamos completamente loucos.

É claro que foi bondade da parte dela não ficar com raiva, mas as pessoas acharam que ela não devia ter tido aquilo do marido.

— Mas vocês devem se lembrar de como ela nasceu — disse Martha Crothers.

— Por que? *Como* foi?

— Ela era Bessy Talbot, do oeste. A casa de seu pai pegou fogo uma noite e, em meio a toda aquela a confusão e agitação, Bessy nasceu... *no jardim*... sob as estrelas.

— Que romântico! — disse Myra Murray.

— Romântico! Eu não acho que isso seja nem *respeitável*.

— Mas pense só... nascer sob as estrelas! — disse Myra com ar sonhador. — Ora, ela devia ser filha das estrelas... brilhante... linda... corajosa... verdadeira... com brilho nos olhos.

— Ela era tudo isso — disse Martha —, quer seja por causa das estrelas ou não. E foi difícil para ela em Lowbridge, onde as pessoas achavam que a esposa de um pastor devia ser extremamente séria e altiva. Ora, um dos anciãos a pegou dançando em volta do berço de seu bebê um dia e lhe disse que ela não deveria se alegrar com seu filho até que ela descobrisse se ele era *eleito* ou não.

— Por falar em bebês, você sabe o que Mary Anna disse outro dia: — Mãe, as rainhas têm bebês?

— Deve ter sido o Alexander Wilson — disse a sra. Allan. — Um homem realmente estúpido. Ouvi dizer que ele não permitia que sua família falasse uma palavra na hora das refeições. Quanto a rir... ninguém podia rir na casa *dele*.

— Pense em uma casa sem risos! — disse Myra.

— Ora, é... puro sacrilégio.

— Alexander costumava passar por fases quando não falava com a esposa por três dias seguidos — continuou a sra. Allan. — Era um grande alívio para ela — acrescentou.

— Alexander Wilson era um bom homem de negócios e honesto, pelo menos — disse a sra. Grant Clow. O dito Alexander era seu primo em quarto grau, e os Wilson pertenciam à família. — Ele deixou 40 mil dólares quando morreu.

— É uma pena que ele teve de *deixar* aqui — disse Celia Reese.

— O irmão dele, Jeffry, não deixou nem 1 centavo — disse a sra. Clow. — Ele era o vagabundo daquela família, devo admitir. Mas era divertido demais. Gastava tudo o que ganhava... pagava bebidas para todos... e morreu sem um tostão. O que *ele* ganhou na vida com todas as suas aventuras e risos?

— Não muito, talvez — disse Myra, — mas pense em tudo que ele investiu. Ele estava sempre *dando*... alegria, simpatia, amizade e até dinheiro. Ele era rico em amigos, pelo menos, e Alexandre nunca teve um amigo em sua vida.

— Os amigos de Jeff não o enterraram — retrucou a sra. Allan. — Alexandre teve de fazer isso... e também mandou fazer uma lápide realmente boa para ele. Custou 100 dólares.

— Mas quando Jeff lhe pediu um empréstimo de 100 dólares para pagar uma operação que poderia ter salvado sua vida, Alexander recusou, não foi? — perguntou Celia Drew.

— Vamos, vamos, estamos ficando muito pouco caridosas — protestou a sra. Carr. — Afinal, nossa vida não é um mar de rosas, e todos nós temos alguns defeitos.

— Lem Anderson vai se casar com Dorothy Clark hoje — disse a sra. Millison, pensando que já era hora de a conversa tomar um rumo mais alegre. — E não faz um ano desde que ele jurou se matar se Jane Elliott não se casasse com ele.

— Os rapazes dizem coisas tão intrigantes — disse a sra. Chubb. — Eles mantiveram tudo em segredo... ninguém ficou sabendo de nada até três semanas atrás, quando ficaram noivos. Eu estava conversando com a mãe dele na semana passada e ela nem se sequer deu a entender que o filho iria se casar. Não tenho certeza que se possa confiar muito em uma mulher tão misteriosa.

— Estou surpresa com Dorothy Clark aceitar se casar com ele — disse Agatha Drew. — Na primavera passada, pensei que ela e Frank Clow iriam se casar.

— Ouvi Dorothy dizer que Frank era o melhor par, mas ela realmente não conseguia suportar a ideia de ver aquele nariz esticado para fora do lençol todas as manhãs quando acordasse.

A sra. Elder Baxter sentiu um arrepio e recusou-se a cair na gargalhada.

— Vocês não deveriam dizer essas coisas na frente de uma menina como Edith — disse Celia, virando a colcha.

— Ada Clark já está noiva? — perguntou Emma Pollock.

— Não, não exatamente — disse a sra. Millison. — Só esperançosa. Mas ela ainda vai conquistá-lo. Aquelas meninas têm o jeito certo de escolher maridos. A irmã dela, Pauline, se casou com o dono da melhor fazenda do porto.

— Pauline é bonita, mas tem a cabeça cheia de ideias tolas como sempre — disse a sra. Milgrave. — Às vezes acho que ela nunca terá juízo.

— Oh, com certeza ela terá — disse Myra Murray. — Algum dia ela terá os próprios filhos e ganhará sabedoria com eles... como aconteceu com você e comigo.

— Onde Lem e Dorothy vão morar? — perguntou a sra. Meade.

— Oh, Lem comprou uma fazenda em Upper Glen. A velha casa de Carey, você sabe, onde a pobre sra. Roger Carey matou o marido.

— Matou o marido?

— Bem, não estou dizendo que ele não merecia, mas todo mundo achou que ela foi longe demais. Sim, ela colocou herbicida em sua xícara de chá... ou foi na sopa dele? Todo mundo sabia, mas ninguém fez nada a respeito. O carretel de linha, por favor, Celia.

— Mas você quer dizer, sra. Millison, que ela nunca foi julgada... ou punida? — a sra. Campbell gaguejou.

— Bem, ninguém queria envolver uma vizinha em uma encrenca como essa. Os Careys se davam bem com todos em Upper Glen. Além disso, ela ficou desesperada. Claro que ninguém aprova assassinato como um hábito, mas se algum dia algum homem mereceu ser assassinado, foi Roger Carey. Ela foi para os Estados Unidos e se casou de novo. Ela já faleceu, há anos. O segundo filho dela sobreviveu. Tudo aconteceu quando eu era uma menina. Costumavam dizer que o fantasma de Roger Carey ficava *andando* por lá.

— Certamente ninguém acredita em fantasmas nesta era iluminada — disse a sra. Baxter.

— Por que não devemos acreditar em fantasmas? — perguntou Tillie MacAllister. — Fantasmas são interessantes. Eu conheço um homem que era assombrado por um fantasma que sempre ria dele... tipo zombeteiro. Costumava deixá-lo louco. A tesoura, por favor, sra. MacDougall.

Tiveram de pedir a tesoura duas vezes para a jovem noiva, que a entregou completamente corada. Ela ainda não estava acostumada a ser chamada de sra. MacDougall.

— A velha casa Truax, sobre o porto, foi assombrada por anos... batidas e barulhos estranhos em todo o lugar... uma coisa muito misteriosa — disse Christine Crawford.

— Todos os Truaxes tinham problemas de estômago — disse a sra. Baxter. — É claro que se você não acredita em fantasmas, eles não aparecem — disse a sra. MacAllister, mal-humorada. — Mas minha irmã trabalhava em uma casa na Nova Escócia que era assombrada por gargalhadas.

— Um fantasma alegre! — disse Myra. — Eu não me importaria em conhecer um assim.

— Provavelmente eram corujas — disse a cética sra. Baxter.

— *Minha* mãe viu anjos ao redor de seu leito de morte — disse Agatha Drew com ar de triunfo lamentoso.

— Anjos não são fantasmas — disse a Sra. Baxter.

— Falando em mães, como está seu tio Parker, Tillie? — perguntou a sra. Chubb.

— Muito mal. Não sabemos o que vai acontecer. Estamos sem saber o que fazer quanto às nossas roupas de inverno, quero dizer. Mas eu disse à minha irmã outro dia, quando estávamos conversando sobre isso, *"De qualquer maneira, é melhor comprarmos vestidos pretos, não importa o que aconteça".*

— Vocês sabem o que Mary Anna disse outro dia? Ela disse: "Mãe, vou parar de pedir a Deus para que meu cabelo fique enrolado. Eu pedi a Ele todas as noites durante uma semana e Ele não fez nada".

— Venho pedindo algo a Ele há vinte anos — disse amargamente a sra. Bruce Duncan, que não havia falado antes ou erguido seus olhos escuros da colcha. Ela era conhecida por fazer belas colchas... talvez porque ela nunca desviava sua atenção para as fofocas e colocava cada ponto precisamente onde deveria estar. Um breve silêncio caiu sobre o círculo. Todas elas podiam adivinhar o que ela havia pedido... mas não era algo a ser discutido em um círculo de costura. A sra. Duncan não falou novamente.

— É verdade que May Flagg e Billy Carter se separaram e que ele vai se casar com uma das MacDougalls do outro lado do porto? — perguntou Martha Crothers após um bom intervalo.

— Sim. Ninguém sabe o que aconteceu.

— É triste... que pequenas coisas às vezes separem os casais — disse Candace Crawford. — Lembram-se de Dick Pratt e Lilian MacAllister... ele estava começando a pedi-la em casamento em um piquenique quando o nariz dele começou a sangrar. Ele teve de ir até o riacho... e lá conheceu uma jovem estranha que lhe emprestou seu lenço. Ele se apaixonou e eles se casaram em duas semanas.

— Vocês ouviram o que aconteceu com Big Jim MacAllister no sábado à noite, na loja de Milt Cooper, no porto? — perguntou a sra. Simon, pensando que era hora de alguém apresentar um assunto mais alegre do que fantasmas e separações. — Ele adquiriu o hábito de sentar no fogão durante todo o verão. Mas a noite de sábado estava fria e Milt acendeu o fogo. Então, quando o pobre Big Jim se sentou... bem, ele queimou seu...

A sra. Simon não disse o que ele queimou, mas silenciosamente deu um tapinha na parte correspondente de sua anatomia.

— Traseiro — disse Walter muito sério, com a cabeça enfiada entre as trepadeiras. Ele honestamente pensava que a sra. Simon não se lembrava da palavra certa.

Todas ficaram em silêncio e perplexas segurando as colchas. Será que Walter Blythe estava lá o tempo todo? Todas começaram a lembrar das histórias contadas para saber se alguma delas tinha dito algo terrivelmente impróprio para os ouvidos do menino. Diziam que a querida senhora Blythe era muito exigente com o que seus filhos ouviam. Antes que suas línguas paralisadas se recuperassem, Anne apareceu e disse que elas já podiam ir jantar.

— Só mais dez minutos, sra. Blythe. Assim, conseguimos terminar as duas colchas — disse Elizabeth Kirk. As colchas foram terminadas, levadas para fora da casa, sacudidas, erguidas e admiradas.

— Quem será que vai dormir com delas? — disse Myra Murray.

— Talvez uma nova mãe segure seu primeiro bebê debaixo de uma delas — disse Anne.

— Ou crianças pequenas aninhem-se debaixo delas em uma noite fria na pradaria — disse a sra. Cornélia inesperadamente.

— Ou algum pobre e velho corpo com reumatismo encontre aconchego embaixo de uma delas — disse a sra. Meade.

— Espero que ninguém *morra* debaixo delas — disse a sra. Baxter, com tristeza.

— Vocês sabem o que Mary Anna disse antes de eu vir para cá? — disse a sra. Donald entrando na sala de jantar. — Ela disse: *"Mãe, não se esqueça que você deve comer tudo, que estiver em seu prato"*.

Diante disso, todas sentaram-se, comeram e beberam para a glória de Deus, pois haviam feito um bom trabalho à tarde e, afinal, havia muito pouca malícia na maioria delas.

Depois do jantar, elas foram para casa. Jane Burr caminhou até a vila com a sra. Simon Millison.

— Devo me lembrar de todos os ingredientes que estavam na mesa para contar à mamãe — disse Jane encantada, sem saber que Susan estava contando as colheres.

— Ela nunca sai porque está de cama, mas adora ouvir falar das coisas. Essa mesa vai ser um verdadeiro deleite para ela.

— Parecia exatamente como uma foto de revista — concordou a sra. Simon com um suspiro. — Posso preparar um jantar tão bom quanto qualquer pessoa, se é que posso dizer, mas não posso arrumar uma mesa com tanto estilo e *prestígio*. Quanto àquele jovem Walter, eu poderia bater no traseiro *dele* com gosto. Que susto ele me deu!

— Suponho que Ingleside ficou repleta de personagens mortos? — o doutor disse.

— Eu não estava participando da costura das colchas — disse Anne, — então não ouvi o que foi dito.

— Você nunca faz isso, querida — disse a sra. Cornélia, que ficara até mais tarde para ajudar Susan a dobrar as colchas. — Quando *você* está ajudando na costura das colchas, elas nunca se deixam levar. Acham que você não aprova mexericos.

— Depende do tipo — disse Anne.

— Bem, ninguém realmente disse nada muito terrível hoje. A maioria das pessoas sobre as quais elas falaram estavam mortas... ou deveriam estar — disse a sra. Cornélia, relembrando a história do suposto funeral de Abner Cromwell com um sorriso. — Só a sra. Millison teve de contar novamente aquela história horrível de assassinato do marido de Madge Carey. Eu me lembro muito bem. Não havia nenhum vestígio de prova de que Madge o havia matado... exceto que um gato morreu depois de comer um pouco da sopa. O animal estava doente havia uma semana. Se você me perguntar, Roger Carey morreu de apendicite... embora, claro, ninguém soubesse que existia apêndice naquela época.

— E, de fato, acho uma grande pena que eles tenham descoberto — disse Susan. — As colheres estão todas intactas, querida senhora, e nada aconteceu com a toalha de mesa.

— Bem, tenho de ir para casa — disse a sra. Cornélia. — Vou mandar algumas costelas na semana que vem, quando o Marshall matar o porco.

Walter estava novamente sentado na escada com os olhos cheios de sonhos. A noite estava chegando. De onde, ele pensava, vinha ela? Algum grande espírito com asas de morcego a derramava por todo o mundo de um jarro púrpura? A lua estava nascendo e três abetos velhos retorcidos pelo vento pareciam três velhas bruxas magras de costas, corcundas, subindo uma colina e mancando. E seria aquilo um pequeno fauno com orelhas peludas agachado nas sombras? E se ele abrisse um portão na parede de tijolos *agora*, será que entraria, não no jardim bem conhecido, mas em alguma estranha terra de fadas, onde princesas estavam acordando de um sono encantado, onde talvez ele pudesse encontrar e seguir o Eco como ele tão frequentemente ansiava por fazer? Não ousava falar. Algo desapareceria se isso acontecesse.

— Querido — disse a mãe, saindo —, você não deve ficar mais sentado aqui. Está ficando frio. Lembre-se de sua garganta.

A palavra falada quebrou o feitiço. Uma certa luz mágica havia sumido. O gramado ainda era um lugar lindo, mas não era mais o reino das fadas. Walter levantou-se.

— Mãe, você pode me contar o que aconteceu no funeral de Peter Kirk? — Anne pensou por um momento... então estremeceu.

— Agora não, querido. Talvez algum dia...

Capítulo 33

Anne, sozinha em seu quarto... porque Gilbert havia sido chamado para uma consulta..., sentou-se em sua janela por alguns minutos de comunhão com a ternura da noite e desfrutava do encanto misterioso de seu quarto iluminado pela lua. Digam o que quiserem, pensou Anne, sempre há algo um pouco estranho em um quarto iluminado pela lua. Toda a sua personalidade muda. Não é tão amigável... tão humano. É distante, indiferente e fechado em si mesmo. Quase que nos considera como intrusos.

Ela estava um pouco cansada, depois de seu dia agitado, e tudo estava maravilhosamente quieto agora... as crianças dormindo, Ingleside com a ordem restaurada. Não havia nenhum som na casa, exceto uma batida leve e ritmada da cozinha, onde Susan estava amassando o pão.

Mas pela janela aberta vinham os sons da noite, cada um deles amado e conhecido por Anne. Risos baixinhos vinham do porto no ar parado. Alguém cantava em Glen, e pareciam as notas assustadoras de uma música ouvida há muito tempo.

Havia caminhos prateados de luar sobre a água, mas Ingleside estava encoberta pela sombra. As árvores sussurravam "velhos ditados sombrios" e uma coruja piava no Vale do Arco-Íris.

— Que verão feliz foi este — pensou Anne... e então lembrou-se com um sobressalto de algo que ela tinha ouvido tia Highland Kitty, de Upper Glen, dizer uma vez... "*o mesmo verão nunca virá duas vezes*".

Nunca exatamente o mesmo. Outro verão viria..., mas as crianças seriam um pouco mais velhas, e Rilla iria para a escola... "e não terei mais nenhum bebê", pensou Anne com tristeza. Jem tinha 12 anos agora e já se falava da "Admissão"... Jem que ontem fora um bebezinho na velha Casa dos Sonhos. Walter estava ficando cada vez mais alto, e naquela mesma manhã ela tinha ouvido Nan provocando Di sobre um "rapaz" da escola; e Di tinha realmente corado e jogado a cabeça ruiva para trás. Bem, isso era a vida. Alegria e dor... esperança e medo... e mudanças. Sempre a mudança! Não se pode evitar. Temos de deixar o velho partir e abrir o coração para o novo... aprender a amá-lo e, em seguida, deixá-lo ir. A primavera, por mais linda que tenha sido, deve ceder lugar ao verão, e o verão deve se perder no outono. O nascimento... as núpcias... a morte... Anne de repente pensou em Walter pedindo para ser informado do que havia acontecido no funeral de Peter Kirk. Ela não pensava nisso havia anos, mas não se esquecera. Ninguém que esteve lá, ela tinha certeza, tinha esquecido ou esqueceria. Sentada ali, na penumbra iluminada pela lua, ela lembrou-se de tudo.

Foi em novembro... no primeiro novembro que passaram em Ingleside... após uma semana de dias de verão. Os Kirks viviam em Mowbray Narrows, mas frequentavam a igreja de Glen e Gilbert era médico deles; então ele e Anne foram ao funeral.

Ela se lembrava de que o dia tinha sido ameno, calmo e cinza-pérola. Ao redor deles havia a paisagem solitária marrom e púrpura de novembro, com manchas de sol aqui e ali nas terras altas e nas encostas onde o sol brilhava por uma fenda entre as nuvens. "Kirkwynd" ficava tão perto da costa que uma lufada de vento salgado soprou através dos pinheiros sombrios atrás dela. Era uma casa grande e próspera, mas Anne sempre achou que um dos lados do telhado parecia com um rosto comprido, estreito e amargo.

Anne fez uma pausa para falar com um pequeno grupo de mulheres no gramado rígido e sem flores. Todas eram almas trabalhadoras, para quem um funeral não era uma excitação desagradável.

— Esqueci de trazer um lenço — a sra. Bryan Blake se queixou — O que vou fazer quando chorar?

— Por que vai ter de chorar? — perguntou sem rodeios a cunhada dela, Camilla Blake. Camilla não gostava de mulheres que choravam com muita facilidade. — Peter Kirk não é seu parente e você nunca gostou dele.

— Acho *adequado* chorar em um funeral — disse a sra. Blake com seriedade. — Mostra o *sentimento* quando um vizinho é chamado para sua eterna morada.

— Se ninguém chorar no funeral de Peter, exceto aqueles que gostaram dele, não haverá muitas lágrimas — disse a sra. Curtis Rodd secamente. — Essa é a pura verdade, e por que escondê-la? Ele era um velho hipócrita e trapaceiro e eu sei disso, se ninguém mais sabe. *Quem* é aquela passando pelo portão? Não... *não* me digam que é Clara Wilson.

— É — sussurrou a sra. Bryan, incrédula.

— Bem, vocês sabem que depois que a primeira esposa de Peter morreu, ela disse a ele que nunca mais entraria em sua casa até vir ao funeral dele e cumpriu sua palavra — disse Camilla Blake. — Ela é irmã da primeira esposa de Peter... — explicou para Anne, que olhou curiosamente para Clara Wilson enquanto ela passava pelo grupo de mulheres, com seus olhos cor de topázio, olhando fixamente para frente. Ela era uma mulher magra com sobrancelhas escuras, rosto trágico e cabelo preto coberto por uma touca absurda que as mulheres idosas ainda usavam... feita de penas, com um véu cobrindo o rosto até o nariz. Ela não olhou nem falou com ninguém, enquanto sua longa saia de tafetá preto se arrastava sobre a grama e subia os degraus da varanda.

— Lá está Jed Clinton na porta, fazendo cara de funeral — disse Camilla sarcasticamente. — Ele está evidentemente pensando que é hora de entrarmos. Sempre se gabou de que em *seus* funerais tudo sai de acordo com o programado. Ele nunca perdoou Winnie Clow por desmaiar *antes* do sermão. Não teria sido tão ruim se fosse depois. Bem, provavelmente ninguém vai desmaiar neste funeral. Olivia não é do tipo que desmaia.

— Jed Clinton... o agente funerário de Lowbridge — disse à sra. Reese. — Por que não contrataram o de Glen?

— Quem? Carter Flagg? Por que, minha querida, Peter e ele sempre se detestaram. Carter gostava de Amy Wilson, vocês sabem.

— Muitos gostavam dela — disse Camilla. — Ela era uma jovem muito bonita, com seu cabelo ruivo em tom de cobre e olhos negros como tinta. Embora as pessoas achassem que Clara era a mais bonita das duas na época. É estranho que ela nunca tenha se casado. Lá vem o pastor finalmente... e o reverendo Owen, de Lowbridge, com ele. Claro, ele é primo da Olivia. Tudo bem, exceto que ele coloca muitos "Ohs" em suas orações. É melhor entrarmos ou Jed terá um ataque.

Anne fez uma parada para olhar para o rosto de Peter Kirk a caminho de sua cadeira. Ela nunca gostou dele. *"Ele tem um rosto cruel"*, pensou ela, a primeira vez que o viu. Bonito sim, mas com olhos frios como aço, naquele tempo já com bolsas protuberantes, e a boca fina e impiedosa de um avarento. Ele era conhecido por ser egoísta e arrogante no trato com seus semelhantes, apesar de sua profissão de piedade e suas orações untuosas. "Sempre seguro de sua importância", ela ouvira alguém dizer uma vez. No entanto, no geral, ele era respeitado e admirado.

Ele estava tão arrogante em sua morte quanto foi em vida, e havia algo sobre os dedos longos demais apertados sobre seu peito imóvel que fez Anne estremecer. Ela pensou no coração de uma mulher preso neles e olhou para Olivia Kirk, sentada em frente a ela, vestida de luto. Olivia era uma mulher alta, loira e bonita, com grandes olhos azuis... "não quero uma mulher feia", disse Peter Kirk certa vez... e seu rosto estava composto e inexpressivo. Não havia vestígio aparente de lágrimas..., mas, então, Olivia era uma Random, e os Randoms não eram emotivos. Pelo menos ela se sentou decorosamente, e a viúva mais inconsolável do mundo não poderia ter usado um vestido de luto mais pesado. O ar estava saturado com o perfume das flores que cobriam o caixão... para Peter Kirk, que nunca soube que flores existiam. Sua loja havia enviado uma coroa de flores, a igreja havia enviado outra, a Associação Conservadora outra, os administradores da escola outra, e o Conselho do Queijo havia enviado mais uma. Seu único filho, há muito perturbado, não havia enviado nada, mas o clã Kirk tinha enviado uma enorme âncora de rosas brancas com os dizeres "Finalmente chega ao porto" em botões de rosa vermelhos, e havia um da própria Olivia... uma almofada de lírios. O rosto de Camilla Blake se contraiu ao olhar para ele, e Anne lembrou-se de que uma vez ouviu Camilla dizer que estivera em Kirkwynd logo após o segundo casamento de Peter, quando Peter atirou pela janela um vaso com copos de leite que a noiva trouxera com ela. Ele não ia, disse ele, ter sua casa atolada de ervas daninhas. Aparentemente, Olivia aceitara com muita frieza e não havia mais lírios em Kirkwynd. Seria possível que Olivia... mas Anne olhou para o rosto plácido da sra. Kirk e afastou a suspeita. Afinal, geralmente era o florista quem sugeria as flores.

O coro cantou "*A morte, como um mar, separa a terra celestial da nossa*" e Anne chamou a atenção de Camilla pois sabia que ambas estavam se perguntando como Peter Kirk se encaixaria naquela terra celestial. Anne quase podia ouvir Camilla dizendo: "Imagine Peter Kirk com harpa e auréola, se tiver coragem".

O reverendo Owen leu um capítulo e orou, com muitos "Ohs" e muitas alusões a corações tristes que precisavam ser confortados. O pastor de Glen deu um sermão que muitos consideraram em particular muito enfadonho, mesmo levando em consideração que se deve dizer algo bom sobre os mortos. Ouvir Peter Kirk ser chamado de pai afetuoso e marido terno, um bom vizinho e um cristão fervoroso era, de acordo com o sentimento de todos, um mau uso da linguagem. Camilla se refugiou atrás do lenço, *não* para derramar lágrimas, e Stephen MacDonald pigarreou uma ou duas vezes. A sra. Bryan deve ter emprestado um lenço de alguém, pois ela estava chorando nele, mas os olhos azuis caídos de Olivia permaneceram sem lágrimas.

Jed Clinton suspirou aliviado. Tudo tinha corrido perfeitamente bem. Outro hino... o desfile habitual para uma última olhada "nos restos mortais"... e outro funeral de sucesso seria adicionado à sua longa lista.

Houve uma ligeira perturbação em um canto da grande sala e Clara Wilson abriu caminho através do labirinto de cadeiras até a mesa ao lado do caixão. Ela se virou e olhou para a assembleia. Seu chapéu absurdo tinha escorregado um pouco para o lado e uma ponta solta de seu pesado cabelo preto tinha escapado e estava pendurado em seu ombro. Mas ninguém achou que Clara Wilson parecesse absurda. Seu rosto comprido e pálido estava corado, seus olhos trágicos e assustados estavam em chamas. Ela era uma mulher possuída. A amargura, como uma doença incurável que a atormentava, parecia invadir seu ser.

— Vocês ouviram um monte de mentiras... vocês que vieram aqui "para prestar seus respeitos"... ou saciar sua curiosidade, seja ela qual for. Agora vou lhes contar a verdade sobre Peter Kirk. Não sou hipócrita... nunca tive medo dele vivo e não o temo agora que está morto. Ninguém jamais ousou dizer a verdade sobre ele na cara, mas agora vai ser contada... aqui no funeral, onde ele foi considerado um bom marido e um bom vizinho. Um bom marido! Ele se casou com minha irmã Amy... minha linda irmã, Amy. Todos vocês sabem como ela era doce e adorável. Ele transformou a vida dela em um inferno. Ele a torturou e humilhou... ele *gostava* de fazer isso. Oh, ele ia à igreja regularmente... e fazia longas orações... e pagava suas dívidas. Mas ele era um tirano e um valentão... seu próprio cachorro corria dele quando o ouvia chegar. Eu disse a Amy que ela se arrependeria de se casar com ele. Eu a ajudei a fazer o vestido de noiva... preferiria ter feito uma mortalha. Ela era louca por ele então, coitadinha, mas não demorou uma semana depois de casada para saber o que ele era. A mãe dele tinha sido uma escrava, e ele esperava que sua esposa o fosse. *"Não haverá discussões em minha casa"*, ele disse a ela. Ela não tinha ânimo para discutir... seu coração estava despedaçado. Oh, eu sei o que ela passou, minha pobre e querida irmã. Ele negava-lhe tudo. Ela não podia ter um jardim de flores... ela não podia nem mesmo ter um gatinho... dei a ela um e ele o afogou. Ela teve de prestar contas a ele por cada centavo que gastou. Alguma vez vocês a viram vestida decentemente? Ele a culparia por usar seu melhor chapéu, se houvesse probabilidade de chuva. A chuva não podia estragar nenhum chapéu que *ela* tivesse, pobre alma. Ela que adorava roupas bonitas! Ele estava sempre desdenhando da família dela. Ele nunca sorriu em sua vida... algum de vocês o ouviu rir de verdade? Ah, sim... ele sorria... ele sempre sorria, calma e docemente quando estava fazendo as coisas mais enlouquecedoras. Ele sorriu quando disse a ela, depois que seu bebê nasceu morto, que ela poderia muito bem ter morrido também, se ela não pudesse ter nada além de bebês mortos. Ela morreu depois de dez anos que isso aconteceu... e eu fiquei feliz por ela ter escapado dele. Eu disse a ele que nunca mais entraria em sua casa antes de vir ao seu funeral. Alguns de vocês me ouviram. Eu mantive minha palavra e agora vim e disse a verdade sobre ele. É a verdade... *vocês* sabem disso... — ela apontou ferozmente para Stephen MacDonald... — *você* sabe... — o dedo longo disparou para Camilla Blake... — *você* sabe... — Olivia Kirk não moveu um músculo — você sabe disso... — o próprio pastor sentiu como se aquele dedo o perfurasse completamente. — Eu chorei no casamento de Peter Kirk, mas eu disse a ele que riria de seu funeral. E vou fazer isso.

Ela deslizou furiosamente para frente e se curvou sobre o caixão. As ofensas que a haviam magoado durante anos foram vingadas. Ela finalmente liberou seu ódio. Seu corpo inteiro vibrou de triunfo e satisfação enquanto ela olhava para o rosto frio e tranquilo de um homem morto. Todo mundo esperava a explosão de risadas vingativas. Mas, ela não aconteceu. O rosto zangado de Clara Wilson mudou de repente... contorceu-se... ficou um pouco enrugado como o de uma criança. Clara começou a chorar.

Ela virou-se, com as lágrimas escorrendo pelo rosto devastado, para sair da sala. Mas Olivia Kirk levantou-se diante dela e pôs a mão em seu braço. Por um momento, as duas mulheres se entreolharam. A sala foi envolvida por um silêncio que parecia uma presença humana.

— Obrigada, Clara Wilson — disse Olivia Kirk. Seu rosto estava tão inescrutável como sempre, mas havia um tom em sua voz calma e uniforme que fez Anne estremecer. Ela sentiu como se um poço tivesse se aberto de repente diante de seus olhos. Clara Wilson pode odiar Peter Kirk, vivo e morto, mas Anne sentia que seu ódio era uma coisa pálida em comparação com o sentimento de Olivia Kirk.

Clara saiu, chorando, passando por um Jed enfurecido com um funeral estragado entre as mãos. O pastor, que pretendia anunciar um último hino, "*Adormecido em Jesus*", pensou melhor e simplesmente pronunciou uma trêmula bênção. Jed não fez o anúncio habitual de que amigos e parentes poderiam agora dar um último adeus aos "restos mortais". A única coisa decente a fazer, ele sentiu, era fechar a tampa do caixão de uma vez e enterrar Peter Kirk fora de vista de todos o mais rápido possível. Anne respirou fundo enquanto descia os degraus da varanda. Como era adorável o ar frio e fresco depois daquela sala sufocante e perfumada, onde a amargura de duas mulheres tinha sido seu tormento.

A tarde tinha ficado mais fria e cinzenta. Pequenos grupos aqui e ali no gramado discutiam o caso com vozes abafadas. Clara Wilson ainda podia ser vista cruzando um campo de pastagem a caminho de casa.

— Bem, esta não foi a melhor de todas? — disse Nelson atordoado.

— Chocante... chocante! — disse Elder Baxter.

— Por que ninguém a impediu? — perguntou Henry Reese.

— Porque todos vocês queriam ouvir o que ela tinha a dizer — retrucou Camilla.

— Não foi... decente — disse o tio Sandy MacDougall. Ele estava seguindo a palavra e a mantinha debaixo da língua. Não foi decente. Um funeral deve ser decente, seja lá como for... decente.

— Nossa, a vida não é engraçada? — disse Augustus Palmer. — Eu me lembro quando Peter e Amy começaram a namorar — ponderou o velho James Porter. — Eu estava cortejando minha mulher naquele mesmo inverno. Clara era muito bonita naquela época. E fazia uma deliciosa torta de cereja!

— Ela sempre foi uma jovem de língua afiada — disse Boyce Warren. —Suspeitei que trazia pólvora quando a vi chegando, mas não imaginei que seria uma coisa dessas. E Olivia! Alguém teria imaginado? As mulheres *são* muito esquisitas.

— Vai ser uma história e tanto para o resto de nossas vidas — disse Camilla. — Afinal, suponho que, se coisas como essa nunca tivessem acontecido, a História seria uma coisa enfadonha.

Um Jed desmoralizado mandou que seus homens carregassem o caixão. Enquanto a carruagem fúnebre descia a pista, seguida pela lenta procissão de charretes, um cachorro foi ouvido uivando com o coração partido no celeiro. Afinal, talvez uma criatura viva deva ter chorado de verdade pela morte de Peter Kirk.

Stephen MacDonald juntou-se a Anne enquanto ela esperava por Gilbert. Ele era um homem alto de Upper Glen, com a cabeça de um antigo imperador romano. Anne sempre gostou dele.

— Cheira a neve — disse ele. — Sempre me pareceu que novembro é uma época saudosa. Alguma vez lhe pareceu assim, sra. Blythe?

— Sim. O ano olha com tristeza para a primavera que passou.

— Primavera... primavera! Sra. Blythe, estou ficando velho. Pego-me imaginando que as estações estão mudando. O inverno não é o que era... não reconheço o verão... e a primavera... não há nascentes agora. Pelo menos, é assim que nos sentimos quando as pessoas que conhecíamos não voltam para compartilhá-las conosco. Pobre Clara Wilson agora... o que achou de tudo isso?

— Oh, foi de partir o coração. Tanto ódio...

— Sim. Sabe, ela estava apaixonada por Peter havia muito tempo... terrivelmente apaixonada. Clara era a jovem mais bonita de Mowbray Narrows na época... pequenos cachos negros em volta de seu rosto branco..., mas Amy era alegre e sorridente. Peter deixou Clara para ficar com Amy. É estranho como as coisas acontecem, sra. Blythe.

Houve uma agitação sinistra nos pinheiros dilacerados pelo vento atrás de Kirkwynd; ao longe, uma tempestade de neve embranquecia sobre uma colina onde uma fileira de álamos cortava o céu cinzento. Todos estavam correndo para fugir antes que a tempestade chegasse a Mowbray Narrows.

— Tenho o direito de ser tão feliz quando outras mulheres têm uma vida tão miserável? — Anne se perguntava enquanto caminhava para casa, lembrando-se dos olhos de Olivia Kirk enquanto agradecia a Clara Wilson.

Anne levantou-se da janela. Já tinham se passado quase doze anos.

Clara Wilson estava morta, e Olivia Kirk fora para o litoral, onde se casou novamente. Ela era muito mais jovem que Peter.

— O tempo cura muito mais do que pensamos — pensou Anne. — É um erro terrível nutrir amargura por anos... abraçando-a como um tesouro. Mas acho que a história do que aconteceu no funeral de Peter Kirk é algo que Walter nunca deve saber. Certamente não é uma história para crianças.

Capítulo 34

Rilla sentou-se nos degraus da varanda em Ingleside com um joelho cruzado sobre o outro... que joelhos gordinhos e morenos adoráveis! Estava muito ocupada sentindo-se infeliz. E se alguém perguntar por que uma gatinha mimada deveria estar infeliz é porque já se esqueceu da própria infância, quando coisas que eram apenas ninharias para adultos significavam tragédias sombrias e terríveis para ela. Rilla estava perdida em profundo desespero porque Susan tinha lhe dito que iria assar um de seus bolos de prata e ouro para o evento social do orfanato, e ela, Rilla, deveria levá-lo para a igreja naquela tarde.

Não me pergunte porque Rilla achou que preferia morrer a carregar um bolo pela vila até a Igreja Presbiteriana de Glen St. Mary. Às vezes, os pequeninos têm noções estranhas na cabeça, e de alguma forma Rilla entendeu que era uma coisa vergonhosa e humilhante ser vista carregando um bolo *em qualquer lugar*. Talvez porque, um dia, quando ela tinha apenas 5 anos, encontrou a velha Tillie Pake carregando um bolo pela rua com todos os meninos da vila gritando e cantando ao seu lado para caçoar dela. A velha Tillie morava perto do porto e era uma velha esfarrapada muito suja. Eles cantavam:

"*Olhe a velha Tillie Pake.*

O bolo ela roubou

e a dor de estômago piorou."

Ser comparada à Tillie Pake era algo que Rilla não conseguiria suportar. Ela tinha colocado uma ideia na cabeça de que não podia simplesmente "ser uma senhora" e carregar bolos por aí. Então era por isso que ela estava sentava desconsolada nos degraus, e sua boquinha querida, sem um dente na frente, estava sem seu sorriso habitual. Em vez de parecer que entendia o que os narcisos estavam pensando ou compartilhar um segredo com uma rosa amarela, ela parecia um ser destruído para sempre. Mesmo seus grandes olhos castanhos, que quase se fechavam quando ela ria, estavam tristes e atormentados, em vez de serem os habituais poços de encanto. "Foram as fadas que tocaram seus olhos", disse tia Kitty MacAllister uma vez. Seu pai jurava que ela tinha nascido encantadora e sorriu para o doutor Parker meia hora depois de ter nascido. Contudo, Rilla podia falar melhor com os olhos do que com a língua, pois tinha um pouco de ceceio. Mas isso logo acabaria... ela estava crescendo rápido. No ano passado, papai a medira por uma roseira; este ano foi o flox; logo seriam as malvas-rosadas e ela iria para a escola. Rilla estava muito feliz e muito satisfeita consigo mesma até o terrível anúncio de Susan. Realmente Rilla disse ao céu, indignada, que Susan não teve nenhum senso de vergonha. Na verdade, Rilla pronunciara *chencho de vegonha*, mas o adorável céu azul suave parecia compreender.

A mãe e o pai tinham ido a Charlottetown naquela manhã, e todas as outras crianças estavam na escola, então Rilla e Susan estavam sozinhas em Ingleside. Normalmente, Rilla teria ficado encantada sob tais circunstâncias. Ela nunca ficava sozinha; ela ficaria feliz em sentar-se nos degraus ou em sua pedra verde forrada de musgo no Vale do Arco-Íris, com um ou dois gatinhos das fadas como companhia, e ter fantasias sobre tudo o que via... o canto do gramado que parecia uma pequena terra alegre de borboletas... as papoulas flutuando sobre o jardim... aquela grande nuvem fofa sozinha no céu... as grandes abelhas que pousavam sobre as capuchinhas... a madressilva que pendia para tocar seus cachos castanho-avermelhados com um dedo amarelo... o vento que soprava... para onde soprava? ...Cock Robin, que estava de volta e se pavoneava imponente ao longo do corrimão da varanda, perguntando-se por que Rilla não brincava com ele... e Rilla, que não conseguia pensar em nada além do terrível fato de que ela devia carregar um bolo... um bolo... pela vila até a igreja para o evento social que eles estavam organizando para os órfãos. Rilla tinha noção de que o orfanato ficava em Lowbridge e que crianças pobres viviam lá, sem pais ou mães. Ela sentia muita pena deles. Mas nem mesmo para o mais órfão dos órfãos a pequena Rilla Blythe estava disposta a ser vista em público *carregando um bolo*.

Talvez, se chovesse, ela não precisasse ir. Mas não parecia que ia chover, então Rilla juntou as mãos... havia uma covinha na ponta de cada dedo... e disse seriamente: — "*Pu favô*, querido Deus, faça *chovê* forte. Faça *chovê pledla*." Ou então... — Rilla pensou em outra possibilidade: — "faça com que o bolo de *Tutan* se queime... queime como um carvão.

Infelizmente, quando chegou a hora do jantar, o bolo, acabado, recheado e coberto, estava triunfante em cima da mesa da cozinha. Era o bolo favorito de Rilla... "Bolo de ouro e prata" soava tão *luxuoso*..., mas ela sentia que nunca mais seria capaz de comer um pedaço dele.

Ainda assim... não era um trovão que estava rolando pelas colinas baixas do porto? Talvez Deus tivesse ouvido sua oração... talvez houvesse um terremoto antes da hora de partir. Ela não poderia ter uma dor no estômago se o pior acontecesse? Não. Rilla estremeceu. Isso significaria óleo de rícino. Melhor o terremoto!

As outras crianças não perceberam que Rilla, sentada em sua querida cadeira com o patinho branco trabalhado nas costas, estava muito quieta. Tão egoístas! Se mamãe estivesse em casa, *ela* teria notado. Mamãe percebeu imediatamente o quanto ela estava preocupada naquele dia terrível, em que a foto do pai saiu na revista *Enterprise*. Rilla estava chorando amargamente na cama quando mamãe entrou e descobriu que Rilla achava que só assassinos tinham suas fotos nas revistas e jornais. Mamãe não demorou muito para resolver *isso*. Será que a mãe dela gostaria de ver a filha carregando bolo por Glen como a velha Tillie Pake? Rilla achava difícil comer qualquer jantar, embora Susan tivesse colocado seu adorável prato azul com botões de rosa que tia Rachel Lynde lhe mandara em seu último aniversário e que ela geralmente só tinha permissão para comer aos domingos. "Plato azul e losinhas!" Quando se tinha de fazer uma coisa tão vergonhosa! Ainda assim, os bolinhos de frutas que Susan tinha feito para a sobremesa estavam deliciosos.

— *Tutan*, Nan e a Di não podem *levá* o bolo depois da escola? — ela implorou.

— A Di quando sair da escola vai para a casa de Jessie Reese, e Nan está com um osso na perna — disse Susan, com a impressão de que estava brincando. — Além disso, seria tarde demais. O comitê quer que todos os bolos cheguem às 3h para que possam cortá-los e arrumar as mesas antes de irem para casa para o jantar. Por que você não quer ir, Bolinha? Você sempre acha que é tão divertido ir ao correio.

Rilla *era* um pouco rechonchuda, mas odiava ser chamada assim.

— Não quero *magoá* os meus sentimentos — explicou ela bem séria.

Susan riu. Rilla estava começando a dizer coisas que faziam a família rir. Ela nunca conseguia entender por que eles riam se ela estava sempre falando sério. Apenas a mãe nunca ria; ela não riu nem mesmo quando descobriu que Rilla achava que o pai era um assassino.

— O evento é para juntar dinheiro para meninos e meninas pobres que não têm pais ou mães que gostem deles — explicou Susan... como se ela fosse um bebê que não entendesse nada!

— Eu também sou quase uma *ólfã* — disse Rilla. — Eu só tenho um pai e uma mãe.

Susan apenas riu de novo. Ninguém a compreendia.

— Você sabe que sua mãe *prometeu* esse bolo para o comitê, querida. Não tenho tempo para levá-lo e você *precisa* ir agora. Então, vista o seu avental azul e vá até lá.

— Minha boneca adoeceu — disse Rilla em desespero. — Eu tenho de *pô* ela na cama e *ficá* com ela. Talvez seja pneumonia.

— Sua boneca ficará muito bem até você voltar. Você pode ir e vir em meia hora — foi a resposta impiedosa de Susan.

Não havia esperança. Até mesmo Deus falhou com ela... não havia sinal de chuva. Rilla, quase chorando para continuar a protestar, subiu e colocou seu novo avental de organdi e seu chapéu de domingo enfeitado com margaridas. Talvez se ela parecesse *respeitável*, as pessoas não pensariam que ela era como a velha Tillie Pake.

— Eu acho que a minha cara *tá* limpa, se você *quisé pode olhá* atlás das minhas *oureias* — disse ela a Susan com grande dignidade.

Ela temia que Susan pudesse repreendê-la por colocar seu melhor vestido e chapéu. Mas Susan apenas examinou suas orelhas, entregou-lhe um cesto com o bolo, disse-lhe para comportar-se bem e pelo amor de Deus não parar para conversar com todos os gatos que encontrasse. Rilla fez uma careta rebelde para Gog e Magog e partiu. Susan ficou olhando-a com ternura.

— Imagine só, nossa bebê já tem idade suficiente para carregar um bolo sozinha para a igreja — pensou ela, meio orgulhosa, meio tristonha, enquanto voltava ao trabalho, felizmente inconsciente da tortura que acabara de infligir a uma pequena por quem teria dado a própria vida.

Rilla não se sentia tão infeliz desde quando tinha adormecido na igreja e caiu do assento. Normalmente, ela adorava ir até a vila; havia tantas coisas interessantes para ver, mas hoje o fascinante varal da sra. Carter Flagg, com todas aquelas lindas colchas, não atraiu o olhar de Rilla, e o novo veado de ferro fundido que o sr. Augustus Palmer montou em seu quintal não lhe provocou nenhum sentimento. Ela nunca havia passado por ali sem desejar que eles pudessem ter um igual no gramado de Ingleside. Mas agora, o que eram veados de ferro fundido? O sol quente espalhava-se ao longo da rua como um rio e *todos* estavam fora de casa. Duas meninas passaram, sussurrando uma com a outra. Foi sobre *ela*? Ela imaginou o que elas poderiam estar dizendo. Um homem que conduzia uma charrete pela estrada a encarou. Ele estava realmente se perguntando se aquela era a bebê Blythe e como estava linda! Mas Rilla sentiu que seus olhos perfuraram o cesto e viram o bolo. E quando Annie Drew passou com seu pai, Rilla teve certeza de que ela estava rindo dela. Annie Drew tinha 10 anos e era uma menina muito grande aos olhos de Rilla.

Então, havia uma multidão de meninos e meninas na esquina de Russell. Ela teve de passar por eles. Era terrível sentir que seus olhos estavam todos olhando para ela e depois um para o outro. Ela passou marchando, tão orgulhosamente desesperada que todos pensaram que ela era convencida e devia ser derrubada uma ou duas vezes. *Eles* iriam mostrar quem eram para aquela bebê com cara de gatinho! Uma menina atrevida e vaidosa como todas as meninas de Ingleside! Só porque moravam naquela casa grande!

Millie Flagg desfilava atrás dela, imitando seu andar e levantando nuvens de poeira entre as duas.

— Para onde vai o cesto com a criança? — gritou Slicky Drew.

— Tem uma mancha no seu nariz, cara de geleia — zombou Bill Palmer.

— O gato comeu sua língua? — disse Sarah Warren.

— Vaidosa! — zombou Beenie Bentley.

— Fique do seu lado da estrada ou farei você engolir um besouro — disse o grande Sam Flagg parando de roer uma cenoura crua.

— Olhe como ela está corando — riu Mamie Taylor.

— Aposto que você está levando um bolo para a Igreja Presbiteriana — disse Charlie Warren. — Bem pequeno como todos os bolos de Susan Baker.

O orgulho não deixaria Rilla chorar, mas havia um limite para o que uma pessoa pode suportar. Afinal, era um bolo de Ingleside...

— Da próxima vez que tiverem doentes, direi a meu pai para não *dá* remédios pra vocês — disse ela, desafiadora.

Então ela olhou consternada. Aquele não poderia ser Kenneth Ford virando a esquina da estrada do porto! Não podia ser! Mas era!

Não era suportável. Ken e Walter eram amigos, e Rilla pensava em seu pequeno coração que Ken era o menino mais simpático e bonito do mundo todo. Ele raramente prestava atenção nela... embora uma vez ele tenha dado a ela um patinho de chocolate. E um dia inesquecível ele sentou-se ao lado dela em uma pedra cheia de musgo no Vale do Arco-Íris e contou a ela a história dos Três Ursos e da Pequena Casa na Floresta. Mas ela estava contente em idolatrá-lo a distância. E agora esse ser maravilhoso a encontrou *carregando um bolo*!

— Olá, Bolinha! O calor está terrível hoje, não está? Espero comer uma fatia desse bolo hoje à noite.

Então ele sabia que era um bolo! Todo mundo sabia disso!

Rilla foi até a vila e pensou que o pior havia passado quando o pior aconteceu. Ela olhou para uma estrada secundária e viu sua professora da Escola Dominical, srta. Emmy Parker, vindo por ela. A srta. Emmy Parker ainda estava a uma boa distância, mas Rilla a conhecia pelo vestido... aquele vestido de organdi verde-claro com babados e cachos de pequenas flores brancas por toda parte... o vestido de "flor de cerejeira", Rilla chamava-o secretamente. A srta. Emmy o usou na Escola Dominical no domingo passado e Rilla achou que era o vestido mais lindo que ela já tinha visto. Mas a srta. Emmy sempre usava vestidos tão bonitos... às vezes rendados e com babados, outras vezes de seda.

Rilla adorava a srta. Emmy. Ela era tão bonita e delicada, com sua pele bem branquinha e seus olhos bem castanhos e seu sorriso triste e doce... triste, uma outra menina disse a Rilla um dia, porque o homem com quem ela ia se casar havia morrido. Ela estava tão feliz por estar na classe da srta. Emmy. Ela teria detestado estar na sala da srta. Florrie Flagg... Florrie Flagg era *feia*, e Rilla não suportaria uma professora feia. Quando Rilla encontrava a srta. Emmy fora da Escola Dominical e srta. Emmy sorria e falava com ela, era um dos melhores momentos da vida de Rilla. Quando a srta. Emmy lhe dava um aceno na rua, ela sentia uma estranha e repentina elevação nas batidas do coração, e quando a srta. Emmy convidou toda a classe para uma festa de bolhas de sabão, onde fizeram as bolhas vermelhas com suco de morango, Rilla quase morreu de pura felicidade.

Mas encontrar a srta. Emmy, carregando um bolo, era simplesmente insuportável para Rilla. Além disso, a srta. Emmy iria fazer um diálogo para o próximo concerto da Escola Dominical e Rilla nutria esperanças secretas de ser convidada a fazer o papel da fada... uma fada vestida de escarlate com um chapeuzinho verde pontudo. Mas não adiantaria ter esperanças se a srta. Emmy a visse *carregando um bolo*.

A srta. Emmy não ia vê-la! Rilla estava parada na pequena ponte que cruzava o riacho, que era bem fundo e sinuoso naquele ponto. Ela pegou o bolo do cesto e jogou-o no riacho, onde os amieiros se encontraram em um pequeno lago escuro. O bolo atravessou os galhos e afundou com um estalo seguido do som de bolhas. Rilla sentiu um arrepio frenético de alívio e liberdade e virou-se para encontrar a srta. Emmy, que, ela viu agora, carregava um grande embrulho de papel pardo.

A srta. Emmy sorriu para ela, por baixo de um chapeuzinho verde com uma pequena pena laranja dentro.

— Oh, você está linda, professora... linda — disse Rilla com adoração.

A srta. Emmy sorriu novamente. Mesmo quando seu coração está partido... e o da srta. Emmy realmente estava... não é desagradável receber um elogio tão sincero.

— É o chapéu novo, imagino, querida. As penas são lindas, eu acho... olhando para o cesto vazio... — você levou o seu bolo para o evento social. Que pena que você está voltando e não indo até lá. Estou levando o meu... um bolo de chocolate bem grande e cremoso.

Rilla ergueu os olhos desconsolada, incapaz de pronunciar uma palavra. A srta. Emmy estava *carregando um bolo*, portanto, não poderia ser uma coisa vergonhosa carregar um bolo. E ela... oh, o que ela fez? Ela tinha jogado o adorável bolo de ouro e prata de Susan no riacho... e ela havia perdido a chance de ir até a igreja com a srta. Emmy, *ambas* carregando bolos!

Depois que a srta. Emmy partiu, Rilla foi para casa com seu terrível segredo. Ela se enterrou no Vale do Arco-Íris até a hora do jantar, quando novamente ninguém percebeu que ela estava muito quieta. Ela estava com muito medo de que Susan perguntasse a quem ela havia dado o bolo, mas não houve perguntas incômodas. Depois do jantar os outros foram brincar no Vale do Arco-Íris, mas Rilla sentou-se sozinha nos degraus até o sol se pôr e o céu ficar todo dourado e ventoso atrás de Ingleside, e as luzes surgirem na vila abaixo. Rilla sempre gostou de vê-las aparecendo, aqui e ali, por todo o Glen, mas esta noite ela não estava interessada em nada. Ela nunca tinha estado tão infeliz em sua vida. Ela simplesmente não via como poderia sobreviver. A noite ficou púrpura, e ela ficou ainda mais infeliz. Um cheiro delicioso de pãezinhos de açúcar de bordo chegou até ela... Susan havia esperado o frescor da noite para fazer a comida da família... mas os pãezinhos de bordo, como tudo mais, eram apenas vaidade. Miseravelmente, ela subiu as escadas e foi para a cama sob a nova colcha de flores rosa de que tanto se orgulhava. Mas ela não conseguia dormir. Ela ainda estava assombrada pelo fantasma do bolo que havia se afogado. Mamãe havia prometido aquele bolo ao comitê... o que eles pensariam de mamãe por não enviá-lo? E teria sido o bolo mais lindo lá! O vento tinha um som tão solitário esta noite. Estava censurando-a. Ele estava dizendo: "Boba... boba... boba", uma e outra vez.

— O que está mantendo você acordada, meu amor? — disse Susan, entrando com um pãozinho de açúcar de bordo.

— Oh, *Tutan*, estou... estou tão cansada de *sê* eu.

Susan parecia preocupada. Pensando bem, a criança parecia cansada ao jantar.

— E é claro que o doutor não está aqui. "As famílias dos médicos morrem e as mulheres dos sapateiros ficam descalças" — pensou ela. Então disse em voz alta: — Vou ver se você está com febre, meu amor.

— Não, não, *Tutan*. É que... eu fiz algo terrível, *Tutan*... o demônio me fez *fazê*... não, não, ele não fez, Tutan... eu fiz isso *pô* mim mesma, eu... eu joguei o bolo no riacho.

— Santo Deus! — disse Susan inexpressivamente. — Por que você fez isso?

— Fez o quê? — era a mãe, chegando em casa da cidade. Susan recuou alegremente, grata que a querida senhora tinha a situação sob controle. Rilla soluçou toda a história.

— Querida, eu não entendo. Por que você achou que era uma coisa tão horrível levar um bolo para a igreja?

— Eu pensei que seria exatamente como a velha Tillie Pake, mamãe. E eu decepcionei a senhora! Oh, mamãe, se a senhora me perdoar, nunca mais serei má de novo... e direi ao comitê que você fez o bolo...

— Esqueça o comitê, querida. Eles devem ter dito bolos mais do que o suficiente... eles sempre têm. É improvável que alguém notaria que não enviamos um. Só não vamos falar sobre isso com ninguém. Mas de agora em diante, Bertha Marilla Blythe, lembre-se de que nem Susan nem a mamãe jamais pediriam que você fizesse algo vergonhoso.

A vida voltava a ser doce. Papai veio até a porta para dizer: — Boa noite, minha gatinha — e Susan apareceu para dizer que eles iam comer uma torta de frango no jantar amanhã.

— Com muito molho, *Tutan*?

— Um monte de molho.

— E posso comer um ovo de casca *marrom* para o café da manhã, *Tutan*? Eu sei que não mereço...

— Você pode comer dois ovos marrons se quiser. E agora você tem de comer seu pãozinho e ir dormir, meu amor.

Rilla comeu o pãozinho, mas, antes de dormir, saiu da cama e se ajoelhou. Muito sinceramente, ela disse:

— Querido Deus, *pô favô*, faça com que eu seja sempre uma criança boa e obediente, não importa o que me mandem *fazê*. E abençoe a querida srta. Emmy e todos os *pobles olfãos*.

Lucy Maud Montgomery

Capítulo 35

As crianças de Ingleside brincavam e caminhavam juntas e viviam todos os tipos de aventuras juntas; e cada uma delas, além disso, tinha a própria vida interior de sonho e fantasia.

Especialmente Nan, que desde o início criava dramas secretos a partir de tudo que ouvia, via ou lia, e peregrinava em reinos de maravilha e romance totalmente insuspeitados em seu círculo familiar. No início, ela imaginava padrões de danças élficos em vales assombrados e dríades em bétulas. Ela murmurava segredos ao grande salgueiro no portão, e a velha casa vazia dos Bailey, do outro lado do Vale do Arco-Íris, que era a ruína de uma torre mal-assombrada. Por semanas, ela pode ser filha de um rei aprisionada em um castelo solitário à beira-mar... por meses, ela foi enfermeira em uma colônia de leprosos na Índia ou em alguma terra "muito, muito distante". "Muito, muito distante" sempre foram palavras mágicas para Nan... como uma música suave que se ouve sobre uma colina onde o vento é forte.

À medida que crescia, ela construía seu drama sobre as pessoas reais que via em sua pequena vida. Especialmente as pessoas na igreja. Nan gostava de olhar para as pessoas na igreja porque todos estavam muito bem vestidos. Era quase um milagre. Eles pareciam tão diferentes nos outros dias da semana.

Os silenciosos ocupantes respeitáveis dos vários bancos de família teriam ficado surpresos e talvez um pouco horrorizados se conhecessem os romances que a recatada donzela de olhos castanhos no banco da Ingleside estava planejando para eles. Annetta Millison, de sobrancelhas negras e coração bondoso, teria ficado estupefata ao saber que Nan Blythe a imaginava como uma sequestradora de crianças, fervendo-as vivas para fazer poções que a manteriam jovem para sempre. Nan imaginava isso de forma tão vívida que quase morreu de medo quando encontrou Annetta Millison uma vez em uma viela ao anoitecer, agitada com o sussurro dourado dos botões de ouro. Ela foi absolutamente incapaz de responder à saudação amigável de Annetta, e Annetta concluiu que Nan Blythe estava realmente começando a ser uma pequena arrogante e orgulhosa e precisava de um pouco de treinamento de boas maneiras. A pálida sra. Rod Palmer nunca imaginou que tivesse envenenado alguém e estava morrendo de remorso. Elder Gordon MacAllister, de rosto solene, não tinha noção de que uma feiticeira havia lançado uma maldição sobre ele ao nascer, cujo resultado era que ele nunca conseguiria sorrir. Fraser Palmer, de bigode escuro, de uma vida sem culpa, pouco sabia que, quando Nan Blythe olhou para ele, pensava: *"Tenho certeza de que aquele homem cometeu um ato cruel e desesperador. Parece que ele tem um segredo terrível em sua consciência".* E Archibald Fyfe nem suspeitava que, quando Nan Blythe o viu chegando, ela se apressava em inventar uma rima como resposta a qualquer comentário que ele pudesse fazer, porque ela deveria responder a ele somente com versos. Ele nunca falava com ela, tinha muito medo de crianças, mas Nan se divertia sem parar inventando uma rima rápida e desesperada.

— Olá sr. Fyfe, estou bem, obrigada, e como estão o senhor e sua esposa amada?

ou

— Sim, está um dia lindo, perfeito para apanhar tamarindo.

Não há como saber o que a sra. Morton Kirk teria dito se soubesse que Nan Blythe nunca iria a sua casa... supondo que ela já tivesse sido convidada... porque havia uma *pegada vermelha* em sua porta; e sua cunhada, calma, gentil e negligenciada, Elizabeth Kirk, nunca sonhara que era uma solteirona porque seu amante havia caído morto no altar pouco antes da cerimônia de casamento.

Era tudo muito divertido e interessante, e Nan nunca perdeu o caminho entre o fato e a ficção, até ser possuída pela Dama dos Olhos Misteriosos.

Não adianta nem perguntar como os sonhos crescem. A própria Nan nunca poderia ter contado como isso aconteceu. Tudo começou com a CASA SOMBRIA. Nan sempre a via assim, escrito em letras maiúsculas. Ela gostava de contar seus romances sobre lugares e também sobre pessoas, e a *Casa Sombria* era o único lugar ao redor, exceto a velha casa dos Bailey, que se prestava ao romance. Nan nunca tinha visto a *Casa*... ela só sabia que estava lá, atrás de um espesso pinheiro escuro na estrada secundária de Lowbridge, e estava vazia desde tempos imemoriais... foi o que Susan dissera. Nan não sabia que época eram imemoriais, mas era uma frase fascinante, adequada apenas para casas sombrias.

Nan sempre corria como doida pela rua que levava à *Casa Sombria* quando ela passava na estrada lateral para visitar sua amiga, Dora Clow. Era uma estrada comprida e escura com arcos de árvores, grama espessa crescendo entre seus sulcos e samambaias da altura da cintura sob os pinheiros. Havia um longo galho de bordo cinza perto do portão, caindo aos pedaços, que parecia exatamente com um velho braço torto estendendo-se para cercá-la. Nan imaginava que um dia poderia esticar-se um pouquinho mais e agarrá-la. Dava-lhe arrepios cada vez que ela escapava dele.

Um dia, Nan, para seu espanto, ouviu Susan dizer que Thomasine Fair tinha vindo morar na Casa Sombria... ou, como Susan disse de forma nada romântica, a velha casa dos MacAllister.

— Ela vai achar um tanto solitário, imagino — disse a mãe. — É tão longe de tudo.

— Ela não vai se importar com isso — disse Susan. — Ela nunca vai a lugar nenhum, nem mesmo à igreja. Não vai a lugar nenhum há anos... embora digam que ela anda em seu jardim à noite. Nossa, meu Deus, só de pensar onde ela chegou... era tão bonita e namoradeira. Os corações que ela partiu em sua época! E olhe para ela agora! Bem, é um aviso, pode acreditar.

Para quem era apenas um aviso, Susan não explicou e nada mais foi dito, pois ninguém em Ingleside estava muito interessado em Thomasine Fair. Mas Nan, que tinha ficado um pouco cansada de toda a vida de seus velhos sonhos e estava ansiosa por algo novo, agarrou-se à Thomasine Fair na Casa Sombria. Pouco a pouco, dia após dia, noite após noite... podia-se acreditar em *qualquer coisa* à noite... ela construiu uma lenda sobre ela, até que tudo floresceu de modo irreconhecível e se tornou um sonho mais querido para Nan do que qualquer outro que ela já tinha conhecido até então. Nada antes parecia tão fascinante, tão *real*, como esta visão da Dama dos Olhos Misteriosos. Grandes olhos pretos como veludo preto... olhos vazios... olhos *assombrados*... cheios de remorso pelos corações que ela já havia partido. Olhos *perver-*

sos... qualquer pessoa que quebrantasse corações e nunca fosse à igreja tinha de ser perversa. Pessoas más eram tão interessantes. Aquela senhora estava isolando-se do mundo como penitência por seus crimes.

Ela poderia ser uma princesa? Não, as princesas eram muito raras na Ilha do Príncipe Eduardo. Mas ela era alta, esguia, distante, gélida como uma princesa, com longos cabelos negros em duas tranças grossas sobre os ombros, até os pés. Ela teria um rosto de marfim bem definido, um belo nariz grego, como o nariz da Ártemis do Arco Prateado de sua mãe, e lindas mãos brancas, que ela apertaria enquanto caminhava no jardim à noite, esperando pelo verdadeiro amor que ela havia desprezado e aprendido a amar tarde demais... perceberam como a lenda foi crescendo?... enquanto suas longas saias de veludo preto arrastavam-se sobre a grama. Ela usava um cinto de ouro e grandes brincos de pérola nas orelhas e teria de viver sua vida de sombras e mistério até que seu amor viesse para libertá-la. Então ela se arrependeria de sua antiga maldade e crueldade e estenderia suas belas mãos para ele, e finalmente inclinaria sua cabeça orgulhosa em submissão. Eles sentariam perto da fonte... já havia uma fonte a essa altura... e trocariam juras de amor novamente, e ela o seguiria, "para além das colinas e bem distante, além da orla púrpura", assim como a Princesa Adormecida fez no poema que a mãe leu para ela uma noite do antigo volume de Tennyson que o pai lhe dera havia muito, muito tempo. Mas o amor da Dama do Olho Misterioso dava-lhe joias incomparáveis. A *Casa Sombria* seria lindamente mobiliada, é claro, e haveria quartos secretos e escadas, e a Dama dos Olhos Misteriosos dormiria em uma cama feita de madrepérola sob um dossel de veludo lilás. Ela seria assistida por um galgo... vários deles... todo um séquito... e ela estaria sempre ouvindo... ouvindo... ouvindo... a música de uma harpa muito distante. Mas ela não podia ouvir enquanto fosse má, até que seu amor viesse e a perdoasse... e assim era.

Claro que parece muita tolice. Os sonhos parecem muito tolos quando colocados em palavras frias e brutais. Nan, de 10 anos, nunca colocou o dela em palavras... ela apenas o vivia. Este sonho da malvada Dama dos Olhos Misteriosos tornou-se tão real para ela quanto a vida que se passava ao seu redor. Ele tomou posse dela. Já fazia dois anos que fazia parte dela... ela foi levada de alguma forma, de uma maneira estranha, a acreditar nisso. Nunca na vida diria algo a ninguém, nem mesmo à mãe, sobre isso. Era seu tesouro peculiar, seu segredo inalienável, sem o qual ela não conseguia mais imaginar a vida acontecendo. Ela preferia escapar sozinha para sonhar com a Dama dos Olhos Misteriosos a brincar no Vale do Arco-Íris.

Anne percebeu essa tendência e se preocupou um pouco com ela. Nan estava ficando muito isolada. Gilbert queria mandá-la a Avonlea para uma visita, mas Nan, pela primeira vez, implorou que não a mandassem. Ela não queria sair de casa, disse ela com pena. Para si mesma, ela disse que morreria se tivesse de se afastar tanto da estranha e triste Dama dos Olhos Misteriosos. É verdade que a Dama dos Olhos Misteriosos nunca saía de casa. Mas ela *poderia* sair algum dia e se ela, Nan, estivesse fora perderia a oportunidade de vê-la. Como seria maravilhoso ter apenas um vislumbre dela! Ora, a própria estrada pela qual ela passasse seria para sempre romântica. O dia em que isso acontecesse seria diferente de todos os outros dias. Ela faria um anel em torno dele no calendário. Nan havia chegado ao ponto em que desejava muito vê-la apenas uma vez. Ela sabia muito bem que tudo o que ela havia imaginado só existia em sua imaginação. Mas ela não tinha a menor dúvida de que Thomasine Fair era jovem, adorável, perversa e atraente... A essa altura Nan estava absolutamente certa de que ouvira Susan dizer isso... e enquanto ela fosse assim, Nan poderia continuar imaginando coisas sobre ela para sempre.

Nan mal acreditou no que estava ouvindo quando Susan disse a ela uma manhã:

— Há um pacote que quero enviar para Thomasine Fair, na velha casa dos MacAllister. Seu pai o trouxe da cidade ontem à noite. Você pode levá-lo esta tarde, querida?

Pronto! Nan prendeu a respiração. *Será* que ela iria mesmo? Os sonhos realmente se tornariam realidade dessa maneira? Ela veria a *Casa Sombria*... veria sua bela e perversa Dama dos Olhos Misteriosos. Na verdade, vê-la... talvez ouvi-la... possivelmente... oh, que felicidade!... tocar sua esguia mão branca. E quanto aos galgos e a fonte e assim por diante, Nan sabia que ela apenas os tinha imaginado, mas certamente a realidade seria igualmente maravilhosa.

Nan observou o relógio durante toda a manhã, vendo o tempo passar lentamente... oh, tão lentamente... cada vez mais perto. Quando uma nuvem de tempestade se acumulou ameaçadoramente e a chuva começou a cair, ela mal conseguiu conter as lágrimas.

— Eu não entendo *como* Deus poderia deixar chover hoje — ela sussurrou rebelde.

Mas logo a chuva acabou e o sol voltou a brilhar. Nan mal conseguiu comer o almoço de tanta emoção.

— Mamãe, posso usar meu vestido amarelo?

— Por que você quer se vestir assim para visitar uma vizinha, criança?

Uma vizinha! Mas é claro que mamãe não entendia... não podia entender.

— *Por favor*, mamãe.

— Muito bem — disse Anne. O vestido amarelo logo ficará curto. É melhor deixar Nan tirar o melhor proveito dele.

As pernas de Nan tremiam bastante quando ela partiu, com o precioso embrulho nas mãos. Ela pegou um atalho pelo Vale do Arco-Íris, subindo a colina, até a estrada secundária. As gotas de chuva ainda caíam nas folhas da capuchinha como grandes pérolas; havia um frescor delicioso no ar; as abelhas zumbiam no trevo branco que margeava o riacho; libélulas azuis esguias brilhavam sobre a água... agulhas do demônio, dizia a Susan; no pasto da colina, as margaridas acenavam... balançavam... riam para ela, com um riso dourado e prateado. Tudo era tão lindo e ela iria ver a Dama Má com Olhos Misteriosos. O que a dama diria a ela? E era *bastante* seguro ir vê-la? E se ela ficasse alguns minutos com ela e descobrisse que cem anos se passaram, como na história que ela e Walter leram na semana anterior.

Capítulo 36

Nan sentiu um arrepio estranho na espinha ao virar-se para a alameda. O ramo de bordo seco havia se movido? Não, ela havia escapado... já estava longe. Ah, bruxa velha, você não me pegou! Ela estava subindo a alameda e nem a lama e as raízes tinham o poder de destruir sua ansiedade. Apenas mais alguns passos... a *Casa Sombria* estava diante dela, no meio e atrás daquelas árvores escuras e encharcadas. Ela iria finalmente vê-la! Tremia um pouco... e não sabia que era por causa de um medo secreto não admitido de perder o sonho. O que é sempre, na juventude ou na maturidade, uma catástrofe.

Ela seguiu através de uma abertura na vegetação selvagem de pinheiros ainda pequenos que estavam escondendo a saída da alameda. Seus olhos estavam fechados; ela deveria abri-los? Por um momento, o terror absoluto a possuiu e por um triz ela teria se virado e corrido. Afinal... a dama era perversa. Quem sabia o que ela poderia fazer com aquela menina? Ela deve até mesmo ser uma bruxa. Como é que nunca havia lhe ocorrido antes que a Dama Malvada pudesse ser uma Bruxa? Então ela resolutamente abriu os olhos e observou ao seu redor angustiada.

Estava na *Casa Sombria*... a mansão escura, imponente, com muitas torres dos seus sonhos? Isto!

Era uma casa grande, antes branca, agora cinza lamacenta. Aqui e ali balançavam venezianas quebradas que antes eram verdes. Os degraus da frente estavam quebrados. Uma varanda envidraçada abandonada tinha a maioria das vidraças quebrada. A guarnição ao redor da varanda estava partida. Ora, era apenas uma velha casa cansada de tanto viver!

Nan olhou em volta com desespero. Não havia fonte... nenhum jardim... bem, nada que se pudesse realmente chamar de jardim. O espaço na frente da casa, com uma cerca toda perfurada, estava cheio de ervas daninhas e grama emaranhada na altura do joelho. Um porco magro ficava atrás da cerca. As bardanas cresciam no meio do caminho. Ramos dourados desordenados estavam nos cantos, mas havia um grupo esplêndido de lírios, e perto dos degraus gastos havia um alegre canteiro de calêndulas.

Nan subiu lentamente a caminhada até o canteiro de calêndulas. A *Casa Sombria* desaparecera para sempre. Mas a Dama dos Olhos Misteriosos permanecia. Certamente *ela* era real... ela tem de ser! O que Susan realmente teria dito sobre ela há tanto tempo?

— Santo Deus de misericórdia, você quase me mata de susto! — disse uma voz um tanto abafada, embora amigável.

Nan olhou para a figura que subitamente surgiu ao lado do canteiro de calêndulas. *Quem era? Não* poderia ser... Nan recusou-se a acreditar que *aquela* era Thomasine Fair. Seria terrível demais!

— Ora — pensou Nan, com o coração partido de desapontamento, — ela... ela é *velha*!

Thomasine Fair, se fosse Thomasine Fair... e ela sabia agora que era Thomasine Fair... era com certeza velha. E gorda! Parecia um colchão de penas com um barbante amarrado no meio, com o qual Susan sempre comparava as senhoras robustas. Ela estava descalça, usava um vestido verde, que tinha desbotado para um tom amarelado, e um velho chapéu de feltro masculino sobre seu cabelo cinza bem fininho. Seu rosto era redondo como um O, rosado e enrugado, com um nariz arrebitado. Seus olhos eram de um azul desbotado, rodeados por grandes pés de galinha de aparência alegre.

Oh, minha dama... minha encantadora Dama Malvada com Olhos Misteriosos, onde está você? O que aconteceu com você? Você existia!

— Bem, linda menina, e quem é você? — perguntou Thomasine Fair.

Nan agarrou-se à sua boa educação.

— Eu sou... eu sou Nan Blythe. Vim trazer isto para a senhora.

Thomasine pegou o pacote com alegria.

— Bem, que felicidade receber meus óculos de volta! — ela disse. — Sinto tanta falta deles para ler o almanaque aos domingos. E você é uma das meninas Blythe? Que cabelo lindo você tem! Sempre quis conhecer vocês. Ouvi dizer que sua mãe dá a vocês um ensinamento científico. Você gosta disso?

— Gostar do quê? — Oh, maldosa e encantadora dama, *você* não lia o almanaque aos domingos. Nem falava da minha "mãe".

— Ora, de ensinamentos científicos.

— Gosto da maneira como sou educada — disse Nan, tentando sorrir, mas sem sucesso.

— Bem, sua mãe é uma mulher muito boa. Ela está muito bem. Quando a vi pela primeira vez no funeral de Libby Taylor, pensei que ela fosse uma noiva, ela parecia tão feliz. Sempre acho que quando vejo sua mãe entrar em uma sala todos se animam como se esperassem que algo acontecesse. As novas modas lhe caem muito bem também. A maioria de nós simplesmente não foi feita para usá-las. Mas entre e sente-se um pouco... estou feliz em ver alguém... é bastante solitário aqui, na maior parte do tempo. Não posso pagar um telefone. Flores são minha companhia... você já viu as calêndulas? E eu tenho um gato.

Nan queria fugir para os confins da terra, mas sentiu que não devia magoar os sentimentos da velha senhora recusando-se a entrar. Thomasine, com a anágua aparecendo sob a saia, liderou o caminho até os degraus quase soltos de um quarto que evidentemente era cozinha e sala de estar combinadas. Era escrupulosamente limpo e alegre com plantas caseiras. O ar estava cheio de um aroma agradável de pão que ela havia acabado de fazer.

— Sente-se aqui — disse Thomasine gentilmente, empurrando uma cadeira de balanço com uma almofada alegre remendada. — Vou tirar esse jarro de lírio do seu caminho. Espere até eu colocar minha dentadura de baixo. Fico engraçada sem ela, não é? Mas me dói um pouco. Pronto, consigo falar mais claro agora.

Um gato malhado, proferindo todos os tipos de miados sofisticados, veio cumprimentá-las. Oh, os galgos de um sonho perdido!

— Esse gato é um bom caçador de ratos — disse Thomasine. — Este lugar está infestado de ratos. Mas me oferece proteção e eu cansei de viver com parentes. Não tinha um lugar só meu. Todos me davam ordens. A esposa de Jim era a pior. Reclamou porque eu estava fazendo caretas para a lua uma noite. Bem, e se eu estivesse? E a lua ficaria ofendida? Então eu disse: "Não serei mais capacho de ninguém". Finalmente, vim para cá sozinha, e aqui vou ficar enquanto puder usar minhas pernas. Agora, o que você quer? Posso lhe preparar um sanduíche de cebola?

— Não... não, obrigado.

— Eles são ótimos quando você está com gripe. Eu estou com uma... notou como estou rouca? Mas eu apenas amarro um pedaço de flanela vermelha com terebintina e gordura de ganso em volta da minha garganta quando eu vou para a cama. Nada melhor.

Flanela vermelha e gordura de ganso! Sem falar em terebintina!

— Se você não quiser um sanduíche... tem certeza que não?... Vou ver o que tem na caixa de biscoitos.

Os biscoitos... cortados em forma de galos e patos... eram surpreendentemente bons e derretiam bastante na boca. A sra. Fair sorriu para Nan com seus olhos redondos desbotados.

— Agora você vai gostar de mim, não é? Eu gosto que as meninas gostem de mim.

— Vou tentar — engasgou Nan, que naquele momento estava odiando a pobre Thomasine Fair, como só se pode odiar aqueles que destroem nossas ilusões.

— Eu tenho alguns netinhos no oeste, sabe.

Netinhos!

— Vou te mostrar as fotografias deles. São bonitos, não são? E este é meu querido paizinho. Faz vinte anos que ele morreu.

O retrato do querido paizinho era um grande desenho a carvão de um homem barbudo com uma franja de cabelo branco toda encaracolada ao redor de uma cabeça calva.

Oh, o amor desprezado!

— Ele era um bom marido, apesar de ter ficado careca aos 30 — disse a sra. Fair com carinho. — Eu tive muitos pretendentes quando era nova. Estou velha agora, mas me divertia muito quando era jovem. Os namorados nos fins de tarde de domingo! Um tentando empurrar o outro! E eu erguendo minha cabeça tão altiva quanto uma rainha! Paizinho estava entre eles desde o início, mas no começo eu não tinha nada a dizer a ele. Eu gostava daqueles um pouco mais arrojados. Havia o Andrew Metcalf... eu quase fugi com ele. Mas eu sabia que não ia me dar sorte. Nunca fuja com ninguém porque dá azar e não deixe ninguém lhe dizer algo diferente.

— Eu... eu não fujo... de verdade que não.

— No fim, casei com paizinho. A paciência dele finalmente acabou e ele me deu vinte e quatro horas para decidir se ficava com ele ou deixava-o. Meu pai queria que eu sossegasse. Ele ficou nervoso quando Jim Hewitt se afogou porque eu não o queria. Eu e paizinho fomos muito felizes quando nos acostumamos um com o outro. Ele dizia que eu combinava com ele porque não pensava muito. O paizinho achava que as mulheres não tinham sido feitas para pensar. Dizia que ficavam secas e pouco naturais. Não podia comer feijões cozidos e tinha crises de lombalgia, mas meu bálsamo de balmagilia o ajudava sempre. Havia um especialista na cidade que dizia que ele poderia curá-lo definitivamente, mas paizinho sempre dizia que se você ficasse nas mãos de especialistas, eles nunca mais o deixariam livre... nunca mais. Sinto muita falta dele para alimentar o porco. Ele gostava muito de carne de porco. Sempre que como um pouco de bacon, penso nele. Aquele retrato ao lado de paizinho é a Rainha Vitória. Às vezes eu digo a ela: *"Se lhe tirassem todas as rendas e joias, minha querida, duvido que seria mais bonita do que eu"*.

Antes de deixar Nan partir, ela insistiu que levasse um saquinho de balas de hortelã, uma jarrinha de vidro rosa para colocar flores e um copo de geleia de groselha.

— Isso é para a sua mãe. Sempre tive sorte com minha geleia de groselha. Eu vou visitar Ingleside algum dia. Quero ver seus cachorros de porcelana. Diga a Susan Baker que sou muito grata pelo molho de folhas de nabo que ela me mandou na primavera.

Folhas de nabo!

— Eu ia agradecê-la no funeral de Jacob Warren, mas ela saiu muito rápido. Eu gosto de demorar em funerais. Já tem um mês que não temos um. Sempre acho que é uma época maçante quando não há funerais acontecendo. Sempre há muitos bons funerais em Lowbridge. Não parece justo. Você virá me visitar de novo, não é? Você tem algo especial... "o amor verdadeiro é melhor do que prata e ouro", diz a Bíblia, e acho que isso é verdade.

Ela sorriu de modo agradável para Nan... tinha um sorriso doce. Nele era possível ver a bela Thomasine de muito tempo atrás. Nan conseguiu sorrir sozinha. Seus olhos ardiam. Ela tinha de sair dali antes que começasse a chorar.

— Que criatura simpática e bem-comportada — pensou a velha Thomasine Fair, olhando para Nan pela janela. — Não tem o dom da palavra como a mãe, mas talvez seja ainda melhor. A maioria das crianças hoje pensam que são inteligentes quando estão apenas sendo atrevidas. A visita da pequena quase me fez sentir jovem de novo.

Thomasine suspirou e saiu para terminar de cortar suas calêndulas e limpar algumas bardanas.

— Graças a Deus, consigo manter-me ágil — refletiu ela.

Nan voltou para Ingleside mais pobre por um sonho perdido. Um vale cheio de calêndulas não poderia atraí-la... a água cantante chamou por ela em vão. Ela queria chegar em casa e se isolar dos olhos humanos. Duas meninas que ela conhecia riram depois que passaram por ela. Elas estavam rindo dela? Como todo mundo riria se soubesse! A pequena Nan Blythe, que havia inventado um romance de fantasias de teia de aranha sobre uma pálida rainha misteriosa, em vez disso encontrou a viúva do pobre paizinho e balas de hortelã.

Balas de hortelã!

Nan não ia chorar. Meninas grandes de 10 anos não devem chorar. Mas ela se sentia indescritivelmente triste. Algo precioso e belo se fora... estava perdido... uma reserva secreta de alegria que, ela acreditava, nunca mais poderia ser dela. Ela encontrou Ingleside repleta do delicioso cheiro de biscoitos de especiarias, mas não foi à cozinha para pedir alguns a Susan. No jantar, seu apetite estava visivelmente fraco, embora ela tenha lido óleo de rícino nos olhos de Susan. Anne notou que Nan estava muito quieta desde seu retorno da velha casa dos MacAllister... Nan, que cantava literalmente desde o amanhecer até o anoitecer. Será que a longa caminhada em um dia quente tinha sido demais para a criança?

— Por que essa expressão angustiada, filha? — ela perguntou casualmente, quando entrou no quarto das gêmeas, ao anoitecer, com toalhas limpas e encontrou Nan enrolada no parapeito da janela, em vez de estar caçando tigres nas selvas equatoriais com os outros no Vale do Arco-Íris.

Nan não tinha a intenção de dizer a *ninguém* que ela tinha sido tão boba. Mas de alguma forma as coisas contavam-se sozinhas para a mãe.

— Oh, mãe, *tudo* na vida é uma decepção?

— Nem tudo, querida. Você gostaria de me dizer o que a decepcionou hoje?

— Oh, mamãe, a Thomasine Fair é... é uma pessoa boa! E tem o nariz arrebitado!

— Mas por que? — perguntou Anne com honesta perplexidade, — você se importa se o nariz dela é arrebitado ou não?

Então, ela contou tudo. Anne ouviu com seu rosto sério de sempre, rezando para não ser traída em um grito abafado de riso. Ela se lembrou da criança que fora na antiga Green Gables. Lembrou-se da Floresta Assombrada e de duas menininhas que ficaram terrivelmente assustadas com as próprias histórias. E ela conhecia bem a terrível amargura de perder um sonho.

— Você não deve levar o desaparecimento de suas fantasias muito a sério, querida.

— Eu não posso evitar — disse Nan com desespero. — Se eu tivesse minha vida para viver de novo, eu nunca imaginaria *nada*. E eu nunca mais vou imaginar nada de novo.

— Minha tolinha querida... minha querida tolinha, não diga isso. A imaginação é uma coisa maravilhosa de se ter... mas como todo dom, devemos possuí-la e não permitir que ela nos possua. Você leva sua imaginação um pouquinho a sério demais. Oh, é maravilhoso... eu conheço esse êxtase. Mas você deve aprender a se manter deste lado da fronteira entre o real e o irreal. *Então*, o poder de escapar à vontade para um belo mundo por vontade própria irá ajudá-la de forma incrível nas situações difíceis da vida. Sempre posso resolver um problema mais facilmente depois de fazer uma ou duas viagens às Ilhas do Encantamento.

Nan sentiu que estava recuperando seu respeito próprio com essas palavras de conforto e sabedoria. Afinal, mamãe não achava isso tão bobo. E sem dúvida havia em algum lugar do mundo uma Dama Bonita e Má com Olhos Misteriosos, mesmo que ela não vivesse na *Casa Sombria*... que, como Nan agora conseguia ver, não era um lugar tão ruim, afinal, com suas calêndulas amarelas, seu amigável gato malhado, seus gerânios e o retrato do querido paizinho. Era realmente um lugar bastante alegre e talvez um dia ela fosse ver a Thomasine Fair novamente e comesse mais alguns daqueles lindos biscoitos. Ela não odiava mais Thomasine.

— A senhora é uma mãe muito boa! — ela suspirou, no abrigo e santuário daqueles braços amados.

O entardecer violeta acinzentado estava caindo sobre a colina. A noite de verão escurecia sobre eles... uma noite de veludo e sussurros. Uma estrela surgia sobre a grande macieira. Quando a sra. Marshall Elliott veio e mamãe teve de descer, Nan ficou feliz novamente. A mãe dissera que iria reformar o quarto com um lindo papel amarelo-ouro e comprar uma nova arca de cedro para ela e Di guardarem as coisas. Só que não seria uma arca de cedro. Seria um baú de tesouro encantado que não poderia ser aberto a menos que certas palavras místicas fossem pronunciadas. Uma palavra seria dita pela Bruxa da Neve, a fria e adorável bruxa da neve branca. Um vento poderia dizer a outra, ao soprar-lhe aos ouvidos... um vento triste e cinzento que chorava. Mais cedo ou mais tarde ela conseguiria descobrir todas as palavras e abriria o baú, para encontrá-lo cheio de pérolas, rubis e diamantes, em abundância. "Abundância" não é uma palavra bonita?

Oh, a velha magia não havia desaparecido. O mundo ainda estava cheio dela.

Capítulo 37

— Posso ser a sua amiga mais querida este ano? — perguntou Dalila Green, durante aquele recesso da tarde.

Dalila tinha olhos azuis-escuros bem redondos, cachos castanho-claros, uma boca pequena e rosada e uma voz emocionante com uma pequena vibração. Diana Blythe respondeu ao encanto daquela voz imediatamente.

Todos sabiam na escola de Glen que Diana Blythe estava meio desesperada para encontrar uma amiga. Por dois anos, ela e Pauline Reese foram amigas, mas a família de Pauline havia se mudado, e Diana se sentia muito sozinha. Pauline era uma boa pessoa. Para dizer a verdade, ela não tinha o encanto místico que a agora quase esquecida Jenny Penny possuía, mas ela era prática, divertida, *sensível*. Esse último adjetivo foi atribuído por Susan e era o maior elogio que ela poderia fazer. Ela ficara inteiramente satisfeita com Pauline como amiga de Diana.

Diana olhou para Dalila com dúvida, depois olhou para Laura Carr, que estava no playground e também era uma menina nova na escola. Laura e ela passaram o recreio da manhã juntas e gostaram muito uma da outra. Mas Laura era bastante simples, com sardas e cabelos cor de palha desalinhados. Ela não tinha nada da beleza de Dalila Green e nem uma centelha de seu encanto.

Dalila entendeu o olhar de Diana e uma expressão magoada apareceu em seu rosto; seus olhos azuis pareciam prestes a se encher de lágrimas.

— Se você gosta dela, não pode gostar de mim. Escolha uma de nós — disse Dalila, estendendo as mãos dramaticamente. Sua voz mais emocionante do que nunca... causou um arrepio ao longo da coluna de Diana. Ela colocou as mãos nas de Dalila e elas se olharam solenemente, sentindo-se dedicadas e seladas. Pelo menos foi assim que Diana sentiu.

— Seremos amigas *para sempre*, não é? — perguntou Dalila apaixonadamente.

— Para sempre — prometeu Diana com igual paixão.

Dalila deslizou os braços em volta da cintura de Diana e caminharam juntas para o riacho. Os outros alunos da quarta turma entenderam que uma aliança havia sido concluída. Laura Carr deu um pequeno suspiro. Ela gostava muito de Diana Blythe. Mas ela sabia que não podia competir com Dalila.

— Estou *muito* feliz que você tenha me escolhido como sua amiga — Dalila estava dizendo. — Sou muito carinhosa... simplesmente não consigo deixar de amar as pessoas. *Por favor*, seja gentil comigo, Diana. Eu sou uma criança infeliz. Fui amaldiçoada ao nascer. Ninguém... ninguém gosta de mim.

Dalila, de alguma forma, conseguiu colocar anos de solidão e beleza naquele "ninguém". Diana apertou mais as mãos.

— Você nunca mais terá de dizer isso depois de hoje, Dalila. Eu vou gostar de você para sempre.

— Para todo o sempre?

— Para todo o sempre — respondeu Diana. Elas beijaram o rosto uma da outra, como em um ritual. Dois meninos que estavam em cima do muro gritaram caçoando delas, mas quem se importava?

— Você vai gostar de mim muito mais do que de Laura Carr — disse Dalila. — Agora que somos amigas queridas, posso dizer o que eu não teria *sonhado* em dizer se você a tivesse escolhido. *Ela é falsa*. Terrivelmente falsa. Ela finge ser sua amiga na sua frente e nas suas costas ela caçoa de você e diz as coisas mais *maldosas*. Uma menina que conheço foi para a escola com ela em Mowbray Narrows e me contou. Você escapou por pouco. Sou muito diferente dela... sou tão verdadeira quanto ouro, Diana.

— Tenho certeza que é. Mas por que você diz que é uma criança infeliz, Dalila?

Os olhos de Dalila pareceram se expandir até ficarem absolutamente enormes.

— Eu tenho uma *madrasta* — ela sussurrou.

— Uma madrasta?

— Quando sua mãe morre e seu pai se casa novamente, aquela mulher é sua madrasta — disse Dalila, com ainda mais emoção em sua voz.

— Agora você já sabe tudo, Diana. Se soubesse como sou tratada! Mas nunca reclamo. Sofro em silêncio.

Se Dalila realmente sofria em silêncio, podemos nos perguntar de onde Diana conseguiu todas as informações que deu ao povo de Ingleside nas semanas seguintes. Ela estava no auge de uma paixão selvagem de adoração e compaixão que sentia por sua triste e perseguida amiga Dalila e tinha de falar sobre ela para quem estivesse disposto a ouvir.

— Suponho que essa nova paixão se apagará no tempo devido — disse Anne. — Quem é essa Dalila, Susan? Não quero que as crianças sejam esnobes... mas depois de nossa experiência com Jenny Penny...

— Os Greens são muito respeitáveis, querida senhora. Eles são bem conhecidos em Lowbridge. Eles se mudaram para a antiga casa dos Hunter nesse verão. A sra. Green é a segunda esposa e tem dois filhos. Eu não sei muito sobre ela, mas parece ser meiga e calma. Não consigo acreditar que ela trate Dalila como Di conta.

— Não dê muito crédito a tudo o que Dalila lhe diz — advertiu Anne a Diana. — Ela pode ter tendência a exagerar um pouco. Lembre-se de Jenny Penny...

— Ora, mãe, Dalila não é nem um pouco parecida com Jenny Penny — disse Di indignada. — Nem um pouco. Ela é *totalmente verdadeira*. Se a senhora a conhecesse, mãe, saberia que ela não é capaz de mentir. Todos eles implicam com ela em casa porque ela é *diferente*. E ela tem uma natureza *muito* afetuosa. Ela foi perseguida desde o seu nascimento. Sua madrasta *a* odeia. Meu coração fica partido ao ouvir seus sofrimentos. Ora, mãe, ela não tem o suficiente para comer, realmente não tem. Ela nunca sabe o que é não estar com fome. Mãe, muitas vezes mandam ela para a cama sem jantar, e ela chora até dormir. *A senhora* alguma vez chorou porque estava com fome, mãe?

— Muitas vezes — respondeu a mãe.

Diana olhou para sua mãe, surpreendia pela resposta de sua pergunta retórica.

— Eu costumava sentir muita fome antes de vir para Green Gables, no orfanato... e antes também. Nunca me importei em falar daqueles dias.

— Bem, a senhora deveria ser capaz de entender Dalila, então — disse Di, retomando seu raciocínio, que estava confuso. — Quando ela está com *muita* fome, ela apenas se senta e imagina coisas para comer. *Pense* apenas que ela está imaginando coisas para comer!

— Você e Nan fazem isso muitas vezes — disse Anne. Mas Di não queria ouvir.

— Seus sofrimentos não são apenas físicos, mas *espirituais*. Ora, ela quer ser missionária, mãe... para consagrar sua vida... e *todos riem dela*.

— Muito cruel da parte deles — concordou Anne. Mas algo em sua voz deixou Di desconfiada.

— Mãe, *por que* você está tão cética? — ela perguntou com reprovação.

— Pela segunda vez — sorriu a mãe, — devo lembrá-la de Jenny Penny. Você também acreditou nela.

— Eu era apenas uma *criança* e era fácil me enganar — disse Diana em sua maneira mais decidida. Ela sentia que a mãe não estava tão simpática e compreensiva como de costume em relação à Dalila Green. Depois disso, Diana conversava apenas com Susan sobre a amiga, já que Nan apenas balançava a cabeça quando o nome de Dalila era mencionado. — É só ciúme — pensava Diana, com tristeza.

Não que Susan também fosse tão compreensiva. Mas Diana só precisava falar com alguém sobre Dalila, e a desconfiança de Susan não a magoava como a de sua mãe. Não se esperava que Susan entendesse tudo. Mas a mãe dela foi uma menina... a mãe amava tia Diana... a mãe tinha um coração tão terno. Como ela reagia tão friamente diante do relato dos maus-tratos da pobre querida Dalila?

— Talvez ela esteja com um pouco de ciúme também, porque eu gosto muito de Dalila — refletiu Diana sabiamente. — Eles dizem que as mães ficam assim. Um tanto *possessivas*.

— Meu sangue ferve ao ouvir como a madrasta trata Dalila — disse Di a Susan. —

Ela é uma *mártir*, Susan. Ela nunca tem nada além de um pouco de mingau no café da manhã e no jantar... um pouquinho de mingau. E ela não tem direito de colocar açúcar no mingau. Susan, eu desisti de comer açúcar no meu porque isso me fez sentir *culpada*.

— Oh, então é por isso. Bem, o açúcar subiu um centavo, então talvez seja até melhor.

Diana jurou que não contaria mais nada a Susan sobre Dalila, mas no fim de tarde seguinte ficou tão indignada que não conseguiu se conter.

— Susan, a mãe de Dalila correu atrás dela ontem à noite com uma *chaleira quente*. Pense nisso, Susan. É claro que Dalila diz que ela não faz isso com muita frequência... apenas quando está *muito transtornada*. Na maioria das vezes, ela apenas tranca Dalila num sótão escuro... um sótão *assombrado*. Os fantasmas que aquela pobre criança viu, Susan! Não pode ser saudável para ela. A última vez que a trancaram no sótão, ela viu a criaturinha negra *muito estranha* sentada na roda de fiar, *gemendo*.

— Que tipo de criatura? — perguntou Susan muito séria. Ela estava começando a gostar das tribulações de Dalila e dos itálicos de Di, e ela e a querida senhora riam delas em segredo.

— Não sei... era apenas uma *criatura*. Quase a levou ao suicídio. Tenho muito medo de que ela ainda seja levada a isso. Sabe, Susan, ela tinha um tio que se suicidou *duas vezes*.

— Uma vez não foi o suficiente? — Susan perguntou impiedosa.

Di ficou irritada, mas no dia seguinte teve de voltar com outra história sórdida.

— Dalila nunca teve uma boneca, Susan. Ela esperava muito ter uma em sua meia no Natal passado. E o que você acha que ela encontrou em vez disso, Susan? *Um chicote*! Eles a chicoteiam quase todos os dias, sabe. Pense naquela pobre criança sendo chicoteada, Susan.

— Apanhei com chicote várias vezes quando era pequena e não morri por causa disso — disse Susan, que teria feito, Deus, sabe o quê, se alguém tivesse tentado chicotear uma criança de Ingleside.

— Quando contei a Dalila sobre nossas árvores de Natal, ela chorou, Susan. Ela nunca teve uma árvore de Natal. Mas ela certamente vai ter uma este ano. Ela encontrou um velho guarda-chuva sem o pano, só a armação, e vai colocá-lo dentro de um balde para decorá-lo como uma árvore de Natal. Isso não é *triste*, Susan?

— Mas não há tantos abetos jovens perto dela? A parte de trás da velha casa dos Hunter praticamente só tem abetos nos últimos anos — disse Susan. — Eu gostaria que essa menina tivesse outro nome, menos Dalila. Que nome para uma criança cristã!

— Ora, está na Bíblia, Susan. Dalila tem muito orgulho do nome dela estar na Bíblia. Hoje na escola, Susan, eu disse a Dalila que íamos comer frango no jantar amanhã e sabe o que ela disse, Susan?

— Tenho certeza de que nunca seria capaz de adivinhar — disse Susan enfaticamente. — E você não tem nada que conversar durante a aula.

— Oh, não conversamos. Dalila diz que nunca devemos quebrar nenhuma das regras. Seus padrões são muito altos. Nós escrevemos cartas uma para a outra em nossos cadernos e os trocamos. Bem, Dalila disse: — você poderia me trazer um osso, Diana? — Isso encheu meus olhos de lágrimas. Vou levar um osso para ela... com muita carne nele. Dalila *precisa* se alimentar melhor. Ela tem de trabalhar como uma escrava... uma *escrava*, Susan. Ela tem de fazer todo o trabalho doméstico... bem, quase todos de qualquer maneira. E se não fizer direito, ela é severamente castigada... ou obrigada a comer *na cozinha com os criados*.

— Mas, os Greens têm apenas um garoto francês que trabalha para eles.

— Bem, ela tem de comer com ele. E ele senta-se para comer usando só suas meias e come em mangas de camisa. Dalila diz que não se importa com essas coisas agora que tem a mim. Ela não tem ninguém para amá-la além de mim, Susan?

— Que horror! — disse Susan, com um semblante bem sério.

— Dalila disse que se ela tivesse 1 milhão de dólares, ela daria tudo para mim, Susan. Claro que eu não aceitaria, mas mostra como seu coração é bom.

— É tão fácil doar 1 milhão quanto 100 dólares se você não tiver nenhum dos dois — foi a única resposta de Susan.

Capítulo 38

Diana ficou radiante. Afinal, a mãe não estava com ciúme... a mãe dela não era possessiva... a mãe dela a entendia.

A mãe e o pai iam passar o fim de semana em Avonlea e a mãe havia lhe dito que ela poderia convidar Dalila Green para passar o sábado e o domingo em Ingleside.

— Eu vi Dalila no piquenique da Escola Dominical — Anne disse a Susan. — Ela é muito bonita e educada... embora, é claro, que ela deve ser exagerada. Talvez sua madrasta *seja* um pouco rígida com ela... e eu ouvi que seu pai é bastante rígido e severo. Ela provavelmente tem algumas queixas e gosta de dramatizá-las para chamar atenção.

Susan tinhas suas dúvidas.

— Mas pelo menos qualquer pessoa que more na casa de Laura Green estará limpa — refletiu ela. Os pentes de dentes finos não precisariam ser usados desta vez.

Diana estava cheia de planos para receber Dalila.

— Podemos comer frango assado, Susan... com muito recheio? E *torta*. Você não sabe como aquela pobre criança deseja experimentar sua torta. Eles nunca comem tortas... a madrasta dela é muito má.

Susan foi muito simpática. Jem e Nan foram para Avonlea, e Walter estava na Casa dos Sonhos com Kenneth Ford. Não havia nada que pudesse estragar a visita de Dalila, e parecia que tudo corria muito bem. Dalila chegou no sábado de manhã, muito bem vestida de musselina rosa... pelo menos a madrasta parecia cuidar dela muito bem, no que dizia respeito a roupas. E ela tinha, como Susan viu de relance, orelhas e unhas impecáveis.

— Este é o melhor dia da minha vida — disse ela solenemente a Diana. — Como sua casa é grande! E eles são os cachorros de porcelana! Oh, eles são maravilhosos!

Tudo estava maravilhoso. Dalila usou as melhores palavras que conhecia. Ela ajudou Diana a arrumar a mesa para o almoço e apanhou um cesto cheio de ervilhas de cheiro para colocar no centro da mesa.

— Oh, você não sabe como eu amo fazer algo só porque *gosto* de fazer — disse ela a Diana. — Não há mais nada que eu possa fazer, *por favor*?

— Você pode quebrar as nozes para o bolo que vou fazer esta tarde — disse Susan, que também estava caindo no feitiço da beleza e da voz de Dalila. Afinal, talvez Laura Green *fosse* uma megera. Nem sempre era possível acreditar no que as pessoas pareciam em público. O prato de Dalila estava cheio de frango, recheio e molho, e ela pegou um segundo pedaço de torta sem sequer pedir.

— Muitas vezes me perguntei como seria ter tudo o que você poderia comer de uma vez. É uma sensação maravilhosa — disse ela a Diana quando elas deixaram a mesa.

Elas tiveram uma tarde alegre. Susan deu a Diana uma caixa de doces, e Diana a compartilhou com Dalila. Dalila adorou uma das bonecas de Di, e Di deu a ela. Elas limparam o canteiro de amor-perfeito e desenterraram alguns dentes-de-leão perdidos que invadiam o gramado. Ajudaram Susan a polir a prata e ajudaram-na a preparar o jantar. Dalila era tão eficiente e organizada que Susan se rendeu completamente. Apenas duas coisas estragaram a tarde... Dalila conseguiu respingar tinta em seu vestido e perdeu o colar de pérolas. Mas Susan tirou a tinta muito bem... parte da cor saindo também... com sais de limão, e Dalila disse que não importava com o colar. *Nada* importava, exceto que ela estava em Ingleside com sua querida Diana.

— Não vamos dormir na cama do quarto de hóspedes? — perguntou Diana quando chegou a hora de dormir. — Sempre colocamos as visitas no quarto de hóspedes, Susan.

— Sua tia Diana virá com seu pai e sua mãe amanhã à noite — disse Susan. — O quarto de hóspedes foi arrumado para ela. E você pode ficar com o Camarão em sua cama e não pode ficar com ele no quarto de hóspedes.

— Nossa, seus lençóis cheiram bem! — disse Dalila enquanto se aconchegava.

— Susan sempre os ferve com raízes aromáticas — disse Diana.

Dalila suspirou.

— Eu me pergunto se você sabe que menina de sorte você é, Diana. Se eu tivesse um lar como você..., mas esse não é o meu destino na vida. Eu simplesmente tenho de suportar o sofrimento.

Susan, em sua ronda noturna pela casa antes de deitar-se, entrou e disse-lhes que parassem de conversar e fossem dormir. Ela deu dois bolinhos com açúcar de bordo para cada uma.

— Eu nunca esquecerei sua gentileza, srta. Baker — disse Dalila, com a voz tremendo de emoção. Susan foi para a cama refletindo sobre uma menininha muito educada e atraente que ela nunca tinha visto. Certamente havia julgado mal Dalila Green. Embora, naquele momento, tenha ocorrido a Susan que, para uma criança que nunca teve o suficiente para comer, os ossos da dita Dalila Green estavam muito bem cobertos!

Dalila foi para casa na tarde seguinte, e a mãe, o pai e tia Diana vieram à noite. Na segunda-feira, aconteceu a tragédia. Diana, voltando para a escola depois do almoço, escutou seu nome ao entrar na varanda. Dentro da sala de aula, Dalila Green era o centro de um grupo de meninas curiosas.

— Fiquei *muito* desapontada com Ingleside. Depois da maneira como Di se gabou de sua casa, esperava uma *mansão*. Claro que é grande o suficiente, mas alguns dos móveis estão velhos. As cadeiras precisam ser todas recuperadas.

— Você viu os cachorros de porcelana? — perguntou Bessy Palmer.

— Eles não são nada maravilhosos. Eles nem têm pelo. Eu disse a Diana na hora que fiquei desapontada.

Diana estava de pé "enraizada no chão"... ou pelo menos no chão da varanda. Ela não pensou em espionar... ela estava simplesmente atordoada demais para se mover.

— Sinto muito por Diana — continuou Dalila. — O jeito como os pais dela negligenciam a família é algo escandaloso. A mãe dela é uma vagabunda horrível. O jeito que ela sai e os deixa filhos é terrível, tendo apenas aquela velha Susan para cuidar deles... e ela está meio maluca. Vai levá-los à falência ainda. O desperdício que acontece naquela cozinha é inacreditável. A esposa do médico é muito descuidada com tudo e tem preguiça de cozinhar, mesmo quando ela está em casa, então Susan faz tudo do jeito dela. Ela ia servir nossas refeições *na cozinha*, mas eu simplesmente me levantei e disse a ela: " Sou visita ou não sou?". Susan disse que se eu fosse atrevida outra vez, ela me trancaria no armário dos fundos. Eu disse: "Você não ouse fazer isso!", e ela não o fez. "Você pode mandar nas crianças de Ingleside, Susan Baker, mas não pode mandar em mim", eu disse a ela. Oh, eu enfrentei Susan. Não a deixei dar xarope calmante à Rilla. "Você não sabe que é veneno para crianças?", eu disse.

— Mas ela vingou-se de mim nas refeições. Serviu-nos porções tão mesquinhas! Havia frango, mas só peguei os ossos, e ninguém me perguntou se queria um segundo pedaço de torta. Mas Susan teria me deixado dormir no quarto de hóspedes, embora Di não quisesse ouvir falar no assunto... apenas por pura maldade. Ela é tão ciumenta. Mas ainda sinto muito por ela. Ela me contou que Nan lhe dá *beliscões infames*. Os braços dela são todos manchados de preto e azul. Nós dormimos no quarto delas, e um gato velho e sarnento ficou deitado aos pés da cama a noite toda. Não é *higiênico*, e eu disse isso a Di. E meu colar de pérolas *desapareceu*. Claro que não estou dizendo que Susan o pegou. Eu acredito que ela é *honesta*... mas é estranho. E o Shirley jogou um frasco de tinta em mim. Estragou meu vestido, mas não me importo. Minha mãe vai fazer um novo para mim. Bem, de qualquer forma, tirei todos os dentes-de-leão do gramado para eles e poli a prata. Vocês deviam ter visto como estavam. Não sei *quando* foram limpos da última vez. Posso dizer a vocês que Susan não é tão rígida quando a esposa do doutor está fora. Eu disse a ela que ela não me enganava. "Por que você não lava a caixa de batata, Susan?", eu perguntei a ela. Você deveria ter visto o rosto dela. Olhem meu novo anel, meninas. Um menino que conheço em Lowbridge me deu ele.

— Ora, eu já tinha visto Diana Blythe usando esse anel antes — disse Peggy MacAllister com ar provocante.

— E eu não acredito em uma única palavra que você disse sobre Ingleside, Dalila Green — disse Laura Carr.

Antes que Dalila pudesse responder, Diana, que havia recuperado seus poderes de locomoção e fala, correu para a sala de aula.

— Judas! — ela disse. Depois, ela pensou com arrependimento que não era algo muito educado a se dizer. Mas o coração dela tinha sido atingido em cheio, e quando nossos sentimentos estão todos magoados, não podemos escolher as palavras corretamente.

— Eu não sou Judas! — murmurou Dalila, corando, provavelmente pela primeira vez em sua vida.

— Você é! Não há uma centelha de sinceridade em você! Nunca mais fale comigo enquanto viver!

Diana saiu correndo da escola e correu para casa. Ela não poderia ficar na escola naquela tarde... ela simplesmente não conseguia! A porta da frente de Ingleside foi batida como nunca antes.

— Querida, qual é o problema? — perguntou Anne, interrompida em sua conferência na cozinha com Susan por uma filha chorosa, que se atirou violentamente no ombro materno.

A história toda foi soluçada, um tanto desconexa.

— Fui magoada nos meus *sentimentos mais puros*, mãe. E nunca mais vou acreditar em ninguém!

— Minha querida, as suas amigas não serão todas assim. Pauline não era.

— Mas é a *segunda vez* — disse Diana com tristeza, ainda magoada com a sensação de traição e perda. — Não vai haver uma terceira vez.

— Lamento que Di tenha perdido a fé na humanidade — disse Anne com certa tristeza, quando Di subiu as escadas. — Isto foi uma grande tragédia para ela. Ela teve pouca sorte com algumas de suas amigas. Jenny Penny... e agora Dalila Green. O problema é que Di sempre se encanta por meninas que podem contar histórias interessantes. E a pose de mártir de Dalila era muito atraente.

— Se quer saber o que acho, querida senhora, essa criança Green é uma perfeita peste — disse Susan, ainda mais implacável porque ela também tinha sido habilmente enganada pelos olhos e maneiras de Dalila. — A ideia de chamar nossos gatos de sarnentos! Não estou dizendo que não existam gatos, querida senhora, mas as meninas não deveriam falar deles. Não gosto de gatos, mas o Camarão tem 7 anos de idade e deveria ser pelo menos *respeitado*. E quanto à minha caixa de batata...

Mas Susan realmente não conseguia expressar seus sentimentos quanto à caixa de batatas.

Em seu quarto, Di refletia que talvez não fosse tarde demais para ser a "melhor amiga" de Laura Carr. Laura era *sincera*, mesmo que ela não fosse muito excitante. Di suspirou. A vida *tinha* perdido um pouco de cor depois do que aconteceu com sua amizade por Dalila.

Capítulo 39

Um vento cortante do leste soprava ao redor de Ingleside como uma velha rabugenta. Era um daqueles dias frios e chuvosos de final de agosto que entristecem o coração, um daqueles dias em que tudo dá errado... o que nos velhos tempos de Avonlea era chamado de "um dia de Jonas"[1]. O cachorrinho que Gilbert trouxera para as crianças havia roído a perna da mesa de jantar... Susan descobrira que as traças tinham feito um banquete no armário de cobertores... o novo gatinho de Nan havia destruído a melhor samambaia... Jem e Bertie Shakespeare fizeram o barulho mais abominável no sótão a tarde toda com baldes de lata como tambores... a própria Anne quebrou um abajur de vidro pintado. Mas, de certa forma, fez bem a ela ouvi-lo quebrar em pedaços no chão! Rilla estava com dor de ouvido, e Shirley tinha uma bolha misteriosa no pescoço, que estava deixando Anne preocupada, mas que Gilbert apenas olhou casualmente e disse com uma voz distraída que achava que não era nada especial. Claro que não significa nada para *ele*! Shirley era apenas seu filho! E também não importava para ele ter convidado os Trents para jantar uma noite na semana passada e lembrar-se de contar a Anne só na hora em que eles chegaram. Ela e Susan tinham tido um dia superagitado e haviam planejado um jantar com as sobras de outras refeições. E logo a sra. Trent, com a reputação de ser a melhor anfitriã de Charlottetown! *Onde* estavam as meias de Walter com a borda preta e a biqueira azul? — Você acha, Walter, que poderia colocar só por uma vez as coisas nos lugares certos? Nan, eu não sei onde ficam os Sete Mares. Pelo amor de Deus, pare de fazer perguntas! Não me admira que envenenaram Sócrates. Eles *tiveram* de fazer isso.

---

[1] Jonas: profeta da Bíblia que foi engolido por um peixe grande, provavelmente uma baleia.

Walter e Nan ficaram olhando. Nunca tinham ouvido sua mãe falar naquele tom antes. O olhar de Walter irritou Anne ainda mais.

— Diana, é necessário ficar sempre te lembrando de não cruzar as pernas no banquinho do piano? Shirley, você já deixou aquela revista nova toda pegajosa com geleia! Será que *alguém* pode fazer a gentileza de me dizer onde estão as peças do lustre!

Ninguém sabia dizer a ela... Susan as desenganchou e levou-as para lavar... e Anne subiu rapidamente para escapar dos olhos tristes de seus filhos. Em seu quarto, ela caminhava para cima e para baixo agitada. *Qual* era o problema com ela? Estava ela se transformando em uma daquelas criaturas rabugentas, que não tinham paciência com ninguém? Tudo a incomodava ultimamente. Um pequeno hábito de Gilbert que ela nunca tinha se importado antes a irritava. Ela estava doente e cansada de tarefas monótonas e sem fim... farta de atender aos caprichos de sua família. Antes, tudo o que ela fazia para sua casa e família lhe dava prazer. Agora ela não parecia se importar com o que fazia. Ela sentia o tempo todo como se estivesse em um pesadelo, tentando alcançar alguém com os pés acorrentados.

O pior de tudo é que Gilbert não percebia que havia alguma mudança nela. Ele estava ocupado noite e dia e parecia não se importar com nada além de seu trabalho. A única coisa que ele disse no jantar naquele dia foi "Passe a mostarda, por favor".

— Posso falar com as cadeiras e com a mesa, é claro — pensou Anne com amargura. — Estamos começando a ser uma espécie de *hábito* um para o outro... nada mais. Ele nem percebeu que eu estava com um vestido novo na noite passada. E faz tanto tempo que ele não me chama de "menina Anne", que já nem me lembro quando foi a última vez. Bem, suponho que todos os casamentos acabam assim. Provavelmente a maioria das mulheres passa por isso. Ele simplesmente tem a certeza de que tem uma esposa. Seu trabalho é a única coisa tem significado coisa para ele agora. *Onde* está meu lenço?

Anne pegou o lenço e sentou-se na cadeira para se torturar luxuosamente. Gilbert não a amava mais. Quando ele a beijava, beijava-a mecanicamente... era apenas um "hábito". Todo o encanto havia desaparecido. Lembrava-se das velhas piadas das quais eles riram juntos e agora estavam carregadas de tragédia. Como ela poderia ter achado que elas eram engraçadas? Monty Turner, que beijava sua esposa sistematicamente uma vez por semana... fazia memorandos para lembrá-lo. ("Será que alguma esposa gostaria de beijos assim?") Curtis Ames, que tinha encontrado sua esposa com um chapéu novo, não a reconheceu. A sra. Clancy Dare sempre dizia: "Não me importo muito com meu marido, mas sentiria falta dele se ele não estivesse por perto". ("Será que Gilbert sentiria minha falta se eu não estivesse por perto? Será que já chegamos a esse ponto?") Nat Elliott disse à esposa depois de dez anos de casamento: "se quer saber uma coisa, estou cansado de ser casado". ("E estamos casados há quinze anos!") Bem, talvez todos os homens fossem assim. Talvez a sra. Cornélia diria que sim. Depois de certo tempo, eram difíceis de segurar. ("Se meu marido tiver de ser 'segurado', eu não quero segurá-lo"). Mas havia a sra. Theodore Clow, que havia dito com orgulho na Associação Assistencial de Senhoras: "Estamos casados há vinte anos, e meu marido me ama tanto quanto no dia do nosso casamento". Mas talvez ela estivesse se enganando ou apenas "mantendo as aparências". E ela parecia ser bem mais velha do que era. ("Será que estou começando a parecer velha?")

Pela primeira vez, seus anos pareceram pesar-lhe. Ela foi até o espelho e se olhou criticamente. Havia alguns pés de galinha minúsculos ao redor de seus olhos, mas eles só eram visíveis com uma luz forte. Suas linhas de queixo ainda eram bem marcadas. Ela sempre foi pálida. Seu cabelo era forte e ondulado, sem fios grisalhos. Mas será que alguém *realmente* gostava de cabelo ruivo? O nariz dela ainda era muito bonito, sem dúvida. Anne o acariciou como amiga, relembrando certos momentos da vida em que seu nariz era tudo que a sustentava. Mas agora Gilbert tinha seu nariz como certo. Podia ser torto ou esborrachado, pouco importava para ele. Provavelmente ele tinha esquecido que ela tinha nariz. Como a sra. Dare, ele poderia sentir a falta dela se ela não estivesse lá.

— Bem, preciso ir ver como estão Rilla e Shirley — pensou Anne tristemente. — Pelo menos *eles* ainda precisam de mim, pobres queridos. Por que fui tão ríspida com eles? Oh, suponho que estão dizendo pelas minhas costas: "Como a pobre mamãe está ficando irritada!"

Continuou a chover, e o vento continuava a soprar. A brincadeira de panelas de lata no sótão havia parado, mas o chilrear incessante de um grilo solitário na sala de estar quase a deixou louca. O correio do meio-dia trouxe duas cartas. Uma era de

Marilla... mas Anne suspirou enquanto a dobrava. A letra de Marilla estava ficando muito frágil e trêmula. A outra carta era da sra. Barrett Fowler, de Charlottetown, que Anne conhecia muito pouco. E a sra. Barrett Fowler queria que o doutor e a sra. Blythe jantassem com ela na próxima terça à noite, às 7 horas, "para encontrar sua velha amiga, sra. Andrew Dawson de Winnipeg, Christine Stuart quando solteira".

Anne deixou a carta cair. Uma torrente de velhas memórias a invadiu... algumas delas definitivamente desagradáveis. Christine Stuart, de Redmond... a jovem de quem as pessoas uma vez disseram que Gilbert estava noivo... a jovem de quem ela um dia sentiu tanto ciúme... sim, ela admitia agora, vinte anos depois... ela tinha ficado com ciúme... ela odiava Christine Stuart. Ela não tinha pensado em Christine por anos, mas se lembrava dela claramente. Uma jovem alta, branca como o marfim, com grandes olhos azuis-escuros e uma grande cabeleira negra. E um certo ar de distinção. Mas com um nariz comprido... sim, definitivamente um nariz comprido. Bonita... oh, não se podia negar que Christine era muito bonita. Ela se lembrava de ter ouvido, muitos anos atrás, que Christine fizera um bom casamento e tinha ido para o oeste.

Gilbert entrou para uma refeição rápida... havia uma epidemia de sarampo em Upper Glen... e Anne silenciosamente entregou-lhe a carta da sra. Fowler.

— Christine Stuart! Claro que vamos. Gostaria de vê-la, pelo amor de Deus — disse ele, com a primeira aparência de admiração que demonstrava em semanas. — Pobre menina, ela teve seus problemas. Ela perdeu o marido há quatro anos, você sabia?

Anne não sabia. E como Gilbert ficou sabendo? Por que ele nunca disse a ela? E ele havia esquecido que na próxima terça-feira seria o aniversário do próprio casamento? Um dia em que eles nunca aceitaram nenhum convite, mas saíam só os dois. Bem, ela não o lembraria. Ele poderia ver sua Christine se ele quisesse. Uma vez uma jovem em Redmond lhe disse bem séria: "Houve muito mais coisas entre Gilbert e Christine do que você imagina, Anne". Ela apenas riu disso na época... Claire Hallett era uma criatura maldosa. Mas talvez houvesse algo nisso. Anne de repente lembrou-se, sentindo um arrepio, que não muito depois de seu casamento ela encontrara uma pequena fotografia de Christine em uma velha carteira de Gilbert. Gilbert parecia bastante indiferente e disse que se perguntava aonde teria ido parar aquele antigo retrato. Mas... seria uma daquelas coisas sem importância que significam coisas imensamente importantes? Seria possível... que Gilbert tivesse amado Christine? Ela era, Anne, apenas uma segunda escolha? O prêmio de consolação?

— Com certeza não estou... com ciúme — pensou Anne, tentando rir. Foi tudo muito ridículo. O que é mais natural do que Gilbert gostar da ideia de reencontrar uma velha amiga de Redmond? O que é mais natural do que um homem ocupado, casado há quinze anos, esquecer os tempos, as estações, os dias e os meses? Anne escreveu à sra. Fowler, aceitando seu convite... e colocou a carta no correio três dias antes de terça-feira, esperando desesperadamente que alguém em Upper Glen começasse a ter um bebê na terça à tarde, por volta das 5 e meia.

Capítulo 40

O bebê esperado chegou cedo demais. Gilbert foi chamado às 9 da noite da segunda-feira. Anne chorou até dormir e acordou às 3 da manhã. Costumava ser delicioso acordar no meio da noite... ficar ali deitada olhando pela janela para a beleza envolvente da noite... ouvir a respiração regular de Gilbert ao lado dela... pensar nas crianças do outro lado do corredor e no lindo novo dia que estava chegando. Mas agora! Anne ainda estava acordada quando o amanhecer, claro e verde como flúor, surgiu no céu a leste e Gilbert finalmente voltou para casa.

— Gêmeos — ele disse vagamente enquanto se jogava na cama e adormecia em um minuto. Gêmeos, de fato! O amanhecer do décimo quinto aniversário do dia do seu casamento e tudo o que seu marido tinha a lhe dizer era "gêmeos". Ele nem lembrava que era um aniversário.

Aparentemente, Gilbert não se lembrava melhor quando desceu às 11. Pela primeira vez, ele não mencionou nada; pela primeira vez, ele não tinha nenhum presente para ela. Muito bem, *ele* também não receberia seu presente. O presente dele estava pronto havia semanas... um canivete de cabo de prata com a data de um lado e suas iniciais do outro. É claro que ele gastou um centavo para comprar o presente dela, com medo de perder seu amor.

Mas já que ele havia esquecido, ela esqueceria também, como uma vingança. Gilbert parecia meio atordoado o dia todo. Ele quase não falou com ninguém e ficou andando de um lado para outro na biblioteca. Estaria ansioso com a expectativa glamourosa de ver sua Christine novamente? De certo ele a tinha desejado todos esses anos no fundo de sua mente. Anne sabia muito bem que essa ideia era absolutamente irracional, mas quando o ciúme era razoável? Não adiantava tentar ser filosófica. A filosofia não tinha nenhuma influência em seu humor. Eles iriam para a cidade no trem das 5 horas.

— Podemos entrar e ver a senhora se vestir, mamãe? — perguntou Rilla.

— Oh, se vocês quiserem — disse Anne... então levantou-se repentinamente. Ora, sua voz estava ficando queixosa de novo. — Venha, querida — acrescentou ela com arrependimento.

Rilla não tinha maior prazer do que ver a mãe vestir-se. Mas até Rilla achava que a mãe não estava se divertindo muito naquela noite. Anne pensou um pouco sobre o vestido que deveria usar. Não que isso importasse, disse a si mesma com amargura. Agora, Gilbert não reparava na roupa dela. O espelho não era mais seu amigo... ela parecia pálida e cansada... e *indesejada*. Mas ela não deveria aparecer vestida como uma camponesa e fora de moda diante de Christine. ("Não vou permitir que ela sinta pena de mim.") Usaria seu novo vestido de malha verde-maçã sobre uma combinação com botões de rosa? Ou seu vestido de seda creme com o casaquinho de renda cluny? Ela experimentou os dois e decidiu-se pelo primeiro. Experimentou vários penteados e concluiu que o novo coque baixo era muito apropriado.

— Oh, mamãe, você está linda! — exclamou Rilla com a admiração em seus olhos arregalados.

Bem, crianças e tolos sempre dizem a verdade. Rebecca Dew não havia lhe dito uma vez que ela era "comparativamente bonita"? Quanto a Gilbert, ele costumava elogiá-la bastante, mas quando ele lhe fez elogios nos últimos meses? Anne não conseguia lembrar-se de uma única vez.

Gilbert passou por ela a caminho do closet e não disse uma palavra sobre o vestido novo. Anne ficou por um momento queimando de ressentimento; então, petulantemente, ela arrancou o vestido e o jogou na cama. Ela usaria seu preto velho... um caso sutil que era considerado extremamente "provocante" nos círculos de Four Winds, mas do qual Gilbert não gostava. O que ela deveria usar no pescoço?

As pérolas de Jem, embora preciosas por anos, já muito haviam se desintegrado. Ela realmente não tinha um colar decente. Bem... ela pegou a caixinha contendo o coração esmaltado cor-de-rosa que Gilbert lhe dera em Redmond. Ela raramente usava agora... afinal, rosa não combinava com seu cabelo ruivo... mas ela o colocaria esta noite. Será que Gilbert notaria? Já estava pronta. Por que Gilbert não estava? O que o estava prendendo? Oh, sem dúvida ele estava se barbeando *muito* cuidadosamente! Ela bateu com força na porta.

— Gilbert, vamos perder o trem se você não se apressar.

— Você parece um professor de escola — disse Gilbert, saindo. — Há algo errado com seus metatarsos?

— Oh, ele poderia brincar com isso, não é? Ela não se permitiria pensar como ele estava lindo naquele traje. Afinal, a moda moderna das roupas masculinas era realmente ridícula. Totalmente desprovido de glamour. Como devia ter sido lindo nos "dias espaçosos da Grande Elizabeth", quando os homens podiam usar gibões de cetim branco, mantos de veludo carmesim e golas de renda! No entanto, eles não eram afeminados. Eles eram os homens mais maravilhosos e aventureiros que o mundo já tinha visto.

— Bem, venha se você está com tanta pressa — disse Gilbert distraído. Ele sempre estava ausente agora quando falava com ela. Ela era apenas uma parte da mobília... sim, apenas uma peça da mobília!

Jem os levou para a estação. Susan e a sra. Cornélia... que tinha vindo perguntar a Susan se elas podiam contar com ela, como sempre, para preparar as batatas gratinadas para o jantar da igreja... olharam para eles com admiração.

— Anne continua a mesma — disse a sra. Cornélia.

— É verdade — concordou Susan — embora eu tenha observado que nas últimas semanas ela anda um pouco irritada. Mas mantém a aparência. E o doutor tem a mesma barriga lisa de sempre.

— Um casal ideal — disse a sra. Cornélia.

O casal ideal não disse nada em particular durante todo o trajeto até a cidade. É claro que Gilbert estava tão profundamente emocionado com a perspectiva de ver seu antigo amor que mal podia falar com sua esposa! Anne espirrou. Ela começou a ficar receosa que estivesse pegando um resfriado. Como seria horrível espirrar durante todo o jantar sob os olhos da sra. Andrew Dawson, Christine Stuart de nascimento! Uma parte em seu lábio doeu... provavelmente uma afta horrível iria aparecer. Será que Julieta espirrava? Pórcia tinha frieiras? Helena de Troia soluçava? Ou será que Cleópatra tinha calos?

Quando Anne desceu as escadas na residência de Barrett Fowler, tropeçou na cabeça do urso no tapete do corredor, cambaleou pela porta da sala de estar através da selva de móveis estofados e pechisbeques dourados que a sra. Barrett Fowler chamava de sala de estar, e caiu no sofá, felizmente sentada do lado correto. Ela olhou em volta envergonhada procurando por Christine e felizmente percebeu que ela ainda não havia descido. Como teria sido terrível se Christine estivesse sentada lá divertidamente assistindo a esposa de Gilbert Blythe fazer uma entrada tão ébria! Gilbert nem perguntou se ela havia se machucado. Ele já estava em uma conversa profunda com o Dr. Fowler e um Dr. Murray que ela não conhecia, que vinha de Nova Brunswick e era o autor de uma monografia notável sobre doenças tropicais que estava causando agitação nos círculos médicos. Mas Anne notou que, quando Christine desceu as escadas, anunciada por um perfume floral, a monografia foi prontamente esquecida. Gilbert levantou-se com uma luz de interesse muito evidente em seus olhos.

Christine ficou parada por um momento na entrada da porta. Ela não iria cair sobre a cabeça de urso. Anne lembrou-se que Christine tinha o hábito de parar na entrada para exibir-se. E sem dúvida ela considerava isso uma excelente chance de mostrar a Gilbert o que ele havia perdido.

Ela usava um vestido de veludo púrpura com mangas compridas e esvoaçantes, forrado com tecido dourado e uma cauda forrada com renda dourada. Um diadema dourado circulava seus cabelos ainda escuros. Uma longa e fina corrente de ouro, cravejada com diamantes, pendia em seu pescoço. Anne imediatamente sentiu-se desmazelada, provinciana, inacabada, deselegante e seis meses atrasada em relação à moda. Ela gostaria de não ter colocado aquele coração esmaltado bobo. Não havia dúvida de que Christine estava tão bonita como antes. Um pouco elegante e bem conservada, talvez... sim, consideravelmente mais robusta. Seu nariz certamente não tinha ficado mais curto, e o queixo definitivamente indicava sua meia-idade. Parada à porta daquele jeito, era possível ver que os pés dela eram... substanciais. Seu ar de distinção não estava ficando um pouco desgastado? Mas suas bochechas ainda eram suaves como o marfim e seus grandes olhos azuis-escuros ainda brilhavam sob aquelas sobrancelhas consideradas tão fascinantes em Redmond. Sim, a sra. Andrew Dawson era uma mulher muito bonita... e não dava de forma alguma a impressão de que seu coração havia sido enterrado junto ao túmulo de Andrew Dawson. Christine tomou posse de toda a sala no momento em que entrou. Anne sentiu-se completamente excluída do quadro. Mas sentou-se ereta. Christine não iria notar nenhuma flacidez de meia-idade. Ela iria para a batalha com todas as bandeiras hasteadas. Seus olhos cinzentos se tornaram excessivamente verdes, e um leve rubor coloriu seu rosto oval. ("Lembre-se de que você tem nariz!") O Dr. Murray, que não tinha reparado nela antes, pensou surpreendido que Blythe tinha uma esposa de aparência muito incomum. A postura da sra. Dawson parecia certamente comum ao lado dela.

— Ora, Gilbert Blythe, você está bonito como sempre — Christine disse maliciosamente... Christine, a ASTUTA!... — É muito bom descobrir que você não mudou nada.

("Ela ainda tem a mesma fala arrastada. Sempre odiei aquela voz de veludo dela!")

— Quando olho para você — disse Gilbert —, o tempo deixa de ter qualquer significado. Onde você aprendeu o segredo da eterna juventude?

Christine sorriu.

("O riso dela não é um pouco estridente?")

— Você sabe como fazer um belo elogio, Gilbert. Você sabe... — disse olhando para todos ao redor com olhar astuto... — O Dr. Blythe era uma antiga paixão minha naqueles dias que ele finge pensar que eram ontem. E Anne Shirley! Você não mudou tanto quanto me disseram..., mas não sei se te reconheceria se nos encontrássemos na rua. Seu cabelo está um pouco mais escuro do que era, não está? Não é *divino* voltar a nos encontrar assim? Eu estava com receio que você não viesse por causa de sua lombalgia.

— *Minha* lombalgia!

— Ora, sim; não era você que tinha lombalgia? Pensei que fosse... Devo ter confundido as coisas — disse a sra. Fowler se desculpando. — Alguém me disse que você teve um ataque muito grave de lombalgia...

— Foi a sra. Parker, de Lowbridge. Nunca tive lombalgia na minha vida — respondeu Anne em tom seco.

— Que bom que você não tem — disse Christine, com um tom levemente insolente. — É uma doença tão terrível. Tenho uma tia que sofre muito com isso.

Seu ar parecia relegar Anne à geração de tias. Anne conseguiu sorrir com os lábios, mas não com os olhos. Se ela pudesse pensar em algo inteligente para dizer! Ela sabia que às 3 horas daquela noite provavelmente pensaria em uma resposta brilhante que poderia ter sido dada, mas isso não a ajudava agora.

— Disseram-me que você tem sete filhos — disse Christine, falando com Anne, mas olhando para Gilbert.

— Apenas seis vivos — disse Anne, encolhendo-se. Ela ainda não conseguia lembrar da pequena Joyce sem sofrimento.

— *Que* família! — disse Christine.

Naquele momento pareceu uma coisa vergonhosa e absurda ter uma família grande.

— Você, pelo que sei, não tem nenhum — disse Anne.

— Nunca gostei de crianças, você sabe — Christine encolheu os ombros incrivelmente finos, mas sua voz estava um pouco dura. — Infelizmente, não sou do tipo maternal. Na verdade, nunca achei que a única missão de uma mulher fosse trazer filhos ao mundo, que já está superlotado.

Eles foram jantar, então. Gilbert conduziu Christine, o Dr. Murray conduziu a sra. Fowler, e o Dr. Fowler, um homenzinho redondo, que não conseguia falar com ninguém exceto com outro médico, conduziu Anne.

Anne sentiu que a sala estava bastante abafada. Havia um cheiro misterioso e enjoativo nela. Provavelmente a sra. Fowler tinha queimado incenso. O menu era bom e Anne começou a comer sem apetite, e sorriu até sentir que suas bochechas estavam doendo. Ela não conseguia tirar os olhos de Christine, que sorria continuamente para Gilbert. Seus dentes eram lindos... lindos até demais. Pareciam um anúncio de pasta de dente. Christine mexia muito com as mãos enquanto falava. Ela tinha mãos adoráveis... um pouco grandes, talvez.

Ela estava conversando com Gilbert sobre velocidades rítmicas da vida. O que será que ela queria dizer com aquilo? Será que ela mesma sabia o que era? Depois mudaram de assunto para falar de teatro.

— Você já esteve em Oberammergau? — Christine perguntou a Anne. Quando ela sabia perfeitamente que não! Por que a pergunta mais simples parecia insolente quando Christine a fazia?

— É claro que uma família prende você de modo terrível — disse Christine. — Oh, sabem que eu vi no mês passado quando estava em Halifax? Aquela amiga de vocês... aquela que se casou com o pastor feio... qual era o nome dele?

— Jonas Blake — disse Anne. — Philippa Gordon casou-se com ele. E eu nunca o achei feio.

— Verdade? Claro que os gostos diferem. Bem, de qualquer maneira, eu os conheci. Pobre Philippa!

O modo como Christine disse "pobre" foi muito eloquente.

— Por que pobre? — perguntou Anne. — Acho que ela e Jonas estão muito felizes.

— Felizes! Minha querida, se você pudesse ver o lugar onde eles moram! Uma pequena e miserável vila de pescadores, onde a única emoção é quando os porcos invadem o jardim! Disseram-me que o Jonas teve uma boa proposta de uma igreja em Kingsport e desistiu porque achava que seu lugar era com os pescadores que precisavam dele. Não compreendo esses fanáticos. Como alguém *consegue* viver em um lugar tão isolado como aquele? Perguntei a Philippa. Você sabe o que ela disse?

Christine fez um gesto expressivo com as mãos.

— Talvez o que eu diria sobre Glen St. Mary — disse Anne. — Que é o único lugar no mundo onde gostaria de viver.

— Imagino que você está contente lá — sorriu Christine. ("Essa terrível boca cheia de dentes!") — Você realmente nunca sentiu que queria uma vida mais ampla? Você costumava ser bastante ambiciosa, se bem me lembro. Não costumava escrever algumas coisinhas bastante inteligentes quando estava em Redmond? Um pouco de fantasia e melancolia, é claro, mas ainda assim...

— Eu as escrevia para pessoas que acreditavam na terra das fadas. Há uma quantidade surpreendente delas, sabe, e gostam de receber notícias daquela terra.

— E você já desistiu?

— Não totalmente..., mas estou escrevendo epístolas vivas agora — disse Anne, pensando em Jem e companhia.

Christine ficou olhando, sem reconhecer a citação. O que Anne Shirley queria dizer com aquilo? Mas é claro, ela também havia sido reconhecida em Redmond por seus discursos misteriosos. Ela manteve sua aparência de modo surpreendente, mas provavelmente era uma daquelas mulheres que se casou e parou de pensar. Pobre Gilbert! Ela o fisgou antes que ele viesse para Redmond. Ele nunca teve a menor chance de escapar dela.

— Alguém ainda come philopenas hoje em dia? — perguntou o Dr. Murray, que acabara de quebrar uma amêndoa. Christine virou-se para Gilbert.

— Você se lembra daquela philopena que comemos uma vez? — ela perguntou. ("Será que houve um olhar significativo entre eles?")

— Como poderia me esquecer? — perguntou Gilbert.

Eles mergulharam em um jogo de recordações, enquanto Anne observava um retrato de peixes e laranjas pendurado acima do aparador. Ela nunca tinha pensado que Gilbert e Christine tivessem tantas memórias em comum. "Você se lembra do nosso piquenique no porto?... Você se lembra da noite em que fomos à igreja dos negros?... Você se lembra da noite em que fomos ao baile de máscaras?... Você era uma senhora espanhola em um vestido de veludo preto com uma mantilha de renda e leque.

Gilbert aparentemente se lembrava de todos os detalhes. Mas havia esquecido seu aniversário de casamento!

Quando voltaram para a sala de estar, Christine olhou pela janela para o céu a leste que exibia um tom prateado claro por trás dos álamos escuros.

— Gilbert, vamos dar um passeio no jardim. Quero aprender novamente o significado do nascer da lua em setembro.

("O nascer da lua em setembro é diferente do nascer da lua nos outros meses? E o que ela quis dizer com 'novamente'. Ela já aprendeu isso antes... com ele?")

E lá foram eles. Anne sentiu que fora posta de lado com muito cuidado e delicadeza. Ela sentou-se em uma cadeira que tinha vista para o jardim... embora não admitisse nem para si mesma que a escolhera por esse motivo, ela podia ver Christine e Gilbert caminhando pelo jardim. O que eles estavam dizendo um ao outro? Christine parecia ser quem mais falava. Talvez Gilbert estivesse emocionado demais para falar. Ele estava sorrindo lá fora à luz do luar por causa de memórias que ela não compartilhava? Ela se lembrou das noites em que ela e Gilbert haviam caminhado nos jardins iluminados pela lua em Avonlea. Será que *ele* tinha esquecido?

Christine estava olhando para o céu. Claro que ela sabia que estava exibindo aquele pescoço branco e fino quando erguia o rosto dessa forma. Será que a lua alguma vez demorou tanto para nascer?

Outros convidados começaram a entrar quando eles finalmente voltaram. Houve conversa, risos, música. Christine cantou... muito bem. Ela sempre foi "musical". Ela cantou *para* Gilbert... "os queridos dias que ficaram na lembrança". Gilbert se recostou em uma poltrona e estava excepcionalmente silencioso. Ele estava olhando para trás melancolicamente para aqueles dias queridos na lembrança? Ele estava imaginando como sua vida teria sido se ele tivesse se casado com Christine? ("Sempre soube no que Gilbert estava pensando antes. Minha cabeça está começando a doer. Se não formos embora depressa, vou começar a gritar de desespero. Graças a Deus nosso trem parte cedo".)

Quando Anne desceu, Christine estava na varanda com Gilbert. Ela estendeu a mão para tirar uma folha do ombro dele; o gesto pareceu uma carícia.

— Você está realmente bem, Gilbert? Parece terrivelmente cansado. Eu *sei* que você está trabalhando demais.

Uma onda ou terror varreu Annie. Gilbert parecia cansado... extremamente cansado... e ela não tinha percebido até que Christine comentou! Ela nunca esqueceria a humilhação daquele momento. ("Não tenho dado muita atenção a Gilbert e o culpo por fazer a mesma coisa.")

Christine se virou para ela.

— Foi tão bom vê-la novamente, Anne. Como nos velhos tempos.

— Muito bom — disse Anne.

— Mas acabei de dizer a Gilbert que ele parece um pouco cansado. Você devia cuidar melhor dele, Anne. Houve um tempo, você sabe, em que eu realmente gostava muito desse seu marido. Acredito que ele realmente foi o melhor pretendente que já tive. Mas você deve me perdoar, já que não o tirei de você.

Anne congelou novamente.

— Talvez ele esteja sentindo pena de si mesmo por você não ter feito isso — disse ela, com uma certa majestade não desconhecida por Christine nos dias de Redmond, ao entrar na carruagem do Dr. Fowler para ir até a estação.

— E você divertida como sempre! — disse Christine, encolhendo novamente seus lindos ombros. Ela ficou olhando eles partirem como se algo a divertisse muito.

Capítulo 41

— Teve uma noite divertida? — perguntou Gilbert, mais distraído do que nunca enquanto a ajudava a subir no trem.

— Oh, adorável — disse Anne... que se sentia, como na esplêndida frase de Jane Welsh Carlyle, como se tivesse passado a noite debaixo de um arado.

— O que te fez pentear o cabelo desse jeito? — disse Gilbert ainda ausente.

— É a nova moda.

— Bem, não combina com você. Pode ser bom para alguns cabelos, mas não para o seu.

— Oh, é uma pena que meu cabelo seja ruivo — disse Anne com frieza.

Gilbert achou que era sábio abandonar um assunto perigoso. Anne, ele refletiu, sempre foi um pouco sensível a respeito do cabelo. Ele estava cansado demais para falar, de qualquer maneira. Ele recostou a cabeça no assento do carro e fechou os olhos. Pela primeira vez, Anne notou pequenos reflexos grisalhos no cabelo acima de suas orelhas. Mas ela endureceu seu coração.

Eles caminharam silenciosamente para casa saindo da estação de Glen pelo atalho até Ingleside. O ar estava repleto do aroma de abetos e samambaias. A lua brilhava sobre os campos orvalhados. Eles passaram por uma velha casa deserta com janelas tristes e quebradas onde antes brilhavam luzes. "Igualzinho à minha vida", pensou Anne. Tudo parecia ter um significado triste para ela agora. A pequena mariposa branca que passou voando perto deles no gramado era, como ela pensou com tristeza, como um fantasma de amor desbotado. Então ela prendeu o pé em um aro de croquet e quase caiu em um monte de terra. Por que as crianças tinham deixado aquilo lá? Ela tinha de conversar com eles pela manhã!

Gilbert apenas disse: — O-o-o-ps! — e agarrou-a com a mão. Ele teria sido tão despreocupado se fosse Christine que tivesse tropeçado enquanto estavam tentando descobrir o significado do nascer da lua?

Gilbert correu para seu escritório no momento em que eles entraram em casa e Anne subiu silenciosamente para o quarto deles, onde o luar caía no chão, parado, prateado e frio. Ela foi até a janela aberta e olhou para fora. Evidentemente, era a noite do cão do Carter Flaggs uivar e ele estava dando o seu melhor para fazer isso. As folhas de álamo brilhavam como prata ao luar. A casa toda parecia sussurrar esta noite... sussurrando de modo sinistro, como se não fosse mais sua amiga.

Anne sentiu-se mal, com frio e vazia. O ouro da vida havia se transformado em folhas secas. Nada tinha mais significado. Tudo parecia remoto e irreal.

Lá longe, a maré mantinha sua batalha eterna com a costa. Ela poderia... agora que Norman Douglas havia cortado seu arbusto de abetos... ver sua pequena Casa dos Sonhos. Como eles tinham sido felizes lá... quando era suficiente estar juntos na própria casa, com suas visões, suas carícias, seus silêncios! Todas as cores da manhã em suas vidas... Gilbert olhando para ela com aquele sorriso em seus olhos que ele guardava apenas para ela... encontrando a cada dia uma nova maneira de dizer "eu te amo"... compartilhando risos assim como compartilhavam as tristezas.

E agora... Gilbert estava cansado dela. Os homens sempre foram assim... sempre seriam. Ela tinha pensado que Gilbert era uma exceção, mas agora ela sabia a verdade. E como ela iria ajustar sua vida a isso?

— Tenho as crianças, é claro — pensou ela com tristeza. — Devo continuar vivendo para elas. E ninguém deve saber... *ninguém*. Não quero que ninguém sinta pena de mim.

O que era aquilo? Alguém estava subindo as escadas, três degraus de cada vez, como Gilbert costumava fazer há muito tempo na Casa dos Sonhos... como não fazia há muito tempo. Não poderia ser Gilbert... mas era!

Ele irrompeu no quarto... jogou um embrulho na mesa... agarrou Anne pela cintura e a valsou dando voltas e mais voltas pelo quarto como um estudante entusiasmado, parando finalmente para descansar sem fôlego em uma poça prateada de luar.

— Eu estava certo, Anne... graças a Deus, eu estava certo! A sra. Garrow vai ficar bem... o especialista disse isso.

— Sra. Garrow? Gilbert, você enlouqueceu?

— Eu não contei a você? Certamente eu disse a você... bem, acho que foi um assunto tão delicado que eu simplesmente não conseguia falar sobre ele. Estou preocupadíssimo com esse assunto nas últimas duas semanas... não conseguia pensar em mais nada, acordado ou dormindo. A sra. Garrow mora em Lowbridge e foi paciente de Parker. Ele pediu minha opinião sobre o caso... eu dei um diagnóstico diferente do dele... quase brigamos... eu tinha certeza de que estava certo... insisti que havia uma chance... nós a mandamos para Montreal... Parker disse que ela nunca voltaria viva... o marido dela estava pronto para me matar. Quando ela se foi, fiquei em pedaços... talvez eu estivesse enganado... talvez eu a tivesse torturado desnecessariamente. Quando entrei no meu escritório, havia uma carta lá... eu tinha razão... eles a operaram... ela tem uma excelente chance de viver. Menina Anne, só tenho vontade de pular! Saiu um peso enorme de cima de mim.

Anne sentiu vontade de rir ou chorar... então ela começou a rir. Foi maravilhoso poder rir de novo... maravilhoso sentir vontade de rir. De repente tudo ficou bem.

— Acho que foi por isso que você esqueceu que era nosso aniversário de casamento? — ela o provocou.

Gilbert soltou-a a tempo suficiente para pegar o pacotinho que ele havia deixado cair sobre a mesa.

— Eu não esqueci. Duas semanas atrás encomendei isso em Toronto. E não veio até esta noite. Eu me senti tão mal esta manhã porque não tinha nada para lhe dar que nem mencionei o dia... pensei que você tivesse esquecido também... esperava que tivesse. Quando entrei no escritório, lá estava meu presente junto com a carta de Parker. Veja se você gosta.

Era um pequeno pingente de diamante. Mesmo ao luar, brilhava como uma coisa viva.

— Gilbert... e eu...

— Experimente. Eu queria que tivesse chegado esta manhã... assim você teria algo para usar no jantar além daquele velho coração esmaltado. Embora ele estivesse muito bem naquela linda covinha em seu pescoço, querida... Por que você não vestiu aquele vestido verde, Anne? Gosto tanto dele... ele me lembra daquele vestido com botões de rosa que você costumava usar em Redmond.

("Então ele tinha notado o vestido! E ainda se lembrava do velho vestido de Redmond de que ele tanto gostava!")

Anne sentiu-se como um pássaro solto... ela estava voando novamente.

Os braços de Gilbert à sua volta... seus olhos estavam olhando para os dela ao luar.

— Você me ama, Gilbert? Não sou apenas um hábito para você? Você não *diz* que me amava há muito tempo.

— Minha querida, meu amor! Não achei que você precisasse de palavras para saber disso. Não posso viver sem você. Você sempre me dá forças. Há um versículo em algum lugar da Bíblia que foi feito para você... "Ela lhe faz bem e não mal todos os dias da sua vida".

A vida que parecia tão cinzenta e tola alguns momentos antes, agora era dourada, cor-de-rosa, e tinha as cores do arco-íris de novo. O pingente de diamante caiu no chão e passou despercebido por um momento. Era lindo... mas havia tantas coisas mais lindas... confiança, paz e o trabalho prazeroso... risos e gentileza... aquele velho sentimento *seguro* de um amor certo.

— Oh, se pudéssemos manter este momento para sempre, Gilbert!

— Vamos ter alguns momentos bons. É hora de termos uma segunda lua de mel. Anne, vai haver um grande congresso médico em Londres, em fevereiro. Nós iremos juntos... e depois aproveitamos um pouco do Velho Mundo. Vamos tirar umas férias. Seremos namorados novamente... vai ser como estarmos noivos outra vez. Você não é você há muito tempo. ("Então ele tinha percebido.") Você está cansada e sobrecarregada... precisa de uma mudança. ("Você também, querido. Estou totalmente cega.") Não quero que me digam que as esposas dos médicos nunca são tratadas. Voltaremos descansados e revigorados, com nosso senso de humor completamente restaurado. Bem, experimente o seu pingente e vamos deitar. Estou morto de sono... não tenho uma noite decente de sono há semanas, com aqueles gêmeos e as preocupações com a sra. Garrow.

— O que você e Christine ficaram conversando por tanto tempo no jardim esta noite? — perguntou Anne, parando diante do espelho com seus diamantes.

Gilbert bocejou.

— Oh, eu nem sei. A Christine é quem estava falando. Mas ela me disse algo que eu não sabia. Uma pulga pode pular duzentas vezes sua própria altura. Você sabia disso, Anne?

("Eles falavam de pulgas enquanto eu estava me contorcendo de ciúme. Como fui idiota!")

— Como você começou a falar em pulgas?

— Nem me lembro... talvez tenha sido por causa dos dobermanns.

— Dobermann! *O que* são dobermann?

— Uma nova raça de cachorros. Christine parece ser uma conhecedora de cachorros. Eu estava tão obcecado pela sra. Garrow que não prestei muita atenção ao que ela estava dizendo. De vez em quando eu ouvia uma palavra sobre complexos e repressões... aquela nova psicologia que está surgindo... a arte... a política... e rãs.

— Rãs!

— Algumas experiências que um pesquisador de Winnipeg está fazendo. Christine nunca foi muito divertida, e agora está mais chata do que nunca. E maliciosa! Ela não era maliciosa.

— O que ela disse de tão malicioso? — perguntou Anne inocentemente.

— Você não percebeu? Oh, acho que você não entendeu... ainda bem que você não é assim. Bem, não importa. Aquela risada dela me irritou um pouco. E ela engordou. Graças a Deus, você não engordou, menina Anne.

— Oh, eu não acho que ela esteja tão gorda — disse Anne caridosamente. — E ela certamente é uma mulher muito bonita.

— Mais ou menos. Mas o rosto dela está duro... ela tem a mesma idade que você, mas parece dez anos mais velha.

— E você falando com ela sobre a juventude imortal!

Gilbert sorriu com ar de culpado.

— É essencial dizer algo educado. A educação não pode existir sem um *pouco* de hipocrisia. Oh, bem, Christine não é de todo ruim, mesmo que ela não seja como nós. Não é culpa dela que lhe falta uma pitadinha de sal. O que é isso?

— Minha lembrança de aniversário para você. E eu quero dez centavos por isso... não vou correr nenhum risco. As torturas que sofri esta noite! Quase morri de ciúme de Christine.

Gilbert parecia genuinamente surpreso. Nunca lhe ocorreu que Anne pudesse ter ciúme de alguém.

— Ora, menina Anne, nunca pensei que você tivesse isso dentro de você.

— Oh, mas eu tenho. Bem, anos atrás eu estava louca de ciúme de sua correspondência com Ruby Gillis.

— Mas eu me correspondi com Ruby Gillis? Eu tinha esquecido disso. Pobre Ruby! Mas e Roy Gardner? É o roto falando do rasgado.

— Roy Gardner? Philippa me escreveu não faz muito tempo que ela o viu, e ele ficou absolutamente corpulento. Gilbert, o Dr. Murray pode ser um homem muito eminente em sua profissão, mas parece uma tábua, e o Dr. Fowler parecia um donut. Você estava tão bonito... e elegante... ao lado deles.

— Oh, muito obrigado... obrigado. Isso é algo muito bom de se ouvir da esposa. Para retribuir o elogio, achei que você estava excepcionalmente bonita esta noite, Anne, apesar do vestido. Você tinha um pouco de cor e seus olhos estavam lindos. Ahhh, isso é bom! Não há melhor lugar do que a cama quando estamos em casa. Há outro versículo na Bíblia... estranho como aqueles versículos antigos que aprendemos na Escola Dominical nos ocorrem ao longo da vida!... "Vou me deitar em paz e dormir." Em paz... e dormir... boa noite.

Gilbert adormeceu quase antes de terminar de falar. Meu querido e cansado Gilbert! Os bebês podiam vir e ir, mas ninguém iria perturbar seu descanso naquela noite. O telefone pode tocar à vontade.

Anne não estava com sono. Estava feliz demais para dormir ainda. Ela se movia suavemente pela sala, guardando as coisas, trançando os cabelos, parecendo uma mulher amada. Por fim, ela vestiu sua camisola e atravessou o corredor até o quarto dos meninos. Walter, Jem e Shirley, cada um em sua cama, estavam todos dormindo. O Camarão, que sobrevivera a gerações de gatinhos e se tornara um hábito familiar, estava enrolado aos pés de Shirley. Jem adormeceu enquanto lia *O Livro da Vida do Capitão Jim*... aberto em cima da colcha. Ora, como Jem parecia bem alto deitado debaixo das cobertas! Ele logo seria adulto. Que rapaz robusto e confiável ele era! Walter sorria dormindo como alguém que conhecia um segredo encantador. A lua brilhava em seu travesseiro através das barras da janela pintada de chumbo... projetando a sombra de uma cruz claramente definida na parede acima de sua cabeça. Anos depois, Anne iria se lembrar disso e se perguntar se era um presságio de Courcelette... de um túmulo marcado com uma cruz "em algum lugar da França". Mas esta noite era apenas uma sombra... nada mais. A bolha havia praticamente desaparecido do pescoço de Shirley. Gilbert estava certo. Ele sempre estava certo.

Nan, Diana e Rilla estavam no quarto ao lado... Diana com lindos cachos vermelhos e umedecidos por toda a cabeça e uma mãozinha queimada de sol sob a bochecha, e Nan com longos cílios roçando os de Diana. Os olhos por trás daquelas pálpebras com veias azuis eram castanhos como os de seu pai. E Rilla estava dormindo de bruços. Anne virou-a para cima, mas seus olhos continuaram fechados.

Eles estavam todos crescendo muito rápido. Em apenas alguns anos, seriam todos rapazes e moças... juventude a entrar de mansinho... expectante... uma estrela com doces sonhos selvagens... pequenos navios partindo de um porto seguro para portos desconhecidos. Os meninos iriam embora para o trabalho de sua vida, e as meninas... ah, as formas enevoadas de belas noivas podiam ser vistas descendo as velhas escadas de Ingleside. Mas eles ainda seriam dela por alguns anos... dela para amar e orientar... para cantar as canções que tantas mães cantavam. Dela... e de Gilbert.

Ela desceu e atravessou o corredor e foi até a janela. Todas as suas suspeitas, ciúmes e ressentimentos foram para onde vão as luas antigas. Ela sentia-se confiante, alegre e leve.

— Leve! Sinto-me leve — ela disse, rindo de si mesma. — Sinto-me exatamente como naquela manhã em que o Pacifique me disse que Gilbert "tinha dado a volta por cima".

Abaixo dela estava o mistério e a beleza de um jardim à noite. As colinas distantes, salpicadas pelo luar, eram um poema. Em alguns meses, ela veria o luar nas longínquas colinas da Escócia... por cima de Melrose... sobre as ruínas de Kenilworth... sobre a igreja do Avon onde Shakespeare dormiu... talvez até sobre o Coliseu... sobre a Acrópole... sobre os rios fluindo por antigos impérios.

A noite estava fria; logo as noites mais nítidas e frescas do outono chegariam; depois a neve profunda... a neve branca e profunda... a neve profunda e fria do inverno... noites selvagens com vento e tempestade. Mas quem se importava? Haveria a magia da luz da lareira em quartos elegantes... Gilbert não tinha falado há muito tempo de toras de macieira que ele traria para queimar na lareira? Eles glorificariam os dias cinzentos que estavam por vir. O que era a neve e o vento cortante comparados com a primavera que viria trazendo um amor claro e brilhante? E todas as pequenas doçuras da vida despontando na estrada.

Ela afastou-se da janela. Em seu vestido branco, com o cabelo em duas longas tranças, ela parecia a Anne de Green Gables... dos dias de Redmond... dos dias da Casa dos Sonhos. Aquele brilho interno ainda brilhava através dela. Pela porta aberta, veio o som suave das crianças respirando. Gilbert, que raramente ressonava, podia ser indubitavelmente ouvido agora. Anne sorriu. Lembrou-se de algo que Christine havia dito. Pobre Christine sem filhos, disparando suas flechas de zombaria.

— Que família! — Anne repetiu exultante.